MARIAGES A LA CLÉ

Katherine Stone

MARIAGES A LA CLÉ

FRANCE LOISIRS
123, boulevard de Grenelle, Paris

Titre original : *Happy Endings*
Traduit par Martine Bruce

Une édition du Club France Loisirs, Paris,
réalisée avec l'autorisation des Presses de la Cité

ISBN 2-7441-0512-0

PREMIÈRE PARTIE

1

Century City, Californie,
vendredi 10 mars.

« T'aimer, Raven ? T'aimer ? Mais t'aimer, ça serait comme être amoureux d'une banquise ! Non, c'est faux, la glace fond, alors que toi... »

Fort heureusement, le douloureux souvenir des mots cruels de Michael fut balayé par le bourdonnement de l'interphone. Fort heureusement et fort à propos, se dit Raven, que cette interruption forçait à revenir à la réalité. Elle travaillait et n'avait aucune excuse pour laisser ainsi vagabonder son esprit sur des choses trop personnelles.

Dans cet élégant bureau paysagé du dernier étage d'un immeuble situé sur la remarquable Avenue of the Stars, elle se devait d'être Raven Winter, l'avocate d'affaires des meilleurs professionnels du cinéma — et, songea-t-elle avec tristesse, d'être justement ce que lui reprochait Michael : de glace, froide et sans cœur.

Avant d'appuyer sur le bouton de l'interphone, Raven prit une profonde inspiration, une large bouffée d'air de cette pièce où avaient été négociés des contrats de plusieurs millions de dollars. Emplir ses poumons de cette atmosphère saturée de professionnalisme l'aiderait sans doute à chasser cette peine intime, si profonde.

— Oui?

Sa voix lui parut si peu assurée qu'elle reprit une nouvelle inspiration en écoutant le message de sa secrétaire.

— Barbara Randall sur la une.

Le nom de la directrice d'une des plus fameuses maisons d'édition de New York se suffisait à lui-même. De formation juridique elle aussi, Barbara était la personne avec laquelle Raven avait l'habitude de traiter quand un de ses clients hollywoodiens — producteurs, metteurs en scène, acteurs — voulait acquérir les droits d'un de ses livres. D'habitude, c'était Raven qui prenait l'initiative du contact. Sans doute Barbara voulait-elle lui parler d'un futur best-seller.

Raven remercia sa secrétaire, respira de nouveau à fond et prit la ligne.

— Barbara! lança-t-elle, soulagée de constater que sa voix était redevenue professionnelle et détachée.

— Raven, je vous appelle au sujet de *Gifts of Love*...

Si Raven avait recouvré son aisance, son interlocutrice, elle, paraissait curieusement hésitante. Or Barbara était, à l'instar de Raven, une négociatrice hors pair, une experte froide et calculatrice, habile à placer ses pions dans ce terrible jeu d'échecs où chaque coup vaut des sommes phénoménales et où le but n'est pas de faire échec et mat, mais match nul.

Les négociations à propos de *Gifts of Love* avaient été rudes, mais finalement les deux parties y avaient trouvé leur compte et le contrat avait été signé, cédant la totalité des droits cinématographiques à Jason Cole.

— Il y a un problème?

— Non, non... du moins je l'espère! Lauren Sinclair vient d'appeler. Quand l'éditeur l'a prévenue que son livre serait porté à l'écran par Jason Cole, elle a paru heureuse. Qui pouvait-elle espérer de mieux? Mais maintenant, elle semble réticente. Elle a peur qu'il n'opère des changements...

— Il en a parfaitement le droit. Rien dans le contrat ne le lui interdit. Mais j'avais cru comprendre que seule la maison d'édition contrôlait les droits d'édition et les droits annexes...

— Exact. Nous étions habilités à traiter seuls, et nous l'avons fait. Sans doute était-ce une erreur, mais il ne m'est pas venu à l'esprit de la consulter. (Raven entendit Barbara soupirer comme pour exhaler son ennui et reprendre confiance en elle. Sans succès.) Je sais que tout est irrémédiablement signé, mais je vous appelle pour savoir si nous ne pourrions pas malgré tout tenter quelque chose...

— Vous désirez que je demande à Jason ce qu'il prévoit de faire ?

— Vous feriez cela ? J'ai essayé de le joindre sans succès, ces cinq derniers jours, et je commence à croire que c'est impossible !

Raven ne put s'empêcher de sourire. Jason Cole n'était tout de même pas le plus grand ponte des studios Gold Star. En fait, de par un contrat d'une dizaine de millions de dollars portant sur quatre films — et négocié par elle —, la Gold Star avait la mainmise sur lui, ou du moins sur son extraordinaire talent. Mais depuis que Jason Cole, acteur aux multiples Oscars, était devenu un metteur en scène tout aussi nominé, plus aucun appel ne franchissait le barrage dressé par le multiple personnel de ce tentaculaire studio. Même les plus grands noms étaient déboutés, alors que dire des inconnus...

Par bonheur, les appels de Raven lui étaient immédiatement transférés.

— Je me ferai un plaisir de téléphoner à Jason, reprit-elle. Mais il est possible qu'il ne se soit pas encore penché sur *Gifts of Love*. En ce moment, il supervise le montage de *Ripple Effect*, dans trois semaines il part pour Hong Kong tourner *The Jade Palace*, et je crains qu'il n'ait encore un autre film avant *Gifts of Love*.

— Alors il risque de s'écouler pas mal de temps avant que nous ne puissions rassurer Lauren Sinclair...

— En effet.

Le ton de Raven était sans réplique. Connaissant Jason, il voudrait *à coup sûr* faire des changements.

— Cependant, je vais vérifier... reprit-elle. Y a-t-il quelque chose qu'elle redoute plus particulièrement ?

— Avez-vous lu son livre ?

Certainement pas, se dit Raven sans une once de culpabilité. Elle était avocate d'affaires, pas agent littéraire. Elle intervenait bien après la conception du livre, son écriture, sa correction et bien sûr son édition, lorsqu'il fallait négocier les droits, le prix, et que chaque ligne, chaque mot du contrat se devaient d'être parfaitement légaux.

Mais si Raven n'avait pas lu ce roman, elle avait lu les articles dithyrambiques qui ne manquaient pas de le comparer à *Autant en emporte le vent* ou au *Docteur Jivago*. Même des critiques littéraires habituellement préoccupés de « vraie » littérature avaient chanté ses louanges.

Raven ne doutait pas que *Gifts of Love* fût un livre merveilleux, mais elle n'avait pas la moindre envie de le lire. C'était à n'en point douter un roman à l'eau de rose, et Raven ne lisait jamais de roman à l'eau de rose.

Mais la petite voix intérieure qui se permettait de lui rappeler ses faiblesses et ses failles lui souffla qu'elle aurait dû le faire, que cela aurait peut-être appris quelque chose à Raven Winter, l'avocate d'affaires si performante...

— Non, avoua-t-elle enfin. Je ne l'ai pas lu. Je connais l'histoire, cependant. Cela se passe au Vietnam et raconte les amours d'un soldat et d'une femme chirurgien.

— Oui. Sam et Savannah, précisa Barbara qui voulait ainsi montrer qu'elle n'avait pas seulement dévoré le roman, comme des millions d'autres lecteurs, mais qu'elle s'était identifiée aux deux héros, aussi mythiques et légendaires que Rhett et Scarlett ou Youri et Lara. Ils tombent amoureux l'un de l'autre et sont aussitôt séparés, chacun ayant de bonnes raisons de croire que l'autre est mort. Ils ne se retrouvent qu'au moment où Savannah donne naissance à une petite fille. Dans le livre, l'enfant survit, mais Lauren a peur que, dans le film, il n'en soit pas de même, et que Jason Cole lui préfère une fin plus amère.

— D'accord. J'appelle Jason et je tâche de savoir ce qu'il en est, promit Raven en jetant un coup d'œil à sa montre cerclée de diamants.

Il était trois heures quarante-cinq, ce qui signifiait, à New York, six heures quarante-cinq. Et on était vendredi.

— Vous pouvez attendre? ajouta-t-elle.

— Certainement. Je ne bouge pas d'ici.

Lauren Sinclair devait être une de ces enquiquineuses d'auteurs à succès qui ne supportent pas qu'on change un mot de leur œuvre, se dit Raven. Elle devait vivre sur sa planète, y mener une vie merveilleuse, pleine d'amour et de joies. Une vie *parfaite*. Une vie où personne ne lui avait jamais dit : « *T'aimer, Lauren? T'aimer...* »

— Mais cela risque de me prendre un moment avant de pouvoir joindre Jason, rectifia Raven. Peut-être devrais-je rappeler moi-même Mrs. Sinclair?

— Ça ne vous ennuie pas? murmura Barbara. J'ai des billets pour le Met et...

— Bien sûr que non! (Cela n'ennuyait pas Raven d'expliquer à Mrs. Sinclair que les histoires d'amour finissent mal, de temps en temps.) Je la rappelle même si je ne peux joindre Jason.

— Très bien. Merci. Je la préviens.

Après que Barbara lui eut donné le numéro de la romancière et qu'elle l'eut répété pour plus de sûreté, Raven s'étonna :

— 907? Où est-ce?

— Kodiak, Alaska.

— Cela fait un long trajet pour vos réunions littéraires

— Elle ne vient jamais à New York, bien qu'elle soit notre auteur vedette. En fait, personne ne l'a jamais rencontrée. Nous n'avons même pas une photo d'elle à mettre en quatrième de couverture.

Surprise, Raven fronça les sourcils. Elle s'était fait une image très précise de cette romancière à succès qui donnait sans complexe dans la littérature de gare et qui avait l'extraordinaire prétention de dire à Jason Cole ce qu'il devait faire. C'était une femme sophistiquée, recherchant frénétiquement les feux de la rampe, s'attendant à ce que le tapis rouge soit toujours déroulé pour elle, à ce que le champagne coule à flots...

Raven l'avait imaginée en prima donna nombriliste et talentueuse.

Elle ne l'avait pas imaginée en recluse...

— Vous avez bien choisi votre heure, dit Greta, la secrétaire de Jason Cole à Raven, quelques minutes plus tard. Il vient juste d'arriver, nous ne l'avions pas vu de la semaine.

— Il était dans la salle de montage?

— Jusqu'à cet instant. Ne quittez pas, je vous le passe.

Avant qu'elle n'entende la voix la plus sexy de tout Hollywood, Raven se prit à imaginer à quoi devait ressembler Jason en ce moment. Il devait, comme à son habitude, porter un tee-shirt noir, des jeans élimés et des bottes de cowboy, le tout mettant en valeur son corps mince et sensuel. Ses épais cheveux noirs devaient être en bataille, sa barbe de trois jours hirsute, et des cernes sombres soulignaient probablement son regard d'un bleu profond. Ce regard qui ne reflétait jamais aucune fatigue, plutôt une énergie et une intensité hors du commun.

En un mot, Jason aurait l'air de sortir d'une nuit de folle

passion — et Hollywood était plein de très belles femmes qui pouvaient se targuer de l'avoir vu ainsi —, alors que, ces derniers jours, il n'avait vécu que pour et par son film.

— Raven !

— Salut ! Où en est *Ripple Effect* ?

— Ça prend tournure. Encore un peu de patience et ça sera parfait.

Raven s'étonna qu'il use du mot « patience ». En effet, Jason avait la fichue réputation d'être un homme pressé, en amour comme en amitié. Il semblait tout bonnement incapable de prendre le temps nécessaire au bon développement d'une relation.

C'était un homme nerveux, qui ne supportait ni l'incompétence ni les discussions. Mais il pouvait être d'une infinie patience lorsqu'il s'agissait de rendre dans un film la vision qui l'avait inspiré — une vision merveilleuse, bien plus puissante que ce que pouvait imaginer le commun des mortels.

Raven songea que Jason n'avait peut-être, tout simplement, aucune vision merveilleuse des relations humaines. Pas bête.

A cet homme pressé, doué et si passionné, la jeune femme tenta d'expliquer le plus succinctement possible les raisons de son appel, en terminant par un :

— Et je crois savoir qu'à la fin, l'héroïne, Savannah, donne naissance à une fille... euh... Mrs. Sinclair craint que tu ne veuilles supprimer l'enfant.

— Non, pas l'enfant, la mère, répliqua Jason sans se démonter.

— Aïe !

— Écoute, ça ne nous regarde pas... Les seuls concernés sont Mrs. Sinclair et sa maison d'édition.

— Sauf que je sers d'intermédiaire ! J'ai promis à Barbara Randall d'appeler Lauren directement après notre coup de fil.

— Parfait, alors. Ça te permettra de lui rappeler que si *Gifts of Love* est son livre, ce sera mon film !

— Certes. J'utiliserai l'analogie de la maison qu'on a vendue et qui ne vous appartient plus. Le nouveau propriétaire a bien le droit d'y apporter quelques petites modifications...

— Petites, mais nécessaires, rectifia Jason d'une voix douce où l'on pouvait déjà déceler un soupçon d'impatience.

Si Raven n'avait eu une si piètre opinion d'elle-même, et si la cruelle rupture d'avec Michael n'avait confirmé ce qu'elle savait déjà — qu'elle était aussi attirante qu'un iceberg —, elle aurait peut-être culpabilisé devant la joie malsaine qu'elle éprouvait en composant le numéro de téléphone de Lauren Sinclair en Alaska. Cette romancière qui se permettait de faire vibrer des millions de lecteurs avec ses histoires d'amour qui finissaient bien allait retomber sur terre...

— Allô ?

La voix au bout du fil semblait tendue et apeurée. Sa secrétaire, sans aucun doute, qui venait d'endurer, non sans peine, une rude journée saturée des remarques acerbes de sa patronne.

— Raven Winter, pour Lauren Sinclair, s'il vous plaît.

Bien que Lauren Sinclair fût son nom de plume, Holly répondit sans hésiter :

— C'est moi. Barbara Randall m'a prévenue de votre appel.

Raven fronça les sourcils en comprenant que cette voix fragile appartenait à l'auteur.

— Je viens juste d'avoir Jason Cole...

— Oui ?

La voix semblait toujours aussi tendue, mais on y décelait

à présent une note d'espoir, et Raven n'eut plus à cœur de se montrer méchante. Elle s'adoucit, comme pour s'excuser.

— Jason croit que l'histoire paraîtrait plus authentique si l'héroïne ne survivait pas à la naissance de sa fille.

— Oh, non!

C'était un cri de désespoir, comme si Raven venait de lui annoncer la mort d'un de ses proches. Le silence s'installa au bout de la ligne.

— Mrs. Sinclair? Lauren? Êtes-vous toujours là?

— Oui...

Un moment plus tôt, ce mot était plein d'espoir. Maintenant il était synonyme de deuil. Et pourtant, constata Raven, la mort annoncée de Savannah ne concernait qu'un personnage de fiction, si aimé soit-il!

La mission de Raven était accomplie, Lauren Sinclair acceptait la sentence avec chagrin mais sans protester — comme si le décès de Savannah était irrévocable, comme s'il avait déjà eu lieu.

Pourtant cette mort n'était pas définitive... pas encore. Raven eut brusquement une idée. Dangereuse et un peu folle, certes. Et sans doute sans espoir, comme le ton de Lauren.

Une petite voix intérieure lui intima aussitôt de prendre congé, d'expliquer qu'elle était désolée, de marmonner n'importe quelle platitude, mais surtout de ne *rien* ajouter!

Bien sûr, Raven ignora cette sage recommandation.

— Il est évident que vous prenez tout ceci très à cœur. Voulez-vous m'en parler? Sans doute pourrais-je fléchir Jason, bien que je pense que vous feriez mieux d'en discuter directement avec lui. Face à face. Qu'en dites-vous? Aimeriez-vous venir à Los Angeles pour le rencontrer?

Holly garda le silence. Non. *Non*... Tout ce que suggérait Raven Winter était tout bonnement inconcevable. Jamais, durant ces quinze dernières années, Holly Elliott ne s'était aventurée hors de l'Alaska. Elle y vivait recluse, dans son cottage, n'en sortant que très rarement et pour le strict nécessaire.

« Mais tu es *déjà* sortie, souviens-toi ! Tu parcours régulièrement les six kilomètres qui te séparent de la ville, de l'épicerie, de la poste. Et tu vas voir et revoir tous les films de Jason Cole au cinéma du coin... »

Elle se souvint aussi que, lors de son installation cinq ans auparavant, elle s'était montrée presque aventureuse. Elle avait exploré les merveilles de l'Arctique, s'était rendue plusieurs fois à Barrow, et plus récemment, en 1989, à Prince William Sound lors du naufrage de l'*Exxon Valdez*, pour aider à sauver les oiseaux de mer.

Elle *devait* aller à Los Angeles. Elle *pouvait* le faire. Quant à rencontrer Jason Cole et lui expliquer qu'il ne saurait être question de changer la fin de son roman...

Holly sut, pourtant, que c'était la seule chose à faire.

Dix-sept ans auparavant, alors qu'elle n'en avait que treize, elle avait été incapable de sauver la vie de sa mère adorée. Maintenant, une autre mère se devait d'être sauvée, une mère fictive, certes, mais cependant...

Sa voix était grave lorsqu'elle répondit enfin à Raven.

— J'accepte. J'irai à Los Angeles pour lui parler. Serez-vous là aussi ? reprit-elle avec espoir.

Cette note d'espoir réveilla chez Raven quelque chose de profondément enfoui. Ce fut douloureux et fulgurant, comme une brûlure au fond de son cœur pris dans les glaces, et qui tentait de battre, inaudible.

La question de Lauren raviva les braises qui y dormaient, illuminant sa mémoire. Tout devint clair, elle revit la petite fille brune qu'elle avait été, l'enfant qui souhaitait si désespérément qu'une personne, juste *une*, l'aide, la défende, et surtout l'aime...

Et maintenant, Lauren Sinclair lui demandait son aide. Mais il y avait plus encore, quelque chose d'étonnant dans cette petite voix fragile et courageuse : pour quelque obscure raison, Lauren ne semblait pas douter que cette aide serait loyale.

— J'y serai, promit Raven. Et je vous aiderai... Vous avez ma parole.

« De toute façon, pensa-t-elle avec ironie, d'ici là, Jason m'aura tuée. Je vais avoir l'insigne honneur de me faire étrangler par cet homme splendide aussitôt que je lui aurai avoué ce que j'ai fait ! »

2

— Tu as fait *quoi*? s'écria Jason.

— Crois-tu qu'il était préférable de la laisser s'angoisser, alors que tu n'as même pas donné le premier coup de manivelle? répliqua Raven avec calme. Il y a eu des cas d'auteurs qui ont appelé leurs lecteurs à bouder un film. Elle a des millions de fans, et si elle décide d'en faire une *cause célèbre*[1]...

— Est-ce ce qu'elle menace de faire? coupa Jason méprisant.

En réalité, il ne se faisait aucun souci pour son film. La mauvaise publicité comme les mauvais articles attirent quand même les foules, et en vérité le public venait pour lui, Jason Cole. Surtout s'il jouait le rôle principal. C'était un rôle formidable, et qui le serait encore plus si le héros ne se remettait pas de la mort de Savannah... Il se voyait déjà berçant son tout-petit, ce don du ciel, des larmes plein les yeux, lui murmurant ses premiers mots d'amour...

— Non! J'ai juste pensé que...

— Pensé? Parce que cette idée vient de toi?

Raven cilla et garda un silence plus éloquent qu'un aveu. Il y eut un moment de tension, puis brusquement elle

1. En français dans le texte.

entendit, à l'autre bout du fil, le rire le plus célèbre et le plus sexy de Hollywood.

— Et moi qui croyais que tu étais de mon côté ! ironisa Jason. O.K. ! Raven... après tout, pourquoi pas ? J'adore me taper de pétulantes romancières ! Aucun inconvénient à ce que je choisisse la date ? Je peux difficilement tout laisser tomber maintenant.

— Je pense qu'elle n'y verra aucune objection, répondit Raven soulagée. Et quant à moi, je m'arrangerai...

— D'accord. Je jette un coup d'œil à mon emploi du temps... (Jason marqua une pause pour feuilleter son agenda et se retrouva rapidement une quinzaine de jours plus tard.) Que dirais-tu d'un déjeuner le lundi 27 ?

Raven suivit d'un doigt effilé son calendrier jusqu'au week-end précédant ce lundi. Un « Chicago » élégamment écrit barrait les deux jours. Ce mot lui sauta à la figure comme la preuve indéniable de sa bêtise et de son échec. Il avait été souligné et ressouligné, comme pour rendre à l'avance ce week-end mémorable. Car en effet, *rien* n'aurait été plus mémorable que de s'avancer dans l'impériale salle de bal de l'hôtel *Fairmont*, au bras de Michael Andrews, sous les regards impressionnés de la foule qui n'aurait pas manqué de le reconnaître. Enfin, elle aurait pu afficher son amour !

« *T'aimer*, Raven ? *T'aimer ?* »

La jeune femme s'efforça de passer à la page suivante. Lundi 27... Remise des Oscars au pavillon Dorothy-Chandler à 18 heures. Limousine : 16 h 45.

Elle se souvint que convaincre Michael de l'emmener en week-end à Chicago, en cette veille de remise des prix à Hollywood, n'avait pas été une mince affaire, et qu'en échange elle avait dû accepter de faire l'impasse sur le brunch du dimanche pour rentrer par le premier avion du matin.

Mais, à la différence de Michael Andrews, qui, malgré

cinq nominations aux Oscars, avait besoin de rentrer la veille du gala pour être prêt, Jason Cole envisageait, et ce malgré ses sept nominations pour *Without Warning*, d'avoir un déjeuner d'affaires ce jour-là.

— Si je ne m'abuse, le 27 est le jour de la remise des Oscars, précisa Raven.

— Oui, c'est un jour quasiment férié... même pour toi, je suppose ?

Jason s'inquiétait sans doute de savoir si elle passerait la journée à se faire pomponner dans un des luxueux salons de beauté de Rodeo Drive, en vue de la soirée. Mais Raven n'avait rien prévu de tel, même quand elle pensait y aller avec Michael. Ce jour-là aurait été un jour comme un autre.

— O.K. !... cela me va.

Raven hésita encore un instant. Jason ne manquerait pas, à la sortie des rushes de *Ripple Effect*, d'entendre parler de sa séparation, et il risquerait de mal prendre le fait qu'elle le lui ait caché. Aussi ajouta-t-elle :

— Comme tu le sauras assez vite, je ne collabore plus avec l'ennemi, lança-t-elle vivement.

Jason ignora l'allusion. Michael était plus un concurrent qu'un ennemi pour lui. Mais il nota l'événement.

— Vous n'êtes plus ensemble ? Je ne savais pas...

— Normal. C'est plutôt récent.

— Oh ! Je suis vraiment désolé pour toi.

Raven fut surprise de sa gentillesse, car leurs relations avaient été jusque-là cordiales et profitables, mais sans rien de personnel.

Sa petite voix intérieure intervint, ironique, lui demandant si elle avait jamais eu de relation personnelle avec qui que ce soit, en dehors, bien sûr, des relations sexuelles... *ça oui* ! Beaucoup d'hommes avaient aimé son corps parfait... sa manière d'acquiescer à leurs moindres désirs... son intense volonté de leur plaire dans l'espoir de recevoir un peu d'amour...

— C'est ainsi! laissa-t-elle tomber. (*C'était toujours ainsi*, se dit-elle.) Bien. Déjeuner le 27, c'est d'accord. J'avertis Lauren et je confirmerai auprès de ta secrétaire.

— Parfait. Je suis sincèrement désolé pour toi et Michael.

— Merci, Jason... Moi aussi, ajouta-t-elle d'une voix feutrée.

En quittant son bureau pour sa maison de Brentwood, Raven s'arrêta dans une des librairies de Wilshire Boulevard pour acheter un exemplaire de *Gifts of Love*. Dix minutes plus tard, elle était chez elle.

Chez elle. Cette maison, petite mais luxueuse, située dans un quartier prestigieux, était, depuis cinq ans, sa résidence officielle. Mais durant ces cinq années, elle avait successivement vécu, de manière officieuse, à Topanga Canyon avec un acteur, à Santa Monica avec un conseiller fiscal, à Malibu avec un promoteur immobilier et, plus récemment, à Beverly Hills dans la demeure du producteur-réalisateur Michael Andrews.

Sa maison de Brentwood n'était qu'un dressing-room, où elle rangeait ses vêtements d'une saison à l'autre, un endroit où elle se posait entre deux amours.

Et un endroit sans âme, constata Raven avec sévérité tandis qu'elle pénétrait dans son salon tout blanc. Sans couleur, sans chaleur, sans personnalité. Un endroit parfaitement stérile, qui n'était qu'apparences — comme elle.

Frissonnante, Raven leva les yeux à la recherche d'un peu de couleur. Dehors, la pelouse, impeccablement tondue par le service de jardinerie auquel elle était abonnée, étalait son vert d'émeraude, mais les massifs de fleurs, mal entretenus, offraient le triste spectacle de leur défloraison.

Elle avait eu autrefois un jardinier, qui depuis longtemps avait pris sa retraite. Et jamais elle n'avait songé à en reprendre un autre, persuadée qu'elle était d'aller bientôt vivre à Beverly Hills.

Elle songea qu'elle ferait bien d'en trouver un avant que les voisins ne se plaignent.

Mais cette idée lui parut aussitôt au-dessus de ses forces, comme tout ce qui touchait à l'avenir, depuis que, trois nuits plus tôt, Michael, de retour d'un tournage de sept semaines à Madrid, lui avait signifié la fin de leur liaison.

Encore une fois, Raven allait devoir tout recommencer. Et cela n'avait rien d'excitant. Chaque nouveau départ lui semblait plus dur, lui rappelant ses autres échecs, son incapacité à être aimée.

Raven n'aspirait qu'à échanger, qu'à être chaleureuse, douce, aimante — Dieu sait combien elle avait essayé, mais à chaque séparation, elle devenait encore plus fragile, distante et méfiante.

Elle haussa ses délicates épaules comme pour chasser le poids de son tourment. En vain. Elle se sentait épuisée. D'une fatigue si ancienne... Depuis trente-trois ans, son pauvre cœur, peu à peu pris par les glaces, luttait pour battre. Comme son cœur, son esprit aussi était épuisé... Et ces trois nuits de tourments et d'insomnie n'avaient rien arrangé.

Durant un instant, elle fut tentée de se laisser tomber tout habillée sur son lit. Elle était si éreintée qu'elle finirait bien par s'endormir, d'un long sommeil réparateur. Mais Raven n'avait pas pour habitude de se laisser aller. Elle avait lutté pour survivre, lutté pour réussir professionnellement, ce qu'elle avait fait bien au-delà de ses espérances...

A cause d'un rendez-vous téléphonique avec la côte Est, Raven n'avait pu courir ce matin-là. Mais c'était une belle soirée de printemps et il faisait encore jour...

Il était temps d'y aller.

Peu importait sa fatigue.

Peu importait qu'elle fût déjà si mince.

Peu importait qu'il fût dangereux de courir le long de San Vicente, l'esprit en déroute.

Et peu importait que sa peine ne soit que l'écho si douloureux d'autres peines...

— Tu t'appelles Raven?

— *Raven?* Mais ça veut dire « corbeau »! un sale oiseau de malheur...

— Un busard!

— Un vautour...

— Sur ses petites jambes maigrichonnes! N'est-ce pas, Vautour?

— Venez voir tout le monde, le vautour a sali ses papattes!

— Qu'est-ce qu'il y a? Tu as peur, Corbeau? Tu n'as pas de chaussettes? Ta salope de mère pourrait bien t'en offrir... si elle se faisait payer pour les *services* qu'elle rend, elle serait riche!

Ces mots cruels trottaient dans la tête de Raven tandis qu'elle courait ses sept kilomètres quotidiens. Qu'elle accélère la cadence ou non, ils étaient toujours là, la précédant parfois, l'attendant au coin d'une rue. Horrible litanie...

Puis brusquement lui revint la promesse qu'elle s'était faite à dix ans, en découvrant le poème d'Edgar Poe.

« Et le corbeau dit, jamais plus... »

Ç'avait été comme si le père maudit avait surgi de sa tombe pour la réconforter et lui promettre que tout cela prendrait fin un jour. Un jour, quand sa peine serait trop dure à supporter, elle prendrait enfin le contrôle de sa vie. Et elle déciderait d'être à jamais libre.

Un jour, elle dirait simplement: « Jamais plus, jamais plus... »

Si Nicholas Gault n'avait pas ralenti pour tourner à droite, s'il n'avait pas eu depuis toujours d'excellents réflexes, ou s'il avait hésité, ne serait-ce qu'une fraction de seconde, à freiner de crainte qu'on ne lui rentre dedans, il aurait heurté cette femme de plein fouet.

Mais il réussit à arrêter sa camionnette, dans un horrible crissement de freins et de métal, à quelques centimètres de la jolie joggeuse perdue dans ses rêves et qui n'avait même pas jeté un regard avant de traverser. De surprise et de frayeur, elle trébucha et tomba, écorchant violemment ses paumes et ses genoux sur le bitume.

En une seconde, Nick fut dehors. Il se dirigea, fou de rage, vers cette femme qui avait manqué de se faire tuer, et par la même occasion de le transformer en assassin.

Depuis qu'il avait la lourde mais si agréable responsabilité d'élever ses deux filles, Nicholas Gault s'était promis de ne pas jurer. Du moins pas à haute voix... car Deandra, la mère de ses enfants, arrivait encore à le faire pester intérieurement.

Mais là, sous le choc, il eut malgré tout envie de lancer quelques jurons bien sentis, quelques gros mots éloquents... dès qu'il aurait attiré l'attention de sa victime.

Elle était toujours à genoux au milieu de la chaussée. Il ne pouvait voir son visage car elle baissait la tête, comme absorbée par la contemplation du macadam, comme si ce fichu macadam pouvait être en quelque sorte responsable de sa chute.

« Elle va essayer de rejeter le blâme sur moi », se dit Nick, dégoûté. De son regard gris, il évalua le coût — plusieurs centaines de dollars — de l'ensemble de sport de chez Ellesse de la jeune femme. Le short, la chemise, le bandeau et les socquettes étaient de deux tons très raffinés, rose et gorge-de-pigeon. Nick connaissait bien ce genre de femme, il était même un véritable expert dans cette catégorie : riches et égoïstes, uniquement préoccupées de porter les dernières créations des grands couturiers, même pour leur jogging, et n'acceptant aucune remarque, même justifiée.

Dédain et colère se mêlant, Nick trouvait de plus en plus d'invectives à lui lancer. Il se faisait silencieusement menaçant, voulant qu'elle le regarde, qu'elle daigne lever les yeux. Elle ne pouvait ignorer sa présence, or elle gardait obstinément la tête baissée, comme pour retarder la confrontation, gagner sa sympathie.

« *Regardez-moi!* Regardez-moi si vous avez une once de courage et d'intégrité... » pensa-t-il avec force.

Elle lui obéit, offrant enfin son visage à son regard courroucé... Et Nicholas Gault resta sans voix.

Sa beauté était telle qu'il en oublia sa tirade. Et pourtant Nick se croyait suffisamment immunisé contre ce genre de beauté. Il savait trop bien ce qu'elle pouvait receler de traîtrise, de fausseté...

Sa beauté seule, aussi étonnante fût-elle, n'aurait pas suffi à arrêter sa colère. Il aurait pu tout aussi bien ignorer ses lèvres pleines et tremblantes, l'élégance de ses pommettes, le velouté sombre et sensuel de sa chevelure qui s'échappait en grosses boucles de son bandeau coûteux pour encadrer son ravissant visage.

Non, ce qui avait freiné sa colère, c'était ses yeux... Des yeux d'un bleu rare, pareils au ciel brillant d'un matin d'hiver enneigé. Mais, en dépit de leur éclat, ses yeux ne reflétaient ni les promesses ni l'arrogance joyeuse d'un tel ciel...

Or, Nick avait espéré de l'arrogance chez cette jolie femme habillée chez Ellesse. Il avait imaginé un regard assassin, le blâmant pour ce qu'il avait fait...

Mais ce qu'il lisait dans ses yeux était fort différent, et fort étonnant. Ahurissant, même. Elle s'attendait à être insultée, houspillée pour sa négligence. Elle semblait résignée à subir sa colère; mieux, elle l'acceptait comme si elle était habituée à se faire réprimander. Comme si *elle le méritait* !

Et, tout au fond de ce regard si bleu, il crut déchiffrer un autre message pour le moins troublant, qui semblait lui signifier qu'il pouvait la battre, *la tuer*...

Nick bougea enfin, s'accroupissant près d'elle, mais ce mouvement la fit reculer instinctivement.

La peur qu'éprouvait Raven n'était pas seulement instinctive. Elle avait immédiatement senti le dangereux pouvoir de cet homme, sa colère rentrée, ses mâchoires serrées retenant les mots qu'elle méritait d'entendre, et le dédain de ses yeux gris.

Ses cheveux étaient aussi bruns que les siens, et, tandis qu'il l'étudiait avec l'acuité d'un guépard, Raven sentait cette force contrôlée. C'était la force d'un animal sauvage au corps souple et musclé, mais le contrôle de soi d'un homme aux nerfs d'acier, visible dans l'éclat métallique de son regard.

« Mais qu'imagine-t-elle ? » pensa Nick en voyant sa peur. « Croit-elle que je vais la battre ? »

Évidemment, quelques instants plus tôt, il avait eu l'intention de l'agonir d'injures. Sans doute avait-elle perçu sa rage... mais de là à la battre !

— Salut ! murmura-t-il gentiment. Comment vous sentez-vous ?

— Je suis absolument désolée... bredouilla-t-elle. J'étais distraite et....

Nick aurait aimé en savoir plus. Est-ce qu'il lui aurait été égal de se faire tuer ? Est-ce qu'une partie d'elle-même aurait préféré qu'il ne s'arrête pas ?

Il poserait ces questions plus tard. Pour l'instant, il s'empara de ses délicates petites mains horriblement écorchées, qui reposaient, paumes à l'air, sur ses cuisses. Il découvrit alors leur chair arrachée et le sang qui s'écoulait. Pas étonnant qu'elle n'ait pu relever tout de suite la tête, que son corps soit resté si totalement immobile. Elle fixait le macadam non dans un mouvement d'humeur mais afin de concentrer toute son énergie pour ne pas crier de douleur.

Qui pouvait-elle être? Qui pouvait être cette femme qui s'habillait comme si seules les apparences comptaient, qui n'espérait que colère de la part des hommes, qui semblait souhaiter la mort comme une délivrance, et qui était capable d'endurer la douleur dans un royal silence? On aurait dit Blanche-Neige, avec sa peau diaphane où perlaient des gouttes de sang.

— Je ferais mieux de vous conduire à l'hôpital.

— Oh non! Merci, je vais...

— Bien? Certainement pas, répliqua Nick en souriant gentiment.

— Ça va aller. Je n'ai vraiment pas besoin d'aller à l'hôpital.

— D'accord, accepta Nick. (Sans doute n'avait-elle pas besoin de soins médicaux. Il était difficile d'en juger tant que les blessures ne seraient pas lavées.) Mais je vous raccompagne chez vous, alors.

Raven ne pouvait qu'accepter. Elle savait, et il ne manquerait pas de s'en apercevoir lui aussi dès qu'elle se serait relevée, que ses genoux avaient été fort écorchés dans la chute. Brentwood était à plus d'un kilomètre et demi, et le trajet lui semblerait long sous les regards narquois des curieux.

« Qu'est-ce qui est arrivé à tes jambettes, Vautour? *Tu saignes?* »

— Merci, dit-elle à voix basse en se relevant, aussitôt soutenue par des mains fortes et douces.

Nick ne put s'empêcher de froncer les sourcils en voyant l'état de ses genoux. Il releva les yeux et lut à nouveau dans son regard cette curieuse attente, comme s'il allait se moquer d'elle. Il sourit et demanda :

— J'espère que vous avez une tonne de pansements chez vous?

Elle secoua gravement la tête, comme pour s'excuser.

— Cela ne fait rien, la rassura-t-il. Il y a une pharmacie juste à côté. Nous allons nous y arrêter.

Comme Nick l'aidait à monter dans sa camionnette, Raven aperçut l'arrière du véhicule. Ce n'était qu'un buisson de roses. Le spectacle était saisissant de couleurs et d'odeurs. Tant et tant de bouquets, si serrés les uns contre les autres qu'ils n'avaient pas chuté dans l'accident.

Tout en essayant de plier son genou pour grimper sur le siège passager, Raven constata avec un sourire :

— Je suis heureuse que vos fleurs ne soient pas endommagées.

3

— Vous êtes en train d'emménager? demanda Nick en arrêtant doucement sa camionnette devant la maison de Brentwood.

La question semblait logique. Elle justifiait le fait que la jeune femme fût si pâle — comme si elle venait juste d'arriver d'un de ces endroits aux longs hivers sans soleil — et qu'elle parût tout ignorer des dangers du jogging à Los Angeles. Et surtout cela expliquait l'amoncellement de cartons qui obstruait la porte d'entrée.

Raven regarda fixement les caisses qui avaient dû arriver tandis qu'elle était partie courir. Elle savait qu'elles venaient en droite ligne de chez Michael, et qu'elles contenaient ses effets personnels abandonnés trois nuits plus tôt lorsqu'elle s'était enfuie, incapable de supporter plus longtemps ses sarcasmes et son dédain.

Récupérer ses affaires avait figuré sur sa liste de choses à faire, mais elle n'avait pas eu assez d'énergie pour s'y mettre. Et maintenant, bien que leur relation eût duré plus de deux ans et demi, il était clair qu'un délai de trois jours était tout ce que Michael lui avait consenti. Sans doute avait-il déjà besoin de ses placards pour quelqu'un d'autre. Sans doute les articles de la presse à scandale relatant la nouvelle passion du célèbre metteur en scène pour une ingénue espagnole étaient-ils exacts. Sans doute avait-il fini par trouver une femme chaleureuse, aimante, faite de chair et de sang et non de glace...

« Mais je *suis* faite de chair et de sang », cria silencieusement Raven, tandis que son regard passait du tas de cartons, douloureux symbole de son échec, à ses paumes meurtries, preuve éloquente qu'elle était bien, elle aussi, un être humain et fragile !

Nick avait espéré que sa question recevrait une réponse rapide qui permettrait d'engager la conversation sur l'endroit d'où elle venait et sur ce qu'elle pensait de Los Angeles. Mais il semblait l'avoir peinée.

Blanche-Neige devait être seule, perdue dans cette ville étrangère, décida-t-il. Seule, et solitaire, et terriblement triste.

— J'ai vécu toute ma vie à Los Angeles, reprit-il. Si je peux vous aider, j'en serai ravi.

Les magnifiques yeux bleus de la jeune femme se voilèrent devant tant de gentillesse. Elle parut surprise et confuse.

— Merci, murmura-t-elle. Mais j'habite ici depuis quinze ans.

Sa réponse sembla sidérer son interlocuteur qui la regarda soudain avec un tel intérêt et une telle intensité qu'elle détourna rapidement les yeux. Il se passa un moment avant qu'elle ne reprenne la parole. Lorsqu'elle le fit, ce fut de sa voix précise et sèche d'avocate, de femme habituée dans sa vie professionnelle à négocier des contrats phénoménaux.

— Bien. Si cela ne vous ennuie pas d'attendre, ici, je vais chercher mon porte-monnaie.

— Pour quoi faire ?

— Pour vous rembourser les bandages.

— Inutile, répliqua Nick. Inutile de me rembourser, et inutile d'essayer de vous débrouiller seule. (Il ajouta, en voyant que ces injonctions étaient mal perçues :) Tant que vos mains n'auront pas reçu de soins, il vous sera difficile de faire quoi que ce soit. Aussi, laissez-moi vous aider. Je veux m'assurer qu'il n'est pas nécessaire de vous conduire à l'hôpital.

— Je pensais que vous étiez jardinier, seriez-vous chirurgien aussi?

Son ton de voix n'était ni encourageant, ni accusateur, mais Nick fut cependant ennuyé que Blanche-Neige le prenne pour un jardinier. Bien sûr, c'était logique, étant donné les jeans et la chemise écossaise qu'il portait, et sa camionnette remplie de roses.

Est-ce que son évidente répugnance à le laisser entrer chez elle disparaîtrait s'il lui révélait qu'il était quelqu'un de plus... *de mieux* qu'un simple jardinier? Est-ce que cette jolie femme, qui s'habillait chez Ellesse pour aller courir, qui habitait un des plus beaux quartiers de Los Angeles et qui possédait une Jaguar verte garée dans la contre-allée, mettait l'argent et les apparences absolument au-dessus de tout?

Nick espéra se tromper. Il se prit à vouloir de toutes ses forces qu'elle puisse regarder un jardinier de trente-six ans comme une personne ayant fait un choix de vie et non comme un raté. Il fallait qu'il *sache* ce qu'elle en pensait. Mais pour l'instant, tant qu'il ne pourrait lui faire confiance sur ce point, il la laisserait croire qu'il en était effectivement un.

Il était vrai que ç'avait été son tout premier métier, et que cela l'avait aidé à payer ses études, mais depuis, que de chemin parcouru...

Nicholas Gault, dès l'université, avait inventé un appareil de musculation extrêmement performant. Cette invention l'avait rendu millionnaire bien avant qu'il obtienne son diplôme d'architecte-paysagiste. Et ce ne fut que le début de sa fortune. Ensuite vint la chaîne d'hôtels Eden Resort; l'acquisition récente d'*Eden Aspen* et d'*Eden Carmel* portait à quatorze le nombre de ses petits hôtels de luxe, tous sis dans de magnifiques parcs, bien sûr dessinés par lui.

Que se passerait-il s'il avouait à Blanche-Neige qu'il était le propriétaire et le P.-D.G. d'Eden Entreprises, et que la camionnette remplie de roses était destinée à sa propriété de Bel Air? Est-ce que ses beaux yeux brilleraient de joie, ou pire, de séduction? Serait-il brusquement le bienvenu dans cette coûteuse maison?

Il y avait bien longtemps que Nick n'avait voulu une chose aussi intensément, croire que son métier ne faisait aucune différence pour cette femme, et que son refus de le laisser entrer ne venait que de sa vulnérabilité. Lui dissimuler sa véritable identité était un risque, mais son instinct lui soufflait qu'il avait raison d'agir ainsi. Après tout, il avait deux filles à protéger, deux jolies fillettes qui avaient déjà eu le cœur brisé par une femme égoïste qui ne jurait que par les apparences et l'argent!

— Je peux vous assurer que je n'ai rien d'un chirurgien, reprit-il. Je ne suis qu'un modeste jardinier.

— Mais un jardinier qui s'y connaît en écorchures.

Nick sourit.

— Exact.

« Parce que je suis avant tout un père », pensa-t-il en continuant de lui sourire. « Un père pour qui le bonheur de ses enfants est bien plus important que l'incroyable désir que j'ai de tout savoir de vous. »

— Puis-je entrer? insista-t-il.

— Euh... oui. Bien sûr.

Raven n'avait guère le choix, handicapée comme elle l'était. Même le fait de devoir tourner la poignée de la porte d'entrée lui paraissait au-dessus de ses forces. Elle allait devoir le laisser faire. Et puis elle désirait lui rembourser les bandages et, chose plus curieuse et plus dangereuse encore, elle avait envie de lui faire confiance.

— Puis-je avoir vos clés? demanda Nick après qu'ils se furent frayé un chemin au travers des cartons.

Les clés se trouvaient dans la poche droite de son short rose, bien à l'abri, et Nick vit son regard passer de ses paumes écorchées à son short ajusté. Il savait, sans vanité ou arrogance aucune, que son physique était aussi saisissant que sa beauté à elle était enchanteresse, et que la plupart des femmes dans ce cas auraient compris la délicieuse inéluctabilité de ce qui risquait d'arriver au moindre sourire.

Mais Blanche-Neige ne sourit pas. Elle accepta tout simplement l'éventualité qu'il la touche avec ce qui lui sembla être de la résignation, et, au lieu de rosir, ses joues devinrent encore plus pâles, si possible.

Il y eut un moment de silence durant lequel Raven espéra qu'il prendrait la clé sans qu'elle ait à l'y inviter, mais Nick ne fit pas le plus petit mouvement pour s'en emparer.

— Je pense... si vous n'y voyez pas d'inconvénient... La clé est dans ma poche.

— Très bien, dit Nick doucement.

« Et surtout, arrêtez de me regarder comme si j'allais vous battre, bon sang! »

Durant ces vingt dernières années, en fait depuis ce fatal été de ses treize ans où elle était devenue une jeune fille fort désirable, les hommes s'étaient toujours intéressés à Raven Winter. Aucun de ses nombreux amants n'aurait manqué, à cette occasion, de la reluquer, anticipant ce contact, et jouissant du fait qu'elle soit sans défense, à leur merci.

Mais cet homme ne faisait rien de tel. Ses yeux gris paraissaient si sérieux et, quand enfin il se saisit des clés, il s'y prit si gentiment que Raven lui en sut gré.

Si Nick perçut son émotion, il n'en laissa rien paraître. Et dès qu'il fut en possession des clés, il ouvrit la porte d'entrée et la lui tint, tandis que la jeune femme pénétrait dans la blancheur fraîche et sinistre de sa maison.

« Rappelle-toi qu'il croit que tu viens juste d'emménager.

Il ne lui viendra jamais à l'idée que tu es ici depuis cinq ans sans avoir eu envie de décorer ton intérieur », se gourmanda Raven.

Nick avait envie de lui suggérer d'aller prendre une bonne douche. Il tournerait les robinets, bien sûr. Et après, une fois qu'elle se serait drapée dans un épais peignoir de bains, si toutefois elle en possédait un, il l'aiderait à nettoyer ses plaies plus soigneusement, si cela s'avérait nécessaire, avant d'enrouler délicatement sa peau blanche-comme-neige dans des bandages blancs-comme-neige... Mais Nick pressentit que cette suggestion pourrait l'effrayer. Il n'était qu'un étranger, après tout. Et même si la pensée d'être pris pour un homme capable d'abuser d'une jeune femme nue l'ennuyait, il devait admettre qu'elle aurait raison de se montrer circonspecte.

Mais ils se dirigèrent vers la cuisine. Après que Nick eut réglé la température de l'eau sur l'évier, Raven y glissa ses paumes meurtries, sans fléchir. Tandis que le sang s'écoulait, ses joues se pincèrent, ses cils battirent.

— Je devrais vous donner un verre d'alcool, proposa aussitôt Nick.

L'idée lui en était déjà venue, mais il l'avait chassée, comme il avait chassé celle de la douche, car il ne voulait rien faire qui puisse la mettre mal à l'aise. Mais sa douleur paraissait réelle et devait être atténuée.

— Je pense vraiment que cela vous aiderait, ajouta-t-il.

— Non... merci, répondit-elle d'une toute petite voix, les yeux clos, avant qu'un sourire n'effleure ses lèvres et qu'elle ajoute : Je me sens mieux.

Lorsque l'eau qui coulait doucement ne fut plus teintée de sang, Nick l'arrêta. Il avait détesté la voir souffrir et redoutait d'avoir à lui faire de nouveau mal en la bandant.

— Voyons de quoi ça a l'air, murmura-t-il.

Il lui prit les mains dans les siennes. Ils les examinèrent ensemble, et furent soulagés. Ses paumes étaient tout bonnement à vif, mais la peau avait été scalpée comme par un rasoir, très proprement. Il n'y avait aucune de ces coupures pleines de saletés et de sable qu'ils avaient redoutées.

Il se passerait un bon moment avant qu'elle ne retrouve l'usage de ses mains, bien que ses doigts délicats fussent miraculeusement indemnes. Elle pourrait toujours remonter la fermeture Éclair de son jean, lacer ses chaussures et tourner les robinets de la douche, et même nettoyer ses pauvres genoux et les enrubanner de délicats bandages blancs assortis à sa peau laiteuse.

Nick, amusé, releva la tête. Il fut remercié d'un sourire plein de douceur, d'espoir... à vous couper le souffle.

Et, le souffle coupé, Nick laissa ses pensées vagabonder. Il eût aimé voir ce sourire charmant, encore et encore, et d'autres aussi, plus intimes, plus heureux et plus éblouissants.

Aussitôt une petite voix très réaliste lui suggéra qu'il pouvait avoir ce genre de sourire, qu'il pouvait obtenir qu'elle l'invite à ôter son short, à la rejoindre sous la douche. Rien n'était plus facile... Il lui suffisait simplement d'avouer à cette femme qui portait des vêtements de marque pour courir, qui possédait une maison emplie de meubles austères mais coûteux, qui il était!

— Bien, murmura Raven en retirant ses mains des siennes avant qu'il ne sente combien elle tremblait.

Durant ces minutes sans fin où, les yeux clos, elle avait senti l'eau couler sur ses plaies, elle avait combattu la douleur en s'accrochant à la drôle d'idée qui venait de surgir dans son esprit. A présent, l'idée était devenue un plan. Et le sourire de cet homme laissait à penser qu'il l'apprécierait. Elle se lança :

— Je suppose que vous avez remarqué mon jardin? Ou

du moins mon absence de jardin... Je me demandais si cela vous intéresserait de m'en dessiner un?

Nick, qui avait retrouvé ses esprits, accueillit cette proposition avec gravité. C'était pourtant une invitation à voir d'autres sourires, à en savoir plus... Mais ce pouvait aussi bien être un désastre.

Il fallait être sûr qu'elle le prenait bien pour Nick le Jardinier, et qu'elle n'avait pas reconnu Nick le P.-D.G. Bien sûr, baser une nouvelle relation sur une telle supercherie était risqué, mais il avait besoin de cette supercherie pour découvrir qui elle était réellement, au plus profond de son âme.

— J'accepte volontiers, et j'en suis très heureux... Mais à une condition.

— Oui?

— Vous participerez activement à l'élaboration du plan. Vous devrez me dire ce que vous voulez, le genre d'arbustes ou de fleurs que vous préférez.

Nick, qui avait espéré l'amuser, vit son magnifique visage se rembrunir, ses épaules s'affaisser comme s'il l'avait chargée d'une tâche insurmontable.

— Mais je ne connais rien aux fleurs.

— Mais moi si. Tout ce que vous aurez à faire sera de compulser les catalogues que je vais vous donner. Pointez les fleurs qui vous plaisent et je me charge du reste.

Nick tenta de visualiser son agenda. Le temps consacré à ses enfants était intouchable, mais le temps passé à diriger son empire était plus flexible. Lui et ses filles partaient tôt le lendemain pour passer le week-end dans leur ranch de Santa Barbara, mais, la semaine suivante, le P.-D.G. d'Eden Entreprises devrait pouvoir trouver un moment pour se transformer en jardinier.

— Voilà ce que je vous propose, reprit-il. Demain matin, aux aurores, bien avant que vous ne soyez éveillée, je déposerai les catalogues à votre porte. Vous aurez ainsi tout le week-end pour les regarder, et nous nous reverrons la semaine prochaine pour en discuter. Quel jour vous conviendrait?

— Quand vous voulez, répliqua-t-elle en haussant les épaules.

Puis elle se reprit et tenta un pâle sourire.

— Enfin, je dois aller travailler.

— Alors, avant ou après le travail?

— Avant, si cela vous va. Mon emploi du temps est plus chargé en fin de journée.

— Quel jour, quelle heure?

— Eh bien... Disons lundi? Mon premier rendez-vous est à neuf heures et demie.

— Je serai là à sept heures et demie.

Malgré les protestations de Raven, démenties par une lueur de gratitude dans le fond de son regard bleu, Nick, avant de partir, rentra tous les cartons dans le spacieux salon. En passant dans cette pièce la première fois, il avait pensé qu'elle était dépourvue de couleur. Mais au retour, il vit la seule touche colorée de cette immensité blanche, le bordeaux d'un porte-documents et d'un sac à main assortis, gravés des initiales R.W.W. et posés à même la moquette sable. Et puis, tout aussi insolite, traînant sur la table basse d'albâtre, un livre à la couverture familière.

— *Gifts of Love!* s'étonna-t-il. Ma mère m'a dit que c'était formidable.

— C'est ce qu'on m'a dit aussi. Je viens juste de l'acheter, dit Raven, un sourire rêveur aux lèvres.

— Pourquoi ce sourire?

Elle rougit, surprise de l'intérêt qu'il lui portait, et, encore plus surprise, elle s'entendit répondre :

— Eh bien, je pensais à mon week-end : choisir des fleurs, lire un roman...

— Ce n'est pas dans vos habitudes ?

— Non. (Raven eut un doux rire.) Non, pas vraiment.

— Eh bien, j'espère que ce sera agréable.

Il disait cela gentiment, sérieusement, comme s'il le pensait réellement. Elle frissonna soudain.

— Je ferais mieux de m'en aller pour que vous puissiez prendre une bonne douche... Au fait, je me présente : Nicholas Gault, dit-il tout simplement.

Il espéra une réaction qui ne vint pas. Rien. Pas l'ombre d'un signe de reconnaissance. Ou ce nom ne lui disait rien, ou elle était la meilleure actrice de Hollywood. Après tout, Gault n'avait rien de rare ; d'après sa fille de neuf ans, il y en avait bien quatre dans l'annuaire, dont un qui était son propre père. Et puis, si Eden Resorts était connu, le nom de son propriétaire l'était moins. Satisfait que sa supercherie puisse continuer, il ajouta :

— Mes amis m'appellent Nick.

— Enchantée.

— Enchantée, Nick.

— Enchantée, Nick, répéta-t-elle avec un beau sourire.

Puis elle comprit que la balle était dans son camp. Son sourire s'évanouit, son corps se raidit comme pour mener l'assaut. Relevant fièrement son menton, elle dit simplement :

— Je m'appelle Raven.

Ce ne fut pas une surprise pour Nick puisque le nom de Raven Winter était marqué sur tous les paquets qu'il avait transportés.

« Je connais votre nom, mais ce que je ne sais pas, et ce que je saurai un jour, c'est pourquoi vous vous attendez à ce que je me moque de vous... », pensa-t-il.

Nick répéta à voix haute :

— Raven ? C'est un très joli prénom...

4

Kodiak, Alaska,
vendredi 10 mars.

Dehors, tout n'était qu'obscurité, la neige tombait en silence tel un rideau de cristal. C'était un temps à écrire, un temps idéal pour échapper à ces angoissants souvenirs de ténèbres et de neige en s'enfonçant dans un monde fictif d'amours heureuses et de romance qui finissaient bien.

Mais ce soir, Holly ne pouvait se défaire de son cauchemar. Et elle affrontait ses vieux et terrifiants souvenirs, ainsi que la promesse un peu folle qu'elle avait faite à Raven Winter d'aller à Los Angeles rencontrer Jason Cole.

Après le coup de fil, Holly était restée très longtemps sans bouger, à la fenêtre du salon, à fixer le ciel et la mer qui se déployaient devant elle dans leur théâtrale beauté.

Finalement, bien après que les pastels de ce coucher de soleil si printanier eurent laissé place à une nuit d'hiver, Holly monta dans sa chambre et ouvrit son armoire aux fragrances de cèdre. Sa main diaphane effleura en tremblant l'unique robe qui s'y trouvait.

Sa mousseline ivoire était entièrement brodée de fleurs sauvages aux tons délicats de rose, de lavande, d'or et de mauve. Ses poignets et son col étaient plissés, et, à part quelques pinces à la poitrine, elle était aussi simple et virginale qu'une chemise de nuit de jeune fille. Cette robe était antérieure à la naissance de Holly puisque ç'avait été la robe de mariée de sa mère, Claire Johnson, trente et un ans plus tôt, le jour de la Saint-Valentin, lorsqu'elle avait épousé Lawrence Elliott.

Enfant, Holly l'avait essayée maintes et maintes fois.

« Tu as l'air d'une vraie dame, là-dedans, Holly Elizabeth Elliott ! Tu es tout bonnement ravissante ! » s'exclamaient alors ses parents enchantés. Cela faisait vingt ans qu'elle n'avait pas porté cette robe, et dix-sept qu'elle s'était enfuie en l'emportant, ainsi que quelques autres objets chers à son cœur, en souvenir de cette époque pleine de bonheur et de joie...

— Ses nasaux sont si doux, papa ! criait la petite Holly du haut de ses trois ans, tandis que Lawrence la tenait pour qu'elle puisse toucher la superbe jument et sentir pour la première fois ce contact velouté.

Accompagner son père dans les écuries où il travaillait pour subvenir aux besoins de sa famille était un moment de pur bonheur pour Holly, comme chaque instant de sa vie d'ailleurs. Elle était portée par l'amour de ses parents, et tous trois échafaudaient de merveilleux rêves.

Son père, un bel homme aux yeux verts qui brillaient d'un amour émerveillé dès qu'il la voyait, serait un jour vétérinaire. Cela prendrait un certain temps puisqu'il ne pouvait suivre ses cours qu'à mi-temps, mais au bout du compte il aurait sa propre clinique. Il soignerait toutes les créatures vivantes de cette terre, grandes ou petites, sauvages ou domestiques, et sa ravissante mère l'aiderait, recevant les « patients » et leurs maîtres. Quant à Holly, elle recevrait et soignerait les patients, tout comme ses parents.

Ni Claire Johnson ni Lawrence Elliott n'avaient eu une

enfance leur permettant de croire à leurs rêves. Mais leur amour et cette jolie enfant blonde semblaient rendre tout cela possible, maintenant, comme si leurs rêves pouvaient enfin se réaliser.

Même quand Lawrence fut mobilisé et qu'ils surent qu'il partirait pour le Vietnam, Claire et lui continuèrent de rêver. Il reviendrait sain et sauf et retournerait à l'université, à plein temps cette fois grâce à sa solde de G.I., et, pour les treize ans de Holly, il serait vétérinaire.

Mais leur rêve ne devint jamais réalité. Deux jours avant que Lawrence ne rentre définitivement du Vietnam, son unité tomba dans une embuscade, en pleine jungle, et revint sans lui. Le terrible récit de sa mort fut conté par le soldat Derek Burke, qui s'était trouvé à ses côtés lorsqu'il avait reçu une balle en pleine poitrine. Derek avait tenu Lawrence dans ses bras et recueilli ses derniers mots d'amour pour sa femme et sa fille. Il ne rapporta de la jungle que la plaque d'identité de Lawrence. Il lui avait été impossible de ramener son corps, avec l'ennemi sur ses talons. L'armée déclara à Claire, quelques jours plus tard, qu'il était peu probable que Lawrence fût jamais retrouvé.

Sept mois plus tard, Derek frappa à la porte de Claire. Lui et Lawrence avaient été les meilleurs amis, lui confia-t-il, et, dans son dernier souffle, Lawrence l'avait supplié d'aller voir Claire à son retour aux États-Unis, de s'assurer qu'elle et Holly se portaient bien, et de dire à Claire qu'elle devait refaire sa vie, trouver un autre homme, en un mot être heureuse.

Derek fut gentil, charmant et merveilleux avec Holly. Claire n'oubliait pas Lawrence, pas une seconde, mais quand elle se trouvait avec Derek, qui lui aussi l'avait aimé, sa peine s'atténuait un peu.

Dix-huit mois après le décès de Lawrence, Derek et Claire étaient mariés. Comme Derek le leur avait promis, ils quittèrent le petit appartement de la jeune femme pour s'installer dans une grande maison avec jardin, mais beaucoup plus loin que Claire ne l'avait espéré. En fait, ils quittèrent le Montana pour l'État de Washington.

Ce fut un grand changement, étrange et nostalgique à la fois, parce que Lawrence, Claire et Holly avaient rêvé à une époque de s'installer dans l'État de Washington pour que Lawrence puisse aller à l'excellente école vétérinaire de l'université d'État, à Pullman.

Et maintenant, c'était Derek qui les y emmenait. Pas pour suivre de quelconques cours, mais pour y exercer un métier dont la nature exacte ne fut jamais révélée à Claire. Elle sut seulement qu'il s'agissait d'un travail de consultant, basé sur l'expérience qu'il avait acquise au Vietnam et qui l'obligeait à voyager très souvent.

Pendant longtemps, trop longtemps, Claire combattit l'étrange impression que quelque chose n'allait pas chez l'homme qu'elle avait épousé. Derek était si imprévisible, charmant un moment, lointain un autre. Mais, à chaque fois que Claire se décidait à lui tenir tête, sa mauvaise humeur disparaissait comme par enchantement. Il redevenait le plus charmant des hommes, et les craintes de la jeune femme s'apaisaient.

Et pendant longtemps, trop longtemps, Claire mit ses craintes de côté. Elle voulait croire que tout allait bien, qu'il était idiot de s'inquiéter, qu'elle avait fait le bon choix pour Holly... et pour les jumeaux, une fille et un garçon, qu'elle avait eus avec Derek.

Si Derek n'avait levé qu'une fois, une seule fois la main sur elle ou les enfants, Claire l'aurait quitté immédiatement. Mais il ne le fit jamais. Sans doute avait-il deviné qu'elle serait capable de partir et il ne voulait pas la perdre. Car, en dépit de sa froideur croissante, il était loin d'être indifférent. Il la désirait. Et il désirait la contrôler, la rendre totalement dépendante. Claire se conforma à sa volonté qu'elle n'eût pas d'amis. Elle avait trois merveilleux enfants, après tout, avec qui elle voulait passer chaque instant de sa vie.

Finalement, à cause des enfants et des craintes qu'elle ne pouvait ignorer plus longtemps, Claire prit une décision courageuse, dont elle fit part, au fond de son cœur, à l'homme qu'elle n'avait cessé d'aimer.

« Je vais le quitter, Lawrence ! Je sais qu'il était ton ami, mon chéri, mais il a dû changer depuis cette époque. Je pense qu'il est devenu dangereux, maintenant, et je me demande même parfois s'il ne se drogue pas. »

Elle ne pouvait quitter Derek sans élaborer soigneusement un plan. Claire savait qu'il était inutile de retourner dans le Montana. Il la suivrait aussitôt. Seattle ! décida-t-elle. Elle et Lawrence avaient rêvé d'habiter à Seattle...

Claire commença d'économiser sur la maigre somme que Derek lui donnait pour la maison. Cela prendrait du temps mais sitôt qu'elle aurait mis de côté l'équivalent de quatre billets d'autocar et de quoi survivre avant de trouver un travail, elle partirait avec ses enfants.

Claire partagea ce secret avec Holly. Celle-ci avait treize ans, maintenant, et le regard triste. Mais, à la perspective d'une nouvelle vie à Seattle, ses magnifiques yeux turquoise se remirent à briller de bonheur comme lorsqu'elle était enfant.

— Nous aurons assez d'argent en avril, estima Holly, joyeuse. Nous attendrons que Derek soit en voyage d'affaires, et tous les quatre nous prendrons la fuite !

Mais ce rêve ne devait pas plus se réaliser que ceux de Lawrence et de sa clinique vétérinaire — du moins pour certains d'entre eux. En février, par un jour de neige, le jour de la Saint-Valentin exactement, qui aurait dû être le quatorzième anniversaire de mariage de Claire et Lawrence, Derek devint fou.

« Il s'est drogué », pensa Claire aussitôt qu'elle le vit.

Ses pupilles étaient élargies, mais il semblait plus agité que confus, plus vif qu'endormi. Il la fixait avec acuité et laissa tomber d'une voix claire, en lui tendant un bouquet de roses rouges :

— Est-ce trop te demander d'être ma Valentine ? Ou ton cœur appartient-il toujours à ce cher Lawrence ?

Tandis qu'elle lui souriait courageusement et l'assurait de son amour, Claire se rendit compte, avec une indicible terreur, que Derek ne l'écoutait pas, qu'il avait le regard fou, un fusil de chasse dans la main gauche, et qu'il avait déjà écrit le scénario de son propre film d'horreur.

— Tu aimerais le retrouver, n'est-ce pas, Claire ? Tu aimerais être avec Lawrence ?

Ils étaient dans la cuisine, et les enfants, dans le salon, ne l'avaient pas entendu rentrer. Ils n'avaient pas non plus entendu les mots étouffés, ni les suppliques désespérées, ni la voix sifflante de ce fou déterminé. La télévision était allumée et diffusait des dessins animés de Walt Disney. Holly était assise sur le divan avec les jumeaux. Elle avait fini ses devoirs et était venue les rejoindre lorsque avaient commencé les aventures de Mickey.

Holly n'entendit rien, ni aucun des enfants d'ailleurs. Ils n'entendirent même pas le grincement de la porte de la cuisine. Et soudain, leur mère et Derek furent là. Holly vit le regard terrifié de Claire malgré le calme qu'elle affichait devant eux. Et elle vit, sans pouvoir la nommer, la folie qui s'était emparée de Derek, et elle comprit ce que cela signifiait.

— Salut, les enfants, dit Derek d'une voix doucereuse qui se voulait gentille. Aimeriez-vous faire un petit voyage ?

Le voyage que Derek avait projeté pour eux était un voyage aux enfers. Pour eux tous... excepté Holly. Pour elle, c'était simplement un passeport pour une éternité d'angoisses le jour et de cauchemars la nuit.

A jamais. Le carnage et l'horreur de ces instants furent à jamais inscrits dans sa mémoire. Chaque expression de terreur, chaque frénétique supplique s'étirait dans un océan de désespoir. En vérité, l'horreur fut de courte durée, et Dieu merci, les jumeaux étaient trop petits pour comprendre ce qui se passait.

Mais Claire et Holly, elles, avaient compris. Claire tenta désespérément de sauver ses enfants, plaidant pour qu'ils aient la vie sauve, offrant la sienne en échange, se mettant devant eux, les protégeant de son corps. Et quand, fatigué des suppliques de sa femme, Derek arma son fusil, ce fut Holly qui se plaça devant l'arme meurtrière, tel un bouclier, s'emparant du canon à deux mains, tirant son courage de l'amour qu'elle avait en elle.

L'amour aurait dû suffire. Durant les premières années de sa vie, Holly et ses parents avaient vécu dans un monde où l'amour était roi. Mais à présent qu'elle avait treize ans, ce monde merveilleux n'était plus qu'un lointain souvenir, et l'amour, si courageux soit-il, n'était guère capable de combattre la force destructrice de son beau-père.

Le regard de Derek devint brutalement glacial, mortellement froid, empli de haine.

— Toi et ton père ! siffla-t-il.

Sur cette curieuse phrase, Derek attrapa Holly et la maintint à ses côtés pour qu'elle assiste au meurtre de sa petite sœur et de son petit frère. Les jumeaux contemplaient de leurs grands yeux innocents la mort qui s'avançait. Cela n'avait aucun sens. C'était comme à la télévision, comme dans les dessins animés.

« Tue-moi ! » supplia silencieusement Holly, le cœur brisé, quand elle vit les trois personnes qu'elle aimait le plus au monde gisant sur le parquet devant elle. « Tue-moi, maintenant... *s'il te plaît* ! Laisse-moi aller avec eux... avec mon papa ! »

Holly ne craignait pas la mort. Elle la souhaitait, la désirait, et, quand Derek la relâcha, elle ne tenta pas de s'échapper. Elle resta debout, face à lui, acceptant son sort avec dignité.

« Vite », supplia-t-elle en silence. « Je veux les rejoindre. *Maintenant...* »

Mais Derek prenait son temps, savourant cet instant de torture. Il la visa au cœur après ce qui lui sembla être une éternité. Toutefois, il ne réarma pas son fusil. Sans doute s'était-il rendu compte qu'elle était déjà brisée, et que le coup de feu ne la détruirait pas davantage. Alors, doucement, très doucement, il pointa l'arme sur ses yeux turquoise, dont la couleur était un remarquable mélange de ceux de Claire et de Lawrence.

Derek attendait-il qu'elle plaide pour sa vie? Mais la vie de Holly était finie. Espérait-il lire la peur dans son regard? Mais de quoi pouvait-elle avoir peur, elle venait de perdre tout ce qu'il y avait à perdre...

Enfin il esquissa un sourire. Un de ses sourires charmeurs qu'il utilisait pour convaincre Claire et Holly de sa gentillesse, de sa prévenance, de ce qu'il avait su si bien remplacer Lawrence.

— Adieu, Holly... *Amuse-toi bien!*

Sur ces mots dérisoires, Derek posa le canon sur sa propre tempe et tira.

L'explosion ne dura qu'un quart de seconde... Puis Holly se retrouva seule, seule et submergée de terreur. La télévision marchait toujours. Elle appuya sur le bouton d'arrêt avec un doigt plein de sang, avant de tomber à genoux au milieu des roses rouges de la Saint-Valentin. Elle caressa doucement les corps sans vie des jumeaux.

— Holly?

— *Maman!*

Il ne lui fallut qu'un instant pour prendre tendrement sa mère dans ses bras, et pour se rendre compte aussitôt que, si elle voulait la sauver, il lui fallait l'abandonner.

— Je dois appeler une ambulance!

— Non, mon amour!

Claire tenta d'une main tremblante de caresser la joue de sa fille.

— Écoute-moi, chérie. Tu dois vivre... tu es quelqu'un de fort... et nous t'avons tant aimée, ton père et moi! Tu ne dois pas l'oublier, Holly.

— Oui, mais...

— Promets-moi d'être heureuse!

— Oui. Je te le promets, maman, souffla Holly, chavirée de chagrin. Je t'aime, maman. Ne meurs pas... s'il te plaît!

— Adieu, Holly... Je t'aimerai toujours.

Et Claire rendit son dernier soupir. Elle avait miraculeusement survécu le temps de murmurer son amour à sa précieuse fille.

Les policiers furent appelés par les voisins, inquiets des coups de feu tirés dans la maison. Ils trouvèrent Holly dans le salon ensanglanté, berçant doucement sa mère, lui murmurant des choses qu'ils ne pouvaient entendre. Quand enfin ils purent l'écarter, ils virent qu'elle aussi était couverte de sang. Son corsage était maculé, ses cheveux blonds zébrés de vermillon, et ses joues pâles gardaient encore l'empreinte des doigts de Claire lors de son ultime adieu.

Holly était en état de choc, incapable de répondre aux questions autrement qu'en dodelinant de la tête. Sa déposition cependant n'était pas nécessaire car le carnage se suffisait à lui-même.

Mais ce crime devait avoir une cause... Pourquoi un homme tuerait-il sa femme et ses enfants, avant de retourner l'arme contre lui? Oui, *pourquoi*?

A cause du Vietnam, répondirent les gens en ville. Cette guerre est immorale et rend les soldats immoraux, assoiffés de sang, fous. Et les flash-back des scènes d'horreur qu'ils ont vécues dans les lointaines jungles d'Asie n'arrangent rien. Qu'un vétéran du Vietnam retourne chez lui et devienne un meurtrier n'a rien d'étonnant. Ce serait le contraire qui serait étonnant...

Mais ce qui était anormal, c'est qu'il ait épargné sa belle-fille de treize ans... Après maintes discussions, les gens décidèrent qu'il ne pouvait y avoir qu'une seule raison à cela : Holly elle-même... une Lolita perverse, qui avait fait sa proie de cet homme malade de la guerre, qui avait éveillé ses instincts cachés, se jouant de lui tant que cela l'avait amusée, puis le rejetant lorsqu'elle s'était lassée.

Holly et son beau-père avaient tous deux commis le péché de chair... Et même dans sa folie, l'homme n'avait pu tuer l'adolescente qu'il avait tant aimée.

Cela sonnait juste. Moins de quarante-huit heures après le meurtre, presque toute la ville avait adopté cette version des faits, y compris les voisins qui avaient bien voulu héberger temporairement Holly.

Les cordons jaunes de la police entouraient toujours la maison comme un ruban mortel, brillant étrangement sous la pâle et froide clarté de la lune. Minuit venait de sonner quand Holly se glissa sous le cordon devant la porte d'entrée et pénétra dans la maison pour la dernière fois.

Elle avait quitté subrepticement la chambre où elle avait dormi les trois précédentes nuits, sans s'y être jamais sentie acceptée. Ses voisins, qui la regardaient maintenant avec mépris, seraient soulagés de la savoir partie... Toute la ville aussi, d'ailleurs... Holly avait besoin d'échapper à l'hostilité environnante, d'échapper à la meute des journalistes désireux d'entendre de sa bouche une histoire de séduction et de meurtre. Mais surtout, et par-dessus tout, Holly avait besoin d'être seule avec son désespoir.

Bien que les corps de sa mère et des jumeaux aient été

emportés, Holly revit quand même leurs images, et les taches de sang séché lui parurent tout aussi vermeilles qu'en ce jour fatal.

— Je vais prendre l'argent que nous avions mis de côté, maman, murmura-t-elle dans cette pièce vide où sa vie aussi avait pris fin. J'irai à Seattle comme nous l'avions prévu. Peut-être vous retrouverai-je là-bas...

Sa voix se brisa. Elle avait tant besoin d'être touchée, tenue, réconfortée. Mais elle était bel et bien seule, et elle savait que sa mère ne l'attendrait pas à Seattle. Ni personne, d'ailleurs. Il ne fallait pas prétendre qu'il en était autrement... « Tu ne seras pas là, maman, je le sais bien. Mais tu seras toujours à mes côtés. Toi et papa serez avec moi... toujours... n'est-ce pas ? »

Holly sut que, si elle se laissait aller à croire qu'aucun espoir n'était possible, elle sombrerait dans la folie. Elle sut aussi que, si elle ne quittait pas immédiatement cette pièce, elle mettrait à exécution l'idée qui lui trottait dans la tête depuis un moment. Elle s'emparerait d'un des fusils de chasse de Derek et irait rejoindre ses bien-aimés

Holly parvint à quitter le salon, les jambes flageolantes, incertaine de vouloir monter les escaliers ou de vouloir entrer dans le bureau de Derek où se trouvaient les fusils.

« Promets-moi de vivre, Holly... Promets-moi d'être heureuse. »

— Maman ! s'écria Holly en croyant entendre la voix de sa mère, s'attendant à la voir apparaître. Maman ?

Mais il n'y avait rien, rien que des taches de sang noirâtre, sombres et silencieux témoins de ce qui avait disparu à jamais.

Rien, rien que la promesse solennelle qu'elle avait faite à sa mère mourante.

Holly, les jambes tremblantes, choisit de monter l'escalier, et d'aller chercher l'argent soigneusement caché.

Il y en avait presque assez pour eux quatre. Pour une

gamine de treize ans, seule au monde, cela suffirait pour un bon bout de temps.

Holly prit son sac à dos, quelques vêtements, jeans, pull-overs, et surtout la robe de mariée de Claire qu'elle posa soigneusement par-dessus. Puis elle trouva l'album de photos qu'elle avait caché, seule preuve des temps heureux où Lawrence, Claire et elle avaient formé une famille.

Il n'y avait aucune raison pour que Holly ne prenne pas l'album entier. Il y avait encore de la place dans son sac à dos, et personne au monde ne se souciait de ces photographies. Ses parents étaient morts, et elle n'avait jamais eu de grands-parents, d'oncles, de tantes ou de cousins... Personne.

Ce fut comme si une main invisible et forte l'en empêchait, et l'obligeait à ne choisir que cinq de ses clichés favoris : un du mariage de ses parents, pris par la femme du juge de paix, un d'elle bébé, un de Lawrence et Claire lui souriant alors que son petit doigt appuyait sur le bouton, un de sa mère et d'elle glaçant le gâteau d'anniversaire de son père, et finalement un de son père la tenant pour qu'elle puisse caresser les nasaux de la jument.

Holly prit ces cinq précieux souvenirs d'un temps révolu, et, d'un autre album, elle retira deux photos de son frère et de sa sœur bébés.

Puis elle quitta la maison et la ville pour toujours.

— Si nous honorons leurs noms, si nous nous montrons bons et loyaux dans la vie, ça devrait aller, n'est-ce pas? avait demandé Claire après avoir expliqué à Holly qu'ils allaient prendre des noms d'enfants décédés pour nouvelle identité.

Holly se souvint de cette phrase tandis qu'elle errait dans le cimetière de Volunteer Park, à Seattle, sur Capitol Hill. C'était une très bonne idée, se dit-elle. Holly Elliott, jeune innocente de treize ans, prise par la terre entière pour une Lolita, avait besoin de disparaître complètement et pour toujours. Il valait mieux, à partir de maintenant, qu'elle ait dix-huit ans, qu'elle soit majeure, et donc assez âgée pour vivre seule et par elle-même.

Holly flânait doucement dans le cimetière, étudiant soigneusement chaque pierre tombale. Elle s'arrêta finalement devant celle de Mary Lynn Pierce. D'après les dates gravées dans le granite, Mary Lynn était née cinq ans avant Holly et avait à peine vécu un mois.

Holly fit le serment d'honorer et de chérir ce nouveau nom. Ce fut tout. Elle ne pouvait lui promettre davantage. Elle n'avait déjà pas le courage d'aller plus loin, une partie d'elle-même aspirant à la paix et au silence de ce cimetière plein de superbes bouquets printaniers.

Holly obtint facilement, au bureau d'état civil, la copie du certificat de naissance de Mary, et eut ainsi une carte de sécurité sociale, indispensable à l'obtention d'un travail. Puis elle se rendit chez un opticien pour acheter une paire de lunettes à monture dorée, sans verres correcteurs.

— Je vois très bien, expliqua-t-elle au vendeur étonné. Mais je suis actrice et j'en ai besoin pour un rôle.

Holly croyait vraiment avoir besoin de transformer son visage si reconnaissable, et qu'elle cachait pour l'instant derrière le voile de ses longs cheveux blonds. Les lunettes l'y aideraient et la feraient paraître presque aussi âgée que Mary Lynn Pierce eût dû l'être.

En vérité, tous ceux qui rencontraient Holly n'avaient aucun mal à croire qu'elle allait avoir dix-neuf ans comme elle se plaisait à le dire, car le peu de son visage qu'ils pouvaient entrevoir s'avérait triste et prématurément vieilli. Il eût été plus difficile de les convaincre qu'elle avait été cette adolescente souriante dont la photo avait fait la une des journaux avant que l'actualité ne rende sa tragédie caduque.

Holly ne fut pas reconnue alors, ni lorsque l'affaire rebondit bizarrement, huit mois plus tard. Personne ne supposa jamais que Mary Lynn Pierce, si timide et si sérieuse, ait pu être un jour cette radieuse et heureuse Holly Elliott.

Holly trouva alors un emploi chez un libraire d'University Avenue. Elle travaillait dur, et quand elle n'y travaillait pas, elle se plongeait dans de gros romans féminins, choisissant uniquement ceux qui se terminaient bien. Elle lisait jusqu'à ce que ses beaux yeux turquoise se ferment de fatigue, luttant pour ne pas sombrer dans le sommeil par crainte des cauchemars, inventant pour ce faire ses propres histoires, aux fins toujours heureuses, nécessaire antidote à ses souvenirs d'angoisse.

Deux ans environ après l'assassinat de sa famille, Holly lut un roman qui se passait en Alaska. Après l'avoir relu trois fois, elle se plongea dans tout ce qui concernait le quarante-neuvième État des États-Unis. Les descriptions de cette nature encore vierge ne furent pas sans lui rappeler le Montana, où elle, son père et sa mère avaient été si heureux. Même le fait que l'Alaska fût surnommé l'« ultime frontière » lui plaisait.

Holly réserva un passage sur un bateau pour Anchorage, et obtint du directeur de la librairie une lettre de recommandation pleine d'éloges. N'ayant que son certificat de naissance et sa carte de sécurité sociale pour preuve de son identité, elle alla demander un passeport. Elle en profita pour modifier son nom de Mary Lynn en Marilyn, sachant que, malgré sa promesse, elle ne pourrait le porter avec joie. Il était temps que Mary Lynn Pierce repose en paix dans son joli cimetière fleuri.

Ce fut donc Marilyn Pierce qui embarqua sur l'*Arctic Star* un beau matin de mai. Son passeport indiquait qu'elle venait d'avoir vingt ans alors qu'au Noël précédent feue Holly Elizabeth Elliott en aurait tout juste eu quinze...

L'arrivée de Holly en Alaska coïncida avec l'apparition du soleil de minuit. Et en ce premier été plein de chaleur, éclaboussée de soleil, travaillant dans une conserverie de Kodiak, Holly sentit enfin renaître l'espoir.

Puis vint l'hiver avec ses silences enneigés, son obscurité implacable qui lui rappelait la nuit mortelle de la Saint-Valentin...

Holly aurait pu retourner à Seattle. Elle aurait même pu voyager plus avant vers le sud, poursuivant le soleil dans sa course... Mais elle avait hérité de ses parents force et courage, et elle ne pouvait renier cette hérédité. Parce qu'en cela elle leur ressemblait. Parce que cela lui permettait de se sentir en vie... *Vivante.* Elle devait rester. Elle devait trouver un moyen de vivre sous la neige, dans l'obscurité, *grâce* à l'obscurité.

Holly passa les longues soirées d'hiver à lire et, en fin de compte, elle commença d'écrire ses propres histoires d'amour, se laissant porter par elles, s'y sentant plus à l'aise que dans les histoires écrites par d'autres. En effet, Holly contrôlait ces mondes imaginaires où nulle tragédie ne venait briser la vie de ses héros. Elle y veillait.

Holly décrivait des personnes pleines de gentillesse et d'amour, des hommes et des femmes incapables de trahir leurs serments, respectant leurs promesses. Les personnages de la jeune femme avaient, bien sûr, de sombres secrets cachés au fond de leur cœur et qui leur semblaient insurmontables parfois. Mais invariablement les secrets étaient révélés, les vieux démons exorcisés et les fautes pardonnées; et invariablement les plus insurmontables obstacles étaient franchis grâce au courage, à la foi... et à l'amour.

Holly écrivait à la main, d'une écriture de petite fille si lisible que, malgré la règle qui voulait qu'un manuscrit — et surtout un premier manuscrit — soit tapé à la machine, son premier livre fut lu malgré tout.

Lu et publié, et apprécié des lecteurs qui le reçurent avec un sentiment de joie et d'espoir.

Le peu de gens à Kodiak qui connaissaient l'existence de Holly la connaissaient comme Marilyn Pierce, une jeune femme tranquille qui vivait à l'écart de la ville dans une petite maison surplombant la mer. Personne ne pouvait imaginer qu'elle n'était autre que la célèbre romancière Lauren Sinclair. A la banque, elle ne gardait que de quoi vivre modestement. Sa fortune était ailleurs, bien investie, et chaque année elle faisait des dons conséquents aux organismes s'occupant des victimes de crimes violents.

Son courrier, y compris les lettres de ses fans, arrivait à Kodiak adressé à Marilyn Pierce. Ces dernières lui étaient acheminées par son éditeur new-yorkais dans de grandes enveloppes kraft ou même parfois dans des cartons. Holly répondait à chacune d'entre elles et les renvoyait via la maison d'édition pour qu'elles portent le cachet de New York.

C'était une question de vie privée, avait expliqué Holly à son éditeur. Elle ne voulait pas qu'on sache où elle habitait, ni que Lauren Sinclair n'était qu'un pseudonyme.

La petite maison de la jeune femme était toujours silencieuse. Elle se torturait encore à penser que si, cette fatale nuit de la Saint-Valentin, elle n'avait pas regardé la télévision qui avait assourdi les bruits provenant de la cuisine, elle aurait pu faire quelque chose pour éviter la tragédie.

Chez elle, il n'y avait ni télévision, ni radio, et elle ne recevait aucun journal. Et quand elle allait en ville, chez l'épicier, son regard survolait les gros titres des journaux, mais elle n'en achetait aucun. Ces gros titres la ramenaient à une réalité trop forte pour elle. Elle préférait de beaucoup le monde qu'elle créait, peuplé de gens adorables à l'abri de la tragédie, et dont le cœur ne serait jamais irrémédiablement brisé.

Lors de son vingt-sixième anniversaire, par une belle

journée de Noël, Holly profita des quelques heures de lumière pour faire une grande promenade en ville. Le ciel était d'un bleu éclatant, les cristaux de neige scintillaient tels des minuscules diamants sous les chauds rayons du soleil. Tout en flânant, la jeune femme passa devant un cinéma qui affichait *Escape Artist*, de Jason Cole. Elle resta un long moment à contempler son image sur l'affiche. Il ressemblait à l'un de ses héros, fort, gentil, aimable.

Le cinéma était fermé ce jour-là, mais Holly n'hésita pas à refaire le chemin, le lendemain, pour y aller. Elle vit et revit *Escape Artist* quatre jours d'affilée, et vit les autres films de Cole chaque fois qu'ils passèrent en ville.

Depuis, la jeune femme ne s'était jamais départie de la ferme conviction que, dans la vie, le *vrai* Jason Cole était fort, gentil, aimable et héroïque. Maintenant, elle était bien obligée d'affronter l'amère vérité : l'homme dont elle avait fait un héros romantique n'était en fait qu'un chevalier félon. Sans une once de remords ou de regret, Jason Cole s'apprêtait à tuer. A tuer un de ses personnages, qu'elle avait créé avec tant d'amour... une mère adorable qui ne demandait qu'à passer le reste de sa vie à chérir sa petite fille.

Et, dans exactement dix-sept jours, Holly allait rencontrer le vrai Jason Cole. D'une façon ou d'une autre, elle trouverait le moyen de lui dire qu'il ne pouvait laisser mourir cette mère...

Les doigts effilés de la jeune femme tremblèrent en touchant la mousseline ivoire de la robe de mariée de sa mère, et, tandis qu'elle suivait le dessin d'un pétale délicatement brodé, elle prit sa décision. Elle porterait cette robe et cette robe lui porterait chance, comme elle emporterait les cinq photographies de sa famille... précieux symbole d'un si précieux amour.

5

Los Angeles, Californie,
lundi 13 mars.

Tout en passant le week-end avec ses enfants à Santa Barbara, Nicholas Gault avait trouvé le moyen de se renseigner sur Raven W. Winter. Tard le soir, une fois les filles endormies, il avait passé quelques coups de téléphone. Personne n'avait pu lui dire ce que le W signifiait, mais ce n'était qu'un détail sans importance comparé à ce qu'il avait appris.

Elle était surnommée le « Requin Blanc », et à trente-trois ans était considérée comme la meilleure des avocats d'affaires de la capitale mondiale du cinéma. La meilleure des meilleurs... Parce qu'elle avait la réputation justifiée d'adorer la compétition, chacun à Hollywood la voulait avec lui à la table des négociations. Raven pouvait s'offrir le luxe de choisir ses clients, et elle n'avait choisi que les plus talentueux et les plus puissants.

Voilà pour Raven l'avocate. Coriace, perspicace, brillante et couronnée de succès. Mais qu'en était-il de Raven la femme ? Elle avait été liée, découvrit Nick, à quelques-uns des hommes les plus riches et les plus influents de Hollywood. Des liaisons passionnées et tumultueuses, mais qui n'avaient jamais conduit au mariage.

La plus récente, avec le producteur Michael Andrews, venait juste de prendre fin. Andrews était revenu d'un tournage de sept semaines en Espagne et, le soir même de son retour, avait fichu Raven à la porte de sa maison de Beverly Hills. A cause d'une autre femme, bien sûr, une charmante ingénue fort amoureuse. Pourtant les écarts de Michael n'étaient un secret pour personne, semblait-il, et durant les presque trois ans qu'avait duré leur liaison, il ne s'en était pas privé.

Et Raven était restée avec lui, en dépit de cette humiliation publique et de ces trahisons.

Pourquoi? Est-ce que cette femme, qui avait atteint le pinacle d'une profession d'habitude réservée aux hommes, manquait à ce point de confiance en elle? Pourtant, d'après ses sources, il ne faisait aucun doute qu'elle avait réussi uniquement grâce à ses qualités professionnelles. Elle avait amené les gens à reconnaître sa formidable intelligence en dépit de sa troublante beauté.

Professionnellement, Raven n'avait fait aucune compromission, n'en avait d'ailleurs pas eu besoin. Alors pourquoi, mon Dieu, en faisait-elle dans sa vie privée?

Avait-elle aimé Michael Andrews au point d'oublier sa fierté, sa dignité, au point de supporter ses multiples trahisons?

Nick était un expert en trahison amoureuse, et d'après sa propre expérience, quand trahison il y avait, l'amour cessait...

Mais peut-être Raven avait-elle aimé Michael si passionnément et avait-elle si peu de respect pour elle-même qu'elle lui avait pardonné, encore et encore...

Il semblait impossible que Raven Winter puisse manquer à ce point de confiance en soi... mais il se souvint de la vulnérabilité de son magnifique regard bleu. Nick n'aimait guère l'idée qu'un terrible traumatisme issu de son passé puisse l'avoir fait douter d'elle-même ainsi et accepter humiliations et traîtrises comme étant son dû; mais il aimait encore moins imaginer qu'elle ait supporté l'infidélité d'Andrews parce que l'amour ne signifiait rien pour elle et que seuls comptaient l'argent et le pouvoir.

Évidemment, la brillante avocate spécialisée dans le cinéma, Requin Blanc était riche et puissante, elle aussi. Mais la richesse et le pouvoir de Michael Andrews étaient d'un tout autre ordre. Son empire de celluloïd était immense...

Sans toutefois atteindre celui de Nicholas Gault.

La pensée qu'il puisse racheter plusieurs fois l'empire de Michael Andrews était troublante. Si Raven avait tout supporté d'Andrews, à quoi serait-elle prête quand elle apprendrait que Nick et Eden Entreprises ne faisaient qu'un? A quelles bassesses, à quels jeux de séduction, à quelles fausses promesses d'amour?

Quand Nick l'avait laissée vendredi soir, l'image de son adorable faiblesse avait occulté celles de sa coûteuse maison, de ses vêtements hors de prix, de sa voiture de luxe; et maintenant, tandis qu'il arrêtait sa camionnette devant sa porte, de nouveau le souvenir intrigant et enchanteur de cette vulnérabilité chassa les doutes accumulés pendant le week-end.

Raven n'avait aucune idée de qui il était et cela devait continuer. Il serait Nick le Jardinier, c'est tout. Et elle ne serait pas Requin Blanc... mais uniquement l'adorable et fragile Blanche-Neige.

Nick se dirigea à grandes enjambées vers la maison, espérant que ce qu'il avait vu vendredi n'était pas une simple chimère.

Cela ne l'était pas.

Évidemment le tailleur abricot d'Armani signifiait clairement que l'argent et les apparences comptaient beaucoup pour Raven Winter, mais il envoyait aussi un autre message. L'ensemble était trop bien accessoirisé, exactement comme le couturier l'eût souhaité, comme si Raven n'avait été qu'un mannequin et non la femme riche et arrivée qu'elle était. Nick connaissait suffisamment de femmes de la jet-set pour savoir qu'elles auraient apporté une touche personnelle comme marque de leur propre style, de leur propre goût.

Raven manquait-elle à ce point d'assurance ? Avait-elle peur d'être différente, unique, en quelque sorte *spéciale* ? Était-ce vraiment de l'incertitude qu'il lisait maintenant dans son regard saphir ?

— Bonjour, lança-t-il gentiment.

— Bonjour.

— Comment allez-vous ?

Ses genoux esquintés et apparemment bandés étaient cachés par une jupe longue, mais Nick lui montra ses paumes en une silencieuse invite à faire de même.

Les mains de la jeune femme étaient couvertes de pansements, blancs-comme-sa-peau-blanche, et quand Nick les vit il en fut tout triste. Ils étaient maladroitement maintenus en place par les rubans adhésifs blancs qu'il avait achetés, preuve des difficultés qu'elle avait rencontrées et de sa solitude.

— Puis-je regarder ?

Raven opina et une cascade de boucles brunes et soyeuses dansa autour de son visage, caressant ses épaules. Il était certain que Requin Blanc, pour travailler, devait adopter une coiffure plus sévère, un chignon lisse et brillant noué sur la nuque, à la perfection absolue, pas un cheveu qui dépasse... tâche actuellement hors de sa portée.

Nick souleva l'adhésif avec la même douceur qu'il avait mise à s'emparer de la clé de la porte d'entrée, trois jours plus tôt, dans sa poche de short. Et maintenant, comme alors, son exquise et surprenante douceur fit battre le cœur de Raven.

— Qu'en pensez-vous? demanda-t-elle.

Nick perçut de l'inquiétude dans sa voix et s'empressa de la rassurer.

— Tout est parfait. Vous cicatrisez déjà sans aucun signe d'infection. Et vous, qu'en pensez-vous?

Raven ne savait que dire de ces blessures qui l'avaient fait saigner plus que n'importe quoi auparavant. Jusqu'à présent, les blessures que lui avait infligées la vie avaient été de nature plus profonde, et invisibles.

Mais Raven était d'accord avec Nick pour trouver que ses paumes cicatrisaient... Incroyable! Aucune de ses blessures secrètes n'avait jamais cicatrisé, au grand jamais.

— Je pense qu'en effet tout va pour le mieux...

— Souffrez-vous toujours?

La jeune femme sourit, puis finit par admettre :

— Cela s'estompe.

— Avez-vous été capable de tourner les pages de *Gifts of Love*?

— Absolument.

Raven prononça ce mot avec déférence, comme si Lauren Sinclair n'avait écrit que pour elle, connaissant ses blessures secrètes, car chacun de ses mots avait été un baume d'espoir. Même les plus terribles peines pouvaient guérir. Le bonheur existait, l'amour aussi... même pour elle.

— Et? reprit patiemment Nick.

— C'était superbe. (Ses cheveux dansèrent de nouveau.) J'ai pu aussi feuilleter les catalogues que vous m'aviez laissés. Superbes aussi... Ils sont dans la cuisine. Je nous ai fait du café.

Ce fut Nick qui servit le café. Quand leurs deux tasses furent remplies et fumantes, il s'assit à ses côtés, à la table où reposaient les catalogues qu'il avait déposés devant son porche, le samedi matin de bonne heure.

Plusieurs pages étaient marquées d'un sticker jaune. Et ces petites marques étaient remarquablement alignées, impeccablement posées à l'angle de chaque feuille. Nick supposa que c'était de cette façon que les bandages auraient été appliqués si elle en avait été capable.

— J'ai l'impression que vous avez aimé pas mal de choses.

— Oui... En fait j'ai choisi plusieurs options au cas où certaines fleurs ne se marieraient pas bien entre elles.

Nick regarda pensivement cette femme qui, à voir la manière dont elle était vêtue, ne se souciait pas d'affirmer son style ou d'embellir ou de réfuter les choix faits par un couturier.

— Toutes les fleurs vont ensemble, Raven. Personne ne détient la vérité à ce sujet et vous ne pouvez faire de mauvais choix. Prenez vos préférées. Soyez créative. Soyez audacieuse.

Peu à peu, mise en confiance grâce à ses patients encouragements, Raven découvrit qu'elle avait effectivement des préférences. Et bien définies. Elle voulait des cascades de lilas et des foisonnements de roses. Rien d'autre. Et lorsque Nick l'eut approuvée sans réserve, elle osa lui préciser ses couleurs favorites. Des bosquets de lilas lavande, aériens telle une dentelle, ou d'un blanc délicat et gracieux. Des buissons de roses — et son doigt délicat pointa sur le catalogue — d'un subtil dégradé de rose et de crème.

— J'adore leurs noms, lança-t-elle impulsivement, ses joues diaphanes brusquement empourprées d'une teinte qui n'était pas sans rappeler celle de son rosier préféré. Je n'aurais jamais cru que les roses puissent en avoir un !

« Elle va appeler ses roses par leurs noms », réalisa Nick avec un sentiment mitigé. D'un côté, il était heureux qu'elle s'enthousiasme autant pour son jardin de lilas et de roses, mais il éprouvait une certaine tristesse à l'idée qu'elle les appelle par leurs noms... comme s'il s'agissait d'amis... comme s'il s'agissait de sa famille.

Rapidement, trop rapidement, le moment béni où ils n'étaient que Nick le Jardinier et Blanche-Neige prit fin. Il était presque neuf heures. Requin Blanc avait un rendez-vous à neuf heures et demie à son bureau de Century City et Nicholas Gault à dix heures à sa maison de Bel Air.

— Un peu plus tard dans la semaine, je vous débarrasserai des mauvaises herbes et je préparerai le terrain.

— Cette semaine? s'étonna Raven, surprise mais apparemment ravie. Si vite?

— Bien sûr, affirma Nick. Je pourrai avoir votre commande ce week-end, et si vous êtes d'accord, j'envisage de venir planter lundi prochain.

— D'accord. C'est parfait.

Nick hésita un instant, puis ajouta :

— Ce serait bien si vous pouviez vous arranger pour être là.

— Moi? Pourquoi?

— Vous pourriez m'aider à dessiner le plan. (Nick répondit à son expression alarmée par un sourire.) Je peux, bien sûr, le faire tout seul, mais il y a quelques délicates questions de protocole...

— De protocole?

— Vous avez invité Lady Diana, la reine Elizabeth, la princesse de Monaco et Barbara Bush dans votre jardin. Qui ira où? Qui aura la place d'honneur? Qui aura la place la plus ensoleillée? Qui profitera des derniers rayons du soleil couchant?

Raven souriait maintenant et ses beaux yeux brillaient. Elle murmura :

— Je n'en sais rien.

— Très bien. Alors, pensez-y. Après tout, c'est votre jardin.

Votre famille... Vos amis.

Le téléphone sonna juste après le départ de Nick.

— Raven?

— Michael?

— J'ai une affaire pour toi...

Raven écoutait, silencieuse et stupéfaite, l'homme qui l'avait rejetée moins d'une semaine auparavant, en se moquant si cruellement d'elle, et qui maintenant lui parlait comme s'il n'y avait jamais rien eu entre eux. Son ton de voix était semblable à celui qu'il avait employé trois ans plus tôt lorsqu'il l'avait persuadée d'ajouter son nom à sa liste exclusive de clients.

Il l'appelait d'une façon toute professionnelle, voulant qu'elle l'accompagne à un rendez-vous d'affaires, le lundi suivant.

Raven se sentit crucifiée. Tout ce que Michael lui avait jeté à la tête le week-end dernier était vrai. Il ne l'avait jamais aimée. Il était persuadé qu'elle n'était qu'un être de glace, sans cœur, dépourvu de sentiments, sans aucun intérêt pour lui... Sauf, apparemment, lorsqu'il avait besoin de son indiscutable savoir-faire.

Se décidant enfin à répondre, elle répéta comme un écho :

— Lundi prochain?

— Oui. J'aurai besoin de toi toute la journée. J'ai déjà prévenu ta secrétaire. Tu n'as rien de prévu ce jour-là qui ne puisse être facilement changé.

« Oh! Mais c'est faux », pensa Raven avec assurance, et avec un calme étrange.

— Désolée, Michael, mais lundi j'ai des choses à faire. Impossible d'annuler.

— Tout peut être remis, Raven! Cette affaire est au moins aussi incroyable que celle que tu as traitée avec Jason et la Gold Star... Diable! Telle que je te connais, ça risque d'être encore plus juteux.

— Vraiment désolée, Michael, mais je suis prise.

Et, dans le silence pesant qui accueillait cette déclaration, elle rassembla son courage et termina par ces mots encore plus étonnants :

— Je crois qu'il serait préférable que tu trouves quelqu'un d'autre pour te représenter. Maintenant et à l'avenir.

Il l'insulta, un torrent d'injures dures, vulgaires, affreusement familières.

Mais Raven avait l'habitude d'un tel avilissement, de la part de Michael comme de nombreux autres hommes.

Et elle s'était attendue à ce vil mépris, à ces mots pleins de rage de la part d'un homme qui, à cause de sa négligence, l'avait presque renversée avec sa camionnette.

Mais Nick ne l'avait pas insultée.

Nick l'avait seulement soignée.

Et quelques minutes auparavant, Nick lui avait affirmé qu'il serait agréable qu'elle l'aide à dessiner son jardin de lilas et de roses...

Et maintenant c'était le souvenir si vivace, si exquis de cet homme qui lui donnait la force de défier la fureur malveillante de Michael Andrews.

DEUXIÈME PARTIE

6

Seattle, Washington,
lundi 13 mars.

Caroline Hawthorne, tout en s'habillant pour aller déjeuner au Tennis Club de Seattle, écoutait KBSG, la radio locale, qui diffusait comme promis trente minutes de bons vieux rocks évocateurs de flirts adolescents et d'amours interdites, de révolution et de paix, d'hivers frileux de solitude et de lumineux étés de bonheur.

Tandis que Leslie Gore chantait « It's My Party », Caroline enfila sur son corps mince une jupe d'une élégante simplicité de couleur jade et une blouse de soie ivoire.

Puis, pendant que les Beach Boys entamaient « Good Vibrations », elle donna les derniers coups de brosse à sa superbe chevelure fauve qui tombait en vagues symétriques de chaque côté de son visage.

Sur « Pretty Woman » de Roy Orbison, elle se maquilla légèrement comme le lui permettait sa peau resplendissante de santé.

Dans deux semaines, Caroline aurait quarante ans, ce qui, de nos jours, était synonyme de santé, d'énergie et de forme. Bien sûr, quelques rides attestaient des quarante années qu'elle avait passées sur terre à rire et à pleurer, mais son regard vert exprimait une sagesse, une confiance en soi et un optimisme qui n'étaient pas là quelques années plus tôt.

Pendant « Unchained Melody », Caroline s'attarda à la fenêtre du second étage de sa maison de Queen Anne, contemplant, en contrebas, l'eau indigo frissonnante d'écume blanche sous les rafales de vent.

« Mon amour, je meurs d'envie de t'appartenir. »

Comme toujours, ces mots éveillèrent en elle un violent désir. Quel effet cela faisait-il d'aimer à ce point ? se demanda-t-elle. Quel effet cela ferait-il d'*être* aimée avec tant de passion, de désir, d'intensité ?

Ce devait être désastreux, admit-elle. Désastreux et dangereux : une bulle d'extase qui pouvait éclater à tout moment, puis une chute libre vers l'angoisse, la trahison et la douleur...

Il valait mieux être satisfaite de son sort. Et Caroline l'était. Elle avait dû batailler dur pour parvenir à cette sérénité, et elle avait été récompensée puisqu'elle était enfin heureuse. Heureuse, et pleine de joie de vivre... et réaliste en ce qui concernait l'Amour.

La chanson se termina, et elle regretta un peu l'émotion qu'elle avait engendrée.

Il était temps de partir et Caroline s'apprêtait à éteindre la radio quand un message l'arrêta dans son geste.

« Cette nuit, un accident survenu à un pétrolier, le long des côtes de l'État de Washington, a mis en péril la faune marine de Cape Flattery à Kalaloch. Des abris de fortune ont été installés à Neah Bay et à Moclips, et les gardes-côtes y amènent les otaries et les oiseaux de mer. Des volontaires sont demandés d'urgence pour aider à nettoyer les animaux. Pour plus amples détails, appelez KBSG sur notre numéro vert : 45... »

En quinze minutes, Caroline était dans sa voiture, prête à affronter les trois heures de route qui la séparaient de Moclips. Cette petite ville de bord de mer était située à une quarantaine de kilomètres vers le nord. Son lycée, fermé pour les vacances de Pâques, avait été réquisitionné pour recueillir les animaux souillés.

Le déjeuner de Caroline n'était que partie remise. C'était un déjeuner de travail concernant l'organisation d'un bal de charité dont Caroline était la présidente, et dont elle s'occupait, comme elle s'occupait de tout, avec une efficacité redoutable. Tout était donc pratiquement prêt, et l'amie qu'elle avait appelée pour se décommander avait eu un rire plein d'indulgence à l'idée que Caroline puisse se précipiter pour une cause beaucoup plus urgente que ce fichu bal, qui ne devait avoir lieu que dans quelques mois.

— Bienvenue! lança la femme aux joues rouges qui se tenait dans le gymnase du lycée et qui paraissait être chargée du tri, aussi bien des animaux que des volontaires. Et merci...

— Je n'ai encore jamais fait ça, expliqua Caroline. Mais la personne que j'ai eue à la radio m'a dit que vous aviez besoin de beaucoup de monde, expérimenté ou non.

— Absolument. Voyons... (La femme consulta une liste.) Pourquoi n'iriez-vous pas aider Lawrence? Il est dans le vestiaire des garçons. C'est au bout du gymnase, à votre gauche. Auparavant, donnez-moi votre nom... Il y a une chambre pour vous — gratuite, bien sûr — au motel, de l'autre côté de la rue. Même si vous ne comptez pas y passer la nuit, vous serez heureuse de vous en servir pour faire un brin de toilette avant de repartir.

Caroline n'avait jamais nettoyé d'otarie ni d'oiseau, ni franchi le seuil d'un vestiaire de garçons de sa vie. Elle se fraya un chemin, guidée par des bruits d'eau, puis, comme elle s'approchait des douches, par la voix profonde, douce et calme qui prodiguait des mots d'apaisement.

A cause de l'eau qui coulait, l'homme ne l'entendit pas

arriver et Caroline put l'observer à son insu. Et elle le reconnut tout de suite.

Elle n'aurait jamais pensé le trouver là. Pourtant... La femme à l'entrée lui avait donné son prénom et, d'après ce qu'elle savait du docteur Lawrence Elliott, il était logique qu'en bon vétérinaire il soit venu.

D'après ce qu'elle savait de lui... Caroline tenta de rassembler ses souvenirs.

Il y avait de cela un bon mois, plusieurs de ses amis avaient tenté de la convaincre de le rencontrer. Sans aucune arrière-pensée. Ses amis n'auraient pas osé, ni vis-à-vis d'elle, ni vis-à-vis de cet homme dont la vie avait été si tragique.

Non, la raison qui faisait que Caroline Hawthorne devait rencontrer Lawrence Elliott était bien plus importante qu'une simple rencontre amoureuse.

— Il faut qu'il brigue un mandat, Caroline. Sénateur, gouverneur ou, pourquoi pas, président. Et s'il y a une personne apte à le convaincre, c'est toi.

Caroline était indéniablement apte à convaincre les riches philanthropes de donner d'importantes sommes d'argent à des œuvres de charité. Mais elle fut, dès le début, sceptique quant à son habileté à convaincre un homme comme Lawrence Elliott de consacrer sa vie au bien public. Elle avait donc décliné l'offre de ses amis.

Caroline savait pas mal de choses sur Elliott grâce à l'émission de télévision *20/20*, programmée à dessein le jour de la Saint-Valentin, à cause de ce que ce jour représentait pour lui. Caroline, à l'Opéra ce soir-là, l'avait enregistrée et visionnée plus tard, et revue les jours suivants.

Caroline pouvait admettre que Lawrence Elliott ait les qualités requises pour faire un président. Son caractère, son intégrité et sa vision du monde seraient fort utiles à son pays. Mais elle était surtout persuadée que ce vétéran du Vietnam qui avait survécu à sept années de captivité pour découvrir que sa femme avait été assassinée et que sa fille avait disparu, méritait bien un peu de vie privée. Il avait payé plus cher qu'aucun autre homme ce droit-là.

Durant l'émission, il était apparu très introverti et peu enclin à révéler son douloureux passé. Mais il avait eu ce courage. Il s'était exposé aux yeux de tous, parce que, plus importante que sa vie privée, était la recherche de sa fille, portée disparue depuis dix-sept longues années.

Et c'était cette recherche, Caroline en avait conscience, qui lui ferait refuser la candidature au poste de sénateur. L'enfant qui s'était sauvée, honteuse — à une époque où les Lolita étaient considérées comme des coupables et non comme des victimes —, pourrait bien ne jamais retourner chez son père si celui-ci quittait Issaquah, petite communauté rurale à une vingtaine de kilomètres de Seattle, pour la maison du gouverneur... voire la Maison-Blanche.

Avant d'avoir regardé *20/20*, Caroline avait pensé accéder au vœu de ses amis et aller à Issaquah faire sa connaissance. Après qu'elle eut visionné l'émission, bien que quelque chose dans son beau regard sombre et angoissé lui eût donné le désir de le rencontrer, Caroline sut qu'elle ne le ferait pas.

Maintenant cette rencontre était sur le point de se produire, et Caroline frissonna d'appréhension. Quels mots pourrait-elle trouver?

Évidemment, elle-même avait eu sa part de tristesse. A vingt et un ans, la mort de ses parents lui avait paru insurmontable, comme un terme au bonheur qui avait présidé à sa vie depuis sa naissance... et que dire des sept années suivantes...

Mais la mort de ses parents semblait dérisoire en comparaison du bouleversement qu'avait dû être le départ à la guerre de ce jeune père et mari. Et sept ans d'un mauvais mariage, il est vrai vécus dans le luxe, paraissaient bien triviaux comparé à sept ans d'emprisonnement et de torture dans une jungle lointaine.

Caroline avait finalement surmonté le décès de ses parents, et sa détermination lui avait permis de triompher d'un malheureux mariage. Douze ans plus tard, elle connaissait de nouveau le bonheur.

Mais il n'en était pas de même pour Lawrence Elliott. Il n'avait survécu à sept ans d'horreur que pour trouver plus grande horreur encore chez lui. Et aujourd'hui, dix-sept ans plus tard, son cœur était toujours en proie au tourment tandis qu'il poursuivait l'inlassable quête de son enfant disparue.

Même le choix de sa carrière s'était fait en souvenir de cette enfant. « C'était notre rêve », avait-il tranquillement répondu au journaliste de *20/20* qui lui demandait pourquoi il était devenu vétérinaire.

« Que dire après tout cela ? » s'inquiéta Caroline. Il n'avait toujours pas senti sa présence. L'eau continuait de ruisseler, et lui de prodiguer ses encouragements, doucement, calmement, à un goéland terrifié.

Caroline entendait ses intonations douces, et voyait ses gestes tendres vis-à-vis de l'oiseau tremblant tandis que ses longs doigts nettoyaient les traces de mazout. Le goéland était d'un calme remarquable, il tremblait mais ne cherchait nullement à se débattre, sachant d'instinct qu'il était en sécurité entre ces mains étrangères.

« Pourquoi songer à ce que je vais lui dire ? » pensa Caroline en l'observant. « Il n'a nul besoin de moi. Je vais me retirer doucement et j'irai aider quelqu'un d'autre. »

Mais la jeune femme n'en fit rien car, de fait, Lawrence Elliott avait besoin d'une main secourable. Des mèches de cheveux bruns, tombées devant ses yeux, obstruaient sa vision, et si elle tenait un instant l'oiseau, il pourrait remettre de l'ordre dans sa chevelure et essuyer la trace noire qu'il avait sur le front.

Caroline respira à fond, et dit doucement pour ne surprendre ni l'homme ni l'oiseau :

— Bonjour...

Mais il devait être impossible de surprendre Lawrence Elliott. Ses nerfs, qui avaient été mis à dure épreuve pendant ces sept ans d'emprisonnement, sans compter les horreurs de la guerre qui les avaient précédés, devaient être à présent trempés dans l'acier.

Un instant, la jeune femme se demanda s'il l'avait entendue, mais il terminait simplement d'essuyer les ailes de son patient avant de relever les yeux.

Et quand il le fit, ce fut au tour de la jeune femme d'être surprise. Après avoir autant regardé cette émission de *20/20*, Caroline pensait connaître son visage. Le cameraman n'avait manqué aucune occasion de zoomer sur lui. C'était un visage remarquable, un incroyable exemple de force, de discipline et d'orgueil. L'orgueil dépourvu d'arrogance d'un homme qui avait été mis en cage sans perdre sa dignité, qui avait été dépouillé de tout ce qui comptait pour lui sans perdre son intégrité.

Caroline avait cru savoir à quoi il ressemblait, mais elle ne s'attendait pas à tant de sensualité et elle s'était totalement trompée sur la couleur de ses yeux. La caméra les avait fait paraître presque noirs, ou du moins du même brun foncé que ses cheveux, or ils étaient verts, pas d'un vert éclatant comme les siens, mais d'un vert foncé qui rappelait les profondeurs obscures des vastes forêts. Et comme ces lieux primitifs et ô combien mystérieux, ses yeux semblaient détenir quelque obscur secret, quelque sagesse antique; et comme ces mêmes lieux deviennent enchantés lorsque les rayons du soleil percent au travers de la voûte feuillue, les vertes profondeurs de son regard pouvaient s'illuminer d'or.

Comme maintenant, baignant de leur accueillante chaleur dorée et magique aussi bien l'oiseau... qu'elle.

— Je m'appelle Caroline. Je suis ici pour vous aider.

— Lawrence. Content que vous soyez là !

Ne l'ayant pas vu sourire une seule fois durant l'émission, Caroline n'était guère préparée à voir son beau visage s'illuminer, et encore moins à l'effet que ce sourire aurait sur elle. Ce fut un petit sourire sans prétention, il était évident qu'il le voulait accueillant, sans l'ombre d'une séduction, mais Caroline en eut le feu aux joues.

I've hungered for your touch. La chanson lui revint à l'esprit, la troublant autant que le fait d'avoir rougi... jusqu'à ce qu'elle comprenne que les deux étaient indubitablement liés. Cet homme si fort moralement, si blessé, si sexy aussi, avait contraint son corps longiligne à se tasser pendant sept ans dans une cage minuscule pour l'amour de sa vie. Il avait enduré l'inimaginable dans l'unique espoir de revoir sa femme, de pouvoir la toucher et lui faire l'amour.

Si le lyrisme d'une chanson arrivait à l'émouvoir, que dire de la présence d'un homme qui était l'incarnation même de l'Amour infini... Voilà. Caroline avait l'explication de son trouble. Bien.

Sauf que, sous son regard qui, à présent, détaillait sa silhouette, Caroline se sentit de nouveau rougir. Il est vrai qu'elle était toujours vêtue de sa jupe couleur jade et de sa blouse de soie ivoire, toujours vêtue comme pour aller déjeuner au Tennis Club de Seattle.

— J'ai besoin de me changer, bredouilla-t-elle. J'ai apporté des jeans et un sweat-shirt. La femme à l'entrée m'a dit qu'il y avait des bleus de travail...

— Oui, et des tabliers. Ils sont sur un banc face à la rangée de casiers.

Et son regard, un instant levé vers elle, retourna à la contemplation de son corps en une pensive évaluation dénuée de désir. Et malgré cela, Caroline rougit de plus belle.

— Les bleus de travail sont tous dans des tailles

d'hommes, reprit enfin Lawrence. Sans doute le plus petit vous ira-t-il.

Le « plus petit » lui sembla en effet le plus approprié. En admettant que le haut soit un peu vaste pour sa jolie poitrine et que le bas flotte un tantinet sur ses hanches étroites. Mais tout ceci était sans importance puisque, avant de revenir dans le vestiaire, la jeune femme avait recouvert l'ensemble d'un ample tablier.

— Vous devez être exténuée, dit Lawrence.

Tout au long de l'après-midi et de la soirée, Lawrence avait prononcé des paroles pleines de gentillesse, rassurant aussi bien Caroline que leurs réfugiés couverts de mazout. « Tout va bien », murmurait-il, tantôt à quelque créature tremblante, tantôt à la jeune femme incertaine de savoir comment tenir ces fragiles animaux. « C'est parfait », l'encourageait-il en guidant sa main. « Voilà... C'est exactement ça. »

Mais à présent et pour la première fois, ces mots ne s'adressaient qu'à elle, car à présent et pour la première fois, ils étaient véritablement seuls.

Le dernier goéland, nettoyé, avait été emporté jusqu'au camion en partance pour la réserve où il resterait tant que son milieu naturel ne serait pas débarrassé de toutes traces de fuel. Pas un oiseau, pas une otarie n'attendait son tour, du moins ce soir. Tout reprendrait demain, au lever du jour, quand les chercheurs auraient assez de lumière pour localiser les animaux en détresse, mais pour l'instant Lawrence et Caroline en avaient fini.

— Vous aussi vous devez être exténué, répondit calmement la jeune femme.

— Il y a bien longtemps que j'aurais dû vous demander si vous vouliez prendre un peu de repos.

— J'aurais refusé, ne put que répliquer Caroline à cet

homme qui avait travaillé sans relâche à sauver ces bêtes, les rassurant avec une calme bienveillance, s'inquiétant de leur triste état sans jamais se soucier du sien.

Il était presque trois heures quand la jeune femme était venue l'aider, et elle était certaine qu'il devait être là depuis déjà des heures, sans doute l'un des premiers à avoir été appelé parce que l'on savait qu'il viendrait immédiatement et n'hésiterait pas à rester aussi longtemps que nécessaire.

— Accepteriez-vous de dîner avec moi? demanda Lawrence. Ou préférez-vous partir?

— Non, je comptais rester pour être à pied d'œuvre demain. J'accepte volontiers votre invitation.

Ils rassemblèrent leurs vêtements de ville et quittèrent le lycée pour aller prendre une douche au motel.

— Quelle superbe soirée! s'enthousiasma Caroline tandis qu'ils marchaient.

Le ciel scintillait de mille étoiles, étincelles d'argent entourant une lune d'or, et la brise de mer était douce et embaumée.

— Il ne fait pas froid... reprit-elle. En fait, il fait presque doux.

Caroline entendit son compagnon prendre sa respiration comme s'il désirait parler, mais aucun mot ne sortit. Elle le regarda, scrutant ses yeux d'un vert si profond à la clarté de la lune, et elle y vit une sorte d'hésitation... d'incertitude... puis finalement une décision.

— Vous m'avez parlé de jeans et d'un sweat-shirt, dit-il enfin. Si cela vous plaît, nous pourrions pique-niquer sur la plage...

— Cela me plairait infiniment.

— Bien. Je vais prendre en cuisine quelques sandwiches et de la soupe, et nous pourrons y aller.

A l'évidence, Lawrence avait déjà eu recours aux services des cuisines du motel, lors de la marée noire précédente, peut-être, et son hésitation à l'inviter conduisit Caroline à penser que, la dernière fois que Lawrence Elliott avait pique-niqué la nuit au clair de lune sur une plage, il s'y était senti fort seul.

7

La plage était à eux, et formait le plus merveilleux décor dans lequel Caroline eût jamais dîné. Le clapotis incessant des vagues fournissait la musique, et au milieu du sable blanc, la nature leur avait offert une table en bois d'épave. Les étoiles et la lune éclairaient leurs visages aussi bien que l'auraient fait des candélabres.

— Où habitez-vous, Caroline?

— A Seattle.

— Je suis de l'autre côté du lac, à Issaquah.

Lawrence s'arrêta, intrigué par son froncement de sourcils, puis reprit :

— Issaquah est à une vingtaine de kilomètres de Seattle.

— Oui, je sais. Et je sais qui vous êtes. J'ai vu l'émission *20/20*.

Lawrence hocha la tête en silence, ses yeux assombris d'ombres surgies du passé, mais... était-il possible qu'elle y vît un soupçon d'excuse, de regret d'avoir, dans la recherche désespérée de sa fille, dû exposer les autres à sa propre tragédie?

Oui, décida-t-elle. C'était bien du regret qu'elle pouvait lire dans ce regard sombre et énigmatique. Alors elle prononça :

— Je suis terriblement désolée de ce qui vous est arrivé...

ainsi qu'à votre femme et à votre fille. Avez-vous eu des nouvelles depuis l'émission ?

— Merci. Non, rien.

Les amis de Caroline lui avaient confié qu'ils croyaient l'enfant morte. Car, avaient-ils ajouté, si par Dieu sait quel miracle elle *était* encore en vie, elle ne pouvait ignorer que son père la recherchait. Et si elle avait choisi de se taire, il était temps qu'Elliott abandonne.

Mais, du moment où Caroline l'avait vu pour la première fois à la télévision, elle avait eu l'impression que Lawrence Elliott n'était pas homme à abandonner. Et là, maintenant, sous la brillante clarté lunaire, elle fut convaincue qu'il ne cesserait de chercher qu'avec la mort.

— Ainsi vous savez tout de moi, et moi, tout ce que je connais de vous, c'est que vous prenez le temps de secourir les animaux.

Son désir d'aider d'innocentes créatures était apparemment important pour Lawrence, et Caroline espéra que c'était là tout ce qu'il savait d'elle. Mais les gens qui voulaient le pousser à briguer un poste de sénateur lui en avaient peut-être dit davantage...

— Mon nom de famille est Hawthorne.

Son aveu sembla soulever de l'intérêt mais aucune circonspection, et soulagée, elle poursuivit.

— Mon grand-père était Alistair Hawthorne.

Caroline prononça le nom de son grand-père avec amour et orgueil. Alistair Hawthorne avait été un homme remarquable, un orphelin sans le sou qui avait bâti un empire dans la construction navale, et passé la majeure partie de sa vie d'adulte à redistribuer ses richesses, secourant les déshérités, soutenant les artistes. C'était une légende à Seattle, un homme vénéré dont la générosité avait permis de doter la ville de musées, d'immeubles, et de parcs. Les chantiers navals Hawthorne Shipyards avaient été vendus depuis longtemps, mais ils continuaient d'honorer son nom en traitant leurs employés avec respect et équité.

— Est-ce que cela signifie que vous êtes née à Seattle?

— Non. En Égypte, précisa Caroline avec un sourire charmant. Mon père était un archéologue passionné de voyage. J'ai passé mon enfance à voyager à travers le monde avec mes parents, de fouilles en fouilles, de trésors en découvertes.

— Et vous avez aimé cela.

— Oh combien! Chaque jour était une aventure. Mes parents étaient d'incurables romantiques. La moindre fosse poussiéreuse les comblait de joie. Cela tenait du conte de fées car, lorsque nous ne dormions pas sous la tente, nous étions les invités de quelque palais princier... Mon père possédait un charme désarmant — mais il était éminemment respecté par la communauté scientifique, autant que mon grand-père l'était dans les affaires.

— Votre grand-père n'aurait-il pas souhaité voir son fils suivre ses traces?

— Si c'est le cas, je ne l'ai jamais su. Je pense que grand-père était fier de Dad, et plutôt heureux de savoir que sa fortune pouvait servir à quelques découvertes d'importance.

— Et votre mère?

La jeune femme pencha soudain la tête et sa chevelure auburn brilla, telle une sombre flamme, sous la clarté de la lune. Son regard vert se fit incertain laissant présager une confession embarrassante — une confession de petite fille riche.

— Ma mère était une Raleigh, enfant unique d'une des plus importantes familles de Seattle. Mais c'était un bon petit soldat qui n'avait pas peur de relever ses manches pour creuser. Elle adorait Dad.

— Et tous les deux vous aimaient infiniment...

Caroline regarda pensivement ce père dont l'amour qu'il portait à son enfant était la force.

— Oui. En effet.

« Nous étions très unis », pensa Caroline sans oser le dire, sachant, au travers de l'émission qu'elle avait vue, à quel point Lawrence, Claire et Holly Elliott l'avaient été aussi.

— Caroline? s'inquiéta Lawrence devant sa soudaine tristesse. Quelque chose est-il arrivé à vos parents?

— Oui. Mes parents et mon grand-père sont morts dans un accident d'avion, en Afrique. Il y avait beaucoup de brouillard et ils n'auraient pas dû tenter d'atterrir... mais ils le firent.

— Où étiez-vous, à ce moment-là?

— A New York, en plein milieu de mon premier cycle à Vassar. Jusque-là, j'avais suivi des cours par correspondance. A dix-huit ans, en accord avec ma famille, j'ai pris la décision de poursuivre mes études à Vassar. Nous savions que cette séparation n'irait pas sans tristesse de part et d'autre mais...

— Mais il était temps de vivre votre propre aventure?

— Absolument, acquiesça Caroline avec un petit rire. Et ce fut une aventure. Moi qui n'avais vécu qu'avec des adultes, me retrouver en compagnie de filles de mon âge fut une chose nouvelle et très excitante!

— Vous fréquentiez des garçons?

— Après trois ans à Vassar, j'étais toujours aussi naïve, et quand mes parents et mes grands-parents moururent, je devins brusquement incroyablement riche. (Elle eut un sourire forcé.) C'est là que Grant Gannon fait son entrée...

— Le méchant de la pièce?

— Absolument. Déguisé en prince charmant sur son beau cheval blanc. Il avait cinq ans de plus que moi et était déjà courtier à Wall Street. Il était sorti six mois avec ma meilleure amie mais lorsque je devins une riche héritière il reporta toute son attention sur ma personne et déclara qu'il ne pouvait rester avec cette fille plus longtemps alors que, dès l'instant où il m'avait vue, il était tombé amoureux de moi. Rétrospectivement, son plan me paraît clair, mais à l'époque j'étais facile à duper. Grant était plus âgé et terriblement charmeur, et moi triste, seule, et manquant d'affection.

Caroline cessa brusquement de parler, le rouge aux joues, le regard lointain. La voilà qui confiait à Lawrence son aventure avec un type qui ne l'avait séduite que pour sa fortune... Certes, Grant Gannon avait été intéressé, abject, mais son crime n'était rien en comparaison de celui de Derek Burke, cet homme qui avait tiré de sang-froid sur Lawrence, le laissant pour mort dans une jungle hostile, puis séduisant sa veuve éplorée par ses histoires d'amitié indéfectible avec son mari adoré.

— Caroline?

Sa voix s'était faite douce car Lawrence, qui n'avait pas eu peur depuis bien longtemps, était effrayé soudain. « *Parlez-moi, Caroline, continuez.* » Sa voix se fit pressante tandis qu'il répétait :

— Caroline?

L'émotion contenue dans cette voix obligea la jeune femme à relever la tête.

— Ce qui m'est arrivé, mon mariage avec cet homme qui n'en voulait qu'à mon argent et à ma position sociale, est d'une banalité effroyable, le choix idiot d'une fille trop naïve, et ne mérite pas qu'on en parle.

— Vous voulez dire, comparé à ce qui est arrivé à Claire, n'est-ce pas?

— Oui.

— Je ne le pense pas.

« *Non! Ne rentrez pas dans votre coquille...* » Lawrence respira à fond, et lorsqu'il parla de nouveau ce fut avec âpreté :

— Une trahison est une trahison, Caroline. Une perte est une perte. Alors ne vous arrêtez pas de parler sous prétexte que ce qui m'est arrivé est plus grave que ce qui vous est arrivé, à vous!

Ce qui était arrivé à Lawrence était sans comparaison, mais Caroline saisit ce qu'il tentait de lui faire comprendre. Il voulait pouvoir écouter les angoisses des autres, si insignifiantes soient-elles, pour être à même de les aider et ne plus être isolé dans son atroce et incomparable tragédie. Est-ce que depuis son retour de la guerre quelqu'un avait partagé ses problèmes avec lui ? Caroline en doutait, et elle se sentit flattée qu'il se tourne ainsi vers elle.

Flattée... et, lorsque ses yeux aux reflets sombres se posèrent sur les siens et qu'elle vit combien Lawrence avait besoin qu'elle lui parle, combien il avait besoin d'elle, Caroline sentit un ardent désir monter en elle.

— Dites-moi, Caroline, chuchota-t-il, dites-moi ce que vous avez ressenti.

Caroline n'avait jamais, jusqu'à présent, confié cela à quiconque. Elle était venue seule à bout de ses peines, puisant dans sa volonté, persuadée qu'avec de la persévérance elle ne pourrait que se sentir mieux, heureuse de nouveau.

Et maintenant, à cet homme qui savait tout des luttes intimes et de la volonté, Caroline se décida à confier :

— J'étais confuse et très malheureuse. Je ne comprenais pas pourquoi, dès que nous fûmes mariés, le charme et la gentillesse de Grant s'évanouirent. J'essayais de comprendre ce que j'avais fait de mal et je tentais de reconquérir son amour, que je croyais sincère.

— Cela a dû être difficile.

— En effet, admit Caroline.

« Mais rien en comparaison de ce que vous avez enduré, de ce que vous endurez toujours. » Elle faillit arrêter cette stupide histoire de trahison, mais Lawrence semblait lire dans ses pensées et son regard sombre lui intima de poursuivre. C'était un ordre gentil mais impératif, un de ceux qu'on ne peut ignorer.

— Mon mariage a duré sept ans, mais il aurait pu durer toujours. J'étais absolument déterminée à ce qu'il dure, et mon mari était heureux de cet état de choses. Un jour, cependant, une de ses nombreuses maîtresses, éconduite et mécontente, m'appela pour me révéler l'amère vérité sur mon mari. J'étais effondrée, mais soulagée d'avoir une réponse. Cela me permit d'agir, et lorsque je m'y décidai, je pris exemple sur mon père, fis la part du feu et partis... Je n'avais pas son merveilleux esprit d'aventure, malheureusement. Je n'avais pas sa force morale. Mais cependant, j'obtins un divorce rapide et déménageai de New York pour Seattle, où mes parents et moi avions fait si souvent escale entre deux expéditions. Je pensais venir ici temporairement, le temps de me ressaisir... mais cela fait douze ans, maintenant.

— Douze ans? répéta Lawrence en faisant un rapide calcul. (Elle s'était mariée à vingt et un ans, plus sept, plus douze...) Vous avez quarante ans?

— Dans deux semaines.

Elle sourit à son évidente surprise, et lui-même parut curieusement soulagé.

— Oui, quarante ans, et heureuse de nouveau, et pleine d'optimisme, reprit-elle.

« Heureuse et stabilisée », pensa-t-elle. Enfin, elle avait été heureuse et stabilisée... jusqu'à ce qu'un regard vert et sombre comme les forêts du grand Nord n'éveille en elle un désir ardent...

— Parce que vous êtes forte.

Pendant une seconde, elle se demanda ce qu'il entendait par là. Mais il était vrai qu'elle avait retrouvé le bonheur grâce à sa force intérieure, et elle décida que Lawrence devait connaître la *raison* de son courage, l'immense don que le ciel lui avait fait depuis sa naissance.

— Je crois que ce qui m'a aidée à vivre, à survivre à tous ces bouleversements émotionnels, c'est l'amour que j'ai reçu, enfant. L'amour de mes parents m'a donné une foi invincible dans le bonheur et l'espoir. (Caroline hésita à peine, l'espace d'un battement de cœur, avant de poursuivre calmement :) Je crois que vous et Claire avez donné la même chose à Holly.

Lawrence fronça les sourcils d'un air songeur, puis au bout d'un moment il répondit doucement :

— Je l'espère, Caroline. Je l'espère...

L'esprit de Lawrence s'envola vers des souvenirs doux-amers. Mais la lumière évanescente et dorée de cette lune de printemps ne permettait pas de cacher de quelconques sentiments et Caroline perçut son tourment.

— Parlez-moi. Racontez-moi votre vie, depuis le commencement. Vous êtes né il y a une quarantaine d'années...

Durant de longs instants, Caroline crut qu'il ne répondrait pas, qu'elle avait dépassé les limites, qu'il ne désirait parler que de futiles peines de cœur, et non de l'horrible chose qui lui était arrivée. Elle eut peur de sa colère, de son mépris étonné devant sa présomption.

Mais finalement, juste avant qu'il ne réponde, elle vit que son étonnement était dirigé vers lui, et vers lui seul, vers son propre besoin de partager enfin ce qu'il n'avait jamais partagé auparavant.

— Je suis né au Texas, il y a quarante-huit ans. Ma mère est partie quand j'avais cinq ans et j'ai vagabondé avec mon cow-boy de père, de rodéo en rodéo, de petit boulot en petit boulot pendant huit ans. Lorsque j'eus quatorze ans, mon père trouva du travail dans un ranch du Montana. Mais, le printemps suivant, il voulut repartir. L'école me plaisait et je venais de rencontrer Claire, aussi suis-je resté à faire quelques corvées au ranch en échange du gîte et du couvert. Claire et moi avions décidé de nous marier dès que j'aurais mon diplôme, mais, comme il devenait urgent de la soustraire à son beau-père, nous nous mariâmes trois mois plus tôt, le jour de la Saint-Valentin.

— Elle a été tuée le jour de votre anniversaire de mariage?

A *20/20*, tout avait tourné autour du fait que la tragédie avait eu lieu le jour de la Saint-Valentin, sur fond de roses incarnates éparpillées sur le lieu du carnage. Apparemment, le fait que ce jour fût celui d'un anniversaire de mariage avait échappé aux producteurs de l'émission. Cet horrible hasard n'aurait pas manqué d'apparaître dans leur script s'ils l'avaient connu. Lawrence avait dû le garder soigneusement caché... jusqu'à présent.

— Ce détail n'est connu de personne, n'est-ce pas? s'enquit-elle.

— En effet, confirma Lawrence, dont le visage s'assombrit.

— Lawrence?

— Derek, lui, le savait. (Sa voix était calme, mais âpre, sans aucune trace de gentillesse.) Après qu'il m'a tiré dessus, il a pris mon alliance et a lu l'inscription à voix haute avant de la jeter dans la jungle.

Caroline se demanda si le jeune soldat mortellement blessé avait tenté de retrouver l'anneau d'or dans la végétation tropicale et luxuriante; si, se croyant sur le point de mourir, il avait décidé de tenir la mort en échec tant qu'il n'aurait point, dans le creux de la main, ce symbole d'amour et d'espoir; si c'était cette quête qui l'avait maintenu miraculeusement en vie...

Mais Lawrence avait sans doute été capturé par l'ennemi avant d'avoir retrouvé son alliance. Sinon, il la porterait.

Quand Lawrence reprit la parole, sa voix avait de nouveau la douceur que donnent les souvenirs d'amour.

— Holly est née le jour de Noël, dix mois après notre mariage. Comme nous l'avions désirée. Quand j'y pense maintenant, cela m'amuse que Claire et moi ayons eu le courage alors de vouloir fonder une famille...

— Parce qu'aucun de vous deux n'avait eu d'enfance heureuse?

Lawrence hocha la tête. Puis une rage folle traversa son regard.

— Derek n'a pu toucher Holly, Caroline! Claire avait vécu cela avec son propre beau-père... Elle ne l'aurait pas permis. Peut-être est-ce pour cela qu'elle est morte...

— Oh! Lawrence.

— Je suis désolé.

— *Vous* êtes désolé? répéta Caroline avec incrédulité. Pourquoi?

— Parce que ce n'est pas juste d'agresser les gens avec cette histoire. Mais c'est mon seul espoir de retrouver ma fille.

Caroline songea que les gens ne craignaient pas les tragédies, qu'au contraire elles semblaient exercer sur eux une fascination morbide.

Comme s'il avait lu dans ses pensées, Lawrence expliqua :

— J'ai très peu de contrôle sur ce que la télévision ou la presse peuvent dire, mais depuis le début, je les ai toujours empêchées de faire passer Holly pour une petite séductrice.

— Cela n'a pas dû être facile.

— Non.

Son expression laissa entendre qu'il avait gagné cette bataille... pour Holly.

Lawrence paraissait certain que sa fille n'avait pas été violée par Derek, que sa vie avait été épargnée... Mais alors?

— Qu'est-ce qu'il y a, Caroline? A quoi pensez-vous?

— Pourquoi Holly aurait-elle été épargnée? Avez-vous une idée?

— Oui, répondit-il d'une voix lourde de culpabilité. Elle fut épargnée parce que Derek voulait qu'elle soit le témoin de ce qu'il allait faire à sa famille, et qu'elle vive le restant de sa vie avec ces images d'horreur. Pendant l'émission, ils ont dit que je le soupçonnais de trafic de drogue, et que tel était son mobile. Mais c'est plus compliqué : Derek me haïssait, il voulait se venger. Au début, il fit semblant de vouloir être mon ami, mais je sentis tout de suite que certaines choses n'étaient pas claires chez lui.

— Et vous aviez raison.

— Certes... Mais je n'avais pas compris combien il était schizophrène et dangereux.

— Comment l'auriez-vous su?

Mais Caroline vit dans son regard triste la réponse silencieuse à sa question. Apparemment, Lawrence était persuadé qu'il *aurait* dû savoir... malgré sa jeunesse, malgré la folie de cette guerre, et bien qu'il eût été laissé pour mort dans la jungle... il aurait dû trouver un moyen de s'échapper plus tôt, de sauver sa femme, sa fille, de la folie meurtrière de Derek. Voilà ce que croyait Lawrence. Mais Caroline, calmement, déclara :

— Vous ne pouviez pas savoir. Vous ne pouviez *absolument* pas savoir !

La jeune femme vit la gratitude que ses mots éveillaient chez lui, mais il était clair que rien ni personne n'atténuerait ce sentiment de culpabilité.

Tandis qu'ils parlaient ainsi, à cœur ouvert, le monde autour d'eux changeait, comme empli de colère pour ce qui s'était passé en ce jour lointain de la Saint-Valentin. Les douces vagues s'élançaient à présent à l'assaut de la plage, la brise embaumée du soir s'était changée en un vent de mer frais.

Seule la lune brillait toujours d'un éclat doré, n'ayant rien perdu de son hardiesse.

Ce que Lawrence avait raconté à la télévision, de ses sept années de captivité, avait donné envie à Caroline de crier, de pleurer. Mais elle savait que ce qu'il avait révélé n'était que la partie émergée de l'iceberg, juste assez pour intéresser le public sans qu'il soit question de le choquer, ni de verser dans le sensationnel. En fait, il ne voulait qu'une chose : retrouver sa fille.

Rassemblant son courage, Caroline demanda doucement :

— Vous n'avez raconté que très peu de choses sur ces années de captivité, n'est-ce pas ?

— Ce qui m'est arrivé au Vietnam n'est rien comparé à ce qui est arrivé à ma fille.

Caroline hocha la tête solennellement et attendit. Elle n'avait aucune envie d'entendre parler de tortures. Elle n'avait pas le goût du sang, mais si, malgré tout, Lawrence désirait en parler, elle l'écouterait.

Mais il ne dit rien.

Caroline reprit :

— C'était bien que l'émission soit diffusée le jour de la Saint-Valentin. Ce fut un cadeau, un très beau cadeau pour votre fille.

— Merci.

Caroline Hawthorne, championne des causes célèbres, héritière d'une immense fortune, invitée des présidents, des rois et des reines, contemplait, songeuse, cet homme extraordinaire qui lui faisait face.

Et elle ajouta :

— S'il y a quelque chose que je puisse faire, Lawrence... J'ai beaucoup de relations...

Elle n'osa parler d'argent, mais il le lut dans son regard. Sans en être offensé.

— Moi aussi j'ai des relations et de l'argent. Le gouvernement a été extrêmement coopératif et les comptes en banque de Derek étaient bien garnis. Cela venait certainement de son trafic de drogue, mais la preuve n'en ayant pas été faite, la justice a jugé que je pouvais les utiliser pour rechercher Holly. J'ai dépensé une petite fortune jusqu'ici... mais ce n'est rien au regard de ce qu'il reste. (Lawrence fronça les sourcils avant de confesser :) Il est évident que j'ai dû négliger quelque chose, mais quoi? J'ai passé des encarts dans la presse, utilisé des détectives privés; ses empreintes sont sur fichier; la sécurité sociale, le service des passeports vérifient depuis dix-sept ans qu'elle n'utilise pas son certificat de naissance ou celui de Claire ou celui de sa demi-sœur...

— Je ne vois pas ce que vous auriez pu faire d'autre, dit-elle sincèrement.

Cela ne fit que pousser Lawrence à avouer d'autres douloureuses vérités.

— Je sais que certaines personnes croient que Holly est à blâmer pour ce qui est arrivé, et qu'elle reste cachée à cause de ça. Mais heureusement elles sont peu nombreuses. La plupart croient qu'elle est morte.

Ses beaux yeux verts pleins d'angoisse s'accrochèrent aux siens tandis qu'il demandait doucement :

— Et vous, Caroline, qu'en pensez-vous?

— Je crois que vous et votre femme avez donné à Holly le goût du bonheur. C'est ce que l'on peut donner de mieux à un enfant, Lawrence, c'est le plus merveilleux cadeau. Et je ne crois pas qu'elle soit tant soit peu à blâmer pour ce qui est arrivé, mais...

— Mais?

Elle prit une inspiration.

— Mais il est très dur d'imaginer que, pendant toutes ces années, elle n'ait pas su que vous la cherchiez. Surtout lors de votre retour du Vietnam, quand cette histoire a fait la une des journaux.

— Vous vous en souvenez?

— Oui.

Caroline se rappelait les gros titres d'alors, difficiles à ignorer. Bien sûr, elle était trop préoccupée par son désastreux mariage pour s'intéresser aux détails.

— Ainsi, murmura Lawrence, vous pensez qu'elle est morte?

— Je...

Oui, pensa-t-elle en s'excusant, en soutenant son regard, certaine qu'il y avait lu sa réponse. Il n'eut aucune réaction de colère, Lawrence Elliott était un homme qui ne considérait pas l'honnêteté comme une offense. Il pouvait affronter la vérité. Après tout, il avait affronté bien pire sans s'effondrer. A présent, il acceptait son verdict, sans toutefois le partager.

— Et vous, qu'en pensez-vous, Lawrence ?

— Rien. J'ai *l'intime conviction* qu'elle est en vie. (Il s'arrêta un instant avant de préciser :) En survie, devrais-je dire, Caroline. Comme je survivais lorsque j'étais en captivité. Elle aussi, elle est dans une sorte de prison, coupée du monde bien qu'en faisant partie... Vous devez me croire fou !

— Oh ! non.

« Je crois que vous êtes sincèrement merveilleux », ne put-elle s'empêcher de penser. Et si elle n'avait vu sa surprise — preuve qu'il avait lu une fois encore dans ses pensées —, elle le lui aurait dit à haute voix.

Quelques heures auparavant, Caroline avait cru qu'il était impossible de surprendre Lawrence Elliott. Or, elle l'avait fait. Et Lawrence, surpris, souriait malgré lui, d'un sourire incertain, flatté, indiscutablement sexy... malheureusement fugace. Mais la douceur de sa voix grave, quand il reprit la parole, fit bondir son cœur.

— Il y a autre chose... Le temps que je revienne du Vietnam, la police avait empaqueté tout ce qu'il y avait dans la maison. J'ai retrouvé l'album photo que nous avions fait, Claire et moi. Cinq photographies manquaient.

— Vous pensez que Holly les a prises ?

— Oui. Ainsi que la robe de mariée de sa mère...

Lawrence marqua une pause. Puis, à cette femme qui, en silence, lui avait fait comprendre qu'elle ne croyait pas qu'il soit fou, il raconta :

— Holly n'avait aucune raison de croire que j'étais en vie, et personne au monde ne se souciait de cet album. C'est comme si elle me l'avait laissé, me faisant ainsi savoir qu'elle n'oublierait jamais notre merveilleux bonheur.

— Elle n'a pas oublié...

Et tandis qu'elle prononçait ces mots, Caroline prit conscience à nouveau du clair de lune, de l'immensité de la mer; de la douceur du clapotis des vagues apaisées et de la tiédeur renouvelée de la brise; et des rayons de lune dansant sur le sable blanc...

Au bout d'un silence plein d'émotion, la jeune femme reprit sur le ton de la confidence :

— Elle n'a pas oublié, Lawrence! C'est certain.

Il était presque une heure du matin quand ils se souhaitèrent bonne nuit à la porte de la chambre de Caroline. Ils se reverraient, peu après le lever du jour, lorsque les premiers animaux rescapés arriveraient.

Mais quand Caroline pénétra dans le gymnase, bien avant les premiers volontaires, elle apprit que Lawrence était parti. Il s'était envolé par hélicoptère vers un des bateaux des gardes-côtes, où il passerait la journée à soigner les animaux trop atteints pour être transportés à Moclips ou Neah Bay.

Caroline chassa sa déception avec l'idée que ce départ permettrait à son cœur emballé de se calmer. Tout était pour le mieux. Dans la magie dorée de ce magnifique clair de lune printanier, elle et Lawrence Elliott s'étaient déjà et indubitablement dit tout ce qu'il y avait à dire.

8

Brentwood, Californie,
lundi 20 mars.

Nick et sa camionnette chargée de rosiers arrivèrent chez Raven à sept heures et demie tapantes. Dix minutes plus tard, un camion d'une jardinerie de Santa Monica arriva à son tour avec le reste des rosiers et des lilas. A huit heures dix, tout était déchargé et le camion reparti.

Raven n'était pas venue accueillir Nick à son arrivée, et elle avait encore un coup de fil à donner. Mais avant de décrocher son combiné, elle contempla un long moment la luxuriance des plantes qui avaient envahi sa pelouse.

C'était comme si quelqu'un lui avait envoyé le plus extravagant bouquet au monde, une tapisserie d'ivoire, de rose, de lavande et de crème. Mais Raven dut admettre qu'elle seule s'était offert ce magnifique bouquet, de loin le plus romantique qu'elle eût jamais reçu.

Pourtant Raven avait reçu des fleurs dans sa vie, et la première fois à l'âge de treize ans, sous forme d'une orchidée noire déposée sur son pupitre de classe. C'était le lendemain du jour où elle avait perdu sa virginité avec Blane Calhoun. Son jeune cœur s'était soulevé d'espoir en voyant cette fleur rare et si exotique, qui ne pouvait qu'être le symbole de ce qu'elle représentait aux yeux de ce garçon : une rare et exotique jeune fille, juste surgie de l'enfance pour lui.

Mais ces fleurs noires qui réapparurent souvent les années suivantes, en fait à chaque fois qu'elle se donnait à quelque riche héritier, n'étaient que le tombeau de ses espoirs, le symbole de sa honte et de sa déchéance plutôt que de l'amour auquel elle aspirait.

Raven ne sut jamais qui envoyait ces fatales orchidées, de ses richissimes et cruels soupirants ou de leurs malveillantes petites amies ; mais, en dépit de l'immense douleur qu'elle ressentait chaque fois qu'une de ces fleurs apparaissait sur son pupitre, elle l'arborait avec fierté, car ces orchidées noires furent les seules fleurs qu'elle reçut jamais.

Plus tard, quand, jeune femme, elle devint un objet de convoitise pour les hommes riches et puissants, elle croula sous les bijoux, mais jamais sous les fleurs.

Des fleurs auraient eu beaucoup plus de signification pour elle. Mais elle ne devait pas être le genre de femme à recevoir des bouquets. Peut-être parce qu'elle était plus proche du diamant que de la rose, feu couvant sous la glace plutôt que fragile et douce beauté...

Aucun homme, par exemple, ne lui avait jamais envoyé de roses.

Non. C'était inexact. Jason Cole n'avait pas manqué de lui offrir deux douzaines de roses pêche en remerciement du fabuleux contrat qu'elle avait négocié pour lui auprès de la Gold Star.

Et voilà qu'à présent elle conspirait contre le seul homme sur terre qui lui eût envoyé des roses...

On ne pouvait parler de conspiration, se dit-elle, elle aiderait simplement Lauren Sinclair à convaincre Jason de cette vérité première : *Gifts of Love* serait un bien meilleur film s'il gardait sa fin heureuse.

Raven avait été si bouleversée par ce livre qu'elle avait

acheté tous les autres titres de Lauren qu'elle avait pu trouver. Elle en avait déjà lu deux, et, bien que l'intrigue fût différente, le message d'espoir, la merveilleuse promesse restaient les mêmes. Il était possible d'être aimée pour ce que vous étiez vraiment, après que tous les honteux secrets furent révélés, les ombres dissipées et les masques tombés.

A chaque mot, Raven s'était sentie encore plus proche de l'auteur, et encore plus étonnée au souvenir de sa voix fragile et si inquiète. La jeune femme porteuse d'un tel message d'espoir et de confiance aurait dû s'exprimer d'un ton résolument joyeux.

Et, tandis que Raven composait l'indicatif de Kodiak, elle espéra qu'elle entendrait cette fois une voix pleine de gaieté.

— Oui? répondit une voix chaleureuse mais un tantinet surprise.

— Raven Winter à l'appareil. J'espère que je ne vous réveille pas.

— Non. Je travaille depuis des heures.

— Bien. Depuis que nous nous sommes parlé, j'ai appris de Barbara Randall que Lauren Sinclair n'était qu'un pseudonyme, et que votre vrai nom était Marilyn Pierce. Barbara n'était pas certaine de savoir de quel nom vous préfériez être appelée...

— Cela n'a pas d'importance. N'importe lequel, murmura Holly distraitement. Vous avez un problème?

— Non. Non, pas du tout. Je vous téléphonais pour que nous mettions au point notre rendez-vous de la semaine prochaine. Je pourrais venir vous chercher à l'aéroport et vous montrer Los Angeles, si vous le voulez.

— C'est très gentil à vous...

— Connaissez-vous déjà l'heure de votre arrivée?

— Non, mentit Holly.

C'était un mensonge absolument nécessaire. Holly

appréciait l'offre de Raven, mais elle savait qu'elle aurait besoin de toute son énergie en vue de sa rencontre avec Jason Cole, de la moindre once de force et de courage. En un mot, elle aspirerait à avoir la paix.

— Je ne sais pas encore précisément, reprit-elle. Dimanche, bien sûr, mais sans doute tard. J'ai une date de remise de manuscrit à respecter. Ne vous en faites pas pour moi.

— Vraiment? insista Raven, s'inquiétant devant le trouble de cette voix qui n'aurait dû exprimer que la joie. Donnons-nous rendez-vous lundi matin, alors. Savez-vous où vous descendrez?

— Non. Non, pas encore... mais merci. J'ai des amis, des relations à Los Angeles, et je vais sans doute rester chez eux, ou peut-être à l'hôtel... Je l'ignore pour l'instant. Je sais que c'est dans une semaine et que je vous parais terriblement désorganisée, mais...

Le regard de Holly glissa du billet d'avion posé sur son bureau aux cartes et guides de Los Angeles éparpillés sur le sol. Elle était tout sauf désorganisée. Elle arriverait samedi après-midi et, de l'aéroport, prendrait un taxi, le premier de sa vie, pour l'hôtel *Bel Air*. La description des bungalows entourés de jardins, autour d'un étang où nageaient des cygnes, lui avait paru idyllique et l'emplacement de l'hôtel idéal. D'après ses savants calculs, il n'était qu'à quatre kilomètres des studios de la Gold Star, situés dans South Sepulveda. Au téléphone, on lui avait assuré qu'il y avait bien une station de taxis devant l'hôtel, et même des limousines, les deux pouvant être réservés à l'avance.

— Ne vous inquiétez pas, Raven, je saurai m'organiser. Et dans une semaine aujourd'hui, je serai sans faute et à midi pile dans le bureau de Jason Cole.

— Je n'en doute pas. Mon numéro de téléphone personnel ainsi que celui de mon bureau sont dans l'annuaire, aussi n'hésitez pas à appeler. D'accord?

— Oui. Merci.

Il était temps de prendre congé de cette voix réservée, mais Raven avait, à son tour, un message d'espoir à délivrer.

— Je voulais que vous sachiez que je viens juste de finir *Gifts of Love*. C'est un livre merveilleux et je suis d'accord avec vous, la fin ne doit pas être changée.

— Le direz-vous à Jason?

— Absolument, promit Raven. Ou plutôt, nous le lui dirons ensemble.

Après avoir raccroché, Raven réfléchit à la conversation qu'elle venait d'avoir. Elle ne passerait donc pas le weekend à s'occuper de ce brillant auteur; ce qui signifiait qu'à part son propre manque de courage, elle n'avait aucune raison d'annuler son voyage à Chicago.

Elle avait toujours ses réservations à l'hôtel *Fairmont*... Mais elle n'avait plus Michael, mais elle n'avait plus personne...

A moins que...

— Bonjour!

— Bonjour, répondit Nick.

Pour ce faire, il se détourna de la splendeur des massifs roses et blancs pour la non moins merveilleuse splendeur d'une peau d'albâtre et de joues rosies par l'émotion. Les cheveux de la jeune femme, sombres et veloutés comme la nuit, étaient négligemment attachés en une queue de cheval de guingois, et elle portait un ample sweat-shirt framboise sur des jeans délavés.

Le regard gris de Nick brilla d'approbation à l'approche de la jeune femme.

— Vous avez l'intention de faire l'école buissonnière? lui demanda-t-il tout heureux.

— Absolument, répondit-elle, les yeux brillants.

— J'en suis content. Comment vont vos mains?

— Beaucoup mieux, merci.

Raven offrit à son inspection ses paumes dorénavant libres de bandages et définitivement cicatrisées.

— C'est mieux, en effet, acquiesça Nick. Vous ne devriez avoir aucun problème pour montrer du doigt où ces roses et ces lilas devront être plantés.

Elle fronça les sourcils, comme si jouer les princesses ne lui plaisait qu'à moitié, et il lui assura gentiment :

— Voilà tout votre travail, aujourd'hui. Vous me montrez et je plante.

— Oui... mais ces mains sont aussi capables de vous servir du café. Il est déjà fait. En prendrez-vous une tasse avec moi?

— Avec plaisir. Au fait, j'aime beaucoup votre jeans, reprit-il.

— Merci. Moi aussi.

— Il semble vieux et bien confortable.

— Oui... Je l'ai depuis le lycée.

Voilà, il ne lui restait plus qu'à lui demander : « Oh! En parlant de lycée... »

Mais Raven n'en fit rien. Plus tard, peut-être...

Ce fut bien plus tard, quand toutes les plantes furent en terre et sa maison ceinte d'une abondance d'odeurs et de couleurs à couper le souffle, qu'elle trouva le courage de le lui demander. Il fallait qu'elle eût ce courage, car dans un moment il aurait disparu à jamais...

Toute la journée, Raven s'était inquiétée de savoir de quelle manière elle le ferait, et, quand les mots se pressèrent enfin sur ses lèvres, ils furent très différents de ceux auxquels elle avait pensé.

— Vous dansez?

— Danser?

— Oui. Vous savez...

Raven défaillit, l'esprit soudain en déroute devant l'intensité de son regard gris.

— Je me défends.

La vérité était qu'il était un merveilleux danseur, du moins de l'avis des femmes qui avaient dansé avec lui. Il dansait avec la même sensualité, le même sens du rythme qui faisaient de lui un amant remarquable.

Nick observa le joli visage levé vers lui, entouré de fines mèches brunes et soyeuses, rougissant légèrement d'inquiétude.

— Seriez-vous en train de m'inviter à danser, Raven? demanda-t-il.

« C'est comme s'il me demandait de faire l'amour avec lui... »

Aussitôt une petite voix glacée lui susurra qu'elle n'en savait rien, après tout... qu'elle voyait du sexe partout... Il était vrai qu'aucun homme, jamais, ne lui avait demandé de faire l'amour avec tant de gentillesse. *Et jamais aucun homme ne le ferait.*

Raven porta son regard ailleurs, sur un merveilleux lilas blanc, pur, dentelé.

— Oui, admit-elle enfin comme si elle parlait au lilas. Je suppose qu'en effet je suis en train de vous inviter à danser. Pas tout de suite, bien sûr, mais samedi soir.

Nick avança d'un pas, s'interposant entre elle et le délicat lilas blanc. Quand il eut toute son attention, il laissa tomber :

— J'accepte.

— C'est un grand bal. Tenue de soirée. Vous devrez louer un smoking, que je paierai, bien sûr.

Nick possédait un smoking, deux d'ailleurs, noirs, d'une élégance indémodable et impeccablement coupés.

— Je m'en occupe.

Nick fut agacé de voir l'étonnement de Raven, puis son embarras. Comme si elle se demandait si elle devait lui indiquer le bon magasin. Un de ceux de Beverly Hills, par exemple, à qui elle laisserait ses instructions sur le genre de smoking convenant pour une telle soirée.

Mais l'agacement de Nick fut vite balayé par quelque chose de plus important : son envie de danser avec elle. Là... tout de suite.

— J'insiste, dit-il. Je prendrai quelque chose de traditionnel, noir, sans chichis.

Mais l'embarras de la jeune femme ne disparut pas pour autant. Il s'agissait sans doute d'autre chose, quelque chose qui n'avait rien à voir avec le souci que Nick le Jardinier ne choisisse pas le bon smoking, quelque chose que sa charmante Blanche-Neige n'osait lui dire.

— Qu'y a-t-il, Raven?

— Le bal est à Chicago. C'est un dîner dansant qui commence à huit heures. Aussi devons-nous quitter Los Angeles tôt le matin. Je voudrais prendre le vol de six heures et demie pour ne pas arriver trop tard.

Raven s'arrêta pour reprendre son souffle et lui laisser une chance de refuser avant qu'elle ne continue plus avant dans sa folie.

— Et quand revenons-nous?

— Quand vous voulez. Samedi soir est important, mais dimanche midi, il y a aussi un buffet. Si nous restons, nous pourrons prendre le vol de quatre heures. Nous serons ici à sept heures, heure locale.

Nick hocha la tête comme s'il étudiait ce qu'elle venait de lui dire sur les horaires de vol. Mais en vérité il pensait à tout autre chose.

Partir ce samedi-là ne poserait aucun problème. Ses filles avaient un anniversaire dans l'après-midi, et le soir elles dormiraient chez des amies. Et dimanche? Deandra avait appelé, exigeant d'avoir les enfants toute la journée, dîner inclus. Donc revenir dimanche ne posait pas de problème non plus, tant qu'il serait là pour accueillir les filles à leur retour.

A présent, c'était au tour de Raven de s'apercevoir qu'il semblait réfléchir, et elle le rassura rapidement :

— Il est normal que je paye toutes les dépenses, et si le fait d'être absent deux jours vous prive de travail, je saurai compenser.

— Ne vous inquiétez pas de cela.

S'il voulait que son subterfuge de Nick le Jardinier continue, il allait être obligé de la laisser payer. Et il en éprouvait une certaine répugnance.

— Je saurai rattraper mon retard, reprit-il.

— Oui. Mais je me sentirais mieux si je pouvais vous dédommager. Vraiment.

— D'accord, finit par dire Nick.

Ce fut le manque d'assurance de la jeune femme qui le poussa à accepter. Nick savait qu'il ne s'agissait pas d'un désir de Requin Blanc, qui devait être plus sûre d'elle, plus énergique comme lorsqu'elle négociait ses contrats de plusieurs millions de dollars.

Non, cette proposition était faite par Blanche-Neige, avec beaucoup de vulnérabilité.

Avant de reprendre la parole, Nick réfléchit à l'arrangement qu'il venait d'accepter. Il paraissait évident que ce voyage à Chicago était très important pour elle. Et il paraissait évident aussi qu'elle pensait qu'il portait bien le smoking.

On allait donc louer ses services parce qu'il avait de l'allure, parce qu'il ferait une superbe escorte pour une superbe jeune femme, qui ne devrait pas avoir besoin de payer qui que ce soit... mais qui allait le payer, lui, Nicholas Gault, un parfait étranger, parce qu'elle n'avait personne pour l'accompagner.

— Quel est le but de cette soirée, Raven? demanda-t-il doucement.

— La quinzième réunion des anciens élèves de mon école.

— Êtes-vous allée aux autres?

— Non. Je n'ai vu ni parlé à aucun de mes camarades de classe depuis que j'ai eu mon bac.

Mais pour quelque obscure raison, elle désirait les revoir à présent. Sans avoir le cran d'y aller seule. Michael Andrews était hors circuit et elle l'avait choisi, car, en femme pour qui les apparences comptaient, elle savait qu'il aurait l'air d'un homme riche et parfaitement élégant dans son smoking noir.

Est-ce la seule raison? se demanda Nick. Les apparences? Parce qu'elle pressentait qu'ils formeraient un couple éblouissant?

— Devrons-nous partager la même chambre?

— Non. J'ai pris une suite avec deux chambres séparées.

— Je pense que vous feriez mieux de me dire quel rôle il faudra que je joue.

Nick supposa qu'elle avait une réponse toute prête à lui fournir. Peut-être même allait-elle soulever, sans le vouloir, le voile de sa fausse identité et lui demander d'être ce qu'il était vraiment, un architecte-paysager ayant dessiné les plus beaux jardins du monde...

Mais Raven n'avait pas de réponse. Elle n'avait rien défini de particulier.

Et lorsqu'elle finit par parler, ce fut avec des mots hésitants, qui le surprirent infiniment.

— Eh bien... si vous pouviez prétendre... m'être très proche...

— Prétendre être... votre amant?

— Oui.

— D'accord, répondit Nick.

Et, à cette femme qui semblait croire que ce qu'elle venait de demander était impossible à accepter, il répéta doucement et très gentiment :

— D'accord, Raven. Je peux faire ça.

9

Nick avait attendu avec impatience ce vol pour Chicago en compagnie de Raven, et leurs conversations intimes couvertes par le bruit des moteurs de l'avion, et le champagne qui coulait toujours à flots en première.

Mais, depuis que le D.C. 10 avait décollé, sa compagne semblait perdue dans ses songes, ignorant le livre de Lauren Sinclair — *Happily Ever After* — qu'elle tenait pourtant entre ses mains pratiquement guéries. Ses yeux survolaient la même page depuis leur décollage, et il était évident que les pensées de la jeune femme n'avaient rien à voir avec cette histoire d'amour.

Raven était ailleurs, en un lieu de désespoir et de solitude; et même si Nick se désolait de la tristesse qu'il lisait sur son merveilleux visage, son expression résolue et ses mâchoires crispées lui faisaient comprendre qu'elle était bien là où elle entendait être.

Pour quelque obscure raison, Raven Winter avait besoin de se plonger dans son passé, si douloureux soit-il. Et elle n'avait nullement besoin de lui. Elle le lui avait fait clairement comprendre une demi-heure plus tôt, lorsqu'il lui avait gentiment posé une question qui, logiquement, aurait dû lui ouvrir les portes de son enfance.

Montrant d'un geste les initiales d'or gravées sur son sac, les fameux R.W.W., Nick s'était enquis :

— Que signifie le W du milieu?

N'obtenant, au départ, qu'un froncement de sourcils, Nick comprit qu'il s'agissait d'une chose que la jeune femme ne révélait pas souvent.

« Allez ! » lui intima-t-il en silence. « Répondez-moi ! Faites-moi confiance... »

Et Raven avait partiellement obtempéré. Elle lui avait répondu, mais d'un air résigné et triste plutôt que confiant :

— Cela signifie Willow[1].

— Est-ce votre nom de famille?

— Non, avait-elle expliqué avant de s'enfoncer à nouveau dans sa rêverie solitaire. C'est juste un prénom...

Juste un prénom... Mais autrefois ç'avait été pour Raven un nom enchanté... Bien avant qu'elle comprenne ce que le mot « conception » signifiait, sa mère lui en avait fait une description magique : une pelouse au printemps, l'ombre d'un saule, et dans le ciel bleu, l'envol d'un corbeau...

Petite fille, Raven avait adoré cette histoire, et encore plus la façon toute mystérieuse dont Sheila la racontait. Et petite fille, elle avait adoré s'appeler Raven Willow.

Mais en grandissant, ces noms qui lui avaient semblé si enchanteurs se retournèrent contre elle, cruels sarcasmes d'enfants cruels qui se complaisaient à les transformer en quelque chose de triste et de laid, à l'image de celle à qui ils appartenaient.

Les corbeaux sont des oiseaux sinistres, se moquaient-ils avec dédain. Noirs comme la mort qu'ils présagent... Quant aux saules pleureurs, ils sont tout raplatis!

Si leurs parents les avaient affublés de tels noms, ils

1. Willow signifie « saule pleureur » en anglais. *(N.d.T.)*

auraient pleuré toutes les larmes de leur corps, affirmaient-ils.

— Pleure, Willow! commandaient ces cruels enfants. Pleure pour nous, Oiseau de Malheur, pleure, *pleure*!

Et le cœur de la jeune Raven avait versé des larmes de sang sous leurs sarcasmes sans merci, mais elle avait pris soin de n'en rien montrer à ses camarades, ni non plus à Sheila, après avoir pleuré inutilement une seule et unique fois devant sa mère.

A mesure que Raven grandissait, le souvenir de sa conception se fit plus vague chez sa mère et perdit une grande partie de son charme. Sans doute y avait-il eu une pelouse au printemps, et un saule pleureur, et peut-être un corbeau aussi noir que ses cheveux s'était-il envolé dans un ciel du bleu de ses yeux... Mais peut-être ce souvenir n'était-il qu'une simple hallucination, une de ces images, hautes en couleur, surgies du cerveau de Sheila sous l'emprise du L.S.D. qu'elle avait pris presque quotidiennement durant toute sa grossesse.

Car Raven Willow Winter était un bébé-L.S.D. De cela, au moins, elle pouvait être sûre. Il n'y avait aucun doute que, très tôt dans sa vie, cette drogue corrosive et destructrice s'était infiltrée au plus profond d'elle-même.

Le L.S.D. brûlait, il cautérisait la plus petite place, le moindre endroit à l'intérieur de son corps, transformant des cellules pleines de vie et de jeunesse en quelque chose de stérile et de mort.

Raven aurait supporté cet implacable engourdissement, ce froid glacial si cela avait étouffé le feu qui la brûlait, et qui creusait de plus en plus profondément son cœur déjà si abîmé.

Raven était une enfant de droguée et Sheila une enfant fleur. Si, lorsqu'elle était de bonne humeur, elle pouvait faire apparaître comme par enchantement la vivante image d'un saule et d'un corbeau, elle ne gardait par contre aucun souvenir du père de Raven.

Aussi Raven s'en était-elle créé un.

Après une étude approfondie des premières tribus indiennes de l'État de New York, Raven avait décidé qu'il devait être un Iroquois, fier, noble et courageux. C'était lui qui avait dû s'émerveiller devant la splendeur du saule, la beauté du corbeau et l'azur infini du ciel. C'était lui qui avait dû lui donner ces noms enchantés. Raven avait hérité ses cheveux noirs, ses élégantes pommettes saillantes et son respect profond de la nature.

Mais de qui tenait-elle cette peau d'albâtre? Ce fut ce détail qui l'obligea à renoncer à la merveilleuse fable de l'Iroquois. Son vrai père avait dû vraisemblablement arborer, comme tous les amants de sa mère, d'ailleurs, la pâleur maladive de ceux qui consacrent leur vie à la drogue et au sexe.

Quand Raven eut neuf ans, elle, sa mère et son petit ami du moment déménagèrent de New York à Chicago. Le petit ami disparut très vite, comme tous les hommes de Sheila, mais celle-ci avait eu le temps d'entendre parler de la « Gold Coast » du lac Michignan, et de la possibilité de travailler dans les luxueux manoirs du nord de la ville.

Au début, Sheila fut engagée comme domestique, astiquant les maisons les plus variées, toujours à l'écoute de nouvelles places, meilleures, moins fatigantes.

Quand l'occasion se présenta, elle sauta dessus. La cuisinière de Thornwood prenait sa retraite et partait pour la Floride, laissant non seulement une merveilleuse place mais aussi un logement, le pavillon des gardiens à l'entrée du parc.

Sheila sut se présenter sous un bon jour, cachant son inexpérience, et suggérant que la cuisinière, avant de partir, lui montre comment préparer les plats favoris de la famille Wainwright.

Cette dernière accepta de lui divulguer ses recettes, et Sheila découvrit enfin que son onéreuse et silencieuse fille allait lui servir à quelque chose.

Raven, avec sa mémoire visuelle, n'eut aucun mal à enregistrer toutes les instructions ; et ce fut elle, et non Sheila, qui se mit à préparer les repas. Elle passa bientôt des plats favoris de ses patrons aux recettes les plus sophistiquées qu'elle pouvait trouver dans les livres de cuisine.

Leur ruse fonctionna fort bien. Il y avait pléthore de domestiques, sanglés dans des uniformes noir et blanc, pour servir à table.

Il importait peu à Raven d'avoir à cuisiner. Cela lui donnait l'impression d'être utile — si peu soit-il — à cette mère qui ne lui avait jamais laissé entendre qu'elle l'avait désirée.

Et surtout cela leur permettait d'habiter une merveilleuse maison.

Le pavillon des gardiens de Thornwood semblait à l'enfant un véritable château. Il était situé dans un endroit tranquille au bord du parc entouré de vastes pelouses d'un vert intense qui s'étendaient jusqu'au lac aux eaux saphir.

Le hameau de Lake Meadow, sur la rive nord du lac, où le domaine se trouvait était un endroit plein d'élégance et de charme ; la vie s'y écoulait, paisible, douce, et les habitants, riches pour la plupart, formaient une communauté unie et bienveillante.

La nouvelle vie de Raven aurait pu être parfaite si elle n'avait été une enfant aussi intelligente.

Lorsque le directeur de son école de Chicago apprit qu'elle partait pour Lake Meadow, il décrocha aussitôt son téléphone pour parler à son homologue de Meadow Academy. « Si cette petite école privée voulait donner l'opportunité à une élève brillante, mais socialement défavorisée, de poursuivre ses études en son sein... »

Bien sûr, il parlait de Raven Winter.

Et Raven fut admise à Meadow Academy. Mais elle fut

très mal accueillie par ses camarades de classe riches et privilégiés. Une croisade cruelle et sans merci fut aussitôt menée par Victoria Wainwright, la fille même de ses patrons, pour qui chaque jour elle cuisinait.

Le rejet de Victoria fut immédiat et violent, comme si cette enfant gâtée avait pressenti qu'un jour elle aurait de bonnes raisons de haïr la nouvelle venue.

Comme Victoria était la meneuse de la classe — du moins parmi les filles —, elle n'eut aucun mal à rallier ses amies dans sa campagne contre Raven. Quelle impertinence, pour la fille illégitime d'une vulgaire domestique, que de vouloir se mêler à elles, proclamait Victoria auprès de ses fans. Cette maigrichonne était une insulte pour leur classe, avec ses vêtements en loques, la vaseline qui couvrait ses jambes nues l'hiver, quand un vent glacé soufflait du lac, et que dire de son prénom ridicule...

Les filles riches, dans la classe de Raven, avaient de jolis prénoms originaux, Chelsea, Brittany, Caitlin ou Taylor. Et bien sûr, elles portaient ces prénoms comme elles portaient leurs précieux vêtements, avec grâce et fierté.

Mais c'était hors de question pour Raven Willow Winter. C'était un prénom trop horrible, ricanèrent-elles, aussi horrible que ses haillons, son visage blanchâtre et ses jambes pleines de vaseline.

Raven était aussi blanche que neige, et fort mince, et son beau regard bleu paraissait perdu, comme privé d'espérance. Elle semblait destinée à être à jamais un objet de moquerie... quand brusquement, l'été de ses douze ans, Raven Willow Winter se mua en une ravissante jeune fille.

Cette transformation aurait pu lui échapper car elle n'était pas du genre à se préoccuper d'elle-même, mais elle n'échappa pas à ses compagnons de classe, qui soudain se mirent à lui parler différemment.

Les sarcasmes des adolescentes se firent plus vicieux que jamais, attisés par la jalousie sexuelle. Raven, la petite maigrichonne, avait été un oiseau de malheur, une sale pleureuse, un saule déplumé... Mais Raven, la jolie et séduisante jeune fille, devint une traînée, une garce, *une putain*, juste comme sa mère.

Quant aux garçons, qui n'avaient jamais vraiment participé à la croisade menée contre elle, ils devenaient des adolescents, bientôt des hommes, et ces riches héritiers regardaient, désiraient...

Et pour la première fois de sa vie, Raven sut ce qu'être désirée voulait dire. Et elle leur permit de la toucher.

Elle avait treize ans lorsqu'elle perdit sa virginité, et Blane Calhoun seize. Pour Raven, il ne fut pas question de perte mais d'une joyeuse offrande d'amour, et elle se promit qu'il y aurait bien d'autres cadeaux pour Blane, de merveilleux cadeaux, car déjà, malgré son jeune âge, Raven voulait un enfant.

Durant les cinq années qui suivirent, Blane ne cessa d'entrer et de sortir de sa vie, tissant un voile de tourments et de douleurs, la quittant et la reprenant selon son bon plaisir.

Mais il y avait d'autres garçons, beaucoup d'autres garçons... Et Raven se donna à tous, cherchant désespérément l'amour, désirant désespérément un bébé, sans jamais rien obtenir.

Mais qu'espérait-elle? Elle n'était qu'une enfant de la drogue après tout, irrévocablement abîmée dès sa conception, fût-elle magique. Les flammes de l'acide brûlaient en elle bien qu'on ne voulût voir que la sculpturale perfection de son corps d'albâtre. Certes on la désirait avec passion, mais une fois le désir éteint, ses amants disparaissaient comme par enchantement.

Il n'était pas question d'amour pour Raven Willow Winter, il n'était pas question d'enfant... La drogue avait rendu son ventre stérile, tel un désert glacial où aucune vie ne pourrait jamais survivre.

Raven, grâce à sa brillante intelligence, trouva le calme en se réfugiant dans ses études. Trois mois avant son diplôme de fin d'études, elle fut acceptée à UCLA. Ç'avait été son premier choix et elle était décidée à y aller, en dépit des pressions du proviseur qui aurait préféré que cette élève surdouée accepte les offres d'universités aussi prestigieuses que Radcliffe, Vassar ou Yale.

Mais depuis qu'elle en avait étudié la brochure, l'université UCLA était devenue un rêve pour Raven. Tout, là-bas, semblait n'être que chaleur, facilité, liberté. Elle pourrait porter des jeans et des vêtements d'été, et il y aurait tant et tant d'étudiants, d'origines si diverses, qu'elle se mêlerait à eux sans difficulté. Personne ne l'empêcherait d'étudier en paix... Et peut-être, parmi tous ces jeunes, y aurait-il quelqu'un qui l'apprécierait, quelqu'un qui voudrait bien devenir son ami.

Raven avait prévu de partir pour Los Angeles le lendemain de la remise des diplômes. Ce but, cette lumière au bout du tunnel sombre qu'avait été sa vie, lui était d'un grand secours. Elle pourrait endurer beaucoup de choses durant ces trois derniers mois. Elle ne pourrait guère souffrir davantage qu'elle n'avait déjà souffert...

Mais elle se trompait. Six semaines avant son examen, elle rentra à la maison pour découvrir Sheila faisant ses bagages. Sa mère et son nouveau petit ami étaient décidés à partir, à quitter l'Illinois, et, bien sûr, Sheila Winter ne demanda pas à sa fille de les accompagner. Elle resta très vague sur leur destination finale et ne parla pas de contacter Raven à l'avenir. Sheila n'offrait qu'une maigre consolation : Mrs. Wainwright savait que Raven pouvait cuisiner pour toute la famille et avait gracieusement accepté de la laisser habiter le petit pavillon jusqu'à son diplôme.

A minuit, moins de sept heures après que sa mère s'en fut allée, Raven fut réveillée par des coups frappés à la porte. Sa première pensée fut qu'il s'agissait de Blane. Il était depuis deux ans étudiant à Northwestern, et souvent, après avoir déposé un chaste baiser sur le front de Victoria, sa petite amie « officielle », il s'empressait de rejoindre Raven pour quelque chose de beaucoup moins pur...

Raven se dirigea vers la porte avec résignation. Elle savait qu'elle dirait oui à Blane, elle savait qu'elle allait encore souffrir au plus profond de son cœur. Mais, sur le point d'ouvrir, elle eut brusquement une bouffée d'espoir... Et si c'était Sheila? Sans doute était-elle revenue en se rendant compte qu'elle avait oublié de dire au revoir à sa fille, de lui dire son amour, de lui dire qu'elle avait trouvé un moyen de rester en contact avec elle, maintenant et toujours...

Mais le visage qui se tenait dans l'encadrement de la porte n'était ni celui de Blane Calhoun, si beau, ni celui de Sheila Winter, si ravagé par l'alcool et la drogue. Ce visage-là, avec ses pommettes aristocratiques et sa peau soyeuse, appartenait à Patricia Wainwright, la mère de Victoria. Et Raven fut soudain envahie par la peur d'une mauvaise nouvelle, une tragédie arrivée à sa mère, un accident de voiture peut-être...

Heureusement cette peur s'envola dès que Patricia Wainwright demanda à parler à Sheila.

— Elle est déjà partie.

— Partie?

— Oui.

L'évidente surprise de Mrs. Wainwright avertit Raven qu'elle allait apprendre quelque chose qu'elle ne souhaitait pas entendre. Elle reprit précipitamment, comme pour repousser l'échéance :

— Elle vous a prévenue de son départ, et du fait que je resterais à la cuisine six semaines de plus. Je sais cuisiner, il n'y a aucun problème. Elle vous l'a annoncé...

A ces mots, le visage de Patricia Wainright refléta le plus profond mépris. C'était une expression de dégoût extrême que Raven connaissait bien. Victoria avait souvent la même envers elle...

— La seule chose que votre mère ne m'ait jamais dite à votre sujet, Raven, c'est combien vous étiez malade.

— Malade? répéta Raven.

Son cœur se souleva d'espoir. Est-ce que sa mère connaissait son tourment? Est-ce qu'elle s'en était souciée?

— Je sais que vous abusez des drogues, je connais votre nymphomanie, et je sais aussi que vous êtes une voleuse.

Pendant un bon moment, Raven fut incapable de parler. Jamais, au grand jamais elle n'avait pris de drogue, et, bien qu'elle ait eu maintes relations sexuelles, cela n'avait jamais été un plaisir, uniquement une recherche désespérée de l'amour, et...

— Ma mère vous a dit que j'étais une voleuse? s'étonna-t-elle.

— N'essayez pas de le nier. Je sais que vous avez pris de l'argent à la maison, plusieurs fois, et pourquoi... Pour acheter votre drogue et pour payer votre avortement.

« Non! » hurla silencieusement Raven sous ces horribles accusations. C'était sa mère qui achetait la drogue... Et c'était sa mère qui s'était fait avorter.

Raven l'avait appris une fois la chose faite. Et lorsqu'elle avait su que l'espoir d'un petit frère ou d'une petite sœur s'était envolé, elle avait questionné doucement Sheila. Pourquoi? Mais pourquoi? Mais Sheila lui avait opposé un silence lourd de sous-entendus, et son regard dur lui avait clairement fait comprendre qu'elle aurait aimé pouvoir prendre la même décision à son sujet.

— Jusqu'à maintenant, j'ai fermé les yeux sur ce que vous avez fait. Votre mère nous a bien servis et j'admire son courage de vous avoir supportée. Mais, Raven, je ne peux ignorer un vol de trois mille dollars. Vous allez me rendre cet argent tout de suite ou je préviens la police.

— Mais je ne l'ai pas!

— Je n'en crois rien.

Patricia se dirigea vers le téléphone.

— J'avais espéré pouvoir résoudre cette affaire tranquillement, reprit-elle, sans la détestable publicité que lui donnera la police. A vrai dire, j'ai caché tous les précédents vols à mon mari, car je savais qu'il insisterait pour que je mette immédiatement votre mère à la porte. Le problème, c'est que je suis trop gentille. J'étais si désolée pour elle...

Elle cilla comme sous le poids de sa propre compassion.

— J'aurais pu retenir ce que vous voliez sur ses gages, mais je n'ai pu m'y résoudre, sachant qu'elle utilisait presque tout ce qu'elle gagnait à payer votre thérapie. Je ne la blâme pas d'être partie, mais je dois dire qu'elle a emporté le peu de patience que j'avais avec elle. (Sa voix se durcit.) J'exige mon argent, Raven, et je le veux maintenant !

— Mais il n'est pas en ma possession, répéta Raven doucement.

« C'est ma mère qui l'a. C'est ma mère, la voleuse... » Mais Raven ne put se décider à prononcer ces mots à voix haute. En dépit de l'incroyable trahison de Sheila, elle ne pouvait la dénoncer en retour.

Relevant fièrement le menton, elle mentit effrontément à cette femme en colère.

— J'ai tout utilisé pour payer mon psychiatre.

— Voilà de l'argent bien mal dépensé ! Vous êtes vraiment incroyable... Ici, vous avez eu l'opportunité de recevoir une éducation hors pair, vous avez été accueillie dans un monde dont vous ne soupçonniez même pas l'existence, et vous vous êtes tout simplement moquée de ceux qui essayaient de vous aider à vous en sortir !

A cette allusion à Meadow Academy, le cœur de Raven défaillit. Que se passerait-il si cette femme tentait de l'empêcher de passer son diplôme ? Si elle ne pouvait aller à UCLA ? Raven ne pouvait pas la laisser faire cela. La merveilleuse lumière au bout du tunnel, cette balise d'un futur prometteur, commença à vaciller.

— J'ai apprécié cette fantastique opportunité, Mrs. Wainwright, je vous le jure. Et je vais beaucoup mieux, maintenant. S'il vous plaît, croyez-moi ! Je ne suis plus sous l'emprise des drogues et je pourrai vous rembourser, je vous le promets. Chaque centime et les intérêts... Je vous en supplie n'appelez pas la police ! *Je vous en supplie !*

Patricia cilla de nouveau, et soupira, un soupir d'aristocrate malheureusement confrontée à la sinistre réalité des classes laborieuses. Mais en vérité, ce soupir n'était que de soulagement. Son mari aurait été absolument furieux d'apprendre qu'elle avait fermé les yeux sur ces vols uniquement pour ne pas avoir à se séparer de la meilleure cuisinière qu'elle eût jamais eue.

— D'accord, Raven, je ne préviendrai pas la police. Mais vous quittez le domaine *immédiatement* !

Raven quitta son accueillant pavillon de Thornwood et resta six semaines sans savoir où loger. Mais n'avait-elle pas été une enfant sans attache, sans foyer, et ce depuis sa plus tendre enfance ?

Elle trouva bientôt du travail dans un fast-food. Elle y travaillait chaque jour après les cours jusqu'à la fermeture ainsi que le week-end. Il lui arrivait de dormir sur son lieu de travail, ou dans le parc, ou encore sur les gradins des salles de classe. Et chaque matin elle se réveillait aux aurores et se douchait dans les vestiaires des filles avant que les cours ne commencent.

Six semaines plus tard, le cauchemar prenait fin. Raven Willow Winter avait son diplôme avec mention très bien. Le jour suivant, elle prenait un bus Greyhound pour Los Angeles et son avenir doré.

Au début, Raven crut que l'université était exactement ce

dont elle avait rêvé. L'air y était parfumé et chaud, vibrant d'énergie, plein de rires. Elle eut la certitude que là, au milieu de cette petite communauté d'étudiants, elle pourrait trouver l'harmonie.

Mais, même dans ce creuset de multiples origines sociales, Raven était encore différente. Sa peau d'albâtre ne voulait pas bronzer, ni même rougir, comme si son merveilleux corps de statue était de marbre, non de chair.

Elle fut remarquée, admirée et désirée... parce que, parmi toutes ces magnifiques beautés dorées par le soleil de Californie, sa chevelure bleu nuit et sa peau trop pâle la rendaient exotique, unique.

Personne ne se moqua de son nom ni de ses vêtements, mais les filles restèrent circonspectes comme l'avaient été Victoria et ses amies, et les garçons, à l'instar de ceux de Meadow Academy, se contentèrent de la désirer.

Raven observa les sourires insouciants et les rires légers, apanage des couples amoureux, et elle tenta vraiment d'apprendre à rire ainsi et à flirter. Mais cela se révéla impossible. Une telle légèreté ne pouvait émaner de son pauvre cœur endolori. L'amour lui semblait bien trop important et Raven était bien trop désespérée pour pouvoir rire et flirter.

Elle donna donc son magnifique corps à qui le convoitait.

A chaque nouvel amant, elle priait pour que la lueur de désir qu'elle voyait brillait dans son regard se transforme un jour en amour. Mais rien de tel n'arrivait, et tous la quittaient sur cette ultime riposte : elle était trop glaciale, trop sérieuse, trop guindée.

Ne pouvaient-ils comprendre que cette froideur n'était que la crainte d'être à nouveau trahie? Que cette sévérité n'était due qu'au fait que l'amour était terriblement important pour elle?

Raven tint sa promesse de rembourser Patricia Wainwright jusqu'au dernier centime, plus les intérêts. Avant même d'avoir quitté Lake Meadow, elle avait posté pour Thornwood la première d'une longue série d'enveloppes. Celle-ci contenait des billets ; celles qu'elle enverrait de Los Angeles, en tant qu'étudiante contiendraient des mandats, puis, en tant qu'avocate, elle y glisserait des chèques cette fois libellés à son nom et adresse.

Raven envoya au total vingt-cinq mille dollars, une somme bien supérieure à celle jamais volée par Sheila Winter.

Le dernier remboursement avait été envoyé huit ans plus tôt, lors de sa première année de pratique dans le monde du cinéma. En mettant cet ultime chèque à la poste, Raven avait été heureuse que le seul lien qui la rattachait encore à ce douloureux chapitre de sa vie soit rompu à jamais.

Cela sembla exact jusqu'à ce que, six mois auparavant, arrive une missive postée à Lake Meadow. L'enveloppe contenait un carton d'invitation, gravé et doré sur tranche, pour la quinzième réunion d'anniversaire des anciens de la classe. Une réponse était demandée à l'adresse indiquée sur l'enveloppe et qui se trouvait être celle d'une des hôtesses, Victoria Wainwright, qui s'appelait maintenant Mrs. Blane Calhoun.

Victoria Wainwright Calhoun n'avait aucune raison d'envoyer une invitation à Raven pour ce gala à l'hôtel *Fairmont* de Chicago. Mais apparemment, elle l'avait fait. Comme une ultime injure... Et Raven avait immédiatement répondu avec le chèque de cinq cents dollars demandé, droit d'entrée pour deux personnes à l'élégant dîner dansant du samedi soir, ainsi qu'au somptueux brunch-champagne du lendemain.

Raven avait de l'argent, maintenant, et des vêtements de grands couturiers, et de magnifiques bijoux. Mais cette richesse durement gagnée ne lui avait pas apporté le bonheur, ne lui avait pas permis de pénétrer dans les cercles dorés de l'amitié et de l'amour. Elle était toujours seule, une étrangère, et voilà qu'elle utilisait cet argent pour s'offrir un compagnon pour cet important week-end...

Elle payait Nicholas Gault dans l'espoir qu'il l'aide à créer une illusion d'amour et de bonheur, pour qu'elle puisse leur montrer qu'elle avait réussi sa vie bien au-delà de leurs espérances.

Et tandis qu'elle levait les yeux du roman de Lauren Sinclair, vers le ciel couleur de ses iris, elle pensa avec amertume qu'en vérité elle payait pour qu'ils ne puissent soupçonner qu'elle était effectivement devenue ce qu'ils avaient toujours su qu'elle deviendrait : un oiseau de malheur... un saule pleureur...

10

La suite que Raven avait réservée à l'hôtel *Fairmont* était une des plus belles de l'établissement. Entre les deux grandes chambres se trouvait un somptueux salon doté, luxe suprême, d'un piano quart-de-queue. Les pièces étaient décorées dans de subtiles dégradés de mauve et de crème, et toutes offraient une vue panoramique sur le lac Michigan, sur Grant, sur Lincoln Parks et, à l'horizon, sur le célèbre *Magnificent Mile*[1] de Chicago.

Nick et Raven passèrent les trois heures qui les séparaient du dîner dans la luxueuse intimité de leurs chambres respectives.

Nick téléphona chez lui pour donner à ses parents le numéro auquel il pouvait être joint; et avec un œil d'expert, l'œil d'un spécialiste en hôtellerie, il apprécia la qualité de ce qui l'entourait; et surtout, il admira la vue.

Puis il passa le reste du temps à penser à Raven, à s'inquiéter d'elle, à se poser maintes questions, et à attendre avec impatience leur rendez-vous de huit heures, au salon.

Nick l'attendait lorsque Raven fit son entrée. Il était là

1. Quartier de buildings et commerces de luxe. (*N.d.T.*)

depuis un moment déjà, d'abord occupé à contempler le coucher de soleil, ensuite à ouvrir la porte au fleuriste qui venait de livrer un bouquet de corsage composé d'orchidées noires.

Nick fronçait les sourcils à la vue de ces fleurs étranges quand il entendit, derrière lui, une voix s'exclamer :

— Oh ! Parfait...

Nick se retourna et resta en contemplation devant cette vision de soie et de satin qui se tenait devant lui.

Raven portait une robe longue noir et blanc, un pur chef-d'œuvre, une création d'une élégance folle, qui moulait parfaitement son corps de liane et qui paraissait extrêmement provocante, non par ce qu'elle révélait mais par ce qu'elle affectait de cacher.

La chevelure noire et brillante de la jeune femme avait été tirée en un épais chignon, dégageant ainsi son visage opalescent.

« Un croissant de nuit brillant sous la caresse subtile d'une lune invisible », songea Nick.

Son maquillage était léger, comme à son habitude, et elle ne portait pour tous bijoux qu'une paire de boucles d'oreilles en saphir de la couleur même de ses yeux.

Raven arborait une expression insaisissable, séduisant mélange d'incertitude et de courage.

Blanche-Neige était tout simplement magnifique, une princesse de conte de fées, qui n'avait besoin que d'un peu plus de confiance en elle — et surtout pas de ces orchidées noires.

— Parfait ? répéta enfin Nick. Est-ce vous qui avez commandé ceci ?

— Oui. (Raven haussa les épaules.) C'est une plaisanterie très personnelle.

Cela ne ressemblait pourtant pas à une plaisanterie, se dit Nick, et n'avait rien de drôle. Cela paraissait plutôt terriblement important. Si important, se rendit-il brusquement compte, que sa robe du soir avait dû être choisie — ou peut-être même faite — pour accessoiriser parfaitement ce bouquet de fleurs noires.

— Puis-je vous aider à l'épingler? demanda-t-il.

— Oh! Oui... Merci, répondit-elle, surprise par son offre.

En sortant les orchidées de leur boîte blanche, Nick ne put s'empêcher de les admirer. Elles étaient absolument exquises, extrêmement rares, et brillaient d'un éclat égal à celui de la glorieuse chevelure de Raven.

C'était indiscutablement des fleurs magnifiques, fort coûteuses, mais...

— Cela ne va pas, laissa-t-il tomber d'un ton sec.

— Pardon?

— Cela n'ajoutera rien à votre tenue de soirée. Je pense même que cela en amoindrira l'effet.

A ces mots, le regard saphir de la jeune femme, si incertain, se mit à briller, comme soulagé. Nick se rendit compte alors qu'elle ne désirait pas vraiment porter ces fleurs, et qu'il n'entendait pas la laisser les porter.

— Faites-moi confiance, Raven. Quand il s'agit de fleurs, je suis un expert.

— Bien...

En fait la jeune femme avait eu peur que Victoria, ou peut-être Blane, ne lui offre leurs fameuses orchidées noires; la meilleure défense était d'en porter, comme pour se moquer de ses anciens camarades de classe avant qu'ils n'aient une chance de se moquer d'elle. Elle avait prévu d'arborer fièrement ces fleurs exotiques, comme elle l'avait toujours fait, du temps où elles n'étaient qu'un symbole de sa honte. Mais, maintenant que Nick les avait jugées inutiles et que son regard gris acier paraissait résolu à défendre cette opinion, Raven se sentit soulagée. Même si Victoria ou Blane brandissait un bouquet semblable, Nick serait là pour la protéger, refusant fermement d'épingler ce sombre symbole d'une honte passée sur la soie blanche de son corsage. A une autre époque, il eût été certain que Nicholas Gault n'eût pas manqué d'arracher galamment la lettre pourpre de l'habit puritain d'Hester Prynne[1].

— D'accord. Je ne les porterai pas.

— Parfait. (Nick sourit et ajouta gentiment :) Au fait, vous êtes absolument ravissante.

— Merci, murmura la jeune femme, qui se sentit rougir.

Raven tenta de rassembler ses esprits en songeant qu'elle le payait pour cela. Qu'elle le *payait*... Quand elle reprit la parole, sa voix était redevenue professionnelle et sèche :

— Ce smoking vous va bien.

— Merci.

Nick regarda cette femme à la beauté si exotique et rare qu'elle n'avait nul besoin de fleurs d'aucune sorte pour la rehausser, mais à qui il manquait tout de même quelque chose, comme un sourire sur ses ravissantes lèvres, un éclair de confiance au fond de son regard bleu.

Pourtant elle avait toutes les raisons d'avoir confiance en elle. Elle incarnait le succès. Nick douta qu'aucune de ses anciennes camarades de classe, rassemblées dans la salle de bal en dessous, n'ait accompli pareilles prouesses professionnelles.

Mais la jeune femme n'éprouvait rien de tel, n'affichait même pas le calme serein de ceux qui ont bien réussi dans la vie. Elle semblait tenir pour acquis qu'elle n'était rien, que ce qu'elle avait accompli ne comptait pas.

En une impulsion qu'il ne souhaita pas refréner, Nick lui caressa tendrement la joue. Le grain en était velouté, teinté du rose qu'avait fait surgir son compliment. Et juste sous cette surface d'ivoire, il perçut les pulsations d'une chaleur tout humaine.

— J'ignore qui sont ces gens, et pourquoi ils vous

1. Hester Prynne : héroïne de *La Lettre écarlate*, de Nathaniel Hawthorne, écrivain américain (1804-1864). *(N.d.T.)*

touchent tellement, Raven, mais j'ai une suggestion à vous faire : pourquoi ne les enverrions-nous pas au diable ?

Ce fut son regard qui lui répondit en premier, plein d'une surprenante gratitude, puis la jeune femme lui sourit — un sourire doux, empli d'espérance, et qui lui seyait encore plus qu'il ne l'avait imaginé — et elle répondit, avec un calme retrouvé :

— Je suis tout à fait d'accord, Nick. Tout à fait d'accord avec vous.

Victoria Wainwright Calhoun avait été absolument effondrée en recevant le chèque de confirmation de Raven. Effondrée, puis ravie. L'incroyable culot de Raven, qui voulait leur faire l'honneur de sa présence, donna à Victoria l'opportunité de partager avec ses amis l'horrible vérité que sa mère venait juste de lui révéler, après qu'elle eut dû s'expliquer sur le fait qu'elle savait que Raven était avocate à Los Angeles.

Être une voleuse fut ajouté à la longue liste des crimes de Raven, et, durant les quelques mois précédant la réunion des anciens élèves, Victoria, ayant considérablement embelli l'histoire, alla jusqu'à parler de vol de bijoux en plus de celui d'argent. Ce ragot, préalablement amplifié par le bouche à oreille, donnerait lieu, le soir du bal, alors qu'ils arboreraient tous de véritables fortunes, à de savoureux sarcasmes quand Raven porterait son regard envieux sur leurs joyaux sans prix.

Durant ces quinze dernières années, la plupart des anciens élèves de Meadow Academy étaient demeurés dans les environs de Chicago. Victoria et ses amies étaient restées en contact permanent, et, avec leurs époux respectifs, dînaient souvent ensemble.

Sans la venue de Raven, ce gala au *Fairmont* n'aurait été qu'une soirée de plus entre gourmets, arrosée au champagne, et élégamment rehaussée de créations de haute couture.

Mais maintenant cette racaille de Raven Winter allait les divertir une fois de plus, comme elle les avait divertis ces derniers temps alors qu'ils ressassaient les tristes anecdotes de leur adolescence.

En tant qu'adultes, ces anecdotes leur semblaient encore plus sordides, encore plus savoureuses. Les hommes étaient à présent trop heureux de révéler, enfin et en détail, leur liaison avec cette fille. Et combien elle avait été avide, impudique et immorale. Même Blane, qui avait toujours été réservé au sujet de Raven, révélait maintenant cette vérité soigneusement cachée : leur liaison avait effectivement duré cinq longues années, dont deux alors que lui et Victoria sortaient ensemble.

Blane réussit à détourner l'accès de rage sauvage de sa femme quand elle l'apprit en rejetant tout le blâme sur Raven, prétextant que cette dernière l'avait séduit, qu'elle n'était qu'une garce, et en promettant à Victoria qu'il remettrait Raven à sa place, lors du bal, une fois pour toutes.

Victoria et ses amis anticipaient le retour de Raven Winter avec le même sinistre plaisir qu'éprouve le chasseur à voir resurgir sa proie.

Comme avocate, elle ne devait pas manquer d'argent; bien sûr, rien à voir avec leur fortune respective, mais sans doute assez pour s'acheter des vêtements décents.

Évidemment, dirent-ils d'un air suffisant, sa robe sera, à n'en point douter, une faute de goût. En velours, mal taillée, d'un rouge vulgaire.

Puis ils firent leurs pronostics sur l'homme qui l'accompagnerait et qui ne serait sûrement pas de son âge. Il serait beaucoup plus jeune, dans le genre mannequin ou jeune acteur, ou même étudiant, ou pourquoi pas un bellâtre séduisant, sexy et un peu louche, car obligatoirement issu des classes inférieures. Mais il se pourrait aussi que le cavalier de Raven fût plus âgé qu'elle, et fort riche. Elle devait être sa maîtresse, son trophée, accrochée à son bras, juchée sur ses hauts talons, prouvant ainsi qu'elle était toujours prête à tout pour séduire un homme fortuné.

Victoria Calhoun et ses amis avaient donc le regard vrillé sur l'entrée de la salle de bal en ce soir de gala. Aucun d'eux ne voulait manquer l'instant tant attendu où Raven Winter apparaîtrait. Mais malgré toute leur perfide attention, il se passa un moment avant qu'ils ne réalisent que leur souffre-douleur était arrivé.

Leurs regards s'étaient d'abord portés d'instinct sur Nick. Cet homme était un des leurs, riche, sûr de lui, un homme de pouvoir. Mais son beau visage ne leur était aucunement familier. Est-ce que ce mystérieux étranger, si grand, si brun, avait l'intention de s'incruster dans leur soirée? Eh bien, si c'était le cas, il était le bienvenu.

Ce fut seulement lorsque Victoria et Blane se dirigèrent vers Nick qu'ils découvrirent sa magnifique compagne. Ils formaient un couple extraordinaire, l'élégance et la classe incarnées. Elle aussi ne pouvait qu'être la bienvenue...

Sauf si... si c'était...

— Raven! dit Victoria avec horreur.

Mais la jeune femme prononça ce nom d'un ton contenu, entre ses dents parfaitement blanches, et sans se départir d'un sourire de circonstance.

— Raven! Nous sommes si heureux que tu te sois décidée à venir! reprit-elle comme si de rien n'était.

— Bonsoir, Victoria, répondit Raven tranquillement.

Et à nouveau, elle lut une lueur de mépris et de dédain dans les yeux de l'héritière... Et quand son regard se porta sur Blane, elle vit que ce dernier lui envoyait un message infiniment plus terrifiant : son désir était toujours intact.

Nick sentit sa compagne frissonner, incapable de faire les présentations. Or il avait prévu qu'à moins d'en être prié, il ne déclinerait pas son nom de famille. Les diplômés de Meadow Academy étaient habitués à lire *Fortune* et le *Wall Street Journal*, deux journaux qui avaient fait une large place à Eden Entreprises et à son puissant P.-D.G. Quand il avait su qu'il rencontrerait les amis de Raven, il avait décidé de n'être que « Nick ». Mais, parce qu'il était malheureusement évident que ces gens étaient tout sauf des amis, il salua Blane d'une poignée de main ferme et dit :

— Enchanté. Je m'appelle Nicholas.

Après avoir serré la main de Nicholas, Blane présenta sa femme.

— Bonsoir, roucoula Victoria, car cet étranger à la superbe chevelure brune et au regard d'acier était encore plus séduisant de près que de loin.

En fait, Victoria était folle de colère. Raven n'aurait jamais dû avoir Blane, et encore moins cet homme élégant.

Heureusement, quand Nicholas apprendrait la vérité sur Raven, il la laisserait tomber instantanément, et — Victoria l'espérait — cruellement. Et il ne manquerait pas d'apprendre la vérité, toute la vérité, sur sa compagne, elle s'en faisait la promesse. Ce serait son seul but, ce soir, un petit dédommagement à la cruelle déception qu'elle avait ressentie à la vue de cette présomptueuse Raven Willow Winter, superbement vêtue, arrivant au bras d'un homme qui méritait bien mieux que cette femme...

Cela allait encore leur fournir maintes anecdotes à savourer : l'horreur de ce Nicholas, puis *in fine* sa gratitude quand cette catin, cette voleuse de Raven serait dénoncée. Et Victoria se prit à imaginer, bien que ce fût plus difficile, une scène en public au cours de laquelle l'aristocratique Nicholas rejetterait avec dégoût cette Raven Winter de pacotille.

A l'idée si délicieuse de la ruine imminente de sa rivale, et voyant que Nick ne détachait pas son regard d'elle, Victoria continua donc de roucouler :

— J'ai pris la liberté de vous asseoir à notre table, avec

deux autres couples. (Et, se détournant de Nick avec un regret évident, elle s'adressa à Raven avec une fausse politesse, lui lançant perfidement :) J'espère que cela t'ira, Raven..

« Non ! » cria silencieusement Raven. Et ce cri était la preuve que son cœur n'avait pas cessé de battre, pulsations de feu sous la glace qui le recouvrait. Comment pourrait-elle dîner avec une femme qui l'avait si cruellement tourmentée ? Et, pire encore, avec un homme à qui elle s'était si ardemment donnée et qui, en retour, l'avait prise et rejetée au gré de son humeur ?

Raven ne pouvait décemment dîner avec Victoria et Blane. C'était tout simplement impossible. En leur présence, elle se sentait ce qu'ils avaient toujours voulu qu'elle soit : rien, moins que rien, un pauvre être ne méritant aucune considération, aucun amour.

Et... ces quinze dernières années avaient prouvé qu'ils avaient raison.

Raven sut qu'elle ferait mieux de partir, et qu'elle le ferait aussitôt qu'elle pourrait se libérer de ce froid glacial qui l'envahissait. Elle se voyait en train de s'enfuir, comme Cendrillon au douzième coup de minuit... Une Cendrillon qui n'aurait aucune raison de laisser derrière elle une pantoufle de vair, car aucun prince charmant ne se lancerait à sa poursuite.

Mais, cette fois, la jeune femme était prisonnière, non pas d'elle-même, mais d'un bras d'homme, fort et doux en même temps, qui encerclait gentiment sa taille fine.

Et le regard gris qui la fixait était doux, lui aussi, et gentil, et fort. Nick souriait, et répondant à la place de Raven, il lança à Victoria :

— Nous serons ravis de nous asseoir avec vous, pour dîner. Mais avant, je pense que nous allons faire un petit tour et boire une coupe de champagne.

— Je ne bois pas, dit Raven alors qu'ils s'approchaient d'une fontaine d'argent de laquelle jaillissait du champagne.

— Moi non plus, répliqua Nick en s'emparant de deux coupes de cristal déjà remplies et lui en tendant une. Cependant, j'ai l'impression que ce soir un peu de champagne nous fera du bien. (Et avec un sourire de réconfort, il poursuivit :) Je me sens peu préparé à répondre aux questions qui ne manqueront pas d'être posées à cette soirée. J'aurais besoin, et dès maintenant, d'un cours accéléré sur Raven Willow Winter!

— Il n'y a vraiment pas grand-chose à dire...

— Alors contentez-vous de répondre à mes questions. Question numéro un : que faites-vous dans la vie?

— Je suis avocate. Dans le cinéma.

— Vous négociez des accords et vous établissez des contrats entre les acteurs, les metteurs en scène, les scénaristes, et bien sûr les studios?

— Absolument.

— Et parmi tous les avocats de Los Angeles, où vous placez-vous? Soyez honnête...

— Parmi les meilleurs.

— Avec les clients les plus importants? Les plus gros contrats?

— Oui. Les deux.

— D'accord. De plus, je dois constater que vous êtes très belle...

Le regard de Nick se détacha d'elle pour survoler la pièce. Ce fut un examen attentif et lent, et, quand il eut fini, son beau regard gris revint se poser sur elle et il reprit gentiment :

— En fait, vous êtes la plus belle femme de la soirée, quel que soit le critère, vous êtes si...

— Si quoi? demanda Raven avec espoir.

— Vous êtes si incroyablement belle, vous avez si bien réussi... Ce qui signifie que vous n'avez absolument aucune raison valable de vous sentir le moins du monde intimidée par qui que ce soit dans cette salle. Mais, ajouta-t-il doucement, tout ceci n'a rien de rationnel, n'est-ce pas ?

— En effet.

Nick aurait souhaité qu'elle lui raconte tout, toutes ses angoisses, mais des gens approchaient, fantômes d'un passé qui lui avait, à l'évidence, causé beaucoup de tourments.

Le temps était venu de sourire, de porter un toast, cristal contre cristal.

— A vous, Raven... Et à mon plan, qui est de prétendre que nous sommes à Los Angeles, et que toutes ces personnes sont là pour vous, parce qu'elles ont besoin du meilleur des avocats qui soit pour négocier des contrats de plusieurs millions de dollars... Et qu'elles ont entendu dire qu'il n'y avait que vous pour cela !

Ce n'était pas le champagne...

Raven savait que les quelques gorgées qu'elle avait bues n'étaient pas suffisantes pour créer l'impression de bien-être, de flottement, qu'elle ressentait à présent.

Cette chaleur et ce merveilleux sentiment de sécurité venaient de Nick, et en aucun cas du dom pérignon. Il se tenait là à ses côtés, présence forte et puissante. Et quand il la touchait, ses gestes protecteurs et caressants dénonçaient quelque chose de plus intime que la simple sensualité... Ils évoquaient une profonde affection, de l'attention, de l'amour.

Nick jouait à la perfection le rôle qu'elle lui avait demandé de jouer, le rôle pour lequel elle l'avait payé. Raven n'était pas sans savoir que ce n'était qu'un faux-semblant, mais elle préférait l'ignorer, elle avait besoin de l'ignorer pour pouvoir continuer.

Le dîner raffiné commença par une salade César, et un interrogatoire en bonne et due forme. Les « amis » de Raven voulaient absolument savoir ce qu'elle faisait dans la vie.

Les termes des contrats qu'elle avait négociés étaient confidentiels — à moins que les parties en cause n'aient choisi de les révéler —, mais les contrats eux-mêmes et son rôle dans leur élaboration étaient du domaine public. Les journaux professionnels en parlaient souvent, à cause de leur importance, et on les mentionnait dans les colonnes de *People, Entertainment Tonight*, et *U.S.A. Today.*

Pourtant et étrangement, quand elle fut pressée de révéler les noms des célébrités qu'elle représentait, Raven refusa.

— Donc, conclut Victoria avec une suffisance non dissimulée, tu ne traites avec personne dont nous ayons entendu parler.

— Non, coupa Nick avec le plus grand calme. C'est faux. Raven représente les plus grandes célébrités.

— Oh! Vraiment?

Le regard gris d'acier de Nick soutint celui de Victoria pendant un long moment avant qu'il ne réaffirme :

— Oui. Vraiment.

— Bien. Très impressionnant, Raven, concéda Victoria avec une gaieté un peu forcée. Cela n'a pas dû te laisser beaucoup de temps pour mener à bien une vie personnelle. As-tu jamais été mariée?

Raven était supposée prétendre qu'elle était à Los Angeles et que ces personnes n'étaient là que pour obtenir son avis, mais cela ne marcha pas. Elle avait perdu la main au profit de Victoria, et semblait incapable de lui tenir tête.

— Non. Jamais.

La réponse parut faire plaisir à Victoria, d'une drôle de façon d'ailleurs, et Raven ne tarda pas à comprendre pourquoi. C'était l'ouverture rêvée pour pouvoir poser à cette femme non mariée, à cette fille humiliée par sa naissance illégitime, la question suivante, pleine de perfidie :

— Et les enfants, Raven? En as-tu?

Nick perçut tout de suite l'effet que cette phrase insidieuse eut sur Raven. Elle se raidit, comme si elle avait reçu une claque, et lorsque Nick trouva sa main et la prit gentiment dans la sienne, il sentit la jeune femme trembler.

— Non, Victoria, nous n'avons pas d'enfant, répondit-il. (Puis souriant amoureusement à Raven, il ajouta :) Pas encore, du moins.

— Bien, rétorqua sèchement Victoria, déçue par cette réponse, et jalouse de l'évidente intimité qu'elle dévoilait. Ne te fais aucun souci, ma chère Raven, tu sembles en parfaite santé !

Raven sentit s'estomper l'impact qu'avait eu la question de Victoria en entendant la réponse de Nick et en voyant l'expression amoureuse de son regard. Elle tenta de se rappeler qu'il jouait un rôle. Cependant, parce qu'aucun homme ne l'avait jamais regardée avec une telle tendresse, Raven se permit, l'espace d'un merveilleux instant, de croire à ce rêve complètement fou.

Et Nick perçut avec une extraordinaire clarté ce vœu que la jeune femme formait du fond du cœur, et il se prit, lui aussi, à croire à l'illusion de cet amour. Il aurait été heureux de pouvoir se perdre dans cette illusion, de se laisser porter avec Raven sur les ailes de son rêve ; mais la colère croissante qu'il éprouvait envers Victoria le ramena fermement à la réalité. Et à leur conversation.

Aussi Nick répondit-il encore une fois à une des questions posées initialement à Raven.

— Elle peut être en forme ! Raven court tous les jours, expliqua-t-il en caressant les paumes d'albâtre de sa compagne. (Les écorchures avaient disparu, mais sa peau de satin présentait encore quelques aspérités, souvenir de la façon dont ils s'étaient rencontrés.) Et elle jardine, aussi.

— Je sais que certains ne sont pas d'accord, mais pour moi, il est difficile d'en faire autant ici, le climat ne le permet pas. La moitié du temps il fait trop froid, l'autre moitié, trop chaud. (La déclaration de Victoria fut dite avec un air de défi, comme si les rudesses du climat de Chicago étaient entièrement responsables du fait que sa propre ligne ne fût pas comparable à celle de Raven.) De plus, d'après ce que j'ai pu lire sur le jogging, ce sport n'est pas très bon... comment dire? Il y a trop de mauvais côtés.

— C'est exact, renchérit Sandra, la femme d'un des ex-amants de Raven.

Raven ne l'avait jamais rencontrée jusqu'à ce jour. Elle avait une voix douce, accentuée par un accent traînant du Sud et par le fait qu'elle ne semblait rien savoir du passé de Raven.

— Courir peut s'avérer épuisant, reprit Sandra, provoquer des déchirures, alors que le jardinage est un exercice complet, comme l'aérobic... Avez-vous entendu parler des équipements de sport Eden?

Cinq des huit personnes présentes à la table dirent qu'en effet, qu'ils en avaient entendu parler, deux — dont Raven — haussèrent les épaules en signe d'ignorance, et Nick observa une réserve prudente.

— Pourtant c'est sensationnel! s'enthousiasma Sandra. Ils ont été dessinés, paraît-il, par un jardinier qui voulait reproduire tous les mouvements bienfaisants du jardinage, qui, s'il est bien pratiqué, fait fonctionner tous les muscles de notre corps. Le but est de raffermir, de tonifier, sans verser dans le body-building. Je suppose que les jardiniers professionnels doivent tous avoir des corps magnifiques, et cela juste en travaillant. Qu'en pensez-vous, Nicholas? N'avez-vous pas déclaré que vous étiez architecte-paysagiste?

— Certes, mais un bien mauvais juge en matière de corps masculins!

— Mais vous avez quand même entendu parler de ces produits?

— En effet.

— Et?

— Je crois qu'ils offrent des avantages par rapport aux appareils de musculation traditionnels.

Nick regardait Sandra, et, tout en parlant, continuait de caresser les mains de Raven. Il sentait qu'elle se détendait sous ce contact et même semblait se réchauffer un peu. Il eut besoin de voir son visage, de voir si elle était toujours perdue dans ses songes, ou si son regard, si bleu et si intelligent, s'était fait soudain sagace, preuve qu'elle savait, qu'elle avait toujours su exactement qui il était.

Nick la fixa enfin et vit que son regard pétillait comme sous l'effet d'une idée plutôt drôle.

— Avez-vous quelque chose à dire sur les mérites comparés des appareils de musculation? chuchota-t-il.

— Pas vraiment, répondit Raven en souriant. Je pensais simplement que, si j'avais le choix entre entretenir mes muscles et entretenir mes roses, je préférerais de loin entretenir mes roses.

11

— M'inviteriez-vous à danser, Nicholas? demanda Victoria dès que l'orchestre se mit à jouer. Tu n'y vois pas d'inconvénient, Raven? D'ailleurs, Blane et toi pourriez faire un petit tour de piste en souvenir du passé, n'est-ce pas?

Raven sut immédiatement que, si Victoria voulait qu'elle danse avec Blane, c'était parce qu'elle était certaine que son mari s'arrangerait pour que cette danse prenne des allures de punition.

En fait, Raven avait prévu de danser avec Blane, de danser avec chacun de ses ex. Elle avait décidé qu'ils pourraient tous la tenir dans leurs bras, la toucher une fois encore, sachant que leur désir renaîtrait et qu'elle se ferait un plaisir de leur expliquer que ce qu'elle ressentait pour eux, maintenant, n'était que pur mépris.

L'ennui était qu'à présent Raven n'avait plus du tout envie de danser avec eux, ni de sentir de nouveau leurs mains sur elle. Et cela venait du fait qu'elle se sentait forte à présent. Autrefois, elle avait tant voulu se sentir acceptée par eux, entrer dans leur cercle magique. Maintenant, rien de tout cela n'avait d'importance.

Raven ne voulait pas que Blane la touche.

Et Nick perçut clairement ce désir inexprimé.

— Je ne crois pas avoir envie de partager Raven avec qui que ce soit ce soir, Victoria, répliqua-t-il. Nous sommes tellement submergés de travail tous les deux que nous n'avons que rarement la chance de pouvoir danser ensemble. C'est un luxe pour nous, et je ne désire pas en gaspiller une seule seconde.

— Mais toi, Raven? ironisa Victoria. Ne peux-tu partager Nicholas, même pour une danse? Après tout, il fut un temps où nous avons bien dû partager...

— En effet, coupa Raven sèchement.

Elle savait très exactement ce que Victoria s'apprêtait à dire : « Après tout, il fut un temps où nous avons dû toutes partager nos boy-friends avec toi. » C'était un avertissement. Soudain Raven comprit que, danse ou pas, sa chère ennemie ferait en sorte de s'assurer que Nick apprenne toute l'horrible vérité sur elle.

« Mais qu'est-ce que cela peut faire que Nick apprenne la vérité sur moi », songea-t-elle. « Puisqu'il fait semblant de m'aimer... »

Mais il le faisait si bien, c'était merveilleux. Nick était un sensationnel acteur, c'était tout. Et il allait bientôt jouer le dernier acte.

Soudain un sentiment d'autodestruction poussa Raven à vouloir que Victoria raconte tout à Nick, afin de dissiper définitivement l'idée folle qui lui avait traversé l'esprit, que peut-être il s'intéressait à elle.

— Vas-y, Nick, dit-elle avec calme. Va danser avec Victoria.

— Vous devez être un homme sexuellement tolérant, Nicholas.

Nick répondit à cette remarque provocatrice, lancée sur un ton de défi, par un sourire tranquille, et sans le moindre faux pas dans le slow langoureux qu'ils étaient en train de danser.

— Oh ? Pourquoi dites-vous cela ?

— Parce que Raven a... a couché avec pratiquement tous les hommes de cette salle.

En entendant cela, Nick fut très ennuyé pour Raven, mais il continua de sourire et répliqua :

— Cela remonte à plus de quinze ans.

— Oui. Mais...

— Je suis désolé, Victoria, mais si vous essayez de mettre à l'épreuve ma confiance en elle, il va vous falloir trouver quelque chose de plus grave que des coucheries entre adolescents.

— La promiscuité sexuelle ne vous inquiète pas ?

« Je m'inquiète surtout au sujet de certaines orchidées noires », songea Nick. « Et de ses longs doigts pâles et glacés, et de son regard si incertain, reflétant la tristesse plutôt que l'égarement. Et je m'inquiète surtout que vous vouliez la blesser davantage encore en tentant de me détourner d'elle. »

La perfidie de Victoria le rendait enragé, mais Nick se força à rester d'un calme olympien. Victoria était apparemment décidée à lui révéler les pires défauts de Raven, ses crimes les plus atroces, et il était résolu à les écouter, et à débouter sans passion ses accusations, une par une.

— Non, répondit-il enfin. Pas le moins du monde. Et vous ? Je suppose que Blane...

— Raven était une salope, Nicholas, une pauvre nymphomane. Elle couchait avec tout le monde. Elle était quasiment indigente, et ces garçons étaient riches, eux. Et c'était la manière la plus facile de se faire de l'argent.

Facile ? Le mot résonna dans l'esprit de Nick. Il était bien certain pourtant que, pour Blanche-Neige, cela n'avait pas dû être facile du tout.

— Elle essayait de se faire mettre enceinte, bien sûr, pour les obliger à l'épouser. Dieu merci, la chose n'arriva pas.

— Pourquoi me racontez-vous ceci, Victoria? Croyez-vous qu'elle cherche à me mettre le grappin dessus?

— C'est plus que certain.

— Oh! Je ne crois pas. Raven est une femme très riche. Elle n'a nul besoin de mon argent.

— Son appétit de richesses peut être aussi insatiable que son appétit sexuel...

Victoria aurait bien continué, mais le regard de Nicholas était devenu glacial. Il paraissait évident qu'il en avait assez entendu sur les exploits sexuels de Raven. Au bout d'un instant, elle reprit avec gravité :

— Il y a autre chose que vous devriez savoir sur cette fille, quelque chose qui s'est passé lorsqu'elle avait quinze ans...

A leur table, tandis que Nick et Victoria dansaient ensemble, Blane en profita pour se rapprocher de Raven.

— Raven! Raven... chuchota-t-il d'une voix chaude. Avons-nous jamais dansé, tous les deux?

Raven frissonna à ces mots, à cette voix, à l'horrible souvenir de ce qu'il avait été pour elle. Raven Winter et Blane Calhoun n'avaient jamais dansé ensemble, n'étaient jamais sortis ensemble, n'avaient même jamais vraiment parlé, à part les quelques mots servant de préambule à l'acte sexuel.

— Danse avec moi, Raven!

— Non, merci.

— Bien. Alors, faisons autre chose. C'est une réunion, après tout... Pourquoi ne pas nous réunir?

C'était clair, douloureusement clair, et le désir pressant qui se lisait au fond de son regard lui rappela maints souvenirs. Blane voulait faire l'amour, ici, maintenant. Mais où? se demanda Raven. Derrière une de ces somptueuses draperies de velours, ou là-haut dans sa suite, ou mieux dans la sienne?

— Ne parais pas aussi choquée, Raven, la rappela-t-il à l'ordre. Tu sais que je t'ai toujours désirée. Et tu es bien plus belle à présent, plus sexy aussi. Cela a toujours bien marché entre nous... Souviens-toi!

« Bien marché entre nous... » Au plus profond d'elle des braises soudain s'attisèrent, crépitèrent, puis explosèrent en flammes douloureuses. Durant ces vingt dernières années, depuis qu'elle avait si joyeusement accordé sa virginité à Blane, il lui était arrivé de croire parfois, surtout au début, que ses amants ressentaient envers elle quelque tendresse. Mais Raven avait finalement compris que ce n'était que parce qu'elle avait affaire à des adultes et non plus à des adolescents. C'était une tendresse apprise, calculée, quelque chose que les femmes étaient supposées apprécier.

Ses amants adultes l'avaient séduite avec leur gentillesse superficielle, mais à la vérité, ils étaient absolument semblables à Blane, n'éprouvant pour elle qu'un désir dur, désespéré et exigeant.

Blane, au moins, n'avait jamais prétendu être tendre. Raven réalisait à présent que, dans son désir primaire, son égoïsme, Blane avait été le plus honnête de tous.

Mais on ne pouvait dire que cela avait bien marché entre Blane et elle. Cela avait bien marché pour lui. Quant à elle, que ce fût avec Blane ou les autres, elle s'était toujours sentie désespérément vide et seule.

— Allez! Raven, pressa Blane avec une certaine gentillesse qu'après tout lui aussi avait dû finir par apprendre. Allez, viens...

— Non.

Elle se détourna et survola la salle à la recherche de Nick et Victoria d'un regard plein d'appréhension. Il ne faisait aucun doute que Victoria allait dire à Nick tout ce qu'elle savait, le régalant du moindre détail sordide. Mais l'énumération de la longue liste de ses crimes n'avait pas dû commencer. Le corps de Nick, si mince et si puissant à la fois, bougeait gracieusement, sensuellement, preuve qu'il possédait une connaissance instinctive de la façon dont un homme et une femme devaient bouger ensemble, preuve aussi que sa cavalière n'avait pas encore révélé l'horrible vérité. Raven saurait à coup sûr quand elle le ferait : lorsque Nick perdrait cette grâce sensuelle pour se raidir de dégoût.

— Tu crois que ton amant ne serait pas d'accord? insista Blane.

Je ne crois pas, songea Raven. Nick se moquerait qu'elle disparaisse avec Blane, surtout après que Victoria aura fini de le régaler de ses exploits de jeunesse. Évidemment, Nick avait pris son travail très au sérieux, la protégeant, l'entourant de tendresse, se montrant bien plus gentil qu'aucun homme ne l'avait jamais été.

Au bout d'un moment, et bien qu'elle sût que ce n'était qu'un mensonge, Raven affirma solennellement à Blane :

— Je crains en effet qu'il ne soit pas d'accord. Je pense même qu'il te tuerait à mains nues.

Le visage de Nick était sombre, comme taillé dans la pierre, alors qu'il ramenait Victoria de la piste de danse à leur table.

« Voilà, il sait tout, pensa aussitôt Raven. Aucune promesse d'argent ne le fera rester une minute de plus avec toi, maintenant, à prétendre t'aimer. Il a trop d'orgueil pour ça. Il n'est pas homme à tolérer qu'on se joue de lui. Peut-être ne va-t-il même pas s'arrêter, peut-être va-t-il seulement passer devant la table sans rien dire, et quitter la salle de bal... En un sens, ce serait plus facile à supporter que sa rage froide. »

Mais Nick s'arrêta devant leur table, et à cette femme qui l'attendait, folle d'appréhension, il sourit.

— Tu viens danser, Raven?

Il la conduisit dans un coin reculé et sombre de la piste,

et là, bien qu'ils fussent à l'abri des regards indiscrets, il insista pour qu'ils dansent comme des amoureux. Il mit les bras de Raven autour de son cou, et à son tour lui encercla la taille.

Leurs corps ne se touchaient pas. Ils n'en avaient pas besoin. Ils étaient des amants confiants, pas un de ces couples furtifs et désespérés. Quand ils choisissaient d'être intimes, ils le faisaient en privé, et non dans un lieu public où des curieux pouvaient les observer même dans la pénombre.

Ils jouaient à être amants, se balançant sensuellement au rythme d'une chanson d'amour. Mais Nick sentait que cette femme silencieuse, qu'il tenait dans ses bras, était extrêmement tendue.

— J'ai eu une conversation des plus intéressantes avec Victoria, finit-il par dire. Raven, regardez-moi!

Il dut attendre patiemment qu'elle veuille bien relever la tête.

— Vous ne voulez pas savoir ce qu'elle m'a raconté?

— Je pense le savoir...

— Dites-le-moi alors.

Il la serrait gentiment entre ses bras, ne la quittant pas de son regard gris, prouvant malgré la douceur de son étreinte qu'il n'entendait pas la laisser partir... et curieusement, Raven se sentit plus libre que prisonnière.

— Elle vous a raconté que j'étais extrêmement pauvre et qu'à son grand dam, ma mère et moi vivions sur sa propriété familiale, et que j'étais détestée.

— Pourquoi, Raven? Pourquoi étiez-vous détestée? (Puis après un moment, il ajouta très doucement :) Comment quelqu'un pourrait-il vous détester?

Sa gentillesse la fit trembler, puis l'obligea à confesser :

— Je suppose que c'était parce que j'étais trop différente d'eux. Ils étaient riches, j'étais pauvre. Mes vêtements avaient déjà été portés, ce n'était que des loques, et eux ne portaient que des vêtements de marque... Et bien sûr, il y avait mon nom...

— Qu'est-ce qui n'allait pas avec votre nom?

— Ils le trouvaient affreux. Ils me traitaient d'oiseau de mort... de saule pleureur.

La rage submergea Nick en voyant combien ces sarcasmes l'avaient blessée. Un instinct primaire et puissant l'incita à les détruire — là, tout de suite. Mais quelque chose de plus impératif encore l'obligea à se calmer et, lorsqu'il reprit la parole, Raven ne perçut qu'une exquise tendresse.

— Raven est un nom magnifique, ainsi que Willow, d'ailleurs. En fait, c'est un nom absolument parfait pour une beauté languissante à la chevelure aile-de-corbeau.

— Merci, souffla-t-elle.

Et pendant un instant, Raven Willow Winter oublia toute sa honte... Mais rapidement, trop rapidement, elle se rappela ses traits figés lorsqu'il était revenu à leur table avec Victoria.

— Qu'est-ce que Victoria vous a raconté d'autre? demanda-t-elle en se reprenant.

— Elle m'a dit que je devais être un homme d'une grande liberté sexuelle pour accepter de me trouver dans une pièce remplie d'hommes ayant tous été vos amants.

Raven commença par baisser la tête, pleine de honte, mais Nick en lui tenant gentiment le menton la lui releva et attendit.

— Ce ne furent pas mes amants, précisa-t-elle d'une toute petite voix. Bien sûr, j'ai couché avec eux... j'ai fait l'amour... avec la plupart des hommes ici présents, ce soir. Ce n'étaient que des adolescents à l'époque, et j'étais...

— Très seule? (*Comme maintenant?* pensa-t-il.) Cherchant l'amour là où il n'était pas?

— Je ne suis pas très fière de cela, Nick.

— C'est eux qui ne devraient pas être très fiers.

— Nous n'étions que des adolescents...

— Cela peut excuser un afflux d'hormones, mais cela n'excuse pas la cruauté! Il ne peut y avoir d'excuse à la cruauté...

Le chevalier servant en lui était prêt à se battre, encore et toujours, et cette fois sa voix fut empreinte de dureté quand il reprit :

— Pourquoi sommes-nous là, Raven?

— Que voulez-vous dire?

— J'entends par là : que vous importe ce que ces gens pensent de vous? Vous n'avez pas besoin de leur approbation, n'est-ce pas?

— Je croyais en avoir besoin...

— Et à présent?

— Plus du tout. (Elle lui sourit, d'un sourire adorable, plein de courage, qui s'évanouit soudain pour faire place à une tristesse mélancolique.) Nous pouvons partir si vous le désirez.

— Je préférerais en effet, répondit Nick. Mais Raven, je n'ai nulle envie d'arrêter de danser avec vous.

— Oh! (Ses beaux yeux saphir brillèrent de surprise et d'espoir mêlés.) Moi non plus, je n'ai aucune envie de m'arrêter de danser.

— Alors, pourquoi n'irions-nous pas dans notre suite écouter de la bonne musique, et danser à l'abri des regards, cette fois?

12

Là-haut, dans le salon de leur suite aux tonalités mauve et crème, sur le somptueux tapis, ils dansèrent, leurs corps se balançant lentement en une étreinte chaste et délicate.

Puis Raven leva son visage vers Nick, avec dans le regard une lueur de pur désir, alors son compagnon se pencha vers elle, effleurant sa bouche.

Au début, il l'embrassa avec beaucoup de douceur, comme s'il tentait une reconnaissance, mais son désir s'accroissant, il se fit plus insistant, encouragé par les baisers pleins de promesses de Raven.

Nick était d'acier, Raven de glace, mais rien dans leurs caresses ne le laissait soupçonner. Le feu qui avait forgé l'acier dont Nick était fait couvait au plus profond de lui, tout comme, sous les couches de glace qui composaient Raven, crépitaient de petites flammes brillantes.

Et, à présent que leur baiser se faisait plus intense, et que leur souffle s'accélérait, pour la première fois de sa vie ces flammes qui d'ordinaire la consumaient brûlaient d'une douce chaleur, l'enveloppant aussi agréablement que le faisaient les bras de Nick.

— Que désirez-vous, Raven ? demanda-t-il à voix basse.

Tout en lui lui montrait combien il la désirait, mais elle savait au plus profond d'elle que le choix serait sien.

Raven mourait d'envie de faire l'amour. C'était une chose qu'elle n'avait jamais réellement voulue auparavant, pour laquelle elle n'avait jamais eu à faire un choix. Cela avait plutôt été un besoin désespéré de se faire aimer, de faire partie du cercle enchanté de l'amour, d'échapper à la solitude glacée et à l'angoisse.

Et à présent? Une langue de feu lui brûla le cœur. N'avait-elle pas désespérément besoin de cet étranger, si séduisant, si gentil, qui connaissait ses secrets les plus honteux et persistait à se soucier d'elle?

Elle ferait mieux de se souvenir qu'elle le payait pour cela... La langue de feu se fit plus dévastatrice. Qu'elle le payait pour faire semblant de se soucier d'elle, pour faire semblant d'être son amant...

Est-ce que par hasard Nick jouerait trop bien dans l'espoir de quelque extravagant pourboire? Ou dans l'espoir qu'elle le recommande — comme jardinier ou comme amant — à ses riches amies?

Raven préféra chasser cette idée.

— Vous n'avez pas à faire ça, Nick... En bas, devant eux, j'ai beaucoup apprécié votre prestation...

Nick arrêta ces paroles d'un doigt posé sur ses lèvres. Il aurait pu tout aussi lui dire la vérité, mais il préféra taire qu'il était attiré par elle plus que par n'importe quelle autre femme jusque-là. Après tout, il ne pouvait jurer en toute honnêteté ne pas jouer un rôle. Son désir était réel, bien sûr, mais pour Raven, il n'était qu'un jardinier.

Il ne demandait qu'à croire ce que Raven lui avait raconté de son passé, au sujet des filles qui l'avaient persécutée et des garçons qui avaient abusé d'elle. Du fond du cœur, il la croyait... Mais les avertissements de Victoria Calhoun lui revenaient, malgré lui, à l'esprit : Raven était une calculatrice qui avait délibérément séduit de jeunes héritiers dans l'espoir de les prendre à ses filets.

Nick voulait garder Raven ce soir, demain soir, et tous les

autres soirs de sa vie. C'était un désir dangereux, car il y avait d'autres êtres jeunes, fragiles et précieux à considérer. Pour ses fillettes adorées, qui avaient été si brutalement trahies par une femme capable de séduire pour le prendre au piège, Nick se devait de continuer à jouer la comédie.

Nick avait besoin de Raven, il la désirait et en était tombé amoureux.

Mais il ne savait pas s'il pouvait lui faire confiance.

— Dites-moi ce que vous voulez, Raven, reprit-il doucement.

— Vous ! souffla-t-elle, et ce souffle sembla être l'écho de quelque chose de bien plus lointain que le présent. C'est vous que je veux, Nick...

Nick avait fait l'amour à beaucoup de femmes, avant d'être marié à Deandra et aussi après son divorce. Les femmes avec qui il était sorti depuis qu'il était seul connaissaient les règles du jeu : il n'avait nullement l'intention de se remarier, ni même de s'impliquer dans une quelconque relation, encore moins d'envisager de les présenter à ses filles.

Tout l'amour dont Nick était capable allait à ses enfants. Et les femmes avec qui il sortait le savaient, elles l'acceptaient, et envisageaient leur relation de la même manière que lui, comme une liaison sans lendemain basée sur un échange de plaisir, un festin de gourmet à savourer pour l'oublier aussitôt.

Les maîtresses de Nick proclamaient volontiers qu'il était le meilleur amant qu'elles aient jamais eu, le plus expert, le plus doué, un explorateur connaissant par cœur la carte des sens, et menant ces époustouflants voyages au cœur du plaisir avec une maîtrise et une sérénité étonnantes.

Mais aujourd'hui le voyage dans lequel il entendait s'embarquer avec Raven était quelque chose d'entièrement nouveau, un voyage dans les contrées sauvages et inexplorées de la passion... et de l'amour.

Et comment allait-il faire pour aborder ce périple, le plus important, le plus dangereux de tous?

Nick se dit qu'il prendrait tout son temps. Une caresse à la fois, chacune comme une promesse d'éternité. Une fois commencé, ce voyage serait sans retour.

Oh! Comme il la désirait... Désespérément.

Mais il entendait que ces premiers instants fussent pour elle comme le doux commencement d'une éternité d'amour.

Lentement, très lentement, il entreprit de la déshabiller, enlevant d'abord les épingles retenant les dernières mèches de cheveux qui avaient résisté à leur danse et à leurs baisers.

— Que faites-vous?

— Je vous déshabille...

Nick défit la fermeture de sa robe, puis fixant les somptueux saphirs qui ornaient les oreilles de la jeune femme, commença, de ses doigts effilés, de les ôter doucement.

— Dépêchez-vous... souffla-t-elle.

— Non.

— Nick...

L'urgence de sa voix l'incita à scruter ses yeux d'un bleu si éclatant : il y lut de la peur. Jamais, comprit-il, elle n'avait entrepris un tel voyage, elle devait le croire impossible, elle devait s'attendre à ce que quelque chose se produise, à ce que le rêve vole soudain en éclats.

— Chère Cendrillon, il n'y a aucune citrouille ici, ce soir, aucune méchante fée, murmura-t-il. Seulement vous et moi... et nous avons toute la nuit devant nous...

Il pouvait lire dans ses pensées, deviner ses désirs et ses peurs. Raven apprécia ses paroles rassurantes, mais entreprit tout de même de le déshabiller.

— Si vous vous précipitez, l'avertit-il en riant, ça ne durera pas toute la nuit!

— Est-ce que vous me désirez aussi? demanda-t-elle d'une toute petite voix.

— J'ai très envie de vous, Raven.

Nick l'emmena dans la chambre, tira les lourds rideaux, et sourit d'un air confiant en allumant la lampe de porcelaine. Cette lampe était sur la coiffeuse, assez loin du lit, et sa lumière douce et dorée les éclairait comme des rayons de lune.

Nick finit de la débarrasser de tous ses falbalas de satin et de soie... et lorsqu'elle fut nue, il embrassa d'abord les seuls endroits jamais touchés par d'autres hommes, en l'occurrence ses paumes et ses genoux, là où la chair si délicate s'était trouvée arrachée lors de sa chute. Alors qu'il les caressait de ses lèvres, son cœur envoya ce message d'excuse et de promesse tout à la fois : « Je suis désolé de t'avoir blessée. J'essayerai, de toutes mes forces, de ne jamais plus te blesser à l'avenir... »

— J'ai envie de toi... Nick! S'il te plaît...

A cette supplique, Nick releva la tête et vit dans le regard bleu de la jeune femme que la confiance avait remplacé la peur. Raven croyait enfin le rêve possible. Et l'urgence n'était qu'enfant du désir.

— Déshabille-moi alors, demanda-t-il à son tour.

Elle trembla, frissonnant d'une ardeur inconnue, mais ses doigts demeuraient fermes, confiants, déboutonnant sans mal sa chemise... Lorsqu'elle eut fini, Nick l'allongea doucement sur les draps frais... Et comme elle l'accueillait au plus profond d'elle-même, il put lire dans son regard brillant ces mots... ces mêmes mots joyeux qui chantaient en son propre cœur :

« Je t'aime... *Je t'aime...* »

Nick n'avait jamais ressenti une telle sensation de perfection, une telle paix. Ils étaient entrelacés, ne formaient plus qu'un seul être, forgé par le feu de la passion.

Il passa doucement ses doigts dans la chevelure tant aimée, soulevant le visage de la jeune femme, afin d'y voir comme en miroir la même expression de béatitude et de paix.

Mais lorsqu'il eut écarté les mèches brunes de ses yeux, il ne vit que chagrin.

— Qu'y a-t-il, Raven?

— Il y a quelque chose d'autre, que Victoria ne t'a probablement pas raconté.

— Vraiment?

— Elle et tous ses amis, je suppose, croient que je suis une voleuse, que j'ai dérobé une somme importante chez ses parents, quand ma mère et moi y habitions.

— Une somme importante et des bijoux, rectifia Nick doucement. (Et voyant son regard brillant de larmes, il ajouta :) Elle m'a tout raconté en effet. Mais tu étais si jeune, et si désespérée, et surtout si pauvre...

Il le savait, et il lui avait déjà pardonné. La gentillesse de sa voix montrait que cela n'avait aucune importance pour lui. Mais cela *avait* de l'importance pour elle. Elle voulait qu'il connaisse la vérité. Au moment de parler, toutefois, son cœur se tordit d'angoisse, malgré toutes ces années, à la pensée de trahir Sheila.

Le cœur de Nick se serra en entendant Raven s'expliquer. Elle tentait de justifier Sheila, et culpabilisait en révélant la vérité sur la femme qui l'avait tant fait souffrir, *mais qui était malgré tout sa mère*... Et quand Raven eut fini, il laissa tomber, avec beaucoup de gentillesse :

— Tu l'as protégée depuis tout ce temps!

« Alors qu'elle n'en a jamais fait autant pour toi », songea-t-il. « Tu te montres encore loyale envers elle, même après tout ce temps. De même, malgré tout ce qu'elle leur a fait, mes adorables petites filles sont-elles toujours capables d'aimer leur mère. »

— C'est bien, Raven... Tu as accepté d'être blâmée pour

ce que ta mère avait fait. Mais si des charges avaient été retenues contre toi, cela aurait été désastreux, car tu n'aurais pu être admise à l'université de droit si tu avais été convaincue de vol.

— Mais aucune charge ne fut retenue, et comme je l'avais promis j'ai remboursé la mère de Victoria. (Elle eut un pauvre sourire.) En fait, Mrs. Wainwright a bien fait de tabler sur mon avenir, ce fut un bon investissement. Au total, je lui ai envoyé vingt-cinq mille dollars, ce qui est, j'en suis certaine, beaucoup plus que ce qui lui a été volé... Et je tiens à préciser qu'elle n'a jamais parlé de bijoux dérobés. (Le sourire de Raven s'évanouit, elle prit l'air grave.) Je ne suis pas une voleuse, Nick. Je ne l'ai jamais été. Je veux que tu le saches.

« Certes... » songea Nick. « Mais cependant... toi, Raven Willow Winter, ici présente, tu as bel et bien dérobé mon cœur. Et tu peux le garder. Je t'en fais cadeau. »

— Maintenant, je sais tout, murmura-t-il, sa bouche contre la sienne, prêt à l'aimer de nouveau. Et maintenant, je vais t'aimer... très, très lentement... si j'en suis capable!

T'aimer. Ces mots la frappèrent comme une vague. « T'aimer », avait dit Nick, et non pas « te faire l'amour ». Pour Raven la distinction était la même qu'entre « faire croire » et « croire », qu'entre l'imaginaire et le réel...

Nick se mit à l'embrasser partout où il n'avait pas encore eu le temps de le faire, et, pour la première fois de sa vie, Raven ne fut nullement effrayée d'une telle intimité. Elle se sentit complètement et joyeusement dépourvue de honte.

Elle se donna à Nick comme jamais elle ne l'avait fait, et comme elle entendait ses soupirs de plaisir, elle se prit à croire qu'elle avait elle aussi quelque chose à donner, et que ce don recelait de la magnificence et de la splendeur.

Ils passèrent de la béatitude aux rêves sereins, s'éveillant maintes fois pour recommencer leur merveilleuse danse amoureuse.

Finalement, ils furent tirés de leur sommeil par la sonnerie stridente du téléphone. Nick, étant le plus près, s'empara de l'appareil, notant au passage qu'il était déjà onze heures et demie du matin.

— Bonjour, Nicholas. C'est Victoria. Nous avons gardé une place pour vous à notre table. C'est vraiment un brunch sensationnel et le champagne coule à flots.

— Attendez un instant, Victoria.

Nick couvrit le combiné de sa main et regarda le joli visage qui, à ses côtés, s'était rembruni en entendant le nom détesté. Nick sourit à Raven, lui rappelant qu'il n'existait qu'eux au monde... et, lorsque toute trace de morosité se fut enfuie, il continua :

— Le brunch est commencé. Victoria et Blane nous ont gardé une place à leur table.

— Tu as faim?

— Seulement de toi! (Nick reprit le combiné.) Je pense que Raven et moi nous nous passerons de brunch.

— Nous risquons de ne pas nous revoir, alors...

— Je crains que non.

— Nicholas? Tout va bien?

Une vague de colère submergea Nick en entendant ce petit ton perfide, cet espoir qu'il ait pu rompre avec Raven, qu'il ait pu la rejeter une fois son désir assouvi. Il ravala une repartie un peu vive. Avec un doux rire, il répondit :

— Oui, Victoria. Tout va pour le mieux dans le meilleur des mondes. Excusez-nous auprès de vos amis.

Après qu'il eut raccroché, Nick regarda Raven et répéta d'un ton passionné :

— Je n'ai faim que de toi!

Cette fois-ci, ils furent réveillés par le radio-réveil que

Nick avait branché avant de lui prouver qu'il la désirait de nouveau, encore et encore. Il était à présent une heure et demie de l'après-midi, et il était grand temps de se doucher et de s'habiller s'ils désiraient attraper le vol de quatre heures pour Los Angeles.

Nick embrassa longuement Raven avant de quitter à regret le lit. Se glissant dans l'un des somptueux peignoirs fournis par l'hôtel, il alla ouvrir les lourdes tentures. Il leur fallait, avant de se préparer, passer quelques moments à admirer le ciel, le lac...

Mais il n'y avait plus ni ciel ni lac. Il n'y avait qu'un rideau de flocons virevoltants. Et à l'instant où Nick et Raven faisaient cette déprimante constatation, une voix à la radio annonçait cette giboulée de printemps.

La ville, ayant oublié les rigueurs hivernales, avait été prise au dépourvu et était déjà paralysée par plusieurs centimètres de neige. L'aéroport O'Hare était fermé jusqu'au lendemain matin, après quoi il faudrait répartir tous les avions en instance de départ.

Nick et Raven étaient bien au chaud, à l'abri dans leur bulle de bonheur, mais chacun d'eux avait malheureusement des obligations à honorer à plusieurs milliers de kilomètres de là.

— Je suis désolée, murmura Raven.

Et en disant cela, la jeune femme se rendit compte qu'elle appréhendait sa colère. Cela lui prit un moment pour en comprendre la raison.

C'était à cause de Michael, songea-t-elle. Il aurait été furieux si une telle chose était arrivée. Mais elle et Michael ne se seraient pas laissé piéger. Ils seraient partis par le premier vol du matin, bien avant la tempête de neige. Michael, Victoria et Blane seraient devenus des amis, et Michael aurait insisté pour qu'elle danse avec Blane et avec tous ses anciens amants dont il aurait courtisé les épouses, et quand finalement elle l'aurait convaincu qu'il était temps d'aller se coucher parce qu'ils décollaient tôt le lendemain matin, il se serait satisfait d'une brève étreinte, et elle se serait sentie reconnaissante qu'il ait bien voulu l'accompagner à une réception aussi importante.

« Elle paraît si triste ! » constata Nick. « Si triste, si perdue... »

— Eh ! Raven... appela-t-il doucement. Ce n'est pas la fin du monde. Certains trouveraient même cela plutôt romantique ! Je dois téléphoner, et toi aussi, je suppose... Alors que dirais-tu de quelques coups de fil, d'une bonne douche et d'un déjeuner apporté par le service d'étage ?

Il avait voulu vaincre sa tristesse et il avait réussi. Elle accueillit sa suggestion d'un grand sourire... Puis son expression changea et refléta une intense concentration.

— Serais-tu en train de visualiser ton agenda ? s'enquit-il.

— Non. J'essaye de me souvenir d'un numéro de téléphone en Alaska. Celui de Lauren Sinclair. Jason Cole, elle et moi devions déjeuner ensemble demain pour discuter du film qui sera tiré de *Gifts of Love*.

— Elle est peut-être déjà à Los Angeles.

— Certainement. Mais j'ignore où elle est descendue.

— Dois-tu absolument être à ce déjeuner ?

— Non. Non, pas vraiment. Mais je préférerais...

« Et je suppose que Lauren préférerait elle aussi que je sois là », pensa Raven. Mais elle se tut, jugeant que cette pensée pouvait sembler prétentieuse.

— Elle et moi devions convaincre Jason de ne pas changer la fin de l'histoire. (Raven secoua la tête et ses boucles se mirent à danser.) Je l'ai déjà appelée deux fois, je devrais pouvoir me souvenir de son numéro...

— Tu as une mémoire visuelle ?

— D'habitude, oui. Je vieillis ou alors je ne fais plus attention à ce que je fais.

— Demande les renseignements téléphoniques. A moins que Lauren Sinclair ne soit qu'un pseudonyme.

— C'en est un, en effet. Je connais son véritable nom... mais elle tient tellement à l'anonymat que je serais surprise qu'elle soit dans l'annuaire.

— J'arrête de te parler, cela t'empêche de te concentrer. Je vais dans ma chambre pour téléphoner sur l'autre ligne. Et ensuite... pourrai-je te rejoindre sous la douche?

— Oui... Avec grand plaisir!

13

Raven était certaine que le numéro dont elle se souvenait était correct, pourtant personne ne répondait. Elle vérifia auprès des renseignements de Kodiak, qui lui confirmèrent qu'il n'y avait aucune abonnée du nom de Lauren Sinclair ou de Marilyn Pierce.

Comme l'avait suggéré Nick, la romancière devait déjà être partie pour Los Angeles.

Raven passa un dernier coup de fil à son bureau, prévenant sa secrétaire qu'elle risquait fort de ne pas être là le lendemain et qu'il fallait donc annuler tous ses rendez-vous dès la première heure.

Une fois ses appels passés, Raven se dirigea vers la baie vitrée et contempla le majestueux spectacle de la neige et du vent. Il devait faire si froid au milieu de cette tempête. « Mais, pensa-t-elle, même si je me trouvais dehors en ce moment, je me sentirais bien. Si merveilleusement bien, et heureuse, si heureuse... pour la première fois de ma vie. »

Nick aussi regardait dehors, s'émerveillant du spectacle, se sentant incroyablement heureux.

Et tandis qu'il composait le numéro de téléphone de sa maison de Bel Air, espérant que ses parents répondraient, il se demanda si ce bonheur transparaîtrait dans sa voix. Si tel était le cas, il serait sans aucun doute aussitôt perçu par sa mère.

Mais ce fut sa fille de douze ans qui lui répondit. Samantha était à la maison, ce qui signifiait que Deandra avait annulé son jour de garde. Une vague d'émotions envahit Nick : haine pour Deandra, amour protecteur pour sa fille. Ces enfants avaient été trahies par leur mère, mais seule l'aînée, Samantha, s'en souvenait.

Nick, quand il lui parla, ne laissa transparaître que son amour.

— Bonjour, toi ! lança-t-il gentiment.

— Papa !

— Salut ! (Puis il attaqua, sachant que c'était la seule façon d'obtenir que sa fille lui parle.) Qu'est-il arrivé ?

— Elle dit qu'elle a pris froid... (Et Samantha rajouta doucement :) A sa voix, je jurerais que c'est vrai.

Des vagues de colère déferlèrent sur Nick lorsqu'il entendit sa fille prendre la défense de sa mère, qui, Dieu sait, n'avait pas besoin qu'on la défende, les ayant abandonnées des années plus tôt.

Samantha ne ressentait aucune rancœur vis-à-vis de sa mère ; Nick espérait qu'au fil du temps la trop sensible Samantha finirait par comprendre que sa mère n'était pas parfaite. Parfois, quand cette dernière leur faisait faux bond, Samantha semblait plus soulagée que blessée.

Nick attendait avec impatience le jour où ses filles décideraient tout simplement que les visites de leur mère étaient inutiles. C'est un choix qu'il aurait volontiers fait à leur place, et depuis longtemps. Mais il reconnaissait que ç'aurait été une erreur. Leur interdire de voir Deandra ne l'aurait rendue à leurs yeux que plus désirable, plus merveilleuse.

Avec le temps, espérait-il, ses enfants verraient leur mère sous son véritable jour : égoïste et froide.

— Tout va bien, chérie ? s'enquit-il.

— Oui. Papy, Mamy et moi jouons à la canasta.

Nick sourit. Il ne saurait jamais s'il aurait été capable d'élever seul ces enfants privées de mère, si son amour aurait été suffisant, car dès le départ ses parents avaient été là, aimant ses fillettes aussi passionnément que lui.

— Serais-tu en train de gagner?

Un jeune rire au bout du fil lui répondit.

— Non. C'est Mamy, comme d'habitude!

— Bien sûr!

C'est une tradition familiale. Mamy gagnait toujours à la canasta. Il ne pouvait en être autrement, surtout pas aujourd'hui où la petite vie tranquille de Samantha venait d'être à nouveau bousculée par cette mère qui ne voulait pas d'elle.

— Où est Mel?

— Chez Jessica.

Nick n'en fut pas surpris. Rejetée par Deandra, Samantha avait besoin d'être à la maison, bercée par l'amour sans faille de ses grands-parents, mais Melody, du haut de ses neuf ans, et qui était tout juste née lorsque sa mère s'était enfuie, n'éprouvait pas les mêmes besoins.

Melody ne savait pas, ne saurait jamais que sa mère n'avait pas voulu d'elle, et contrairement à sa sœur qui avait passé trois ans avec une mère qui semblait ne l'aimer qu'en présence de son père, Melody ne voyait en Deandra qu'une visiteuse occasionnelle dans un monde déjà fort bien rempli par son père, sa sœur et ses grands-parents.

— Tu reviens, Papa?

— Non, s'excusa Nick qui aurait tant désiré être à ses côtés. En fait, je risque de ne revenir que demain dans l'après-midi, ou même peut-être demain soir. Et tu veux savoir pourquoi?

— Bien sûr!

— A cause d'une tempête de neige qui est tombée sans prévenir sur Chicago.

— De neige?

Nick sourit devant l'enthousiasme qui avait si vite remplacé sa déception. Ses deux filles adoraient la neige, et depuis plusieurs années ils passaient Noël à Eden-Lake Tahoe, à s'ébattre dans la poudreuse, à se promener en traîneaux, et à boire des chocolats chauds en regardant les flocons tomber dehors.

— J'aimerais beaucoup que tu sois là, fit-il doucement. Tu sais à quoi ça ressemble?

— Non. A quoi?

— J'ai l'impression d'être dans ces globes que l'on secoue et où la neige tombe!

— Super!

— Tout à fait super.

Nick pensa à la collection de globes que ses filles possédaient, et qu'il leur avait rapportés de ses voyages d'affaires, lorsqu'il supervisait la création de ses nouveaux complexes hôteliers. Nick leur rapportait souvent un petit cadeau de ses voyages, mais ce n'était pas systématique. L'amour leur importait davantage que l'argent, et elles savaient être heureuses de ses seules descriptions du bon moment qu'il avait passé, et de sa joie de les retrouver.

Nick avait donc prévu de ne rien rapporter à ses filles, mais soudain une idée lui traversa l'esprit, une idée très dangereuse : Tu pourrais leur ramener le plus beau présent du monde, le seul auquel tu n'aurais jamais pensé : une mère!

— Papa?

— Oui, chérie? demanda-t-il doucement à cette enfant en manque de mère, à cette petite fille qui devenait si rapidement, trop rapidement une jeune fille.

— Mamy a une lueur dangereuse dans le regard, tu sais.

Nick éclata de rire.

— Alors va vite. Je t'aime, chérie. Je te verrai demain soir.

— Je t'aime aussi, Papa.

Je t'aime, chérie. Je te verrai demain soir...

Ce furent ces mots, ces horribles mots prononcés avec une telle tendresse que Raven entendit au moment où elle allait franchir le seuil de la chambre de Nick.

Nick lui avait dit ce qu'il attendait d'elle : qu'elle passe quelques coups de fil avant qu'il la rejoigne sous la douche. C'est ce qu'elle aurait dû faire. N'avait-elle pas encore compris que ses amants entendaient qu'elle leur obéisse *à la lettre* ?

Mais, toute à son bonheur, elle avait voulu braver ses ordres. Et son bonheur avait ses propres exigences : aller le rejoindre, s'émerveiller de la beauté de cette tempête, et puis s'émerveiller encore et encore de ce qui leur arrivait, le séduire comme il l'avait séduite tout au long de la nuit...

Mais ce bonheur avait soudain fait place à une horrible sensation de froid, et des larmes coulaient de ses yeux. Personne ne l'avait vue pleurer, jamais, et elle ne laisserait pas Nick, ou quiconque, voir sa peine. Ses larmes seraient depuis longtemps refoulées lorsqu'il viendrait la rejoindre sous la douche — des myriades de gouttelettes d'eau cacheraient celles qui brillaient dans son regard. Nick aurait bien d'autres choses à faire qu'à regarder son visage.

Et dans le fond c'était ce qu'elle désirait, se dit Raven en faisant demi-tour. Elle avait envie qu'il la touche, qu'il l'aime.

Tu veux dire qu'il te fasse l'amour ?

Peu importait maintenant que tout ceci ne fût qu'un faux-semblant, un rêve qui fondrait comme cette neige de printemps. Pour l'instant, et aussi longtemps que cela durerait, elle entendait bien jouer le jeu...

— Raven ?

Elle était au milieu du salon, trop loin de cette douche qui devait cacher son désarroi. Elle ne fit pas mine de se retourner. Elle en était incapable. Comme elle était incapable de l'empêcher de venir au-devant d'elle, de la prendre par le menton, d'essuyer ses larmes.

— Quoi que tu aies pu entendre, je parierais que tu l'as mal interprété. Allez ! Dis-moi ce que tu crois avoir entendu...

— Je pense t'avoir surpris en train de parler à ta petite amie... ou à ta femme.

— Je n'ai pas de petite amie, Raven. Et je n'ai plus de femme, murmura Nick.

Il regardait les larmes qui emplissaient ses yeux à l'idée qu'il puisse dire « je t'aime » à une autre. « Elle tient à toi », pensa-t-il avec une joie non dissimulée. « Elle entend être ta petite amie... et peut-être ta femme. Dis-lui qu'elle peut être les deux. Demande-lui d'être les deux ! »

Nick réussit à refréner ce dangereux désir en se rappelant ses deux enfants au cœur si vulnérable.

— Je parlais à ma fille.

— A ta fille ?

— Oui. J'ai deux filles. Samantha, à qui je parlais, qui a douze ans, et Melody qui en a neuf. Deux filles, Raven, mais aucune petite amie, aucune femme.

— Serait-elle morte ? s'enquit-elle doucement.

— Qui ? Deandra ? (Nick éclata d'un rire amer.) Non. Mon ex-femme est bel et bien vivante.

— Elle semble t'avoir fait beaucoup de mal.

— Non, répliqua Nick. Elle a fait beaucoup de mal à mes filles.

— *Oh !*

Ce ne fut qu'une simple syllabe, un murmure, mais il alla droit au cœur de Nick. Raven avait paru choquée que Deandra ait pu lui faire du mal, mais ce n'était rien en comparaison de ce qu'elle éprouvait en pensant que Deandra avait pu faire du mal à ses propres enfants.

« Elle les aimera », cria son cœur. Cette femme qui avait tant souffert à cause de sa propre mère connaissait l'extrême sensibilité des petites filles.

Mais une petite sonnette d'alarme se mit à tinter : le mal qui lui avait été fait alors qu'elle était pauvre et rejetée avait conduit Raven à valoriser la richesse et les apparences, à désirer pénétrer les cercles fermés du privilège et du pouvoir. Nick se devait de ne pas oublier ce que Victoria lui avait dit : la soif d'argent de Raven était insatiable.

Une partie de Nick aurait voulu serrer la jeune femme dans ses bras, lui dire toute la vérité, lui demander de se joindre à sa famille pour toujours. Mais il était trop tôt. Il était certain qu'il était tombé amoureux d'elle, et elle de lui... Mais pour l'instant il était préférable que la mascarade continue.

Au lieu de la prendre dans ses bras, Nick recula. Il la pria d'un geste de s'asseoir sur le divan, tandis qu'il restait debout.

Cette distance était nécessaire pour qu'il puisse lui raconter la version soigneusement édulcorée de son histoire avec Deandra. S'il s'était tenu près de Raven, celle-ci n'aurait pas manqué de sentir sa rage ; s'il l'avait touchée, il aurait été tenté de lui dévoiler toute la vérité.

— Deandra et moi, nous nous sommes mariés six mois après notre diplôme de fin d'études. Ce n'était pas un mariage précipité. Nous nous connaissions depuis deux ans et nous avions beaucoup parlé de notre désir commun d'avoir des enfants. Et quand Samantha naquit, seize mois plus tard, nous fûmes comblés, du moins le croyais-je. Deandra était une mère très tendre en ma présence, mais, comme je devais le découvrir plus tard, trop tard, elle était surtout une fabuleuse actrice. Lorsque j'étais absent, elle ignorait purement et simplement sa fille.

— Je suis désolée, murmura Raven.

Mais Nick ne sembla pas l'entendre. C'était plus qu'une histoire pour lui, c'était son histoire.

— Un an après la naissance de Samantha, nous décidâmes d'essayer d'avoir un autre enfant. Deandra était partie prenante dans cette décision, tu sais... Je n'avais rien du mari autoritaire imposant ses volontés à une pauvre jeune femme terrifiée. Je croyais sincèrement qu'elle voulait d'autres enfants, comme moi. Et nous étions désolés en voyant les mois passer sans le moindre signe de grossesse.

Nick reprit sa respiration. Neuf ans après, ses émotions étaient toujours intactes.

Raven avait déjà vu des accès de rage froide dans les yeux de ses amants, mais ce qu'elle voyait actuellement les dépassait de loin. Des flammes dansaient dans son regard d'acier. Mais la jeune femme, qui avait été toujours si effrayée par la colère des hommes, était cette fois-ci étrangement calme.

— Nick?

Ses yeux, perdus dans le vague, fixaient une image haïe connue de lui seul, mais l'appel de Raven, sa sollicitude le ramenèrent à quelque douceur.

Il était capable du meilleur pour Raven, et du pire pour celle dont le souvenir empoisonnait son esprit.

Sa voix resta tranchante en reprenant le récit de ce jour maudit.

— Un après-midi, Samantha devait avoir trois ans, je suis rentré plus tôt du bureau. Le téléphone sonnait au moment où j'arrivai. C'était un appel d'un cabinet médical qui confirmait que l'avortement était bien programmé pour le lendemain matin... Elle était enceinte, en dépit de la comédie qu'elle m'avait jouée durant tous ces mois où elle se disait déprimée de ne pouvoir avoir d'autre enfant! Et elle avait prévu de se faire ligaturer les trompes après son avortement...

Raven eut le cœur serré. Elle connaissait si bien la douleur de la trahison. Cette douleur l'avait accompagnée sa vie durant.

Mais pourquoi Deandra avait-elle trahi Nick? Comment pouvait-elle refuser un enfant? Cela n'avait pas été un acte irréfléchi, une saute d'humeur, mais une décision froidement calculée et qui peut-être prenait sa source bien avant son mariage.

Deandra avait choisi d'épouser Nick en toute liberté. Et ce choix avait été si important pour elle qu'elle avait même été jusqu'à mentir, jusqu'à prétendre désirer fonder une famille.

Pourquoi?

Pour Raven, il n'y avait qu'une réponse : parce que cette femme avait aimé Nick. Passionnément. Elle aspirait à son amour, désespérément, n'entendant le partager avec personne, pas même avec ses bébés.

— Deandra te voulait pour elle seule.

« Non », songea Nick. « Deandra n'en voulait qu'à mon argent. »

C'était l'amère vérité, mais dans le verdict de Raven il perçut autre chose : il était normal pour elle que Deandra puisse l'aimer pour lui-même, l'aimer assez pour faire fi de tous les plaisirs que procure la richesse.

— Et alors, que s'est-il passé?

— Je l'ai obligée à avoir cet enfant.

« Je l'ai payée pour cela », corrigea-t-il silencieusement.

Le divorce lui avait coûté une fortune, mais c'était peu en comparaison de ce qu'il avait obtenu... et sauvé.

— Notre mariage a pris fin, évidemment. Le divorce a été prononcé le jour de la naissance de Melody.

— Melody?

Nick sourit de bonheur.

— C'est un nom qui lui va comme un gant. Elle vit sa vie comme elle l'entend, sur le mode joyeux, partageant son bonheur avec le monde entier. (Nick cessa de sourire et sa voix se brisa d'émotion.) Quand je pense à ce qui aurait pu arriver si je n'étais pas rentré plus tôt cet après-midi-là...

— Mais tu l'as fait, murmura Raven tandis que ses pensées dérivaient vers le petit frère ou la petite sœur qui n'avait jamais vu le jour.

— Raven?

Elle hocha la tête, d'un air grave, comme pour chasser ses propres pensées. Puis, le regardant de nouveau, elle demanda :

— Qui prend soin de tes filles, ce week-end?

— Mes parents. Nous habitons tous ensemble. Deandra était supposée passer la journée avec elles, aujourd'hui, mais elle a annulé à la dernière minute... comme la plupart du temps.

— Oh!... Elle vit toujours à Los Angeles?

— A Los Angeles, à New York, à Palm Beach. Elle s'est remariée à un homme très riche qui a déjà des enfants.

— Es-tu toujours amoureux d'elle?

— Je ne me souviens même pas de l'avoir jamais aimée. Tout ce que j'ai pu éprouver pour elle a été rayé de mon esprit le jour où j'ai découvert ce qu'elle était capable de faire!

Raven approuva et le silence s'installa entre eux. Finalement, parce que Nick avait besoin de le savoir, il demanda :

— Aimes-tu toujours ta mère malgré sa trahison?

Raven considéra longuement la question avant d'y répondre, cherchant dans son cœur cette vérité qui semblait tant lui importer.

— Toujours? Non. Mais je l'ai aimée longtemps encore après qu'elle m'a quittée. Je comprends maintenant à quel point elle était désorientée, et je me sens désolée pour elle. Elle ne s'aimait pas et était incapable d'aimer quelqu'un d'autre, encore moins un enfant... Pourquoi me demandes-tu cela, Nick? Est-ce que ça a un rapport avec les sentiments que Melody et Samantha éprouvent pour leur mère?

— Oui. Il s'agit surtout de Samantha. Alors qu'elle devrait être celle qui en veut le plus à sa mère, elle est absolument déterminée à préserver ce lien mère-fille, qui au mieux ne tient qu'à un fil et au pire s'avère extrêmement douloureux.

— Tu dois la laisser faire, Nick, tant qu'elle le désire. Il arrivera un moment où elle se détachera.

Raven avait compris sa colère, avait offert gentiment ses conseils, et à présent, alors qu'il ne s'était même pas rapproché d'elle, il eut envie que ses plus profonds désirs prennent corps :

— J'aimerais que tu les rencontres.

— Oh! souffla-t-elle. J'adorerais cela.

— Que dirais-tu d'un dîner, ce week-end?

— Merveilleux!

Raven marqua un temps d'arrêt. Il y avait bien longtemps qu'elle n'avait préparé un repas pour quelqu'un. Quinze ans pour être exact. Le fameux soir où sa mère s'était enfuie, avant que Patricia Wainwright ne vienne briser son univers, elle avait préparé un vrai festin de gourmets pour Victoria et ses parents.

— Pourquoi ne viendriez-vous pas chez moi? Je vous cuisinerai quelque chose.

— Tu crois?

— Bien sûr.

— D'accord. Nous viendrons.

Nick vit sa perplexité au fait qu'elle se mordillait la lèvre, en silence.

— A quoi penses-tu?

— Je me demandais si tes parents aimeraient venir aussi?

« Certainement », pensa Nick. Ses parents adoreraient venir. Sa mère surtout, qui serait dévorée de curiosité envers cette femme pour qui il avait aménagé un jardin de roses et de lilas, avec qui il était allé à Chicago, et à qui, chose plus surprenante encore, il voulait présenter ses enfants.

— Merci. Mais rencontrer mes filles suffit pour un seul soir. Il n'y aura aucun problème avec Melody, mais Samantha peut se montrer renfermée, hostile même. C'est une gentille enfant, tu sais, généreuse, aimant sa sœur, ses grands-parents et moi, bien sûr. Mais, hors de notre cercle, elle est peu sûre d'elle. Elle entend donc bien défendre son territoire.

— Je comprends, Nick. Je sais tout sur ce genre de sentiments.

— Je sais, murmura Nick.

« Et j'espère seulement que, lorsque tu découvriras que je t'ai caché des choses importantes, que j'ai trahi ta confiance, j'espère que tu comprendras... et que tu me pardonneras. »

TROISIÈME PARTIE

14

Los Angeles, Californie,
lundi 27 mars.

— Mr. Cole ? Ici Elaine, la réceptionniste. La secrétaire de Raven Winter vient juste d'appeler pour annuler votre déjeuner d'aujourd'hui. Apparemment Mrs. Winter serait prise dans une tempête de neige à Chicago.

— Très bien. Merci, répondit calmement Jason en essayant de cacher sa contrariété.

Il n'était pas très heureux de ce contretemps, mais il n'y avait pas lieu d'en tenir rigueur à la messagère.

En fait, Jason était fort ennuyé.

En prévision de ce déjeuner avec Lauren Sinclair et Raven Winter, il avait donné congé à Greta, son bras droit. Il avait pensé, après ce rendez-vous, rentrer directement chez lui, dans son penthouse de Santa Monica, jusqu'à ce que la limousine vienne le chercher vers cinq heures moins le quart pour le conduire au pavillon Dorothy-Chandler.

Jason détestait perdre son temps. D'ailleurs c'était une chose qui lui arrivait rarement. Tout en étant indiscutablement un créateur, un metteur en scène de grande envergure, il différait des autres artistes en cela qu'il ne perdait jamais contact avec la réalité. Cet homme organisé maîtrisait parfaitement la vision d'ensemble de son œuvre, ce qui l'amenait à conduire ses super-productions de plusieurs millions de dollars à terme, sans dépassement de budget ni de temps.

A présent que Jason venait d'apprendre que son après-midi était libre, il porta son attention sur les quatre prochains jours, car jeudi il s'envolait pour Hong Kong tourner *The Jade Palace.*

Il lui restait pas mal de choses à faire, et tout devait être mené à terme avant que le *Gold Star* — l'avion des studios — ne décolle jeudi à trois heures précises.

Durant les quelques heures qui s'offraient à lui maintenant, il allait expédier un maximum de correspondance en attente. Greta était partie, il aurait donc besoin de quelqu'un pour prendre en sténo et taper.

Sans une hésitation, Jason composa le numéro familier d'un autre bureau de la Gold Star. Margot, dont l'efficacité et le sens de l'organisation complétaient si bien les siens, serait sûrement là, bien que le jour de remise des Oscars soit officieusement férié.

— Au secours ! lança-t-il sans même se présenter.

— Oh ! Jason... Non ! Pas aujourd'hui...

— Je sais. Si vous ne pouvez rien faire pour moi, je comprendrai...

— Est-ce qu'une personne vous suffirait ? s'enquit Margot, pleine d'espoir.

D'habitude quand Jason réclamait de l'aide, il exigeait plusieurs extras et tout de suite.

— Juste une, confirma Jason. Quelqu'un qui puisse me taper des lettres entre midi et trois heures.

— Pas avant midi ?

— Je pense que je pourrai m'occuper d'ici là. Alors ? Est-ce possible ?

— Je vous envoie quelqu'un pour midi.

— Merci !

— Je vous en prie. Oh! Jason... tous mes vœux pour ce soir.

Il était midi tapant lorsqu'elle apparut dans l'embrasure de la porte; mais bien que son horloge interne lui permette de ne jamais perdre la notion de l'heure, ce ne fut pas cette sensation qui avertit Jason que la secrétaire promise était là. Ce ne fut pas non plus sa présence qui lui fit lever les yeux dans sa direction. Elle n'avait fait aucun bruit, rien qui puisse annoncer son arrivée, et elle semblait si éthérée qu'il pensa que seul un changement de lumière avait dû l'alerter.

Jason leva donc les yeux sans trop savoir pourquoi et l'acteur qu'il était s'arrangea pour cacher sa surprise.

Les secrétaires et les réceptionnistes qui trouvaient du travail dans les studios de Hollywood étaient la plupart du temps des actrices en puissance. Elles portaient des vêtements ajustés aux couleurs brillantes, leur maquillage était soigné, et elles montraient un enthousiasme à toute épreuve quelle que soit la tâche. Leurs réactions aux menus incidents de la journée les faisaient passer de l'angoisse à l'extase avec une facilité déconcertante, comme une démonstration de leur évident talent.

Les futures actrices qui jouaient les secrétaires étaient belles, douées et pleines de jugeote; et surtout, elles possédaient cet ingrédient si nécessaire à Hollywood: la confiance en soi... ou du moins elles en donnaient l'illusion.

La jeune femme qui se tenait dans l'embrasure de sa porte n'avait apparemment aucune confiance en elle. Elle paraissait n'être qu'une illusion, un mirage qui allait se dissoudre mystérieusement. D'ailleurs elle semblait être prête à s'évanouir dans les airs. Son visage à l'ossature fine était caché par un voile de cheveux blonds, et, quand Jason chercha son regard, il ne perçut que le reflet de ses lunettes.

Jason se mit à étudier ses vêtements. Au lieu des tenues

habituelles des secrétaires, faites pour révéler leurs jambes et leurs corps affriolants, cette jeune femme portait une robe longue, sans forme, et brodée de fleurs sauvages. La robe était belle et paraissait être une authentique relique d'un autre âge — comme elle.

Cette apparition ressemblait à une femme-fleur, à peine éclose, et si fragile... Jason l'imagina dans un pré, jouant de la guitare et chantant une ballade plutôt romantique.

Or, elle était ici, tirée de la pastorale tranquillité à laquelle elle appartenait, transportée à travers le temps jusqu'à cet empire de pacotille qu'était Hollywood... jusqu'à lui... son prince charmant.

Cela ressemblait à une terrible farce. Mais elle était là, à l'heure, comme Margot l'avait promis. Elle était bien sa secrétaire pour l'après-midi, et, si Jason avait besoin d'une preuve de son identité, il lui suffisait de regarder ses mains. Ses doigts tenaient fermement ce qui aurait dû être une guitare, et qui n'était qu'un cahier à spirale.

Elle était là, à l'heure, et prête à travailler.

En tout cas, ce ne devait pas être une future actrice. Les autres auraient tué père et mère pour avoir la chance de passer un après-midi avec Jason Cole. Quel meilleur moyen d'être découverte? Y avait-il à Hollywood un homme plus puissant que lui? Et même si rien de tel n'arrivait, elles auraient apprécié la chance de pouvoir passer quelques heures en sa compagnie.

Or il ne faisait aucun doute pour Jason que la vision qui se tenait devant lui n'appréciait nullement sa chance, bien qu'elle parût bizarrement déterminée à rester.

Était-il si terrifiant? Sa réputation justifiée de perfectionniste se doublait-elle d'une réputation de cruauté?

Certes, il était exigeant. Très exigeant. Mais personne ne l'avait vu perdre son sang-froid. Jamais. Et même à présent, alors qu'il ressentait une certaine frustration vis-à-vis de cette fleur sauvage qui se tenait, craintive, devant lui, Jason parla d'un ton plaisant, le sourire aux lèvres.

— Bonjour. Entrez, s'il vous plaît. Vous êtes à l'heure.

Elle entra sans un mot et s'assit sur la chaise qui se trouvait devant le bureau de Jason. Ce dernier, qui n'était plus séparé d'elle que par quelques centimètres d'acajou, vit distinctement ses doigts tremblants, ses ongles rongés et ses yeux... Ils étaient d'un extraordinaire mélange de bleu et de vert, mais ils semblaient effrayés.

Il voulait, il devait la mettre à l'aise. Et le plus simple était de lui montrer que la tâche était facile. Il pouvait lui donner l'enregistrement qu'il avait dicté et la laisser taper tandis qu'il continuait de son côté; mais alors elle disparaîtrait dans le bureau voisin. Et Jason décida de ne pas la laisser hors de sa vue tant qu'elle ne serait pas rassurée. Il était au beau milieu d'une lettre quand elle était arrivée, il lui dicterait donc la suite directement.

— Et si nous commencions? demanda-t-il, et tandis qu'elle opinait, il continua : Je pourrais vous dicter quelque chose.

Jason vit un éclair de surprise traverser son regard avant qu'elle ne prenne un stylo dans son sac posé à terre. C'était un sac des années soixante, probablement d'époque, comme tout le reste.

— Vous êtes prête?

Elle avait son stylo à la main et ouvrait son carnet.

Jason continua :

— Bien... « Qu'il soit clair que je garde l'option, et que je ne ferai aucun compromis au sujet de la fin que j'entends donner... »

— Mr. Cole? Je suis vraiment désolée d'être en retard!

La voix essoufflée qui avait interrompu la dictée ne détourna pas tout de suite son attention. Jason était fasciné par ce qu'il voyait : les longs doigts de la jeune femme tenaient son crayon si bizarrement... tandis qu'ils écrivaient tous les mots dictés en entier, au lieu de les prendre en sténo comme elle aurait dû.

Quand enfin il daigna relever les yeux, il aperçut l'autre femme qui venait d'entrer. Elle était très belle, très bien habillée, et dès l'instant où elle capta son regard son visage exprima toutes les émotions dont elle était capable, du froncement de sourcils ennuyé au merveilleux sourire d'ingénue.

Essoufflée, magnifique, de toute évidence pleine de talent, cette femme ne pouvait être que la secrétaire annoncée...

Alors qui pouvait bien être celle qui transcrivait si laborieusement sa dictée ? Ce pâle fantôme des années soixante ? Et pourquoi regardait-elle d'un air soulagé cette superbe créature sur le pas de la porte ?

— Mais qui êtes-vous ?

Cette question s'adressait à la vision bien sûr. Elle le regarda enfin, toute peur envolée. Gentiment, très gentiment, il répéta :

— Mais qui êtes-vous ?

Tandis qu'il attendait sa réponse, Jason réalisa qu'il n'avait pas encore entendu sa voix. Il n'avait pas encore entendu sa voix, mais il l'avait vue dans un pré en train de chanter des ballades d'amour...

Et sa voix, quand elle parla enfin, lui parut encore plus douce, plus musicale qu'il ne l'avait imaginé.

— Je suis Marilyn Pierce... enfin Lauren Sinclair, murmura Holly en s'excusant devant son regard qu'elle jugeait furieux. Nous devions déjeuner... du moins je le croyais.

Elle hésita et se tourna vers la jolie jeune femme près de l'entrée, comme si, de quelque manière, l'intruse pouvait l'aider.

— Ce n'est pas Raven, précisa Jason. Raven est bloquée par une tempête de neige à Chicago. Et apparemment, j'ai mal interprété son message, ce matin. J'ai cru que notre rendez-vous avait été purement et simplement annulé.

— Nous pourrions refixer une date.

Jason comprit que, s'il accédait au désir de Lauren Sinclair, il risquait de ne jamais la revoir.

Elle croyait indubitablement qu'elle avait reçu une réponse, qu'il entendait bien changer la fin de son livre comme il le lui avait fait écrire, comme à une écolière punie copiant indéfiniment au tableau : « Je ne ferai aucun compromis au sujet de la fin que j'entends donner... »

Mais ces mots concernaient un tout autre projet, et maintenant, alors qu'il se demandait que faire, Jason la regardait avec un air d'excuse.

Jason Cole avait rarement à s'excuser ; sa gentillesse et sa vulnérabilité étaient plutôt réservées à la caméra, et aux nombreux rôles qui lui avaient valu tant d'Oscars. Mais là, il ne jouait pas et une émotion tout à fait inhabituelle naissait de sa sincérité.

Il se demanda brusquement si cette femme n'avait pas des talents d'actrice cachés sous cette apparence soixante-huitarde, qui n'était pas sans rappeler l'époque où se déroulait son roman *Gifts of Love*.

Est-ce qu'en le voyant si confus ses yeux d'aigue-marine auraient un éclair de triomphe ? Est-ce qu'ils brilleraient enfin de cette confiance en soi, de cette pétulance qu'on était en droit d'attendre d'un auteur à succès ?

Il attendit. Mais apparemment la douceur de son regard la rendait encore plus perplexe que ne l'avait fait sa colère. Alors il se tourna vers la superbe créature.

— Je crains qu'il n'y ait eu une méprise. Mon déjeuner n'était pas annulé, aussi n'ai-je pas besoin de vous cet après-midi.

La future actrice sut remarquablement cacher son désappointement derrière un superbe sourire avant d'amorcer une sortie fort réussie.

Jason, malgré lui, songea qu'elle était bonne et qu'il devrait veiller à ce qu'elle tourne un bout d'essai.

Quand enfin Lauren et lui se retrouvèrent seuls, il dit doucement et avec une certaine gravité :

— J'ignorais qui vous étiez. La lettre que j'étais en train de vous dicter n'a rien à voir avec *Gifts of Love*. (Puis il ajouta avec un sourire :) Je devais savoir que vous viendriez malgré tout, car je n'avais pas annulé notre réservation au restaurant.

15

Jason avait réservé au *Bel Air Hunt Club*. Aujourd'hui, Los Angeles regorgeait de journalistes du monde entier, et un déjeuner dans un restaurant plus en vogue aurait été constamment interrompu par ses fans voulant lui souhaiter bonne chance ou par les reporters pariant sur le nombre d'Oscars qu'il remporterait.

Le *Bel Air Hunt Club* était un club privé dont les membres, tous riches et célèbres, entendaient bien qu'il le reste. Comme le maître d'hôtel les conduisait à travers la salle à manger bondée de stars, Jason fut accueilli par maints sourires de reconnaissance, mais ce fut tout.

La table qu'il avait réservée était la plus privée de toutes, à l'abri dans son alcôve. Et une fois à l'intérieur, les glaces donnaient l'illusion d'être dans un jardin de roses, illusion accentuée par le parfum des bouquets disposés un peu partout.

Lorsqu'il déjeunait seul, Jason, qui se fichait pas mal de ce qu'il mangeait, ne commandait qu'une salade César. Mais Holly était là, avec lui, apparemment troublée à l'idée de choisir son menu.

Jason se rendit compte qu'à part le fait qu'elle rongeait ses ongles, elle paraissait très maigre, voire anorexique.

— Tout est bon ici, dit-il en la voyant étudier la carte avec perplexité.

« Et aujourd'hui, vous êtes trop nerveuse pour goûter à quoi que ce soit, et ce par ma faute. »

— Que diriez-vous d'une salade composée et de petits pains chauds ?

— C'est parfait, répondit-elle avec un soulagement évident.

Leurs regards se rencontrèrent, et, dans l'intimité de cette alcôve de roses, Jason s'aperçut que les verres de ses lunettes n'étaient pas correcteurs. Ce n'était qu'un accessoire qui ne masquait aucunement l'éclat de ses yeux lumineux... et malheureusement cernés comme si elle n'avait pas dormi depuis des jours de peur de le rencontrer.

Jason réalisa alors qu'une partie de lui-même avait attendu que cette mascarade prenne fin. Raven et la vraie Lauren Sinclair — superbe, pleine d'assurance — allaient soudain apparaître et féliciter l'actrice assise à ses côtés pour sa remarquable performance, puis elles l'obligeraient à reconnaître que c'était une erreur de vouloir changer quoi que ce soit, et surtout la fin, de ce roman.

Mais, en regardant mieux son invitée, il sut que rien de semblable n'arriverait. C'était cette femme, et personne d'autre, qui avait écrit ces mots enchanteurs. Elle écrivait d'une façon toute poétique, lyrique, très particulière, comme elle. Ses histoires ne parlaient pas de réussite et de richesse, mais seulement d'un monde plein d'espoir, joyeux et innocent... comme elle.

Dans ses romans, le sexe était présent, bien sûr, mais peu explicite, comme si elle n'avait aucune expérience... comme si elle jugeait que faire l'amour n'était que l'union des cœurs et des esprits.

Dans les livres de Lauren Sinclair, le sexe était l'ultime cadeau de l'amour, l'ornement enrubanné qui ne venait qu'après que deux êtres s'étaient choisis pour la vie.

Mille questions traversèrent l'esprit de Jason. Il voulait tout savoir d'elle. Pourquoi écrivait-elle ce qu'elle écrivait... Pourquoi était-elle ce qu'elle était... Qu'avait-elle fait depuis les années soixante? Il voulait connaître la véritable Lauren Sinclair. Non, pas Lauren Sinclair, corrigea-t-il, mais la femme qui se cachait derrière ses fausses lunettes.

— Votre vrai nom est Marilyn Pierce?

Depuis quand son cœur battait-il la chamade? se demanda Holly. Sans doute depuis que Raven lui avait suggéré cette rencontre avec Jason, et cela n'avait fait qu'empirer de jour en jour jusqu'à ce paroxysme intolérable. Les battements désordonnés l'avaient empêchée de dormir, d'avaler même le peu de nourriture qui d'habitude lui suffisait. Elle en était arrivée à se demander si elle survivrait à tout cela.

Mais elle avait survécu. Et dans le taxi qui la transportait de son hôtel de Bel Air aux studios Gold Star, elle s'était dit qu'elle survivrait aussi à ce rendez-vous.

Ces dix-sept derniers jours avaient prouvé combien ce corps chétif était en réalité résistant. Elle n'avait nul besoin de manger, de dormir, et son cœur pouvait battre à des allures invraisemblables sans défaillir.

Et puis, quand le regard de Jason s'était posé sur elle, elle avait éprouvé le sentiment qu'il l'attendait depuis toujours, qu'il l'avait cherchée sa vie durant, et son cœur s'était mis à battre encore plus fort. Elle était dans une bulle magique, une pure illusion, un avant-goût du paradis...

Et voilà qu'il lui demandait, très doucement, de quel nom il pouvait l'appeler. Et voilà qu'elle désirait en cet instant précieux, qui durerait ce qu'il durerait, être appelée d'un nom qu'elle n'avait partagé avec personne.

— Marilyn Pierce est mon nom officiel, mais je préfère Holly.

— Holly... répéta-t-il. Êtes-vous née le jour de Noël?

— En effet, murmura-t-elle, étonnée de la gentillesse avec laquelle il lui parlait.

— Et il y a combien de Noëls

— Trente. Trente Noëls.

Holly fronça les sourcils à cet aveu. Une part d'elle-même croyait vraiment qu'elle avait trente-cinq ans, l'âge que Marilyn Pierce aurait eu, et qu'elle avait atteint le milieu de sa vie, qu'elle avait fait la moitié du chemin...

— Holly? s'enquit Jason en voyant les yeux bleus se troubler.

Qu'est-ce qui la perturbait ainsi? Quels secrets cachait-elle derrière le voile de ses cheveux blonds et le barrage de ses lunettes?

— Holly?

Elle était très loin, dans des visions de mort, passée et future. Sa voix tendre la fit revenir à un présent terrifiant mais merveilleux.

— Oui?

— A quoi pensiez-vous?

— A rien.

Mais mécontente d'avoir menti, ne voulant pas, ne pouvant pas lui mentir, elle ajouta :

— A un lointain souvenir.

— Parlez-m'en... voulez-vous?

« Non », refusa Holly. Elle savait qu'il lui était impossible de partager avec quiconque le souvenir de cette nuit enneigée de la Saint-Valentin. Elle avait la quasi-certitude que si elle commençait à raconter les indicibles détails, l'angoisse qui l'habitait exploserait soudain en un cri sans fin.

Elle n'en mourrait pas, non, elle hurlerait pour l'éternité, et son cri satanique transpercerait tous ceux qui l'entendraient.

Holly savait que la mémoire de ces visages aimés, de ces suppliques désespérées, de cette folie devait rester enfouie en elle pour toujours. Elle n'avait pas le droit de partager un tel enfer.

— Je ne peux pas, répondit-elle enfin.

Jason se dit, en voyant ses yeux tristes devenir ternes et sans vie, que pourtant elle aurait eu besoin d'en parler, et d'en parler à voix haute.

Mais pourquoi lui en aurait-elle parlé *à lui*? A lui qui avait pris la décision de changer la fin heureuse de son livre, qui l'avait forcée à quitter son sanctuaire d'écrivain, à quitter sa vie si bien réglée?

Jason sut qu'il allait annoncer à Holly qu'il ne changerait pas un mot de son merveilleux roman d'amour, de cet hymne à l'espoir. Mais s'il le faisait maintenant, elle ne tarderait pas à repartir, s'évanouissant comme une apparition mystérieuse.

Et Jason ne voulait pas qu'elle disparaisse. Il voulait revoir ses magnifiques yeux turquoise, et le joli sourire qu'elle avait eu quand elle lui avait confié qu'elle était née à Noël. Jason voulait tout cela, et plus.

Cet homme qui consacrait toute sa passion et toute son énergie au cinéma, et non aux femmes qui avaient partagé son lit, cet homme voulait tout de Holly... pour Holly... avec Holly. Il voulait connaître ce don d'amour qu'elle décrivait si bien dans ses livres.

Cette révélation était stupéfiante.

Jason Cole avait eu ce qu'il voulait sa vie durant. Pourtant rien ne lui avait été servi sur un plateau d'argent. Les triomphes qui semblaient obtenus sans effort résultaient en réalité d'une énorme dépense d'énergie, d'un travail constant et d'une détermination à toute épreuve.

Mais Jason Cole n'avait jamais voulu l'amour, jamais il n'avait voulu quelque chose qui échappait ainsi à son contrôle.

Est-ce si impossible? songeait-il en fixant le regard sombre de la jeune femme.

Ce regard avait pourtant brillé, avait partagé une sorte de connivence avec lui en lui disant qu'il pouvait l'appeler Holly.

— Holly? reprit-il, percevant l'émotion de sa propre voix.

La jeune femme l'entendit aussi et s'efforça de revenir au présent afin de comprendre ce qui causait cette émotion.

— Oui?

« Est-ce que vous ressentez... demanda-t-il en silence au beau regard qui commençait de s'éclaircir, est-ce que vous ressentez cette magie? »

Et le regard turquoise sembla lui répondre « oui... oui », avant de se voiler de nouveau.

« Elle la ressent aussi », se dit Jason, « mais elle en a peur. »

Aussi trouva-t-il un sujet de conversation plus sûr que celui sur lequel son cœur voulait l'entraîner.

— Je ne suis jamais allé en Alaska.

— C'est très beau.

— Racontez-moi. Regardez-moi, Holly, et racontez-moi... s'il vous plaît.

Oui. Oui, sembla lui dire son regard de nouveau. *Oui.*

Au début, elle ne trouva pas ses mots, puis la talentueuse romancière en elle se réveilla. Elle lui décrivit les glaciers et les forêts, le vert de la mer et l'indigo des cieux, l'ours majestueux et l'envol de l'aigle, la grandeur et la richesse de l'Alaska.

Holly s'arrêtait de temps en temps, incertaine qu'il veuille en entendre plus. Mais il l'encourageait toujours à continuer, ne désirant pas voir disparaître l'enchantement. Le regard de Holly semblait lavé des orages passés, et sa voix vibrait de bonheur.

Et il lui arrivait de sourire.

Évidemment, son histoire d'Alaska prit fin. Son histoire?

En fait, réalisa Jason, rien de ce qu'elle lui avait raconté ne la concernait.

— Depuis combien de temps vivez-vous là-bas?

— Quinze ans.

— On dirait que vous avez visité cet État dans les moindres recoins.

Holly acquiesça.

— Au début, oui.

« Mais à présent », songea-t-elle, « je ne quitte que très rarement ma maison. Même aller au village me paraît insurmontable, si ce n'est pour faire les courses de première nécessité, poster un manuscrit, ou voir un film de Jason Cole. »

— Y a-t-il un endroit que vous préférez? demanda très vite Jason avant qu'elle ne quitte leur bulle magique pour cette triste mémoire d'un lointain passé.

— Barrow, répliqua-t-elle avec un sourire de soulagement. J'ai l'habitude d'y aller chaque été.

— Pourquoi?

— Parce que l'été, entre mai et août, le soleil ne s'y couche jamais. Oh! il descend à l'horizon, comme partout ailleurs, mais au moment de disparaître, il remonte, comme une grosse boule de feu bondissant dans le ciel.

Tandis qu'elle parlait, ses yeux brillaient, et brillèrent encore plus lorsqu'il lui dit :

— J'adorerais voir ça.

Mais son regard bleu sombre envoya ce message silencieux d'un futur enchanté : « J'aimerais tant le voir avec vous ! »

Holly le comprit et rougit. Mais elle ne baissa pas les yeux. Ils se mirent à scintiller d'une joie encore plus profonde que lorsqu'elle parlait des merveilles de l'été arctique.

Aussi hardiment que le soleil arctique flirtant avec l'horizon, Holly et Jason parlèrent de magie, de la magique splendeur de la nature, de la technologie qui créait de toutes pièces la magie des films... Aucun d'eux, cependant, ne mentionna la magie de l'amour, tout en sachant que les heures enchantées qu'ils vivaient n'étaient faites que de cela, qu'ils étaient en train de tomber amoureux, que leurs cœurs bondissaient de joie comme le soleil de minuit sur l'horizon dans sa gloire dorée.

Et la magie aurait pu continuer éternellement, ils ne désiraient que cela, mais Jason, qui avait toujours conscience de l'heure, regarda soudain sa montre.

Il était presque quatre heures. La limousine qui devait le prendre, en smoking de préférence, pour l'amener au pavillon Dorothy-Chandler serait chez lui dans moins d'une heure.

— Je dois partir, s'excusa-t-il. La remise des Oscars commence à six heures et je dois y être au moins vingt minutes avant.

— Remise des Oscars?

Il était clair que la jeune femme n'avait aucune idée de ce qu'il entendait par là, et Jason s'arrangea pour dissimuler son étonnement. Mais il était étonné... et inquiet.

Peut-être les Oscars n'intéressaient-ils pas une petite ville comme Kodiak; mais la jeune femme lui avait dit être à Los Angeles depuis samedi. N'avait-elle pas écouté la télévision pendant ces deux jours, ou lu un journal, ou même jeté un coup d'œil sur les gros titres?

Holly avait été là, et pourtant, s'inquiéta Jason, avait-elle été *vraiment* là? Son esprit ne s'était-il pas égaré quelque part dans les années soixante, ou dans l'histoire de son dernier roman, ou dans cet angoissant souvenir qu'il aurait voulu pouvoir chasser à jamais?

— La remise des prix est pour ce soir, expliqua-t-il gentiment. Quand j'ai répondu à leur invitation, j'ai mentionné que je viendrais seul. Cependant, si je me montre avec quelqu'un — vous, en l'occurrence —, on nous trouvera deux sièges sans problème. Voudriez-vous venir avec moi ce soir, Holly?

— Oh non! souffla-t-elle pour aussitôt s'excuser. Je veux dire... j'aimerais beaucoup, bredouilla-t-elle, sachant que les prochains mots risquaient d'être « y aller avec vous ».

Holly avait ces mots sur le bout de la langue. Ses timides héroïnes les auraient prononcés, brusquement téméraires sous le regard de leur prince charmant — qui ressemblait tant à Jason. Oui, ses héroïnes les auraient prononcés et son héros aurait répondu...

— Mais je ne crois pas que... je vous remercie, murmura-t-elle précipitamment.

Jason n'insista pas. Il voulait être avec elle, bien sûr, mais seuls, dans leur bulle magique. Si elle l'accompagnait ce soir au plus prestigieux des galas de Hollywood, leur intimité serait brisée par des hordes de reporters, à l'affût de la mystérieuse compagne du si célèbre Jason Cole.

— Nous devons absolument parler de votre roman, dit Jason alors qu'ils arrivaient à l'hôtel *Bel Air*. Pourquoi ne prendrions-nous pas un brunch ensemble, demain?

— Avec Raven?

Jason en ressentit de l'exaspération. A l'évocation de son livre, la jeune femme avait paru ennuyée, et maintenant voilà qu'elle voulait à tout prix Raven, Raven qui, bien sûr, serait de son côté...

« Mais moi aussi, je suis de votre côté, » songea-t-il.

— Je pense que nous pouvons très bien en discuter tous les deux, mais si vous tenez à avoir Raven, je vais me renseigner pour savoir si elle peut se joindre à nous.

— Non. Cela ira.

— Bien, approuva-t-il et, comme il ne tenait pas à ce qu'elle passe une autre nuit sans sommeil, il ajouta : Je veux discuter de ce livre avec vous, Holly, mais je peux déjà vous promettre que je ne changerai pas un mot, pas une syllabe sans votre approbation. Alors... demain neuf heures? Nous irons à Malibu. Je connais un restaurant qui domine l'océan, je suis certain que vous apprécierez...

16

Holly n'avait pas regardé la télévision depuis dix-sept ans, depuis cette soirée d'hiver où les voix joyeuses d'un dessin animé avaient couvert les chuchotements terribles et bien réels de sa mère et de Derek. Si elle n'avait pas regardé la télévision ce soir-là, si elle avait joué avec les jumeaux à quelque autre jeu, elle aurait pu entendre les menaces de son beau-père, elle aurait pu aller chercher de l'aide, elle aurait pu sauver la vie des êtres qui lui étaient si chers.

Le monde solitaire dans lequel Holly avait vécu depuis ce soir de la Saint-Valentin était un monde de silence. Il n'y avait ni télévision, ni radio, ni chaîne stéréo dans sa petite maison de Kodiak. Aucun bruit qui puisse masquer le plus léger des chuchotements — chuchotements qu'elle tentait toujours de percevoir si longtemps après qu'ils se furent tus...

Pendant un long moment, Holly resta simplement devant la télévision, dans sa superbe chambre de l'hôtel *Bel Air*. Tout n'était que silence.

La cérémonie de remise des Oscars serait certainement retransmise. Holly se souvint vaguement d'avoir, petite fille, regardé un de ces fascinants galas.

Depuis tant d'années, la télévision était son ennemie, une sorte de complice à la folie de Derek. A présent, elle pouvait devenir une alliée, l'alliée de son cœur palpitant du désir de le revoir...

Holly alluma le poste d'un doigt tremblant, redoutant son bruit qui dans sa mémoire était strident, dur, assourdissant. Mais le volume était au plus bas et il lui parut que la journaliste qui se tenait devant le pavillon Dorothy-Chandler, sur le tapis rouge déroulé pour les stars qui émergeaient de leur limousine, ne parlait que pour elle.

Holly fixait l'écran, écoutant les commentaires qui accompagnaient l'arrivée de chaque célébrité ; mais une partie d'elle-même était à l'affût du moindre chuchotement, prélude de mort.

Mais à l'instant où Jason apparut, vêtu d'un élégant smoking, descendant avec aisance de sa limousine, les mortels murmures firent place aux souvenirs enchanteurs de l'après-midi qu'ils avaient passé ensemble.

Cet après-midi magique, après tout, n'avait peut-être été qu'illusion, illusion d'illusionniste, du plus doué des acteurs que Hollywood ait jamais connus.

« Il s'est joué de toi, chuchota une petite voix. Il t'a séduite pour que tu n'opposes aucune résistance aux changements qu'il entend apporter à *Gifts of Love*. La sincérité avec laquelle il t'a proposé de l'accompagner ce soir à la remise des prix, comme s'il ne voulait pas que cet instant magique s'arrête, n'était que la touche finale de son interprétation : il savait que tu refuserais. Il savait que tu n'étais jamais sortie de toute ta vie, et qu'il n'y avait qu'une infime chance que tu lui dises oui.

» Tu vois, il quitte sa limousine, à présent, et dans un instant il tendra galamment la main à sa compagne. Elle sera incroyablement belle et sûre d'elle, aussi fascinante qu'il est prestigieux. Elle est sa compagne, sa maîtresse. »

Mais dès que Jason eut quitté la voiture, le groom claqua la portière derrière lui et le véhicule s'empressa de redémarrer. Jason était venu seul, un fait qui n'échappa pas à la journaliste qui s'approchait.

— Tout le monde pensait que Jason Cole arriverait avec Nicole Haviland, l'autre vedette de *Without Warning*, car la rumeur prétend que leur association va bien au-delà d'une simple relation de travail. Apparemment, Jason préfère être seul ce soir... A nous d'imaginer si Nicole est restée seule à la maison...

Ce commentaire acide était dit d'un petit air satisfait, comme si la journaliste elle-même avait été laissée seule, un jour, par Jason, et que le fait que cela arrive aussi à la vedette la plus prisée de Hollywood la comblait d'aise. L'impression qu'elle avait intimement connu Jason était renforcée par son sourire entendu alors que l'acteur s'approchait pour une courte interview.

— Alors, Jason, roucoula-t-elle. Qu'est-ce que cela fait d'être sept fois nominé... meilleur acteur, meilleur metteur en scène, meilleur film de l'année?

— C'est une sensation très agréable.

— Toutes les autres célébrités à qui j'ai parlé ce soir, ont prétendu que ce n'était pas l'Oscar qui importait, mais le fait d'être nominé. Êtes-vous d'accord?

Un sourire perplexe et surtout *terriblement sexy* passa sur le visage de Jason.

— Être nominé, c'est important. Gagner l'est plus encore. (Et Jason ajouta d'un air solennel :) Mais ce qui importe vraiment, c'est de faire un film auquel vous croyez... et de faire en sorte qu'il soit le meilleur film que vous ayez jamais réalisé!

Caroline eut un sourire d'approbation en regardant l'échange de feux croisés — aux sous-entendus d'intimité — entre la journaliste et Jason Cole.

Bien envoyé, pensa-t-elle lorsqu'il répondit à la question idiote qui lui avait été posée.

Il avait fait une réponse honnête. Honnête et franche. Deux qualités qu'elle admirait. Des qualités que Caroline Hawthorne se reconnaissait... d'habitude.

Quand le téléphone se mit à sonner, Caroline, qui ne voulait pas répondre, dut quand même admettre qu'elle ne s'était guère montrée franche, ce soir. Quant à son honnêteté, parlons-en...

Caroline avait vraiment prévu quelque chose de spécial pour son quarantième anniversaire, mais en vérité... elle avait hésité à révéler à ses amis — qui avaient envisagé un grand dîner pour cette occasion unique — qu'elle entendait passer la soirée seule, à suivre la nuit des Oscars, à boire un peu de champagne frappé, et à grignoter les gâteaux qu'elle s'était achetés plus tôt dans l'après-midi.

Et voilà comment Caroline passait son anniversaire... Et elle ne pouvait répondre au téléphone, car les amis à qui elle avait ainsi menti imaginaient qu'elle passait la soirée à l'extérieur.

Quelle qu'elle fût, la personne attendit patiemment la fin des quatre sonneries, puis le message du répondeur.

« Bonjour ! C'est Caroline. Je ne peux vous répondre pour l'instant, mais si vous laissez un message après le bip, je me ferai un plaisir de vous rappeler aussi vite que possible. Merci ! »

Le bip retentit et Caroline entendit la voix profonde et grave qu'elle n'espérait plus.

— Caroline ? C'est Lawrence Elliott. Je voulais juste vous souhaiter...

— Lawrence ! Bonjour.

— Bonjour. Vous êtes là ? Joyeux anniversaire !

— Merci.

— Vous semblez un peu essoufflée. Étiez-vous en train de partir à une soirée ?

— Non. Mon répondeur est dans un endroit impossible à atteindre.

Ce n'était pas tout à fait exact. La vérité était qu'elle avait eu le souffle coupé en entendant sa voix, juste avant de se précipiter sur le téléphone. Honnêteté et franchise, se rappela-t-elle avant que d'avouer :

— Je me suis fait une charmante petite fête, ici, toute seule, à regarder la remise des Oscars.

— Pas de grande soirée avec des amis? Vous préférez rester chez vous?

— Oui. Mais j'ai mal calculé la dose de champagne et de petits fours. Beaucoup trop pour une seule personne... Si cela vous intéresse.

C'était une invitation à peine déguisée, à laquelle Lawrence Elliott répondit après un silence qui sembla durer des heures :

— Vous reste-t-il du champagne?

— Très peu.

— Alors, venez plutôt chez moi. J'ai une télévision. Et vous pourrez m'aider à délivrer dix petits springers entre deux remises d'Oscars.

— Vous délivrez des chiots? Ce soir?

— En fait, une certaine Katie, noir et blanc, s'en charge.

La tendresse contenue dans sa voix incita Caroline à croire que cette Katie était là, tout près, la tête légèrement penchée en entendant prononcer son nom.

— Moi, je ne fais que l'aider. Elle a eu son premier chiot il y a cinq minutes.

— Et vous prétendez qu'elle en aura dix? Mais comment le savez-vous?

— J'ai fait une radio.

— Cela ne va pas l'ennuyer si je regarde?

— Je ne pense pas. Les springers sont des chiens plutôt nerveux, mais pas Katie. D'ailleurs, j'attends quelques autres spectateurs. Cette Katie habite à moins d'une dizaine de kilomètres d'ici, dans un quartier plein d'enfants qui veulent absolument la voir mettre bas. Au départ, je devais me rendre chez sa maîtresse, mais celle-ci s'est fait mal au dos il y a trois jours, et elle doit garder le lit. Aussi la chienne est là, et bientôt les enfants vont arriver et leurs parents avec.

— C'est adorable de votre part de faire cela chez vous !

— Pas de problème. Les enfants sont surexcités. Je pense que c'est vraiment un événement pour eux.

— Un événement auquel, en quarante ans, je n'ai jamais assisté... mais que j'aimerais voir.

— Bien.

Après que Lawrence lui eut donné des instructions détaillées pour se rendre chez lui, il ajouta :

— La porte donnant sur la rue sera ouverte. Vous n'aurez qu'à entrer.

Le second chiot de Katie venait juste de naître quand Caroline pénétra dans la vaste cuisine. Un panneau écrit à la main et accroché à la porte conseillait d'enlever ses chaussures, ce qu'elle fit, les posant à côté des autres, de toutes tailles, qui s'alignaient près du poêle.

Durant le trajet, elle s'était arrêtée à sa boulangerie favorite sur Queen Anne et avait acheté toutes sortes de gâteaux.

Elle déposa l'odorant paquet sur le plan de travail et vit un second écriteau conseillant de se laver les mains, ce qu'elle fit aussitôt. Après avoir ainsi accédé aux diverses requêtes, elle entreprit d'étudier la radio qui se trouvait au mur. Dix petits chiots s'y voyaient distinctement avec leurs oreilles et leurs petites queues.

Des chuchotements d'enfants surexcités la firent se retourner.

Au fond de la cuisine, de jeunes têtes étaient penchées sur la corbeille de Katie, la dévorant des yeux. La chienne léchait énergiquement son petit. Plus qu'un signe de bienvenue, cette façon de lécher était sa façon de stimuler les bronches du nouveau-né, de l'obliger à passer du monde amniotique dans lequel il avait baigné à celui où il lui fallait respirer.

Et, tandis que Katie léchait, Lawrence sectionnait le minuscule cordon ombilical, faisait un point de suture, nettoyait la petite gueule, débarrassait la gorge du chiot des mucosités en les aspirant à l'aide d'une petite poire.

Il n'y avait pas que les enfants qui ouvraient de grands yeux à ce spectacle; leurs parents et Caroline n'étaient pas en reste. Et tous parurent soulagés lorsque soudain la minuscule créature s'anima, éternua, et enfin respira. Cet obstacle franchi, la petite chose se mit immédiatement à marcher avec détermination. Sa fourrure blanc et noir avait été nettoyée de tout liquide amniotique par sa mère, son museau devenait rose, sa queue remuait et ses pattes tentaient de garder un équilibre rendu précaire par l'épaisseur de la serviette de toilette qui garnissait la corbeille.

Quand le petit fut prêt, Lawrence l'attrapa délicatement et le déposa dans une corbeille plus étroite où reposait déjà son frère. Katie ne protesta pas. Plus tard, quand tous ses bébés seraient nés, elle se préoccuperait un peu plus de sa descendance; pour l'heure, et tant qu'elle mettait bas, son instinct de protection était en veilleuse.

— Nous ne pouvons pas toucher aux chiots, expliqua une voix jeune et emphatique. Nous devons attendre qu'ils aient au moins une semaine.

Lawrence et ses parents avaient dû lui expliquer les dangers que cela représentait.

— C'est exact, Jenny, acquiesça Lawrence en souriant à la petite fille blonde et bouclée. Cela rendrait Katie trop nerveuse. Et nous ne voulons pas qu'elle soit nerveuse, n'est-ce pas?

— Oh non! s'écria l'enfant en secouant ses boucles.

Quand enfin Lawrence releva la tête, il rencontra le regard de Caroline.

— Bonsoir. Vous êtes là...

— Oui. Et je me suis arrêtée pour vous acheter des gâteaux, dit-elle avant de se rendre compte qu'un grand plat de pâtisserie attendait sur une table voisine.

— Il n'y a pas de mal à avoir trop de gâteaux, ironisa Lawrence avec un sourire.

Puis voyant que la présence de cette mystérieuse jeune femme fascinait l'assemblée presque autant que la délivrance des chiots, il fit les présentations :

— Voici Caroline.

Il était temps de faire connaissance pendant que la chienne se reposait entre deux naissances. Caroline bavarda à bâtons rompus avec les adultes et les enfants, sentant sur elle le regard fixe d'une inconnue.

Cette jolie blonde s'appelait Eileen et même si la petite Jenny ne l'avait pas appelée « maman », on aurait deviné qu'elle était sa mère. Elle n'avait apparemment pas d'alliance, et était celle qui avait apporté les autres gâteaux.

Eileen s'intéressait de toute évidence à Lawrence. Et elle avait beaucoup à lui offrir, elle était belle, jeune, énergique... et elle avait une ravissante enfant blonde, qui ressemblait fort à celle que Lawrence avait perdue...

Est-ce qu'Eileen et Lawrence étaient amants ? Difficile à dire, car, en dépit de l'intérêt que lui manifestait la jeune femme, Lawrence se conduisait avec elle comme avec tous les autres parents présents ce soir-là.

Mais c'était bien de cet homme que de vouloir, s'ils étaient amants, protéger leur intimité.

Caroline sentit que quelqu'un d'autre l'observait. Elle se retourna et rencontra, cette fois, le regard sombre de Lawrence. Il la fixait d'une manière très intime.

Ce regard caressant lui coupa le souffle, l'empêcha de penser, l'emplit de cette douce ivresse que donne le champagne. Elle tenta un sourire de connivence, mais Lawrence avait déjà détourné le regard. Un enfant impatient le tirait par la manche pour lui demander quand Katie aurait son prochain chiot... Et au même instant, la chienne mit bas.

Quand Lawrence chercha de nouveau son regard, le désir qu'elle avait lu au fond de l'immensité verte de ses yeux n'était plus qu'un souvenir. Sans doute n'avait-il été qu'un mirage... Ils étaient amis à présent, souriants, quand Lawrence lui demanda de l'aider comme elle l'avait fait au gymnase de Moclips.

Caroline redevint son assistante, chargée cette fois de menues tâches, lui passer les poires, le fil à suture et tant d'autres choses importantes.

— J'ai autre chose à vous faire faire, dit Lawrence en observant Caroline poser le quatrième chiot avec précaution à côtés de ses frères.

— D'accord.

— Derrière cette porte, j'ai une chienne cocker qui aurait bien besoin de sortir quelques minutes avant de s'installer pour la nuit. Elle doit être couchée sur un des divans du salon, ou bien elle est déjà sur son coussin, dans la chambre à coucher.

— Elle doit être très calme, avec l'effervescence qui règne ici...

— Si elle le pouvait, elle ne demanderait qu'à participer. Mais elle a quinze ans et elle est sourde. (Lawrence sourit en voyant la jeune femme froncer les sourcils.) Ça ne la dérange pas outre mesure. D'ailleurs, d'après ses maîtres, elle l'est depuis très longtemps.

— Ses maîtres ? Elle n'est pas à vous ?

— Non. Je n'ai aucun animal à moi, juste des pensionnaires qui séjournent ici quand leurs propriétaires partent en vacances, ou des chiens abandonnés en attente d'un nouveau foyer.

Lawrence expliqua à Caroline que la chienne s'appelait Mindy et qu'elle avait pour habitude de rapporter des cailloux de ses balades et de les déposer en un petit tas derrière la porte. Et au moment où Caroline s'apprêtait à aller chercher la chienne, Lawrence ajouta :

— Attention, elle peut devenir nerveuse si vous la touchez avant qu'elle ne vous ait sentie. Si elle est éveillée, laissez-lui le temps de vous reconnaître, et si elle dort, mettez votre main près de son nez pour qu'elle puisse sentir votre présence... Et surtout parlez-lui. Comme tous les sourds, elle lit sur les lèvres.

« Quel homme adorable vous faites, Lawrence Elliott », songea Caroline alors qu'elle quittait la pièce. « Charmant, doux et... si tourmenté ! »

La grande cuisine envahie d'enfants surexcités et parfumée de l'odeur des gâteaux avait une atmosphère chaleureuse et conviviale, mais en la quittant pour pénétrer dans le salon austère, Caroline fut confrontée à une tout autre réalité : le monde dans lequel vivait Lawrence était un monde de solitude, celui d'un homme seul, uniquement préoccupé par la quête interminable de sa fille.

Caroline fut surprise par l'immensité du salon. La hauteur sous plafond était énorme et la lumière devait y pénétrer à flots, aussi bien par la verrière du toit que par les hautes portes-fenêtres.

« Exactement le genre de pièce que peut désirer un homme ayant passé sept ans de sa vie dans une cage », songea-t-elle.

La sévérité, l'absence d'objets personnels renforçaient cette impression. Mais Caroline, en regardant la bibliothèque qui couvrait les murs du salon, comprit où il trouvait un peu de liberté. Lawrence était un lecteur assidu, comme elle, et, jetant un coup d'œil aux titres des livres qui envahissaient les rayonnages, elle découvrit que ses goûts en matière de lecture étaient aussi variés et éclectiques que les siens.

Ils avaient quelque chose en commun, après tout, et une agréable pensée lui traversa l'esprit : cet immense salon, avec ces meubles austères et sa belle cheminée de pierre, perdrait toute sa froideur si deux personnes s'y installaient devant un feu de bois, sirotant un chocolat chaud tandis que la pluie tambourinerait sur la verrière... et, dans cette atmosphère paisible, un regard d'un vert profond se poserait sur elle avec cette promesse d'intimité qu'elle avait cru discerner tout à l'heure...

« Stop ! » cria silencieusement Caroline dont l'imagination s'emballait.

Et la pièce redevint ce lieu austère qui symbolisait si bien Lawrence Elliott : un homme seul, emprisonné par ses souvenirs, par sa recherche désespérée.

Certes, il offrait ses compétences, sa maison, aux enfants et aux animaux des autres ; mais il ne s'agissait que d'êtres de passage, des visiteurs, rien de plus.

Il n'y avait aucun cocker blond dans le salon, bien qu'il y eût les petits cailloux dont lui avait parlé Lawrence, ni dans le bureau attenant, envahi de piles de journaux vétérinaires et de livres, ni non plus dans la première chambre où Caroline pénétra.

C'était une pièce délicieuse, différente de tout ce qu'elle avait vu, agréablement décorée, respirant la joie de vivre. C'était, comprit Caroline avec un serrement de cœur, le seul endroit où Lawrence s'échappait de sa prison intérieure... c'était un endroit qu'il avait réservé pour Holly, quand elle reviendrait...

« Oh ! Lawrence ! Vous devriez vivre votre propre vie... vous permettre de vous intéresser à quelque chose, et surtout à quelqu'un d'autre. »

« Peut-être le fait-il », pensa Caroline en franchissant la

porte ouverte de la chambre principale. « Sans doute vais-je découvrir la preuve que cet homme tourmenté se permet parfois un peu de bon temps, comme une bouteille de parfum sur la commode, ou un roman laissé par une maîtresse sur la table de nuit... »

Mais la chambre aurait été encore plus vide et plus austère que le reste de la maison s'il n'y avait eu ce joli petit cocker blond couché en boule, non pas dans sa corbeille mais au beau milieu du lit de Lawrence.

Caroline se prit à espérer qu'elle dormait avec lui, et elle sourit en imaginant sa douce fourrure réchauffant Lawrence qui ne devait pas avoir le cœur de la faire descendre. La chienne devait se pelotonner contre lui, partager sa chaleur et son amour.

Avant d'aller réveiller doucement Mindy, Caroline lança un dernier regard à la chambre de Lawrence. Ce n'était pas une violation de son intimité : comme dans le reste de la demeure, il n'y avait ici aucune touche personnelle, nulles photos de famille, pas même un simple cadre.

Ces photos de famille que Holly avait mystérieusement laissées derrière elle avant de disparaître devaient bien être quelque part... où il pouvait les contempler en privé.

Bien sûr, ce soir sa maison était ouverte à tous. Le docteur Lawrence Elliott était un héros local à Issaquah, un homme respecté. Les gens savaient tout de lui, ils avaient tous vu l'émission télévisée...

En fait, Lawrence avait très peu d'intimité. Et le peu d'intimité qu'il avait, il ne le partageait avec personne.

A dix heures passées, seulement six des dix chiots étaient nés. Mais les enfants, ayant classe le lendemain, durent aller se coucher. Lawrence et Caroline étaient enfin seuls.

Katie demanda à sortir et ils l'accompagnèrent. A la lumière de la lampe-tempête de Lawrence, Caroline vit que la cour dans laquelle Mindy avait fait ses besoins n'était qu'une petite partie de la propriété. La porte de la cuisine donnait sur un vaste pré. Il y avait une écurie sur le côté, et plus loin un paddock; le reste du terrain s'étendait à travers des buissons de fleurs sauvages et d'arbustes de toutes sortes jusqu'à un bois de pins.

« Quel havre de paix! songea Caroline alors qu'ils se tenaient là, enveloppés par l'obscurité de la nuit. J'espère qu'il y trouve le repos, loin de tous ses maudits fantômes! »

A minuit moins le quart, Katie se prépara à mettre bas son dernier chiot. Et Caroline respira.

Tous les autres chiots étaient sains et saufs. Lawrence en avait fini de couper les cordons ombilicaux, et de les débarrasser de leurs mucosités.

Mais Katie, malgré son épuisement, se rendit compte que son dernier bébé présentait un manque certain de vitalité. Elle entreprit aussitôt de le lécher vigoureusement. Rien n'y fit. Le petit corps roulait sur la serviette, sans vie.

Lawrence et Caroline se précipitèrent à la rescousse.

— Allez! intima cette dernière. Allez! Respire...

Et tandis que Lawrence actionnait sa poire, Caroline observa le bout du nez du bébé chien. Il ne paraissait pas vouloir devenir rose, à l'instar de ceux de ses frères.

— Allez! chuchota-t-elle. Allez, trésor...

— Caroline... s'excusa Lawrence d'une voix troublée.

Il allait lui dire ce qu'elle savait déjà, que seuls les plus forts survivaient dans la nature, qu'il n'y avait pas de place pour tout le monde, mais soudain le chiot éternua et... respira.

Et devant leurs yeux, son petit nez tout bleu devint rose, ses petites pattes commencèrent de bouger.

Katie continua de le lécher, plus doucement, comme elle l'avait fait pour ses autres nouveau-nés.

Apparemment ce chiot, qui avait bien failli trépasser, était en tout point semblable à ses frères, aussi vigoureux, et tentant de se mettre debout entre chaque coup de langue maternelle.

— C'est une chienne. Elle paraît en bonne forme, constata Caroline.

Lawrence sourit.

— Elle est parfaite.

Quand l'animal fut sec, Lawrence le tendit à Caroline pour qu'elle le dépose dans la corbeille avec les autres.

Et cette dernière lui murmura à l'oreille :

— Tu nous as fait peur, tu sais. Mais tu sembles pleine d'entrain, maintenant!

— Elle vous appartient.

Caroline se retourna.

— Pardon?

— La maîtresse de Katie m'a offert d'en garder un, expliqua Lawrence en venant caresser le chiot, et Caroline sentit la douceur de cette caresse. Je crois que je prendrai celui-ci, pour vous, en cadeau d'anniversaire... si vous en voulez, bien sûr! Vous n'êtes pas obligée de vous décider tout de suite. Cette petite chienne doit rester au moins deux mois avec sa mère, et si vous changez d'avis, il ne me sera pas trop difficile de lui trouver un autre foyer.

« Mais je la veux! »

Cette pensée jaillit instantanément dans son esprit. Caroline connaissait les responsabilités que représente le fait d'avoir un chien, elle savait que ce n'était pas une décision à prendre à la légère.

Mais c'est avec un grand calme qu'elle envisagea de s'occuper de la gracieuse petite créature qui reposait entre ses mains. Ses diverses activités ne l'éloignaient guère de la maison. La plupart du temps elle restait chez elle, et voyageait rarement. Durant les deux mois à venir, elle pourrait clôturer le jardin et organiser sa maison pour y accueillir la petite chienne. Et lorsque les petites pattes seraient assez fortes pour trottiner, elles iraient se promener sur Queen Anne, et...

Caroline sut qu'elle ne reviendrait pas sur sa décision, mais elle repensa à un certain cocker blond endormi sur un lit, et à l'affection qu'elle avait décelée dans la voix de Lawrence quand il lui avait parlé de sa surdité.

— Je suis certaine que cette maison serait un merveilleux foyer pour elle, si elle était avec vous, offrit-elle.

— Impossible! répliqua-t-il sèchement. (Puis se radoucissant, il proposa :) Mais je serai heureux de m'en occuper aussi souvent que vous le désirerez.

— Très bien, acquiesça Caroline, un peu étonnée par ce qu'impliquait cette offre, le lien qu'elle créerait entre eux dans les années à venir. Je la prends, Lawrence, je n'ai pas besoin de ces deux mois pour me décider. Je ne changerai pas d'avis.

Après avoir mémorisé les marques de sa chienne, telles que les cinq taches blanches sur sa face noire et sa patte de devant blanche, Caroline la reposa à côté des autres.

Lawrence donna un bain à Katie dans la buanderie, et Caroline se chargea de changer les serviettes de toilette qui tapissaient la corbeille de la chienne. Le temps que Lawrence sèche Katie, les dix chiots s'étaient réveillés, attendant avec impatience de revoir leur mère et de prendre leur premier repas.

Katie se coucha sur le flanc, modèle de sérénité et de calme, tandis que ses nouveau-nés, les yeux toujours clos, se précipitaient vers ses mamelles.

— Vraiment remarquable! murmura Caroline, souriante, en observant que sa chienne y allait avec la même détermination que les autres. Quelle agréable façon de passer son quarantième anniversaire...

— J'ai oublié de vous proposer d'allumer la télévision, j'en ai peur.

— Cela n'a pas d'importance. Je suppose que Jason Cole, avec son *Without Warning*, a raflé tous les Oscars. Et si ce n'est pas le cas, je suis contente de n'en avoir rien vu.

Un silence s'établit, troublé seulement par des bruits de succion et de petits gémissements. Les chiots allaient bientôt s'endormir et ils n'avaient plus besoin de spectateurs...

— Bien, laissa tomber Caroline. Je suppose que je ferais mieux de rentrer.

— Si vous le voulez bien, je vous appellerai pour vous faire part des progrès de votre chienne, proposa Lawrence en raccompagnant Caroline à sa voiture.

— Oui... s'il vous plaît.

— Et peut-être pourrions-nous dîner ensemble pour votre anniversaire ?

— Oui...

« S'il vous plaît », ajouta la jeune femme en silence. Son visage reflétait le plaisir qu'elle avait pris à cette soirée.

Lawrence lui sourit, et en dépit de l'obscurité de la nuit, Caroline lut dans son regard des choses très intimes. Et, comme plus tôt dans la soirée, cela lui coupa le souffle et la fit trembler. Mais cette fois aucun enfant ne viendrait troubler cet instant d'intimité. Rien ni personne.

Cette fois, Lawrence verrait la complicité dans son sourire, l'acquiescement dans son regard.

Durant les heures précédentes, Caroline avait été témoin de l'incroyable miracle de la naissance, cet instant remarquable où l'être s'anime et s'ouvre à la vie. Or soudain, ce fut le contraire : le magnifique regard vert empli de désir s'éteignit et se voila. Et Caroline le vécut comme une perte immense. Une violente douleur.

Est-ce que Lawrence en la fixant avait perçu l'image de la seule femme qu'il eût jamais aimée ?

— Lawrence ?

Mais avant de continuer, Caroline reprit son souffle, et au lieu de demander : « est-ce Claire ? » elle s'entendit dire :

— Était-ce Holly ?

Il répondit d'un hochement de tête silencieux et incrédule.

— Qu'y a-t-il, Lawrence ? Que s'est-il passé ?

La terreur avait quitté son regard, laissant la place à l'incrédulité.

— Je... (Il secoua la tête et chercha à s'excuser.) Cela peut paraître fou...

— Racontez-moi. S'il vous plaît.

Au bout d'un moment, il avoua non sans difficulté :

— J'ai cru soudain qu'elle était en train de mourir... Je vous ai dit que parfois j'avais le sentiment que Holly était toujours vivante, mais prisonnière d'une certaine façon. Là, c'était différent, Caroline. C'était un sentiment que je n'avais jamais éprouvé auparavant.

— Est-ce que cette impression a disparu, maintenant ?

— Oui.

Disparu certes, mais gravée à jamais dans sa mémoire, comme son aveu.

— Je n'aimerais pas que vous imaginiez que je suis fou, reprit-il.

Caroline voulut répliquer, mais la façon qu'il avait eue de dire ce « vous » — incrédule, presque accusateur — l'arrêta net dans son élan.

Après un moment de silence, qui souligna l'absolue confiance qu'elle avait *en lui*, elle répondit :

— Non. Non, je ne peux croire un seul instant que vous soyez fou...

17

Holly s'était crue morte et, en cet instant fatidique, lorsque son cœur affaibli s'était soudain arrêté, elle s'était sentie soulagée.

Elle avait toujours su que son cœur finirait par lâcher. Des années durant, il avait battu avec un calme mesuré au rythme d'une existence en suspens. Puis, un beau jour, était venu le coup de fil de Raven. Il lui avait alors fallu abandonner son cocon de solitude et de silence afin de se rendre à Los Angeles.

Contraint d'émerger brusquement de sa tranquille hibernation, son cœur avait alors commencé à palpiter d'une manière inquiétante, et le rythme s'en était encore accéléré au moment où elle avait lu cette sollicitude dans les yeux si bleus de Jason.

De toute évidence, l'irrégularité de ce rythme finirait par lui être fatale. Ce qui s'était passé cet après-midi n'avait fait que hâter l'inéluctable conclusion. Avec Jason, des émotions différentes, stupéfiantes, s'étaient frayé un chemin au sein même de sa souffrance. Et Holly avait accueilli avec joie ces sensations merveilleuses, inconnues... tout en sachant qu'elles risquaient de la tuer. Son cœur exténué allait sans doute éclater.

La jeune femme n'avait guère été surprise lorsqu'il

s'était brutalement arrêté. Elle en avait même éprouvé un certain soulagement : c'était terminé, elle allait mourir vite, bien avant de voir ses beaux rêves d'amour brisés.

Pourtant, ce cœur douloureux la trahissait à présent : il refusait de mourir. Il avait cessé de défaillir, voilà tout, et avait repris son rythme lent et mesuré, dans cette zone qui n'était ni la vie ni la mort et où elle existait depuis dix-sept ans.

Son cœur battait exactement comme si elle venait de regagner son cocon rassurant : Kodiak. Mais Holly ne se trouvait pas à Kodiak — et elle était supposée revoir Jason dans quelques heures, afin de discuter avec lui du dénouement de *Gifts of Love.*

Jason lui avait promis de ne pas changer un mot si c'était ce qu'elle désirait. Bien. Mais il restait néanmoins un obstacle insurmontable : il allait lui demander pourquoi elle tenait autant à une fin heureuse.

Avant de quitter Kodiak, Holly s'était armée d'un certain nombre de faits concrets : les droits d'auteur rapportés par les millions d'exemplaires vendus, les critiques dithyrambiques, les mois où le livre avait caracolé en tête des listes de best-sellers, l'avalanche de courrier, l'enthousiasme des lecteurs.

Elle avait envisagé de lui présenter ces divers éléments comme une preuve tangible de son succès : son récit avait bien marché tel qu'elle l'avait écrit. Elle avait même imaginé, le moment venu, quand Jason lui déclarerait que son dénouement semblait beaucoup trop romanesque pour une histoire de guerre, agir elle-même comme l'une de ses héroïnes. Avec courage, elle affronterait son scepticisme en lui demandant si, peut-être, le véritable cliché ne consistait pas à vouloir à tout prix que les histoires de guerre sombrent automatiquement dans la tragédie. Tout le monde connaissait les amères leçons de la guerre, expliquerait-elle. Alors, pourquoi ne pas en tirer une leçon différente, pour une fois, une leçon positive, la victoire de l'espoir et de l'amour en dépit de toutes les vicissitudes?

Cependant, elle s'attendait à ce qu'il insiste. L'homme qui venait de remporter sept Oscars écouterait sans broncher les arguments qu'elle comptait lui présenter, il accepterait peut-être sa dissertation philosophique sur les leçons de la guerre, mais il voudrait comprendre la véritable raison pour laquelle Holly s'accrochait désespérément à cette fin heureuse.

Avec une infinie douceur, il allait exiger qu'elle lui raconte... Et cela, elle ne le pouvait pas.

Elle ne pouvait pas dire à Jason Cole que, si elle refusait de faire mourir Savannah, c'était parce que ce personnage fictif était une amie très chère, comme tous ses personnages — ses seuls amis.

Il la prendrait pour une folle.

Et il aurait raison.

Oui, elle était folle. Holly le savait aujourd'hui. D'une lente folie, silencieuse mais implacable, jour après jour de plus en plus profonde, de plus en plus enfouie.

Holly s'était bercée d'illusions, elle s'était raconté qu'elle survivait. Mais ce n'était pas vrai. Elle était simplement en vie... et folle. Elle ne sortait plus que rarement de sa tanière, et plus rarement encore elle autorisait ses pensées à se détacher des existences imaginaires dont elle était l'auteur.

Sans aucun doute, déjà, Jason la trouvait atteinte de folie douce, sur un mode certes charmant, baroque et farfelu. Intrigué par son excentricité, il en avait probablement conclu qu'une quelconque fascination pour les années soixante l'avait poussée à choisir cette robe à fleurs, hommage souriant à une époque révolue.

Mais Holly savait bien qu'il ne s'agissait ni d'un choix ni d'un hommage; sa robe n'était qu'un symbole, qui indiquait à quel point la jeune femme vivait en total décalage d'avec la réalité.

Holly ne voulait pas que Jason puisse avoir conscience de sa folie.

De toutes ses forces, elle refusait qu'il sache.

— Miss Pierce a rendu sa clé très tôt ce matin, Mr. Cole.

Le sourire radieux de la réceptionniste de l'hôtel *Bel Air* s'évanouit lorsqu'elle vit la réaction de l'intéressé.

— Mais, ajouta-t-elle sur ton encourageant, elle vous a laissé un message.

Jason s'empara de l'enveloppe cachetée et sortit. Le soleil brillait au-dehors et l'air embaumait du parfum suffocant des gardénias. S'éloignant de l'hôtel, il se dirigea vers l'étang.

Des cygnes blancs et noirs glissaient nonchalamment sur la surface étale. Jason était absolument seul. A neuf heures du matin, en cette journée de mardi, ses illustres clients dormaient encore, après la longue nuit de festivités arrosées au champagne qui avait suivi la remise des Oscars.

Jason n'avait pas fermé l'œil une seconde, mais son insomnie ne devait rien au faste des réceptions ni aux sept statuettes dorées qu'il avait remportées. Ce qui l'avait maintenu éveillé était le besoin irrépressible de revoir Holly.

De trois heures, quand il avait quitté le *Spago*, à sept heures, lorsqu'il était rentré prendre une douche et se changer, Jason avait marché sur la plage, l'esprit assailli de questions auxquelles elle seule pouvait répondre.

« Qui êtes-vous, Holly? Pourquoi ai-je tellement envie de vous prendre dans mes bras et de ne jamais vous laisser repartir? Et pourquoi ai-je peur que la moindre tentative de ma part vous fasse fuir à jamais? »

Questions prophétiques... Avant même qu'il l'ait approchée, Holly s'était d'ores et déjà enfuie.

A présent, au lendemain de la soirée où tant de prestigieuses enveloppes avaient été ouvertes — « Et le vainqueur est... » —, édifiant par sept fois un monument à sa gloire, les doigts de Jason déchiraient fébrilement la seule enveloppe qui comptât à ses yeux.

« Cher Jason,

Je dois retourner en Alaska. Faites au mieux pour *Gifts of Love.* J'approuve à l'avance toutes vos décisions. Merci encore pour hier après-midi.

Holly. »

Jason regarda fixement la feuille de papier, seule et unique preuve de l'existence de la jeune femme. L'écriture était nette, d'une simplicité un peu enfantine, dénuée de toute fioriture. Tandis qu'il cherchait à lire entre les lignes pour extraire tout le sens possible de ces quelques phrases, il lui sembla plonger dans des abîmes de mystère et de souffrance.

« Je dois retourner en Alaska », avait-elle écrit, et Jason comprit « j'ai besoin de », et cette nuance mit en lumière une sorte d'inquiétude, de désespoir. Holly capitulait entièrement à propos du dénouement du film, sans en débattre avec lui, alors que c'était son obstination sur ce point qui l'avait incitée à faire le voyage jusqu'à Los Angeles...

« Merci encore pour hier après-midi » : seuls ces mots lui redonnaient espoir. Holly ne le remerciait pas simplement pour le déjeuner — parce que cet après-midi-là n'avait rien à voir avec le déjeuner — mais pour les instants magiques d'un coup de foudre... Et même si Holly avait eu peur au point de prendre la fuite, elle ne l'ignorait pas, elle non plus.

— Jason! s'écria Raven quand la secrétaire lui annonça son arrivée inopinée. Félicitations... Qu'y a-t-il? Tu as un problème?

— J'ai besoin de ton aide.

— Très bien.

Jamais elle ne l'avait vu aussi préoccupé, même au cours de négociations mettant en jeu l'ensemble de sa carrière.

— Que se passe-t-il, Jason?

— Il faudrait que tu me trouves l'adresse de Holly.

— Holly? Qui est Holly?

— Marilyn Pierce. Lauren Sinclair.

— Tu ne devais pas la voir hier?

— Si, et nous étions censés nous revoir ce matin, mais elle est repartie pour l'Alaska.

— Tu souhaites lui envoyer quelque chose?

— Non. Je veux lui dire, de vive voix, que je ne compte pas changer la fin de son livre. Je voudrais aussi la convaincre d'écrire le scénario pour moi. J'ai pensé que tu pourrais t'occuper du contrat pour elle.

Raven se souvint que Jason partait dans deux jours pour Hong Kong : selon toute vraisemblance, il lui restait d'innombrables questions à régler avant son départ. Et maintenant, il envisageait de tout laisser tomber afin de se rendre en Alaska?

A peine la jeune femme eut-elle le temps d'assimiler l'incroyable nouvelle que Jason lui exposait déjà la suite de ses projets. Sans chercher à dissimuler sa surprise, Raven précisa :

— Tu veux que je négocie le contrat pour elle, dans *son* intérêt, et non pour toi?

— Je la paierai le prix qu'il faudra, quel qu'il soit. Alors, Raven, peux-tu appeler sa maison d'édition en expliquant que tu as besoin de son adresse?

Jason aurait pu obtenir l'adresse de Holly par l'intermédiaire de l'hôtel *Bel Air* : la réceptionniste eût à coup sûr enfreint le règlement pour lui. Cependant, il s'était abstenu de le lui demander par allergie à la mentalité des stars, toujours persuadées que les règles ne s'appliquent qu'aux autres.

D'un autre côté, il savait que Raven n'allait pas obtempérer devant une requête aussi déraisonnable, fût-ce pour lui, son plus important client.

— S'ils refusent, libre à eux, poursuivit-il, mais mes motifs sont parfaitement légitimes.

Pendant que Raven songeait qu'il existait sans doute d'autres raisons — ô combien surprenantes — en filigrane de celles qu'avait énoncées Jason, son esprit vagabonda un instant : la douceur de la voix qui lui avait répondu, à Kodiak, ces romans d'amour pleins d'espoir... et le week-end inattendu qu'elle-même venait de passer avec Nick.

En fin de compte, avec un large sourire, elle lui donna sa réponse :

— Je vais faire de mon mieux.

Quelques secondes plus tard, ce « mieux » obtint l'adresse de Holly après un minimum de résistance.

— Je suis impressionné, commenta Jason quand elle lui tendit le bout de papier qui, il l'espérait, serait un passeport pour un nouveau voyage au pays des merveilles.

— Il est assez rare que tu me signes un chèque en blanc pour un scénario, plaisanta Raven. J'espère que ton projet aboutira, ajouta-t-elle plus sérieusement.

— Merci. Moi aussi.

Il était temps de prendre congé : Jason devait encore organiser son voyage jusqu'à Kodiak, avec l'avion des studios, louer une voiture et réserver sa chambre d'hôtel. Pourtant, en quittant la pièce, il se retourna :

— Raven...

— Oui ? dit-elle, tout en se rendant compte que, pour la première fois, il lui accordait son attention absolue.

— Tu as l'air... heureuse. Il s'est passé quelque chose, mais pas avec Michael.

— Oui. Une chose merveilleuse. Et pas avec Michael.

Elle pencha la tête pour ajouter d'une voix douce :

— Je souhaite qu'il t'arrive quelque chose d'aussi merveilleux.

18

Kodiak, Alaska,
mardi 28 mars.

Il était près de minuit lorsque Jason se présenta à l'hôtel *Westmark*, sur l'île de Kodiak. Au terme d'un bref débat intérieur, il succomba à la tentation d'aller au moins voir l'endroit où vivait Holly, de passer devant sa maison pour sentir qu'elle était là, en sécurité, tranquillement endormie, à rêver en paix.

Son cottage se situait à six kilomètres de la ville, au bout d'une route étroite, à environ huit cents mètres de l'habitation la plus proche. La route serpentait au milieu d'une épaisse forêt de pins, et ce ne fut qu'en parvenant au cottage, juché au sommet d'une falaise, que Jason mesura à quel point la route longeait la côte. La mer semblait d'argent sous les rayons de lune qui filtraient au travers des nuages.

Il s'était attendu à trouver le porche du cottage éclairé par une lanterne extérieure, telle une sentinelle destinée à décourager les intrus. Mais il fut accueilli par le spectacle rassurant de quantités de lampes éclairant l'intérieur de la maison, dans une aura de lumière et de chaleur. Les rideaux étaient grands ouverts, comme pour lui souhaiter la bienvenue.

Jason l'aperçut tout de suite. Ses cheveux d'or scintillaient comme un fanal au milieu de cette débauche de lumière et semblaient lui faire signe. Holly était assise sur un divan, dans son salon, vêtue d'un peignoir mauve dont les courbes suggéraient des formes opulentes, en dépit de son extrême minceur.

Elle se tenait recroquevillée dans une attitude qui n'avait rien de naturel : la tête inclinée, le front sur les genoux, les bras enserrant ses jambes. Jason ne pouvait distinguer son visage, dissimulé par la masse dorée de la chevelure, mais il lui parut évident que tous les sens de Holly étaient en alerte.

Pourquoi ? s'interrogea-t-il. De quoi avait-elle donc peur ?

Au lieu de s'approcher de la porte, il décida de frapper au carreau. Ainsi, elle verrait immédiatement que c'était lui — et non pas l'invisible menace nocturne qui l'épouvantait.

Bien qu'il eût frappé le plus discrètement possible, Holly eut une réaction aussi étonnante que brutale. Son corps déjà raidi par la crainte se contracta plus encore, jusqu'à trembler violemment. Ses mains jointes s'écartèrent en un geste implorant, et, tandis qu'elle levait la tête, Jason entrevit son regard une fraction de seconde : un regard sans couleur, des yeux de ciel d'orage qui hésitaient à se tourner vers la fenêtre et demeuraient fixés droit devant eux, braqués sur le spectre qu'invoquaient ses mains suppliantes.

Ce fut alors que Jason entendit un cri si déchirant qu'il refusa de croire qu'il pût être humain. Le vent, pensa-t-il, le vent sifflant parmi les arbres. Ou bien une mouette, au loin. Ou encore l'appel lugubre d'un hibou. En tout cas, ce hurlement sauvage, se dit Jason, ne pouvait appartenir qu'à la nature.

Pourtant, il provenait bien de l'intérieur du cottage illuminé, transperçant les vitres de la fenêtre avec une effroyable clarté.

— Je t'en supplie, hurla Holly, je t'en supplie, ne la tue pas!

Jason frappa une nouvelle fois au carreau, avec plus de force, pour essayer de détourner Holly de sa terreur.

— Holly!

Elle n'entendait pas sa voix. Les doigts de Jason heurtant la vitre ne faisaient que la torturer davantage.

— Arrête, je t'en prie, arrête!

Le grand Jason Cole, la star aux sept Oscars, assistait à un drame sur lequel il n'avait aucune prise. D'un pas décidé, il se dirigea vers la porte.

Peu importaient les verrous. Le battant céderait sous la force de sa détermination à la rejoindre. Il lui paraissait plus que temps de mettre fin à cette scène de terreur.

La porte n'était pas fermée à clé, signe que Holly ne redoutait pas l'intrusion des cambrioleurs, violeurs ou meurtriers qui peuvent s'attaquer à une femme vivant seule dans une demeure isolée au milieu des bois. Signe aussi qu'aucune technique humaine, blindages ou barres, n'était à même d'opposer un obstacle efficace à ce qui la terrifiait. Durant un moment, Jason se demanda s'il n'allait pas après tout se retrouver face à un homme jusque-là dissimulé à ses yeux dans une autre partie de la pièce. Chose surprenante, cette pensée lui parut presque rassurante : il eût été plus facile de venir à bout de ce genre d'ennemi...

Pourtant, en dehors de Holly, le salon était vide. Elle avait cessé de hurler et gémissait à présent, ses yeux ternes témoignant encore des minutes insoutenables qu'elle venait de vivre.

Jason s'agenouilla devant elle afin de s'interposer entre la jeune femme et sa mystérieuse vision. Ses lunettes cerclées de métal avaient glissé, et il put voir que ses yeux étaient profondément cernés, comme par des nuits, voire des semaines, d'insomnie.

— Holly, c'est moi, Jason.

Inconsciente de sa présence, elle regardait au-delà de lui, à travers lui, comme s'il n'était pas là. Une partie d'elle-même, cependant, entendait sa voix, mais ce n'était pas la Holly qui se souvenait de leurs instants merveilleux : c'était la Holly qui venait d'affronter des moments d'épouvante.

« N'ayez pas peur de moi », lui ordonna-t-il silencieusement.

En même temps, il découvrait cette vérité troublante : Holly avait imploré grâce pour la vie d'une femme, et lui-même avait eu la désinvolture de vouloir faire mourir l'héroïne de son roman. Était-il possible qu'il soit à l'origine d'une souffrance aussi spectaculaire ?

Cependant, si tel était le cas, rien de plus simple que d'y remédier.

— Holly, écoutez-moi. Savannah ne va pas mourir. C'est ce que je suis venu vous dire. Elle vivra heureuse, exactement comme vous le désiriez.

Ses paroles, ou peut-être simplement la douceur de sa voix, semblèrent apaiser la jeune femme et la ramener à la réalité.

— Quoi que vous ayez vu, Holly, ce n'est qu'un mirage. Ce n'est pas quelque chose qui existe, qui ait le pouvoir de vous faire du mal. Vous n'avez pas dormi depuis très longtemps, et j'ai l'impression que vous n'avez rien mangé non plus. La fatigue, l'épuisement...

Il lui saisit les doigts, les enveloppant dans la chaleureuse puissance de ses mains.

— Holly ? Je crois que vous m'entendez. C'est Jason, Holly, et je suis ici parce que...

— Jason ?

— Bonjour, murmura-t-il. Je suis là, Holly. Je suis vraiment ici, dans votre cottage de Kodiak. L'autre... enfin, ce... n'avait rien de réel.

« Oh que si ! »

Cette pensée domina l'esprit de Holly au moment où, à

bout de forces, elle se débattait pour recouvrer sa lucidité, en un combat d'autant plus rude que son cœur recommençait à défaillir. Elle considéra le sourire de l'homme qui se tenait devant elle, puis ses yeux s'arrêtèrent sur ses propres mains, étonnamment chaudes — grâce à celles de Jason. Elle se souvint de sa mère lui caressant le visage pour lui dire adieu. Et maintenant, dix-sept ans plus tard, elle ressentait de nouveau cette même tendresse...

Soudain, comme si ce contact la brûlait, elle retira ses mains.

« Je suis folle, totalement folle, songea-t-elle. Et désormais cette folie apparaît au grand jour. »

La jeune femme comprit vaguement que ce qu'elle avait pris pour des coups de feu n'étaient que les doigts de Jason frappant à la vitre, mais ce n'était qu'un faible éclair de lucidité au milieu de son délire. Égarée dans ses souvenirs, elle ne parvenait plus à distinguer le réel de l'imaginaire.

Pendant dix-sept ans, Holly avait pu garder sa mémoire sous contrôle. Mais dès son retour à Kodiak, les terribles souvenirs s'étaient réveillés, pleins de vitalité, d'énergie — et d'agressivité. Ils s'étaient vengés d'elle, s'échappant de son cerveau pour mener leur vie propre, comme des monstres terrifiants. Elle avait eu une hallucination, bien sûr, mais Derek, sa mère et les jumeaux s'étaient tenus dans cette pièce avec elle, grandeur nature, en trois dimensions, encore plus nets que lors de cette nuit lointaine... Elle les avait vus. Elle les avait entendus.

Même si elle avait également entendu une voix lui expliquant que ses hallucinations n'étaient que le fantasme d'un esprit exténué, Holly connaissait la vérité : elle était folle.

— Holly? Vous souvenez-vous de ce qui s'est passé? Pouvez-vous me le dire?

Elle eut un geste évasif.

« Dis-lui, mais dis-lui donc! Raconte-lui tout. Comme ça, il saura que tu es vraiment cinglée », ricanèrent ses souvenirs, comme s'ils voulaient voir disparaître cette lueur de sollicitude dans les yeux de Jason, comme s'ils voulaient le voir quitter le cottage et avoir Holly pour eux seuls, public captif devant lequel ils rejoueraient sans fin leur scène d'épouvante, pour l'éternité.

— Vous tentiez d'intercéder pour qu'une personne, une femme, ne soit pas tuée. Était-ce Savannah, Holly? Parce que, s'il s'agit d'elle, ne vous inquiétez pas. C'est pour cette raison que je suis ici, pour que vous sachiez bien que je n'ai pas l'intention de changer la fin de votre livre.

— Ce n'était pas Savannah.

C'était exact, elle s'était rendue à Los Angeles afin de demander grâce pour son héroïne, mais elle avait renoncé à temps, consciente de ce que ses prières pouvaient avoir d'irrationnel. A Los Angeles, elle avait connu quelques îlots de lucidité au milieu de l'océan de sa folie...

— Merci, mais... vous ne devriez pas faire cela à cause de moi. Vous devriez continuer comme bon vous semble, prendre le parti qui vous paraîtra le meilleur, reprit-elle.

— Je pense avoir choisi la meilleure solution.

Et lui, que demandait-il? Tant de choses : sa confiance, son regard redevenu bleu, de radieux sourires de bonheur et d'amour, et ses mains blotties au creux des siennes... et leurs deux corps serrés l'un contre l'autre.

En regardant les traces de fatigue sur le visage de Holly, Jason comprit que le simple fait de parler représentait pour elle un effort considérable.

— Je pense que le mieux serait que vous preniez du repos — beaucoup de repos.

La jeune femme acquiesça. Depuis combien de temps n'avait-elle pas trouvé le sommeil? Peut-être, si elle avait laissé à ses fantômes la possibilité de s'exprimer dans ses rêves, n'auraient-ils pas franchi la frontière de sa conscience. Peut-être, en dormant, pourrait-elle arriver à contenir sa folie, comme avant.

— Si vous n'y voyez pas d'objection, Holly, j'aimerais rester ici, cette nuit. Ce divan m'a l'air tout à fait confortable.

Elle fronça les sourcils, non pas, nota Jason, parce qu'elle ne voulait pas qu'il reste, mais plutôt comme une maîtresse de maison soucieuse du bien-être de ses invités.

— J'ai l'habitude de dormir sur des divans, au studio, quand on boucle un montage. Celui-ci sera parfait. Vous êtes d'accord?

Elle ne réagit pas sur-le-champ, mais quand elle approuva d'un signe de tête, Jason se sentit submergé de bonheur.

Holly n'avait pas élevé la moindre protestation. Cela lui apparut comme la toute première et merveilleuse preuve de sa confiance.

19

Lorsque Holly sortit de son profond sommeil, elle ressentit une sensation insolite qui ressemblait fort à de l'espérance.

De l'espérance ? Cela semblait impossible. Et pourquoi maintenant, dans sa vie depuis si longtemps noyée dans la douleur ?

Tandis qu'elle s'efforçait de comprendre, ses pensées revinrent au conte de fées qu'elle adorait autrefois : *La Belle au bois dormant.*

Elle-même avait dormi des années durant, condamnée par un mauvais sort à cet assoupissement interminable, jusqu'à ce qu'un prince courageux ose se frayer un chemin à travers les ronces impénétrables, à seule fin de la réveiller d'un baiser...

Ses vieux souvenirs avaient beau prendre l'apparence de la réalité, elle savait qu'ils ne *pouvaient* être vrais.

Elle avait fait un cauchemar, voilà tout, puis un rêve délicieux l'en avait délivrée, un rêve si puissant qu'il avait ressuscité l'espérance qu'elle avait crue morte, brutalement assassinée lors de cette nuit tragique de la Saint-Valentin.

Bien sûr, cet enchantement n'était qu'une illusion, créée par Jason et incapable d'exister sans lui. Pourtant, Holly n'en doutait pas, cette espérance lui appartenait en propre

— ou du moins lui avait-elle appartenu, enfant. Ce sentiment avait continué d'être là, en sourdine, au plus profond d'elle-même, comme un fidèle compagnon, et voilà qu'un rêve extraordinaire le lui avait rendu.

Et l'espérance l'incita à bondir du lit, à tirer les rideaux et à accueillir avec enthousiasme le jour qui s'annonçait. C'était une journée plus belle que toutes les journées de ces dix-sept dernières années.

Pieds nus, vêtue de sa robe de chambre en coton, elle entra dans le salon.

— Bonjour, dit Jason en contemplant les cheveux d'or et les yeux d'un bleu-vert étincelant.

— Oh! articula-t-elle.

Eh non! Ce n'était pas un rêve! Il avait été témoin de sa folie, et c'était sa gentillesse qui l'avait sauvée, qui lui avait rendu l'espoir. Était-ce une illusion, un tour de magie de Jason l'enchanteur? Tout cela allait-il bientôt repartir avec lui?

« Tu ne vas pas laisser s'enfuir un tel bonheur, Holly, *et tu n'es pas folle.* »

La voix provenait du tréfonds d'elle-même, forte, pleine d'assurance et d'affection. A qui appartenait-elle. A sa mère? A son père?

— Vous avez bien dormi? s'enquit Jason.

— Oui, très bien. Et vous?

— Idéalement.

Bien entendu, il n'avait pas fermé l'œil de la nuit. Il avait préféré veiller sur Holly, ce qui importait mille fois plus que de dormir, et, tandis qu'il effectuait sans bruit sa ronde comme un garde du corps chargé de la protéger contre un intrus invisible, il en avait appris un peu plus sur la jeune femme...

A l'intérieur du cottage, l'univers spartiate dans lequel elle vivait tenait plus du bureau que de la maison. Il aperçut un ordinateur dernier cri, une imprimante et une télécopie, mais l'ensemble était dénué de la moindre touche personnelle, de la moindre tentative de décoration. Rien n'était accroché aux murs, ni posters, ni photos d'amis ou de parents, ni même la liste des best-sellers du *New York Times* pendant la semaine où *Gifts of Love* avait atteint la première place. Il n'y avait pas de télévision, remarqua Jason. Impossible également de trouver une radio ou une chaîne hi-fi. Et, si l'on voyait des livres un peu partout, il ne découvrit ni journaux ni magazines : bref, aucun lien d'aucune sorte avec le monde extérieur.

Il vit des romans, qui tous se terminaient bien, ainsi que des ouvrages d'érudition comme l'*Encyclopædia Britannica*, des dictionnaires en sept langues, une anthologie de la littérature anglaise et des manuels de grammaire. La collection de textes de référence portant sur le Vietnam était impressionnante. Un pan entier de la bibliothèque recelait des guides de voyage sur des destinations exotiques et romanesques — ainsi, nota Jason, qu'un ouvrage récent sur Los Angeles, qui avait manifestement été utilisé.

Il avait beaucoup apprécié les romans de Lauren Sinclair situés à Londres ou à Paris. Lorsqu'il retira d'une étagère les guides Fodor consacrés à ces deux villes, il constata que, même s'ils avaient été lus, on ne trouvait aucune annotation manuscrite dans les marges, aucun commentaire griffonné en hâte au cours d'une promenade à Covent Garden ou lors d'une visite au Louvre.

Holly emmenait ses lecteurs dans des voyages enchanteurs, vers des destinations de rêve dont la plus belle était sans conteste l'amour... Or Jason savait dorénavant la vérité : même si ses descriptions sonnaient vrai, avec une abondance de détails, elle ne s'y était jamais rendue.

En allait-il de même pour ses excursions au pays de l'amour ? Manquait-elle là aussi d'expérience personnelle ? Durant cette épaisse nuit polaire, Jason avait accumulé les découvertes, et puis, au petit matin, lorsqu'il avait jugé qu'il était temps de préparer le café, il en avait fait une autre, non moins troublante.

Dans la cuisine d'un blanc quasi chirurgical se trouvaient des appareils électroménagers aussi perfectionnés, aussi haut de gamme que l'ordinateur ou la télécopie, de même qu'un assortiment rutilant de poêles et de casseroles, et une batterie complète de plats, récipients et accessoires culinaires.

Cependant, il semblait que Holly eût aménagé cette pièce pour quelqu'un d'autre, un locataire à venir, car, à l'évidence, rien de tout cela n'avait encore servi.

Et les provisions? Jason ne trouva que des barres de céréales par paquets entiers, ainsi qu'un énorme flacon de gélules vitaminées. Il s'efforça d'abord de croire qu'il s'agissait là d'une situation momentanée.

Après tout, quand lui-même se consacrait à un projet, il n'accordait que peu d'attention à ce qu'il mangeait, dévorant n'importe quoi lorsque son cerveau réclamait du carburant, et ce régime monotone n'était que la conséquence d'une échéance professionnelle à respecter. Mais les pots, les faitouts, le four et le micro-ondes inutilisés racontaient une autre histoire : jamais on n'avait préparé de repas dans cette cuisine, pas de plat chaud, pas même un bol de soupe. En outre, on n'apercevait nulle part la moindre trace de chocolat en poudre, de café ou de thé.

Au cours de son exploration, Jason avait visité le garage attenant, où l'attendaient des raquettes pour marcher sur la neige et un rassurant stère de bois de cheminée, empilé avec soin. Mais pas l'ombre d'une voiture.

Ce régime spartiate, à base de barres de céréales — faciles à transporter —, résultait-il du long trajet que Holly avait à accomplir pour se rendre en ville?

Non. L'épicier local n'aurait sûrement pas mieux demandé que de livrer. Et puis, dans le cas contraire, Holly aurait toujours eu la ressource d'appeler un taxi.

Simplement, c'était ainsi qu'elle vivait, fleur fragile de cette région polaire, se nourrissant de plats froids, même au cœur de l'hiver mortel de l'Alaska, consommés sans le moindre plaisir, dans l'unique but de maintenir son corps en vie.

Muni de ces renseignements, Jason était encore plus conscient de la minceur de Holly. Hormis son visage, ses mains et ses pieds, son corps se dissimulait sous la modeste robe de chambre, mais il le devinait presque sous-alimenté.

— Je suis allé très tôt en ville, commença-t-il, pour prendre une douche et me changer à l'hôtel. J'en ai profité pour acheter quelques provisions. J'espère que cela ne vous ennuie pas.

« Il a compris que je ne mange que des barres de céréales. »

A cette pensée, Holly sentit que l'espérance tentait de s'échapper, que tout son être était sur le point de couler dans les profondeurs d'un océan de glace.

« Non ! implora-t-elle en silence. Je sais très bien que j'ai besoin d'être mieux nourrie, qu'il me faut des repas chauds, des légumes et des fruits pour que l'espérance puisse vivre... Je les prendrai, c'est promis. Les céréales, je m'en contentais quand je me croyais morte. Elles suffisaient largement au métabolisme de cette hibernation — et à ma tristesse. »

— Holly ?

— Non, Jason, cela ne m'ennuie pas. Merci.

Pendant que la jeune femme allait prendre sa douche, Jason mit le couvert, prépara le chocolat chaud et fit réchauffer les muffins et les croissants qu'il avait trouvés dans les opulentes cuisines de l'hôtel *Westmark*.

Le chef lui avait également proposé, pour plus tard, du consommé de tomates, un assortiment de sandwiches, une cassolette de crabe et une tarte aux mûres.

Oui, avait assuré le cuisinier, l'hôtel était ravi de rendre ce type de service et on livrait volontiers des plats partout sur l'île de Kodiak.

Jusqu'à présent, Jason n'avait vu Holly que dans des vêtements qui lui descendaient à mi-mollets. Sa robe des années soixante comme son humble robe de chambre lui conféraient d'ailleurs un charme suranné.

Mais la Holly qui le rejoignit pour le petit déjeuner s'était métamorphosée : jeans, chandail à col roulé et bottes de cow-boy. La chevelure, qui flottait jusqu'ici comme une auréole autour de son beau visage, était rassemblée en une épaisse natte dorée.

Elle le regarda avec quelque chose qui ressemblait à du courage. En dépit de son extrême minceur, plus manifeste que jamais, elle lui sembla emplie de force et de fierté, comme une femme de pionnier lors de la conquête de l'Ouest.

Ces habits et cette coiffure étaient ceux-là mêmes qu'elle portait tous les jours. Jason mesura combien ce cottage austère était vraiment sa maison, son foyer, l'endroit où, jusqu'à l'intrusion des spectres la veille au soir, elle s'était sentie à l'aise, en sécurité.

Fragile mais déterminée, elle apparaissait telle qu'elle était : une femme qui avait survécu sans lui trente années durant. Plus que survécu, en fait. La pionnière qui se tenait devant lui parcourait régulièrement une douzaine de kilomètres à pied pour aller faire des courses, qu'il neige, qu'il pleuve ou qu'il vente.

Et entre deux expéditions chez l'épicier, elle écrivait des romans d'amour qui lui avaient valu la gloire et la fortune. Vivre sans lui, elle y avait réussi brillamment. Mais maintenant, à observer son regard décidé, Jason se demanda si elle n'essayait pas de prouver autre chose — qu'elle pouvait parfaitement vivre sans lui les trente années à venir.

Il lui était arrivé quelque chose pendant la nuit, dans ses

rêves : une chose à laquelle elle se raccrochait comme il aurait voulu qu'elle se raccroche à lui. Mais qu'était-ce ? Et lui-même, représentait-il une menace, comme s'il était susceptible de l'en priver ?

« Je ne vous prendrai rien, lui affirma-t-il en son for intérieur. J'ai tant à vous donner... si seulement vous me le permettez. »

— Hier soir, déclara-t-il, je vous ai expliqué que je vous avais suivie jusqu'ici pour vous dire que je n'apporterai aucune modification à *Gifts of Love.* Mais ce n'est qu'une partie de ce que j'avais à vous dire. J'espérais aussi vous convaincre d'écrire le scénario à ma place.

— Le scénario ? Mais je n'en ai jamais fait ! Je ne sais pas si j'en suis capable.

— Capable, je n'en doute pas. Vos dialogues sont excellents, et un scénario, vous savez, c'est essentiellement des dialogues.

— Mais le rythme d'un film n'a rien à voir avec celui d'un livre. Et puis les films sont avant tout visuels.

— Êtes-vous allergique au cinéma, Holly ? Je n'ai pas aperçu le moindre poste de télévision, ici, et je me demandais combien de films vous aviez vus...

— Nous avons un cinéma en ville. Je n'y vais pas souvent... Mais j'ai vu tous vos films.

Jason parut ravi d'apprendre qu'elle avait parcouru douze kilomètres pour lui...

— Vous avez vu *Bayou* ?

— Oh oui !

— Bon, dit-il, soudain perdu dans la profondeur de ses yeux. (Jason aurait voulu s'y attarder éternellement, mais il enchaîna :) Vous avez raison au sujet du rythme. Pour un film important, il vaut mieux ne pas dépasser deux heures, ce qui veut dire que, si on adapte un livre, on est obligé de couper des scènes entières ou de les condenser.

— Je comprends, et cela ne me gêne pas. Le problème, c'est que je ne sais pas trop comment procéder.

Il sourit :

— C'est là que j'interviens. Si vous n'y voyez pas d'objection, j'aimerais vous donner une petite idée du film tel que je le conçois, avec les scènes qui me semblent capitales. Je vous ai posé la question au sujet de *Bayou* parce qu'il s'agit là aussi de l'adaptation d'un livre complexe et long. Si vous vous en souvenez, j'ai utilisé un collage de courtes scènes mises en musique, afin d'inclure quelques éléments du synopsis tout en les condensant.

— Je me rappelle. C'était très efficace... très évocateur.

— Merci. Alors, Holly, vous voulez bien être ma scénariste ?

Il semblait promettre que l'enchantement allait durer, et la jeune femme, avec courage, promit à son tour :

— J'ai envie d'essayer.

— Parfait. J'en suis heureux.

Il lui restait deux films à tourner avant *Gifts of Love*, et, comme il avait pensé écrire lui-même le scénario, il n'avait pas encore réfléchi au découpage. Néanmoins, ce scénario établissait un lien entre Holly et lui.

— Je pars demain pour Hong Kong, mais auparavant je vais vous faire envoyer des ouvrages sur la façon de rédiger un script, ainsi qu'un exemplaire du scénario de *Bayou*. Dimanche ou lundi, je vous faxerai l'ébauche du film depuis Hong Kong. Ce sera très rudimentaire et j'aurai besoin de votre contribution.

Il se rendait à Hong Kong ? *Le lendemain ?* Alors l'enchantement allait s'interrompre, au bout du compte. Et vite, oh, trop vite... et cette joie, Jason allait-il l'emporter avec lui ?

« Non, supplia Holly, je m'y oppose de toutes mes forces. »

— Hong Kong ? répéta-t-elle. *Demain ?*

— Il le faut, répondit-il à voix basse, le regard rivé sur les yeux d'aigue-marine qui le regrettaient déjà.

Rester, il n'aurait souhaité que cela, mais Jason Cole ne pouvait même pas s'autoriser un simple retard d'une heure. Trop de gens — les comédiens et l'équipe technique — comptaient sur sa présence.

Le matin même, tout en contemplant les reflets du soleil sur la mer indigo, il avait songé à demander à Holly de l'accompagner pour découvrir avec lui la splendeur de Hong Kong. Mais la fleur fragile avait déjà eu tant de mal à se remettre de son voyage à Los Angeles... Un jour, plus tard, quand elle se sentirait en sécurité auprès de lui, ils pourraient s'émerveiller ensemble des trésors du monde entier.

— Combien de temps vous absenterez-vous?

Jason hésita. Les budgets prévisionnels lui accordaient deux mois de prises de vues à Hong Kong, alors qu'il avait d'emblée prévenu les responsables de la Gold Star qu'il bouclerait probablement le tout en sept semaines.

Cependant, il s'entendit répondre sur le ton d'une promesse solennelle :

— Je serai de retour près de vous dans six semaines. Ici. Du moins si vous êtes d'accord.

— Bien sûr, balbutia-t-elle. Et nous discuterons du scénario?

— Oui, encore que nous puissions commencer durant ces six semaines, sous réserve de vos engagements envers vos éditeurs. Cela dit, entre le décalage horaire et mes propres contraintes de tournage, vous aurez peut-être du mal à me joindre au téléphone.

Il sentit qu'elle tiquait, en femme qui n'ose appeler un homme dans sa chambre d'hôtel, fût-ce pour une simple question de travail.

— Il ne faudra pas hésiter à téléphoner, Holly, et peu importe à quelle heure. Si je ne suis pas là, vous pouvez toujours m'envoyer un fax. J'aurai une télécopie dans ma chambre.

— Vraiment?

— C'est chose courante dans les hôtels, de nos jours, surtout à Hong Kong, où l'on vit à un rythme tellement fou que même le fax a l'air trop lent... Donc, j'attendrai des coups de fil ou des fax. Vous me communiquerez vos réflexions au sujet de mon ébauche. Entendu?

— Oui.

Sa crainte s'était évanouie dans une étincelle turquoise.

— Ma directrice littéraire serait très impressionnée, ajouta-t-elle.

Désireux de revoir cette étincelle, il interrogea :

— Pourquoi?

— Eh bien, rétorqua la jeune femme d'un ton léger, si je possède cette télécopie, c'est uniquement parce qu'elle m'a dit qu'il serait bon que j'en aie une, pour qu'elle m'envoie les revues de presse ou des extraits des campagnes de promotion... A mon avis, elle ne pensait pas qu'on jouissait d'une technologie aussi avancée à Kodiak...

— Pourtant, c'est le cas, avec un ordinateur à la pointe du progrès.

— Oh, je commence tout juste à apprendre à m'en servir.

— Puis-je vous être utile? Je me débrouille assez bien avec la plupart des systèmes informatiques.

— En fait, ce que j'apprends en ce moment, c'est la dactylographie... J'ai écrit à la main mon premier livre, *Forever and Always* et, faute de pouvoir faire mieux, je l'ai entouré de rubans de toutes les couleurs pour l'adresser à la maison d'édition qui avait publié mon roman préféré, à l'époque.

— Vous avez envoyé par la poste le manuscrit de *Forever and Always*?

La stupeur de Jason prouvait qu'il connaissait assez bien les mœurs de l'édition pour savoir que la plupart des

« manuscrits poste » traînaient en dessous de la pile, où ils dépérissaient sans que quiconque se résigne à les lire. Il était exceptionnel que l'un d'eux soit publié, plus encore qu'il devienne un best-seller comme *Forever and Always*.

Et voilà que la jeune femme lui racontait une histoire encore plus extraordinaire : elle avait écrit son roman à la main, probablement sur du papier quadrillé, dans un cahier à spirale comme celui qu'elle avait apporté à son bureau.

— Absolument admirable, commenta-t-il.

— J'ai eu de la chance.

— C'est plus que de la chance.

— A vrai dire, la chance, c'est que les rubans aient attiré l'attention de ma future directrice littéraire... et surtout, qu'elle ait pris la peine de lire le texte.

— Votre écriture est très lisible ?

— C'est ce qu'elle a dit.

— Depuis lors, vous avez donné vos manuscrits à taper ?

— Oui, mon éditeur a conclu un arrangement avec une secrétaire de New York. Tout le monde a l'air satisfait, mais pour ma part je trouve un peu idiot de ne pas leur remettre un manuscrit dactylographié, comme les autres auteurs.

— Pensez-vous pouvoir composer vos romans directement sur traitement de texte ?

— Non. J'ai trop l'habitude de les écrire à la main, et puis j'aime bien...

— Est-il rentable que vous transcriviez vous-même vos textes sur des disquettes ?

— Ça m'est égal.

Holly tenta en vain de repousser une idée qui menaçait d'anéantir sa bonne humeur. « Peu m'importe de passer des heures et des heures à recopier laborieusement mes propres phrases. Je n'ai rien de mieux à faire. Mais surtout, cela fait partie de ma folie : j'adore être avec mes personnages, vivre dans leur univers et m'échapper du mien. »

« *Tu n'es pas folle.* » Sa petite voix intérieure gardait

confiance, mais ce n'était plus qu'un faible murmure sous le brusque coup de tonnerre.

— Holly?

Les yeux d'aigue-marine contenaient une supplique silencieuse : sauvez-moi de ces pensées qui me terrifient, mais ne me demandez surtout pas d'en parler.

— Quand nous aurons fini notre petit déjeuner, suggéra-t-il, nous pourrions nous offrir une longue promenade avant le déjeuner. J'aimerais que vous me fassiez faire une visite guidée de cette partie de l'île.

— Oui, bien sûr, acquiesça-t-elle, reconnaissante.

Puis la jeune femme s'étonna :

— Le déjeuner?

Jason sourit :

— Il y a aussi un dîner dans le réfrigérateur. Mais, ajouta-t-il d'une voix plus grave, j'ai peur de ne pouvoir le partager avec vous. L'avion des studios doit partir d'ici à dix-huit heures au plus tard, afin d'avoir assez de temps à Los Angeles pour faire le plein sans compter le repos nécessaire à l'équipage avant de s'envoler pour Hong Kong demain après-midi.

20

— En été, un banc de baleines vient frayer par là.

Quand Holly se tourna vers la mer indigo, ses yeux parurent plus bleus que verts. A cette évocation, ils s'étaient mis à briller comme les vagues.

— Où sont-elles en ce moment?

— A Hawaii. Elles font leurs petits.

Ils avaient marché près de deux heures, se laissant guider par leurs pas à travers la forêt majestueuse. Puis ils avaient traversé une vaste prairie où les fleurs sauvages commençaient à peine à éclore, avant de se retrouver sur la plage couverte de neige. Holly lui faisait découvrir son univers et ses merveilles.

Tandis que Jason souriait au plus joli de ces trésors, à la plus émouvante de ces fleurs sauvages, il put admirer le jeu de la brise marine dans la chevelure d'or de Holly : le vent essayait de libérer les mèches retenues dans sa tresse, et de fines boucles encadraient son visage, dansant joyeusement comme pour se féliciter de leur liberté. Les doigts de Jason auraient volontiers suivi l'exemple de la brise. Il se contenta de scruter son regard. Son expression jusqu'alors lumineuse semblait voilée par l'incertitude.

— Il faut que je vous explique, pour hier soir... dit-elle doucement.

« Je veux que vous sachiez que je ne suis pas vraiment folle. » C'était une affirmation un peu audacieuse, mais par cette journée radieuse, *avec lui*, c'était une réalité à laquelle elle voulait croire.

— Comme vous l'avez deviné, reprit-elle, il y a longtemps que je n'ai dormi et mangé de façon correcte. Je suppose que cela m'a rendue hypersensible à certains souvenirs.

— Des souvenirs atroces, j'en ai peur.

— Oui.

Elle avait déjà résolu de ne lui raconter que les faits, sans l'ombre d'un détail. Ainsi pourrait-elle contenir ses propres hurlements. Ainsi comprendrait-il l'origine de sa terreur sans avoir à en subir l'atmosphère maléfique.

Il fallait qu'elle lui parle, Holly le savait. L'espérance qui l'habitait à nouveau l'obligeait à se montrer sincère envers Jason.

Lorsque enfin elle reprit la parole, ce fut d'une voix calme, monocorde, dénuée d'émotion. En quelques phrases aussi sobres et impersonnelles que sa maison, elle apprit à Jason que son père avait été tué au Vietnam, et que son beau-père, qui avait paru si charmant au début, était en réalité un monstre.

— Il a assassiné ma mère, ma sœur et mon frère... puis il s'est suicidé. Mais il n'a pas tenté de me tuer. J'ignore pour quelle raison, mais à la suite de cela la police et les voisins ont cru que j'étais responsable de ce qu'il avait fait, d'une manière ou d'une autre. Alors je suis partie et, dès que je l'ai pu, j'ai changé de nom.

Tout en parlant, elle fixait la mer indigo, droit devant elle.

Soudain elle tourna vers lui un regard victorieux. *Elle avait réussi.* Elle avait raconté son histoire, et avait fait taire ses propres cris. Et surtout, elle lui avait épargné les abominables détails.

— Je n'en ai jamais parlé à personne... jusqu'à maintenant, avoua-t-elle.

Durant un long moment, Jason ne put répondre.

Il aurait aimé que Holly ait eu une enfance heureuse et insouciante que rien n'eût assombrie — et surtout pas cette tragédie qu'elle venait d'évoquer si calmement. Mais tel n'avait pas été le cas. Alors, que faire?

En tout état de cause, sûrement pas se taire en gardant ce secret sous clé. Ne valait-il pas mieux qu'elle lui expose toute la vérité, sans rien omettre? N'était-ce pas la seule façon d'exorciser ces fantômes, si vivaces et si puissants qu'ils avaient le pouvoir de l'enfermer dans une telle épouvante?

En fin de compte, il dit d'un ton neutre :

— Vous ne m'avez encore rien raconté...

— Comment cela?

— Eh bien, vous ne m'avez pas dit ce qui s'était passé cette nuit-là.

— Mais si!

— Je sais que vous vous rappelez le moindre détail, Holly. Chaque mot, chaque intonation. C'était ce que vous voyiez et entendiez quand je suis arrivé, hier soir... n'est-ce pas? Lorsque j'ai frappé à la fenêtre, ce bruit a dû ressembler à des coups de feu, pour vous.

L'expression triomphante avait fait place à de l'appréhension.

— Ne croyez-vous pas, poursuivit-il, que cela vous aiderait d'en parler?

Elle hocha la tête et reconnut simplement :

— Je ne sais pas.

— Moi non plus, avoua-t-il. Mais je suis convaincu qu'il n'est pas sain de conserver par-devers soi, sous les verrous, de tels souvenirs et les émotions qu'ils engendrent.

Sous les verrous. Les mots trouvèrent un écho dans

l'esprit de Holly. Ne fallait-il pas les maintenir sous les verrous, ces souvenirs-là, comme les plus pervers des criminels, privés à jamais de la moindre liberté ?

Non, songea-t-elle avec une assurance qui la surprit elle-même. *Non*... parce que les souvenirs n'étaient pas des criminels. Seul Derek en était un. Et au-delà de toute cette souffrance, il existait d'autres souvenirs, enfouis jusqu'à présent : ce soir-là comme les autres, la tendresse avait régné.

— Il avait neigé dans la journée, commença la jeune femme. Nous avions un arbre dans le jardin, un superbe sapin, et je me souviens que ma mère et moi avons parlé de sa beauté, de sa délicatesse...

Elle s'adressait à la mer, là où des familles de cétacés viendraient s'ébattre durant l'été.

Tous les détails de cette soirée lui revenaient l'un après l'autre : le menu du dîner que Claire avait préparé ; leur conversation à bâtons rompus au sujet de la neige ; les bavardages et les *rires* échangés avec son frère et sa sœur pendant les publicités à la télévision ; et même les dessins animés qu'ils avaient regardés ensemble.

Des moments si heureux, si normaux....

Quand sa mémoire parvint trop vite à la seconde où Derek avait fait son apparition, Holly sentit sourdre en elle les hurlements qui allaient déferler, la submerger, la noyer...

Mais elle ne hurla pas.

Elle n'avait que des larmes, dix-sept années de larmes. Jusqu'alors, elles n'avaient coulé qu'à l'intérieur d'elle-même sans jamais atteindre ses yeux, étouffant son cœur, l'asphyxiant dans la douleur.

Elle allait pleurer, et avant même de sentir la chaleur des larmes sur ses joues, elle se retrouva dans les bras de Jason.

— Holly, murmura-t-il, effleurant de ses lèvres les cheveux dorés.

— J'ai besoin de vous raconter cette nuit-là, Jason.

— Et j'ai besoin que vous me la racontiez.

Ses pleurs s'écoulaient en silence, comme une pluie qui abreuvait les racines de l'espérance qui persistait en elle. Les boucles de sa chevelure cessèrent de danser sous la brise, lourdes de larmes.

Holly parla longtemps. Parfois, lorsqu'il sentait qu'un souvenir atroce assaillait la jeune femme, trop effroyable pour qu'elle pût le partager, il prenait la parole pour lui dire très tendrement :

— Racontez-moi, Holly. Racontez-moi tout.

Et elle lui raconta... tout. Aucun détail de ces moments d'horreur ne fut passé sous silence, car les images lui revenaient à l'esprit avec une lenteur torturante.

Lorsque enfin elle se tut, Jason garda contre lui ce corps tremblant, si fragile, et pendant de longues minutes Holly continua à pleurer, peu à peu apaisée par le battement rassurant de son cœur.

Puis, quand ses larmes se tarirent, elle releva la tête et vit de l'émotion dans les yeux outremer. Elle avait tenu Jason à l'abri du mal qu'incarnait Derek et de sa propre folie, mais elle lui avait transmis l'incommensurable tristesse qui l'avait hantée durant toutes ces années.

Posant les doigts sur son visage, elle balbutia :

— Je regrette...

— Vous regrettez? répéta-t-il dans un souffle. Mais quoi, Holly? De m'avoir fait confiance?

— Non.

Avec une infinie tendresse, il écarta de ses yeux une mèche trempée de pleurs :

— De m'avoir laissé vous approcher?

Ses joues lui répondirent par un brusque rougissement.

— Non.

— Il ne faut pas regretter de m'avoir parlé, Holly. Moi, je ne le regrette pas.

Son sourire était empreint d'amour :

— Entendu?
— Oui, murmura-t-elle. Entendu.

Quand ils regagnèrent le cottage, il était presque l'heure pour Jason de se rendre à l'aéroport. La jeune femme le convainquit d'emporter deux des sandwiches qu'il avait apportés et promit en échange qu'elle utiliserait l'ensemble des provisions dans les jours à venir.

L'heure du départ arriva enfin.

— Je vous enverrai au moins un fax par jour, dit-il, et je vous téléphonerai chaque fois que je le pourrai. Vous m'écrirez ou vous m'appellerez tous les jours, vous aussi?

— Oui, naturellement, mais...

— Mais...? Vous ne vous figurez pas, j'espère, que je veux parler de comptes rendus quotidiens au sujet du scénario?

— Je n'en étais pas sûre.

— Eh bien, soyez-en sûre, Holly, répondit-il d'un ton grave.

Et quand enfin il lut une expression de confiance dans ses yeux, il osa demander :

— Je sais que vous pratiquez la dactylographie en ce moment, mais est-ce que vous m'écrirez à la main?

C'était une forme de contact plus intime, aussi intime que possible au cours de la longue séparation qui s'annonçait.

— Oui, dit-elle en hochant la tête.

Et des mèches folles s'échappèrent à nouveau de sa tresse et se mirent à danser avec une liberté et une gaieté vivifiantes et toutes nouvelles.

Lorsqu'il embrassa Holly pour lui dire adieu, les doigts de Jason caressèrent tendrement le visage de la jeune femme, et ses yeux d'un bleu insondable lui effleurèrent le cœur.

En regardant sa voiture disparaître parmi les pins, Holly retint sa respiration. La joie ne l'avait pas quittée, ni l'enchantement, mais, face à ce départ, n'allaient-ils pas soudain s'envoler à la suite de Jason, la laissant sombrer à nouveau dans la tristesse?

Pourtant, rien de tel ne se produisit. Ni sur le moment ni trois quarts d'heure plus tard, quand le bruit d'un avion volant à basse altitude l'attira au-dehors. Le jet semblait d'argent dans le ciel nocturne, et la jeune femme, minuscule silhouette éclairée par les lumières du porche, lui adressa un signe de la main... et l'avion parut lui répondre en inclinant une aile.

Holly ne regagna son cottage que lorsque le jet s'évanouit dans l'obscurité. Dans sa chambre, elle se mit en quête du sac qu'elle avait emporté à Los Angeles. Elle en retira ses lunettes cerclées de métal, qu'elle ne mettrait plus jamais, ainsi que ses photos de famille. Ces images-là, elle entendait les partager avec Jason.

Dans six semaines, à son retour de Hong Kong, elle les lui montrerait.

Le lundi matin, quand on lui avait annoncé que son déjeuner d'affaires avec Raven Winter — et probablement Lauren Sinclair — était annulé, Jason avait résolu d'employer ces heures de liberté à terminer les préparatifs de son départ du jeudi après-midi pour Hong Kong.

En ce mercredi soir, après un dernier adieu à Holly et alors que l'avion se hâtait en direction de Los Angeles, Jason fut confronté à cette triste vérité : depuis l'instant où la jeune femme lui était apparue, il avait froidement laissé tomber la montagne de dossiers qui auraient dû requérir toute son attention.

Un attaché-case boursouflé reposait sur le siège contigu, depuis son départ à destination de Kodiak. La veille, il n'avait même pas essayé de se mettre au travail, et pendant tout le voyage, il n'avait fait que songer à la jeune femme.

Ce vol de retour, Jason pouvait aussi bien le consacrer à penser à Holly, mais il s'imposa une stricte discipline. Il lui fallait prendre des décisions à propos de chacun des dossiers contenus dans l'attaché-case, fût-ce au prix d'une nouvelle nuit sans sommeil.

Au fond, qu'importait s'il ne dormait pas pendant trois ou quatre nuits d'affilée ? C'était peu de chose en comparaison de dix-sept années de cauchemars.

« *Arrête de penser à elle* », ordonna une petite voix sensée.

Très bien, se jura-t-il. Mais un sourire illumina son visage quand il se dit que Holly allait mieux dormir cette nuit-là.

Durant quatre heures, Jason travailla avec concentration et efficacité. Puis, soudain, en dépit de la contrainte qu'il s'était imposée, une idée surgit brusquement dans son esprit : cela ne cadrait pas. Il *manquait* un élément dans le récit de Holly.

Cette idée extraordinaire lui vint avec une certitude non moins extraordinaire.

Il était difficile d'imaginer que Holly ait pu omettre le moindre détail. Certes, en dehors de Derek, elle n'avait pas mentionné de noms. Mais c'était par affection envers les membres de sa famille, parce qu'elle se les rappelait en tant que « mère », « sœur » ou « frère ».

D'ailleurs, songea-t-il, ce n'était pas cette absence de noms qui l'avait alerté. C'était autre chose, qui se cachait dans les profondeurs de sa propre mémoire.

Ce que cela pouvait être, Jason n'en avait aucune idée. Il ne se souvenait pas de l'article publié par le magazine *Time*, qu'il avait lu durant sa deuxième année d'études à l'université de Los Angeles.

Pourtant, l'histoire du carnage de la Saint-Valentin et des sept ans de captivité du père, de retour dans le monde des vivants — miracle qui avait eu lieu huit mois trop tard —, l'avait inconsciemment marqué. Même à l'époque, à l'âge de dix-neuf ans, Jason savait qu'un jour il deviendrait réalisateur : son imagination visualisait presque tout, s'interrogeant sur la façon de mettre en scène une histoire donnée.

L'article de *Time* l'avait à la fois intrigué et déçu. Tant qu'on ne retrouverait pas — morte ou vive — l'adolescente qui s'était enfuie, l'histoire demeurerait inachevée. C'était peut-être pour cette raison que ce fait divers était resté enfoui dans ses souvenirs.

Pas plus qu'il ne se remémorait l'article, Jason n'avait vu la récente émission de *20/20* à la télévision. Pendant cette nuit de la Saint-Valentin, il se trouvait avec Nicole Haviland, pour des instants de plaisir dépourvus de romantisme ou de sentiments. Cette soirée s'était terminée dans la mauvaise humeur quand il était reparti à minuit sous prétexte qu'il avait du travail à terminer.

A propos de travail, Jason considéra celui qu'il était censé accomplir. Une fois de plus, il lui parut évident que Holly avait pris le pas sur ses dossiers, jusque-là si importants... Holly et cette sensation qu'il lui manquait une pièce du puzzle, pièce qu'il connaissait à son insu.

— Le beau-père se nommait Derek, et la jeune fille Holly, mais on ignore le nom de famille de l'un comme de l'autre, récapitula Beth Robinson sans chercher à dissimuler son incrédulité.

Ce scepticisme n'empêchait nullement Beth d'adorer Jason ni d'apprécier qu'il soit venu lui confier une tâche sortant de l'ordinaire.

Trois mois auparavant, Beth était encore la meilleure documentaliste, et donc la plus sollicitée, de la Gold Star.

Tout en aimant son travail, elle l'avait quitté sans l'ombre d'un regret lorsque son obstétricien lui avait annoncé que l'enfant à naître et sa mère de quarante-trois ans avaient besoin de passer au calme les trois derniers mois de la grossesse.

Comme, en cette fin de huitième mois, elle se sentait franchement désœuvrée, elle avait bondi sur l'occasion d'effectuer une recherche pour Jason. Bien sûr, l'avait-elle aussitôt assuré, cela ne présentait aucun danger pour elle, surtout si l'essentiel de son travail consistait à passer des coups de téléphone.

En route pour l'aéroport, Jason avait effectué un détour jusque chez elle afin de lui expliquer qu'il enquêtait sur un crime commis des années plus tôt quelque part dans l'État de Washington.

— Avez-vous une idée de la date de ces meurtres, Jason ? L'année ou même l'époque de l'année ?

— En hiver, avait-il répondu en se rappelant la description du sapin couvert de neige fraîche.

Ensuite, quant à la date, il avait réfléchi : Holly avait trente ans à présent, elle était une adolescente lors du drame, mais une adolescente d'un âge suffisant pour s'enfuir et survivre par ses propres moyens. Au moment des événements, elle avait donc au moins quinze ans, sans doute davantage.

— Je ne connais pas l'année, mais c'était au maximum il y a quinze ans.

— Ah bon.

Beth aurait pu le taquiner sur l'ampleur de la tâche qui l'attendait, mais, à le voir si sombre et si grave, elle se contenta de répéter ses instructions :

— Si on me pose des questions, dois-je raconter que nous songeons à tourner un documentaire sur les violences familiales ?

— Exactement, mais en fait il s'agit d'un projet personnel, Beth, qui n'engage pas les studios. Je veux que vous m'établissiez un décompte de votre temps de travail et que vous m'adressiez directement la facture. Pour vos appels, je vais vous donner le numéro de ma carte de téléphone, ainsi que celui de ma carte Visa au cas où vous auriez besoin d'utiliser des coursiers. D'accord?

— D'accord. Demain matin, dès huit heures, mes doigts se mettront à pianoter du côté des commissariats, des journaux et des stations de télévision. Par quelle partie de l'État faut-il commencer?

Jason s'était déjà interrogé sur ce point : la présence de la neige ne constituait pas un indice déterminant. On rencontrait les hivers les plus rudes à l'est de l'État de Washington, mais il neigeait l'hiver sur l'ensemble de la région. Toutefois, le fait que Holly et sa mère aient parlé de cette neige semblait impliquer que le phénomène n'était pas si banal à leurs yeux.

Cette idée, associée au choix qu'avait fait la jeune femme de vivre à Kodiak, au bord de la mer, l'incita à conclure :

— Si je devais émettre une hypothèse, je pencherais plutôt pour la région ouest. Seattle, peut-être, ou l'une des villes de la côte.

— Bon, alors je vais commencer par là. Je connais là-bas un journaliste avec qui j'ai eu l'occasion de travailler au *Seattle Times*. Il s'est toujours montré très serviable.

QUATRIÈME PARTIE

21

Seattle, État de Washington,
vendredi 21 mars.

Au Space Needle, lui avait répondu Caroline lorsqu'il avait téléphoné mardi pour lui donner des nouvelles des chiots, tous en parfaite santé, et lui demander par la même occasion où et quand elle voulait dîner pour son anniversaire. La date avait été fixée au vendredi soir. Les propriétaires de Mindy allaient reprendre leur chienne vendredi matin. Katie et ses chiots, quant à eux, seraient partis la veille.

Lawrence et Caroline se mirent d'accord sur ce dîner par téléphone, le mardi, et le reconfirmèrent les deux soirs suivants. Lawrence appelait toujours à vingt-trois heures, après avoir installé pour la nuit ses douze petits pensionnaires.

Caroline prétendait que vingt-trois heures n'était pas une heure trop tardive pour la joindre. En réalité, d'habitude, elle dormait du sommeil du juste à cette heure-là, mais ces derniers jours, même si elle se levait toujours tôt comme à son habitude, la perspective des coups de fil de Lawrence la maintenait éveillée, débordante d'énergie et d'impatience.

Pelotonnée dans la chaleur douillette de son lit, les paupières closes pour mieux se concentrer sur la voix de

Lawrence, elle sentait la fatigue s'éloigner comme par magie. Ils parlaient des heures durant, à bâtons rompus, même si le lendemain, à y bien réfléchir, Caroline avait un certain mal à se rappeler avec précision comment une conversation sur ses œuvres de charité avait bien pu bifurquer sur les pyramides d'Égypte. Elle ne comprenait pas mieux pourquoi n'importe quel sujet les ramenait invariablement à ce débat capital entre tous, à savoir quel nom choisir pour la petite chienne.

Pendant des heures, ils pesaient le pour et le contre, hésitant entre « Ginger », « Duchesse », « Cléopâtre » ou « Muffin ». Caroline avait besoin de l'avis de Lawrence, bien sûr : en tant que vétérinaire, il était à même de lui dire quels noms étaient à la mode. Ils passèrent donc chaque proposition au crible, sans que Lawrence parût s'impatienter le moins du monde.

Jamais, non plus, Lawrence Elliott ne fit clairement sentir qu'il s'agissait de la décision — et du chiot — de Caroline... comme si tel n'avait pas été le cas, comme si tous deux s'estimaient responsables de cette vie qui commençait. Juliette, décrétèrent-ils avant de se souhaiter bonne nuit, le jeudi, à deux heures du matin. Non pas une Juliette pour un quelconque Roméo, simplement Juliette. Ce nom sonnait bien, et puis il pourrait, suivant la personnalité de la vaillante créature qui avait survécu à une naissance difficile, s'adoucir en Julie ou se familiariser en Juju.

— Êtes-vous toujours satisfaite de Juliette? s'enquit Lawrence pendant qu'ils parcouraient la courte distance qui séparait la maison de Caroline du centre de Seattle.

— Tout à fait. Et vous?

— J'aime beaucoup.

Leur réservation à l'*Emerald*, l'élégant restaurant tournant au sommet du Space Needle, était pour vingt heures.

A cette heure, l'obscurité serait tombée depuis longtemps, les privant des teintes somptueuses du coucher de soleil printanier sur les montagnes. En revanche, ils pourraient profiter de la féerie nocturne.

Par cette soirée pluvieuse, de toute façon, même s'ils étaient arrivés au crépuscule, ils n'auraient pu apercevoir les montagnes. Les Olympiques, les Cascades et le mont Rainier disparaissaient sous la couche de nuages qui recouvrait Puget Sound depuis l'aube.

Dans ces conditions, supposa Caroline, beaucoup de gens auraient annulé leur réservation, mais elle n'y songea même pas. Au contraire, en jetant un coup d'œil circulaire sur la ville, du haut de son perchoir mobile, elle se dit que telle était sans doute la meilleure manière d'en contempler la splendeur. La pluie atténuait et exaltait en même temps les silhouettes des gratte-ciel, faisant ressortir l'éclat de leurs illuminations. Dans chaque goutte se jouait une lutte entre l'eau et la lumière, provoquant une infinité de minuscules arcs-en-ciel dans la pénombre.

— Magnifique, murmura Caroline, ses yeux d'émeraude rivés à ce spectacle.

— Oui, approuva Lawrence, vraiment superbe.

Sa voix était profonde, chaleureuse et tendre, cette même voix qui avait bercé Caroline durant leurs récentes conversations nocturnes. Sa force et sa gentillesse, elle les avait alors perçues sans ambiguïté. Quelquefois même, elle en aurait juré, elle avait *entendu* son sourire si séduisant. Et, à certains moments bénis, un rire discret lui avait échappé, un rire trop longtemps enfermé dans une geôle, enfin libéré.

Tout en l'écoutant s'émerveiller avec elle de la beauté de la nuit, elle se tourna sans hâte vers lui. Grâce à leur reflet dans la vitre, elle s'aperçut qu'il la contemplait au moment précis où il prononçait le mot « superbe ».

Caroline prit une profonde inspiration pour tenter de calmer les battements de son cœur. Peut-être cela lui donnat-il du courage, car elle lui fit face, prête à affronter le désir qu'elle devinait dans ses yeux verts.

— Vous êtes très belle, Caroline.

Si ces mots étaient venus de tout autre que lui, elle aurait plaisanté : « Belle ? *Moi ?* Oh non ! » Plutôt fraîche, oui, et bien conservée pour quarante ans. Avec peut-être une certaine allure. Mais belle, non. Une simple illusion d'optique, aurait-elle proclamé.

Pourtant, le regard sombre qui la caressait ne semblait pas le moins du monde victime d'un mirage. Et pour la première fois de son existence, Caroline Hawthorne se sentit véritablement belle.

— Merci, répondit-elle à mi-voix. Si je suis belle, Lawrence, c'est grâce à vous... pour vous.

Par ce soir de printemps, plusieurs mois avant le début de la saison touristique, personne n'était là pour les presser. Nul n'attendait avec impatience qu'ils libèrent leur poste d'observation près de la baie vitrée. Caroline et Lawrence mangeaient lentement, bien plus passionnés par leur conversation et leurs découvertes réciproques que par les plaisirs de la gastronomie.

Malgré tout, ils firent honneur au délicieux dîner d'anniversaire. Mais surtout, de seconde en seconde, ils avaient de plus en plus faim l'un de l'autre.

Enfin, brisant un silence rempli de sourires héroïques et d'un désir qui ne cherchait en rien à se masquer, Lawrence chuchota d'une voix enrouée :

— Partons.

— Quelle excellente surprise !

L'exclamation émanait de Martin Sawyer, le puissant homme d'affaires qui, lorsque ses tentatives pour convaincre Lawrence Elliott de se lancer dans une carrière politique avaient échoué, avait abordé Caroline pour voir si elle accepterait d'user de ses remarquables talents de persuasion sur le candidat récalcitrant.

— Caroline et Lawrence, enfin ensemble... et s'entendant comme larrons en foire, de toute évidence.

Cette remarque visait le bras de Lawrence, enserrant Caroline d'une manière qui sous-entendait plus que la simple politesse d'un homme guidant une femme vers l'ascenseur. Dans ce geste, on sentait déjà une indéniable intimité.

— Lawrence et moi nous sommes croisés par hasard, Martin, s'empressa de préciser Caroline.

Trop tard, se dit-elle pendant que Lawrence relâchait — hélas — son étreinte.

— Mais vous vous êtes rencontrés. C'est l'essentiel.

L'épouse de Martin intervint, car le maître d'hôtel attendait pour les placer à leur table. Une minute plus tard, Lawrence et Caroline montaient dans l'ascenseur.

Quand ils atteignirent le rez-de-chaussée, l'urgence du désir s'était évanouie et les gouttes de pluie avaient perdu leurs couleurs d'arc-en-ciel. Seuls régnaient le froid et l'humidité.

Dans le silence de la nuit, Caroline aurait voulu se lancer dans des milliers d'explications, mais Lawrence se concentrait sur sa conduite, son attention fixée sur la chaussée glissante, sans se tourner une seule fois vers elle.

Cependant, voyant à quel point les muscles de sa mâchoire et de sa nuque s'étaient raidis, Caroline comprit qu'une partie au moins de ses pensées le ramenaient au dernier étage du Space Needle et à l'évidente satisfaction de Martin Sawyer, ravi qu'elle lui apporte son concours pour convaincre Lawrence Elliott, et au diable le sort de sa fille!

— Entrez, je vous en prie, dit-elle quand il freina devant sa maison avec une douceur qui la surprit.

Lorsqu'il acquiesça d'un signe de tête un peu solennel, elle devina que telle était son intention. Sans doute souhaitait-il prononcer les mots qu'il avait retenus durant le trajet.

— Il faut que vous le sachiez, commença-t-elle, nous avons vraiment fait connaissance par hasard.

Elle le suivit au salon, une fois déposés leurs manteaux trempés de pluie. Il se tenait debout près de la fenêtre, à regarder au-dehors.

— Oui, reprit-elle, Martin m'avait demandé d'essayer de vous persuader de vous lancer dans la politique. Et, en effet, c'est pour cette raison que j'ai regardé *20/20* et que j'ai su qui vous étiez. Seulement, Lawrence, avant même de vous rencontrer, je lui avais déjà répondu non. C'est ce qui explique son étonnement, tout à l'heure. Croyez-moi, je vous en supplie, je n'étais pas en train de vous manipuler, je ne me le permettrais jamais.

Quand il braqua son regard sur elle, il arborait une expression que Caroline ne lui connaissait pas. Ses yeux paraissaient presque noirs, son visage anguleux s'était durci sous l'effet d'une détermination inflexible. Lorsqu'il prit la parole, sa voix était glaciale.

— Me manipuler, *moi*? questionna-t-il avec un rire rauque. Mais vous ne pouvez pas me manipuler, Caroline, vous n'en avez pas la possibilité. Je n'ai rien à donner, rien qui puisse être utile à qui que ce soit, absolument rien. C'est moi qui utilise les autres, Caroline. C'est moi qui me sers de vous.

— Ce n'est pas vrai!

— Oh, mais si! Vous avez donné, et j'ai pris, tout en sachant combien c'était égoïste. Seulement, ajouta-t-il d'une voix subitement radoucie, savez-vous à quel point c'était extraordinaire de vous parler, d'être avec vous?

— Je le sais, répondit-elle sur le même ton, je le sais parce que c'était la même chose pour moi.

L'espace d'un instant, Caroline entrevit un éclair de désir dans les yeux verts, mais très vite les ténèbres revinrent peser sur eux.

— Je suis vide, Caroline. Vous le savez, et vous savez pourquoi. Vous avez rempli ce vide avec votre joie de vivre, votre enthousiasme, et je vous ai autorisée à le faire.

Ces paroles n'avaient aucun sens, jugea Caroline. Elle se refusait à renoncer à l'enchantement. Résolument, elle risqua :

— En quittant le restaurant, avant de tomber sur Martin, il m'a semblé que nous allions vers... quelque chose dont nous avions envie l'un et l'autre.

— Oui, admit-il. Mais de voir Martin m'a rappelé qui je suis vraiment, mon vrai moi, en dehors de l'homme que je suis avec vous. Grâce à vous.

— Il n'y a rien à reprocher à cet homme-là.

— Rien, sauf qu'il n'est pas réel. C'est une coquille vide, entièrement remplie par vous.

— Vous vous trompez! Vous êtes bon, tendre, et... rien de tout cela n'a à voir avec moi.

— Bien sûr que si. Cette bonté ou cette tendresse que vous m'attribuez ne sont qu'un reflet de vous. Vous pouvez me faire confiance, Caroline, je me pratique depuis assez longtemps pour le savoir.

« Il me fait ses adieux, songea-t-elle brusquement. Il croit en toute sincérité qu'il n'a rien à m'apporter. Il va s'en aller et il ne reviendra jamais. »

En dépit de sa propre souffrance, de sa propre solitude, Caroline savait que cette douleur était dérisoire à côté de ce qu'il avait vécu ces dernières années. Mais elle repoussa de toutes ses forces cette sensation de vide, aussi bien pour lui que pour elle-même.

Cependant, il s'éloignait déjà, s'approchait de la penderie pour y prendre son manteau.

— Lawrence, par pitié!

C'était un cri de désespoir feutré, mais cela suffit à l'arrêter. Quand il se retourna vers elle, ses yeux avaient retrouvé leur tendresse.

— Je vous en prie, ne partez pas, implora-t-elle. Si le fait d'être avec moi vous rend un peu moins seul, un peu moins vide, alors...

— Avec vous, je suis heureux, Caroline, rectifia-t-il. Heureux.

— Moi aussi, je suis heureuse avec vous.

— Oh, Caroline...

Il avait parlé dans un souffle à la fois doux et rude, mélange de désir et de détresse.

— Je ne voudrais pas vous faire de mal, acheva-t-il.

« Mais comment le pourriez-vous? » La question ne s'adressait qu'au silence, car elle en connaissait d'avance la terrible réponse. La faire souffrir, rien de plus facile. Lawrence n'avait rien à donner, affirmait-il : en réalité il n'avait rien à lui donner, à *elle*. Son cœur appartenait encore et toujours à Claire : Claire, pour qui il avait subi sept années de captivité et de tortures... Claire, à qui, après sa mort, il avait juré solennellement de retrouver leur fille.

Caroline le savait, Lawrence représentait un immense danger pour l'équilibre qu'elle avait eu tant de mal à atteindre. Pourtant elle s'approcha de lui et le regarda droit dans les yeux :

— Je ne redoute pas la souffrance, Lawrence, mais j'ai atrocement peur que vous partiez maintenant pour ne jamais revenir. Je vous en supplie, ne faites pas cela. Restez, je vous en prie... cette nuit... avec moi.

— Caroline, murmura-t-il en lui tendant enfin les bras.

Ses doigts coururent un instant dans la chevelure auburn, puis, juste avant d'embrasser les lèvres qui s'offraient à lui, il chuchota encore une fois son prénom, d'une voix plus pressante :

— *Caroline...*

A mesure que ses mains la caressaient, que ses lèvres la couvraient de baisers, des sensations s'éveillaient en Caroline, inconnues d'elle bien qu'elle sût les nommer : le désir, la passion, le besoin d'aimer et d'être aimée. Ces mots-là, Caroline Hawthorne aurait pu les définir avec la précision d'un dictionnaire, mais quant à leur signification, elle ne l'avait jamais vraiment comprise jusqu'alors.

Mon amour, je meurs d'envie de t'appartenir. Elle avait toujours adoré ces paroles-là, dans les chansons, et voilà que maintenant ces phrases vivaient en elle.

Caroline avait été mariée pendant sept ans, et, durant les douze années qui avaient suivi son divorce, elle avait eu plusieurs aventures. Chacune avait débuté sous les auspices d'une amitié idéale, compliquée plutôt qu'enrichie par les relations sexuelles. A quarante ans, on pouvait dire qu'elle était une femme « expérimentée ».

Et pourtant, ces sentiments exaltants — *cette chaleur, cette faim, ce besoin* — étaient totalement nouveaux pour elle. Ils ne l'étaient pas pour Lawrence, en revanche. Se donner tout entier à la femme de sa vie, il savait ce que cela voulait dire. Claire et Lawrence Elliott s'étaient aimés pour la dernière fois quelques heures à peine avant qu'il n'entreprenne le voyage jusqu'aux jungles du Vietnam. Depuis cette nuit-là, l'amour physique était un souvenir pour lui. L'homme à qui une exceptionnelle force de caractère avait permis de supporter sept ans de captivité à l'intérieur d'une cage minuscule avait su s'imposer une discipline similaire en ce qui concernait sa sexualité.

A présent, ses pulsions s'étaient libérées et elles semblaient différentes d'autrefois, plus impérieuses peut-être, en tout cas d'autant plus impérieuses qu'elles avaient été réprimées si longtemps... Cependant, en dépit de leur intensité, elles paraissaient plus faciles à contrôler, comme si elles s'étaient fixé un but.

Un but? La question résonna un instant dans son esprit avant que son cœur n'en trouve la réponse. Donner. Partager. Plus que deux corps enlacés sous l'effet de la passion... plus que le contact de deux épidermes... plus que deux désirs entremêlés, l'union de deux êtres en un seul. Leur fusion.

Ils s'aimèrent dans le lit où, les trois nuits précédentes, Caroline s'était blottie dans la chaleur de la voix de Lawrence. De même qu'elle avait fermé les yeux pour mieux le voir dans son esprit, de même elle éprouva le besoin d'éteindre la lumière. Découvrir cet homme par le biais de ses autres sens, c'était déjà bien. Il était trop tôt pour imaginer le désir de ces yeux verts parcourant sa nudité. Trop bouleversant, aussi.

Caroline s'éveilla à six heures. Le lit où elle s'était endormie avait été malmené par l'amour, mais les draps étaient en ordre, comme si rien ne s'était passé. Elle-même était bien bordée, confortablement allongée sous son couvre-pieds en piqué.

Des rais de lumière pâle filtraient au bord des rideaux. C'était l'aube, *et il était parti.*

Sur une brusque impulsion, Caroline repoussa les couvertures et se précipita à la fenêtre. Écartant un pan de rideau pour apercevoir la rue, elle vit que le temps était conforme aux prévisions météorologiques : la tempête de la veille n'était plus qu'un lointain souvenir. Tout était lavé, nettoyé, étincelant : une journée idéale de printemps.

La voiture de Lawrence était encore garée le long du trottoir. Pourtant, le message des draps et des couvertures lissés avec soin était aussi clair que le ciel au-dehors : il comptait s'en aller avant le réveil de Caroline, sans laisser la moindre trace de son passage, comme s'il n'était jamais venu.

Cependant, il n'était pas encore parti.

Caroline attrapa sur une chaise son peignoir à fleurs, le noua étroitement et, sans même s'arrêter pour se brosser les cheveux, se dirigea en hâte vers l'escalier.

Elle avait descendu la moitié des marches lorsque ses pas, silencieux sur l'épaisseur du tapis, ralentirent tandis qu'elle songeait :

« Hier soir, Lawrence a essayé de s'en aller et tu l'as supplié de rester, et cela n'a pas été très difficile parce que, il faut bien le reconnaître, il existe entre vous une extraordinaire attirance physique. Seulement, en ce moment, il essaie de partir, comme hier, et, une fois son désir assouvi, il... »

« Et je ne vais *surtout pas* le supplier. Je veux juste lui dire adieu. »

Lawrence se trouvait à la cuisine, penché sur le plan de travail, à écrire un mot. Pendant plusieurs secondes, Caroline se contenta de regarder cet homme à la beauté rude...

Dans la pénombre, il suscitait en elle des incendies qu'elle n'aurait jamais soupçonnés.

Il était habillé, à l'exception de la veste de son costume anthracite, mais Caroline devinait avec acuité ce corps qu'elle n'aurait pu voir dans l'obscurité de la chambre. Elle en savait la puissance, la passion... Elle connaissait aussi l'emplacement et les contours de ses nombreuses cicatrices.

— Salut !

Quand il se tourna vers elle, les lèvres qui l'avaient caressée avec tendresse s'incurvèrent en un sourire surpris mais accueillant. La voix qui avait si souvent murmuré son prénom dans la nuit, sans hésiter, cette voix qui n'avait pas une seule fois failli dire « Claire », répondit doucement :

— Bonjour.

Durant la nuit, Caroline avait préféré l'obscurité, parce que le désir dans les yeux de Lawrence aurait été trop lourd à porter. A présent qu'il savait tout sur elle, sur ses secrets les plus intimes, elle y lut cette même faim, encore plus avide. Elle trembla. Mais son regard sombre ne lui autorisa pas le moindre embarras :

— Je t'écrivais un message.

Elle acquiesça. Il lui laissait un mot d'adieu par courtoisie. De son côté, elle éprouva le besoin de le rassurer à son tour, avec une égale politesse :

— Je n'ai pas pris la pilule hier soir, mais...

— *Nous* n'avons pas utilisé de contraceptif.

— Non, et je voulais te dire de ne pas t'en préoccuper.

Elle s'interrompit, stupéfaite de ce qu'elle perçut dans ses yeux : non pas du soulagement, mais de la tristesse... Comme si, loin de s'inquiéter, il avait... espéré ! Comme si cet acte d'amour sans aucune précaution résultait, pour Lawrence comme pour elle, non pas de l'insouciance de la passion, mais d'un choix responsable, dont elle avait eu parfaitement conscience sur le moment.

« Se protéger contre quoi ? s'était-elle demandé. Contre le fait de concevoir un enfant avec cet homme admirable, ce père exceptionnel ? Au nom de quoi voudrais-je me prémunir contre un tel bonheur ? »

Pas question. Cependant, avant même de s'être sérieusement interrogée sur les conséquences de sa décision, Caroline s'était souvenue que la nature lui interdisait tout espoir ce mois-là : seuls certains jours du cycle lui offraient la possibilité d'être mère, et son corps lui signalait qu'il était trop tard pour cette fois.

Pourtant, si elle savait à quoi s'en tenir, Lawrence, lui, l'ignorait. A dix-sept ans, il avait pris toutes les précautions pour ne pas être père avant son mariage. Aujourd'hui, trente ans plus tard, avait-il perdu le sens des responsabilités ? Ou bien était-ce un choix délibéré ? Un vœu longtemps refoulé...

Ce matin, malgré tout, ce désir-là se devait d'être réprimé. N'était-ce pas une sorte de trahison envers un autre enfant : sa fille ? Lawrence continuerait à la chercher, sans jamais renoncer. Un instant plus tard, dans la cuisine de Caroline, la tristesse s'envolait aussi vite qu'elle était apparue.

— C'est la mauvaise période ?

— Oui, répondit-elle, j'ai un cycle aussi fiable que la lune... Je devrais avoir mes règles lundi, en principe, et ce sera le cas, parce que j'en ressens déjà les symptômes...

— C'est-à-dire... ?

Caroline frissonna comme s'il venait de la toucher et s'interrogea : pourquoi cette sensation ? Parce que la question était très intime. Il voulait en savoir plus : les mystères de son corps, les raisons pour lesquelles elle devinait qu'il était trop tard pour concevoir un enfant.

— Eh bien... un léger gonflement du bas-ventre.

Immédiatement, elle comprit que cette affirmation n'avait guère convaincu Lawrence, lui qui avait passé la nuit avec elle. Aussi s'empressa-t-elle d'ajouter :

— Et un certain durcissement des seins.

Le sourire de Lawrence s'évanouit pour laisser place à de l'inquiétude :

— Je t'ai fait mal, Caroline ?

— Non, assura-t-elle, frémissant au souvenir de ses caresses passionnées, exigeantes, mais qui ne l'avaient blessée à aucun moment. Non, Lawrence, tu ne m'as pas fait mal.

— Il y avait très longtemps que je...

— Moi aussi, sourit-elle. De toute façon, il y a toujours la possibilité du diaphragme. Ma gynécologue, qui est aussi une amie, tient à me donner une ordonnance permanente, au cas où... Alors, dès que la pharmacie ouvrira...

Sa voix faiblit, tout comme son sourire. Lawrenre avait

projeté de partir sans la réveiller, puis leur conversation lui avait fait oublier cette réalité. Et voilà qu'elle poussait l'audace jusqu'à parler de passer chez le pharmacien...

— Dois-je te lire mon message? questionna-t-il. C'était une invitation, Caroline.

— Alors dis-moi...

— Très bien. En fait, il s'agit d'une invitation portant sur pas mal de choses. Tu pourras choisir ce qui te conviendra. Voyons donc... Puisque tu es debout, je vais commencer par une proposition à laquelle je n'avais pas songé. Je ne suis pas de garde ce week-end, du moins pas officiellement, mais je me suis engagé à faire une visite dans une maison, une autre dans une étable et une troisième dans une écurie, le tout à partir de huit heures trente, ce matin. J'adorerais avoir une assistante...

Il eut un sourire en voyant pétiller les yeux d'émeraude qui lui disaient déjà oui.

— Ensuite, poursuivit-il, j'ai pensé qu'il serait gentil d'aller rendre visite à Juliette. C'est fou ce qu'elle a grandi en six jours, tu n'en reviendras pas! Après, nous pourrions faire un tour au centre commercial, où tu t'occuperais de ton ordonnance pendant que j'irais acheter de quoi pique-niquer à midi. Tu as vu la clairière l'autre soir, mais j'aimerais que tu la voies à la lumière du jour. Il s'en trouve une autre après la rivière, en plein bois. Personne ne la connaît, à part les cerfs et moi. C'est un endroit ultrasecret, Caroline, et très beau.

Il marqua une pause pour lui laisser le temps non de répondre mais de rêver.

« Dans cette clairière, Caroline, pensa-t-il, nous ferons l'amour sur un parterre de fleurs des champs. Nous nous aimerons comme cette nuit, mais mieux encore, parce que nous nous connaissons mieux, parce que nous nous faisons encore plus confiance. L'air aura un parfum de fleurs et de pins humides de pluie, le soleil printanier nous réchauffera.

Aujourd'hui, Caroline, nous nous regarderons pendant l'amour. »

— Plus tard, pour le dîner, nous pourrions nous rendre à Snoqualmie, et demain matin, si je peux sortir du lit sans te réveiller, j'irai chercher le journal, le lait et les croissants, et... Caroline ?

Lawrence n'avait aucun mal à deviner sa réponse à l'éclat de ses yeux d'émeraude, mais il ressentit le besoin d'entendre prononcer les mots. Il insista donc :

— Dans cette liste, y a-t-il quelque chose qui te tente ?

Caroline se retrouva incapable d'articuler une syllabe : elle était déjà dans la clairière au milieu des fleurs sauvages, sous la caresse du soleil — et des lèvres expertes de Lawrence. Il la verrait enfin nue, avec toute sa passion, comme elle verrait la réalité de ses cicatrices, et...

Tout à coup, ses yeux verts se substituèrent à cette vision. Lawrence attendait toujours sa réponse et, pendant un instant, elle vit l'incertitude dans son regard... comme s'il redoutait la lumière du jour... comme si elle pouvait être heurtée par ce spectacle.

— Mais tout me tente, Lawrence, dit-elle dans un souffle. Absolument tout.

22

Brentwood, Californie,
dimanche 2 avril.

Après s'être arrêté devant chez Raven, Nick considéra ses deux filles avec un sourire complice et déclara :

— On va bien s'amuser.

Ils avaient choisi la camionnette, décision que Nick avait semblé prendre sans la moindre arrière-pensée et à laquelle ses enfants avaient souscrit volontiers.

Au sujet de Raven, il n'avait raconté que la stricte vérité à Samantha et à Melody : leur rencontre, le jardin de roses qu'il avait planté pour elle, la profession de la jeune femme, la réunion d'anciens élèves à laquelle ils avaient assisté à Chicago et enfin l'invitation pour le dîner de ce soir.

En revanche, Nick n'avait pas précisé à ses filles que Raven croyait voir en lui un jardinier professionnel, et non pas un jardinier amateur qui se trouvait être aussi le P.-D.G. d'Eden Entreprises. Il n'avait pas l'intention de les impliquer dans ce simulacre. Et si, au cours de la soirée, la vérité venait à surgir sans crier gare ? Tant pis ! Advienne que pourra.

Toutefois, Nick en doutait. Ses filles étaient dénuées de toute prétention et n'évoquaient que rarement les questions d'argent ou leur train de vie. Cela leur importait à peu près autant que de savoir si elles prendraient la camionnette ou la Lincoln Continental.

En fait, Samantha et Melody préféraient la camionnette. Elles aimaient être perchées en hauteur et rebondir au gré des cahots, et par-dessus tout elles adoraient voyager à l'avant, avec leur père, dans la cabine spacieuse.

L'idée qu'on « allait s'amuser » fut accueillie avec enthousiasme par Melody et avec mauvaise humeur par sa sœur aînée.

— Oui, vraiment, Sam, insista Nick devant son air renfrogné. Ce sera vraiment bien, tu verras.

Samantha ne pouvait résister longtemps à son père, tous deux le savaient. Pourtant, en voyant ses yeux s'éclairer, Nick se demanda une fois de plus comment elle réagirait face à Raven.

« Ce serait tout à fait naturel », avait assuré la jeune femme quand ils avaient envisagé le cas, fort probable, où Samantha déciderait d'observer un silence d'outre-tombe durant toute la soirée. « Je comprendrais sa méfiance, Nick. »

Raven était préparée à découvrir une Samantha obstinément taciturne, comme à les voir arriver à six heures du soir. Néanmoins, quand elle ouvrit la porte, elle paraissait prise de court.

— Sommes-nous en avance ?

— Pas du tout, vous êtes juste à l'heure. Entrez, je vous en prie.

Tout en les précédant dans la maison, elle adressa un sourire aux deux enfants qui la dévisageaient, mais seule l'une d'entre elles le lui rendit.

— Bonsoir. Je suis Raven.

— Et moi Melody.

— Bonsoir, Melody.

Comme Nick l'avait affirmé, cette petite fille de neuf ans était un vrai rayon de soleil. Ses yeux bleus étincelaient, son sourire était irrésistible, ses cheveux couleur de flamme brillaient de tout leur éclat. Il eût été difficile de ne pas avoir envie de se réchauffer auprès de cette lumière, de ce bonheur de vivre, de cette joie innocente.

Ensuite, l'attention de Raven se tourna vers l'autre fille de Nick.

Elle pourrait être ma fille. Cette pensée la traversa comme une onde de choc, car la ressemblance entre Samantha et la jeune femme allait bien au-delà de leurs cheveux noirs et de leurs yeux bleu nuit. L'expression sérieuse de Samantha était celle de Raven, exactement celle qu'elle avait à douze ans. Son regard disait que le monde était un endroit plein de dangers, peuplé de gens qui pouvaient facilement vous briser le cœur...

Raven aurait voulu l'entourer de ses bras, l'assurer qu'elle ne lui ferait jamais de mal... Mais, au lieu de cela, elle se contenta de lui dire en souriant :

— Et tu dois être Samantha. Bonsoir.

— Bonsoir.

La jeune femme dissimula une légère déception. Loin de paraître rassurée par son accueil chaleureux, la petite fille semblait encore plus sur ses gardes.

— Alors, Raven, demanda Nick, que s'est-il passé ?

La jeune femme s'était promis d'être la première à en rire, afin d'amuser les deux petites filles avec cette anecdote, mais maintenant...

— J'ai fait tomber la cocotte.

— Je suis désolé pour toi.

La voix de Nick exprimait toute sa sollicitude : il savait combien Raven s'était angoissée à propos de ce dîner, désireuse de préparer des plats qui plairaient aux enfants, rejetant, malgré son insistance, l'idée qu'il serait plus simple pour la première fois d'aller au restaurant.

— Et elle s'est cassée ?

— En réalité, mon plat a atterri sur le carrelage, tout s'est renversé.

— Sur ton carrelage immaculé? Alors, ce doit être encore tout à fait comestible.

En réparant les dégâts, Raven avait sauvé ce qu'elle avait pu et mis ces restes au réfrigérateur afin de les utiliser plus tard.

— Oui, c'est mangeable. Mais je ne vais pas servir cela à mes invités!

Elle se tourna vers ses hôtes de marque :

— Même si ce n'est pas très original, je vous propose de faire livrer une pizza.

— On *adore* la pizza! s'écria spontanément Melody.

Cela, Raven le savait. Nick lui avait déjà fait cette suggestion à plusieurs reprises. Elle adressa un sourire plein de gratitude à la petite fille qui, d'instinct, avait voulu dissiper son embarras.

— C'est vrai? Bon. Alors, c'est décidé.

— En fait, intervint Nick, notre pizzeria préférée n'est pas très loin d'ici. Je pourrais aller y acheter quelque chose pendant que vous feriez plus ample connaissance.

Raven s'attendait à ce que Samantha souhaite accompagner son père, mais celle-ci demeura silencieuse. Alors, sachant que les deux enfants aimaient bien faire la cuisine, la jeune femme lança :

— Je ne me suis pas encore occupée de la salade. Peut-être pourriez-vous m'aider? Grâce à vous, j'essaierai de ne pas la flanquer par terre!

Samantha réagit à cette tentative d'humour par un regard étonné, et Melody laissa résonner une cascade de rires cristallins.

— Mon père ne cherche pas à se remarier.

Raven sursauta, et ce fut un miracle si elle put éviter de se couper avec son couteau de cuisine.

La voix de Samantha lui parut peu amène, mais elle ne l'avait guère entendue jusque-là. Non que la confection de la salade se fût déroulée en silence, loin de là. Melody n'avait cessé de bavarder comme une pie. Mais quand sa sœur aînée prononça cette sentence, elle se tut d'un seul coup.

Raven se tenait face à l'évier, à couper ses tomates, pendant que les deux fillettes, assises à la table, s'employaient à couper des carrés de fromage.

Lorsque la jeune femme fit volte-face vers Samantha, elle vit un mélange de bravade et de crainte sur le visage de cette dernière.

La fille de Nick avait tellement peur de perdre son père qu'elle avait surmonté sa timidité naturelle pour émettre ce jugement spectaculaire. Or, Raven connaissait bien l'origine de cette attitude : le désespoir... parce que l'enjeu était effroyablement élevé, terriblement grave.

Avant qu'elle pût formuler une réplique, Samantha reprit la parole pour clarifier son propos :

— C'est un homme. Alors, il a des besoins. C'est pourquoi il voit des femmes, des quantités de femmes.

Raven se souviendrait plus tard de cette seconde phrase, mais pour l'instant elle se concentra sur la première : c'est un homme, alors il a des besoins.

Tandis qu'elle scrutait cette enfant désemparée qui lui ressemblait tellement, la vision devint tragiquement nette.

Dans quelques mois à peine, Samantha aurait treize ans, l'âge auquel Raven avait perdu sa virginité : elle s'en était débarrassée, parce qu'elle manquait d'amour... et parce qu'elle avait hérité de sa mère l'idée désastreuse que les hommes avaient des besoins que les femmes étaient obligées de satisfaire. Elle s'était sentie si vieille à treize ans, si exténuée, en un sens... Mais elle n'était qu'une petite fille. Et Blane, l'« homme » de seize ans qui l'avait désirée, parce qu'il avait des besoins, lui avait semblé tellement mûr...

« Pourtant, nous n'étions que des enfants, songea-t-elle. J'étais une petite fille, comme Samantha, et il n'y avait personne pour m'aimer ou me protéger. »

Samantha était aimée, profondément, passionnément. Et cependant elle venait de prononcer des mots qu'aucun père attentionné n'aurait permis à sa fille de penser.

— Je ne puis croire que ton papa t'ait raconté que les hommes avaient des besoins. Il t'a dit cela ?

— Pas exactement, avoua Samantha. Non.

— Bon.

Raven traversa la cuisine pour s'asseoir à la table avec une expression de gravité.

— Samantha, poursuivit-elle, ne va pas te figurer que les hommes ou les garçons aient le droit de te donner des ordres. Jamais, au grand jamais, tu ne devras te soumettre à leurs caprices sous prétexte que tel est leur bon plaisir. Tout le monde a envie d'être aimé, tout le monde en a le droit. Seulement, il y a des choses que l'on doit mériter, sans les exiger ni s'en emparer de force.

La jeune femme marqua une pause pour reprendre son souffle. Les yeux de la petite fille étaient écarquillés de stupéfaction. Raven se demanda si Samantha en concluait qu'elle était folle — ou monstrueusement présomptueuse.

« Peut-être, réfléchit-elle, cette enfant n'a-t-elle pas la moindre idée de ce que je suis en train de lui dire. » Elle n'avait cependant pas l'intention de se montrer plus explicite. Sans doute, aux yeux de Samantha, ces « besoins » dont elle parlait avec tant d'autorité ne concernaient-ils que les rapports humains entre adultes, et non la sexualité.

— Peut-être mes remarques n'ont-elles aucun sens pour toi.

— Oh, mais si ! s'exclama Melody. C'est *exactement* ce que papa nous a expliqué quand Jeannette nous a dit que, s'il la voyait, c'était parce que les hommes avaient des besoins.

Elle haussa les épaules d'une manière qui indiquait clairement que le mot « besoins » désignait une chose dont elle ignorait tout.

— Avant, on ne connaissait même pas Jeannette, précisa-t-elle. Elle a juste débarqué un beau jour à la maison, comme ça, par surprise, et déjà ça a rendu papa à moitié fou, mais quand elle a dit l'autre truc, il s'est carrément mis en colère. Il lui a répondu que c'était nul de nous dire des choses pareilles.

— Je suis d'accord avec lui. C'était épouvantable.

— Après ça, acheva Melody, je pense qu'il ne l'a plus revue.

Bien, songea Raven. Que Nick veuille protéger ses enfants de quiconque essayait de corrompre leur esprit au moyen d'un sexisme aussi flagrant, ce n'était pas une surprise pour elle. Ni pour Samantha, d'ailleurs, elle le comprit aussitôt.

Dans ces conditions, pourquoi la petite fille avait-elle lancé cette réflexion ? Espérait-elle entraîner Raven dans un piège en la poussant à décréter que les hommes avaient des besoins, de façon à répéter ce propos à son père — ce propos à cause duquel il avait cessé de voir la fameuse Jeannette ? Peut-être. Mais il était évident que Raven l'avait surprise en réagissant d'une façon aussi défensive. Aussi enchaîna-t-elle avec calme :

— Je crois que ce que tu veux dire, Samantha, c'est que tu n'as pas besoin — ou envie d'une seconde mère.

— Oh ! murmura Melody.

Ses yeux bleus, agrandis par la stupeur, coururent de Raven à sa sœur aînée.

Samatha ne souffla mot. C'eût été inutile. Son air triste disait tout.

— Écoute-moi, Samantha, je t'en prie, insista Raven. Je n'essaie pas de devenir ta mère. Je n'en ai jamais eu la prétention. Du reste, je ne suis pas du tout certaine que j'en serais capable. En fait, je ne pourrais sans doute pas.

— Pourquoi ? questionna Melody.

Avant de répondre, Raven se remémora un instant l'enfant de la drogue qu'elle avait été : cette petite fille en manque d'amour qui avait voulu si longtemps devenir mère, en osant croire qu'elle saurait se montrer aimante. Mais la nature avait su mieux qu'elle.

— C'est difficile à expliquer, dit-elle enfin. J'ai fini par le penser, voilà tout.

— Ah bon, opina Melody avant d'ajouter, les yeux brillants : Et votre mère, elle est comment ?

— D'abord, je ne l'ai pas vue depuis quinze ans. Quelques semaines avant mon diplôme de fin d'études, elle a décidé de partir. Je n'ai jamais eu de père, de sœurs ou de frères, ce qui fait que, lorsqu'elle est partie, je suis restée absolument seule. Pendant très longtemps, je me suis figuré qu'elle était partie à cause de moi, parce que j'étais coupable de choses atroces.

— Mais ce n'était pas vrai, objecta aussitôt Melody.

Presque en même temps, mais beaucoup plus lentement, Samantha déclara :

— Vous n'aviez rien fait de mal.

— Non, en effet... Plus tard, j'ai compris que les raisons de son départ ne concernaient qu'elle. En tout cas, question amour maternel, on ne peut pas dire qu'elle ait été extraordinaire, mais d'un autre côté je pense sincèrement qu'elle a fait de son mieux.

Leurs trois regards si bleus étaient devenus graves, et, le temps de quelques battements de cœur, il n'y eut plus que trois enfants abandonnées par leurs mères. Puis Raven redevint adulte pour conclure d'une voix douce :

— Tout le monde n'est pas né pour être mère. Ce n'est la faute de personne. C'est ainsi, voilà tout.

Le temps que Nick revienne avec la pizza, la conversation avait dévié sur les chanteurs et les groupes préférés des deux enfants.

Durant le reste de la soirée, pas une seconde Samantha n'arbora son expression des mauvais jours. Au contraire, ils entraperçurent à plusieurs reprises son ravissant sourire et l'éclat de son regard. Mais, malgré tout, la petite fille demeurait sur la réserve, à l'écoute, observant Raven avec un scepticisme mêlé d'espoir.

Raven savait d'avance à quelle heure se terminerait la soirée : huit heures trente. Comme il y avait école le lendemain, lui avait expliqué Nick, Melody devait aller se coucher à neuf heures. Et pour sa part, Samantha avait annoncé qu'elle comptait elle-même se coucher à neuf heures au plus tard, afin de se lever tôt le lendemain pour se consacrer à des révisions de dernière minute.

Huit heures trente vinrent — et s'envolèrent. Lorsque Nick rappela l'heure, ses deux filles haussèrent les épaules avec indifférence, sans faire mine de se lever, tout entières captivées par Raven. Elle leur racontait les hivers enneigés de Chicago, embellissant à plaisir ce qui, pour l'enfant qu'elle avait été, avec ses maigres jambes nues badigeonnées de vaseline contre le froid, n'avait été que le symbole amer et glacial du manque d'affection dont elle souffrait.

A neuf heures et quart, Nick insista de nouveau : il voyait bien que, en dépit de ses efforts, la plus jeune et la plus dynamique de ses filles commençait à tomber de sommeil. Il savait par expérience qu'elle avait besoin d'une bonne nuit réparatrice pour recharger ses batteries.

Sans que leur père ait à le leur suggérer, les deux enfants remercièrent poliment Raven. Melody enjoliva ses adieux en lui sautant au cou avec exubérance.

Pendant un merveilleux instant, il sembla que Samantha allait suivre son exemple, et la jeune femme se tenait déjà prête, au moindre signe, à serrer la petite fille dans ses bras.

Mais Samantha resta sur place, paraissant même se raidir. En fin de compte, elle déclara :

— Je suis désolée pour ce que je vous ai dit, tout à l'heure.

Sans la toucher, Raven l'embrassa dans son cœur.

— Moi pas, Samantha. Cela nous a permis de parler ensemble.

Depuis le seuil de sa maison, Raven leur adressa des signes d'adieu ; ils tournèrent à l'angle du boulevard, agitant la main dans sa direction. Puis les phares de la camionnette disparurent dans l'obscurité.

Soudain, elle se mit à pleurer. Ce ne furent pas les quelques larmes qui suivent parfois une soirée fertile en émotions : non, d'une façon inattendue, Raven Willow Winter éclata en sanglots.

Tout en pleurant, elle se raccrochait à une idée salvatrice : en dépit du plat renversé, la soirée s'était fort bien passée, mieux qu'elle-même ou Nick ne l'auraient imaginé.

Cette pensée ne suffisait pourtant pas à contrebalancer les cris silencieux qui s'élevaient en elle.

« Ne m'abandonne pas ! Emmène-moi avec toi ! Nous pourrions former une famille. Nous pourrions parler et rire, surmonter ensemble les pires problèmes... »

Ces mots étaient stupéfiants, choquants. Du reste, à en croire une petite voix qui ressemblait fort à celle de Victoria Wainwright Calhoun, ils étaient aussi d'une rare sottise.

« Nick ne va pas confier ses précieuses filles à n'importe qui. Oui, il souhaitait que tu les rencontres et, oui, il vous a laissées seules quand il est allé chercher la pizza. Mais tu l'as dit toi-même : rien ne te permet d'espérer que tu pourrais être une bonne mère... Tout porte à croire le contraire. Qui plus est, Nick ne t'a jamais donné la moindre raison de penser qu'il attend mieux que quelques nuits de passion. Samantha a raison : il ne cherche pas une épouse, pas plus qu'il ne cherche une mère pour ses filles. »

Samantha avait également dit que Nick avait des besoins et que des quantités de femmes ne demandaient qu'à les satisfaire.

Or, même si Nick et Raven tremblaient autant l'un que l'autre à l'idée que les deux petites filles puissent un jour se sous-estimer et se livrer au premier venu, la jeune femme, pour sa part, n'avait fait que cela durant toute sa vie... tant elle était désespérément en quête d'amour.

Et cette Raven qui venait de fondre en larmes, qui avait tellement peur qu'on l'abandonne, n'était-elle pas désespérée ?

Oui... et non. Oui, elle voulait être aimée, mais désormais il y avait davantage : elle voulait *aimer*. C'était pour cela qu'elle avait toujours désiré un enfant, parce qu'une partie d'elle-même croyait en sa capacité à aimer, à protéger, à choyer. A présent, avec une vigueur étonnante, elle y croyait vraiment.

J'ai quelque chose à donner. *Je le sais.*

D'avance, ils avaient décidé que, comme tous les soirs de la semaine passée, Nick reviendrait dès que ses filles seraient endormies.

Cette nuit-là serait différente des autres, de toute façon, puisqu'elle serait la dernière avant dix jours. Les parents de Nick, qui veillaient d'ordinaire sur le sommeil des deux enfants, partaient pour Denver dans la matinée. Ils allaient rendre visite à leur fille et faire la connaissance de leur premier petit-fils.

Les autres soirs, Nick était arrivé peu après dix heures. Mais là, lorsque onze heures devinrent onze heures et demie, les espoirs de la jeune femme commencèrent à s'éteindre... et quand les phares de la camionnette illuminèrent enfin le porche de sa maison, elle crut à un mirage.

— Personne ne pouvait aller se coucher, annonça-t-il d'emblée lorsqu'elle lui ouvrit la porte. Elles étaient bien trop surexcitées. Tu les as fascinées, Raven, même Sam — peut-être plus particulièrement Sam.

Avec douceur, il lui prit le visage dans ses mains, tout en lui souriant avec tendresse. Ses yeux gris se consumaient de désir — et de quelque chose qui ressemblait à de l'amour.

Sans prévenir, Raven se remit à sangloter, en une explosion presque violente.

— Raven? Qu'y a-t-il?

Je vous veux, toi et tes filles. Je veux que nous formions une famille. J'en ai tellement envie... tellement!

— Raven?

Il l'attira contre lui, l'enveloppant de sa force :

— Qu'est-ce que c'est? Tout s'est si bien passé... Tu ne t'en es pas rendu compte?

« Attention, l'avertit une voix. Tu as besoin de lui, mais lui n'a nul besoin de toi, sauf au lit. Et quand il s'en fatiguera, ou quand il en aura assez de tes pleurs incompréhensibles, des dizaines de femmes se précipiteront sur Nicholas Gault. »

— Les choses ne se sont peut-être pas si bien passées pour toi, réfléchit Nick, la bouche enfouie dans ses cheveux noirs. Samantha a fait une réflexion qui t'a blessée, de toute évidence.

Raven se força à ravaler ses larmes, consciente qu'elles pouvaient lui coûter Nick. Lorsqu'elle retrouva sa maîtrise d'elle-même, elle leva les yeux vers lui pour répondre avec énergie :

— Non, pas du tout. Tout s'est bien passé, Nick, très bien. Elles sont très attachantes.

— Alors, dis-moi pourquoi tu pleures.

La jeune femme esquissa un pauvre sourire :

— Honnêtement, je ne sais pas. Une sorte de contrecoup nerveux, je suppose. J'ai été très tendue à la perspective de cette soirée, sans doute plus que je ne le pensais, et je n'ai pas eu le temps de songer à cette histoire de plat renversé, alors maintenant tout sort...

Nick la considéra, perplexe, tout en suivant d'un doigt la trace d'une larme sur sa joue. Il sentait qu'elle ne lui avouait qu'une partie de la vérité et gardait le plus important pour elle.

« Ainsi, nous avons tous les deux nos secrets, maintenant. »

En retournant chez la jeune femme, Nick avait soupesé l'idée qui l'avait obsédé durant toute la soirée. « Dis-lui que tu l'aimes... Dis-lui que tu veux partager ta vie avec elle, pour toujours. »

Il s'était imaginé prononçant ces paroles... et la réponse souriante de Raven.

Ensuite, ils auraient eu une conversation plus sérieuse où ils auraient dû se résoudre à l'idée que, même si la soirée s'était déroulée le mieux possible, il était néanmoins trop tôt pour évoquer leurs projets devant ses filles. Elles auraient besoin de passer plus de temps avec la jeune femme, afin de désamorcer les erreurs qui risquaient de se produire. Mais au bout du compte, ils formeraient une famille à eux quatre.

A un moment donné de cette conversation si sérieuse — et si gaie —, il s'arrangerait pour glisser une allusion à ses millions de dollars... Les yeux saphir de Raven étincelleraient de surprise... Il constaterait sur-le-champ qu'elle n'était pas au courant de sa fortune... et s'en moquait éperdument.

C'était là un rêve merveilleux que Nick appelait de tous ses vœux. Pourtant, quand il voulut sonder ces yeux qui voilaient leurs secrets, il comprit qu'il était trop tôt pour parler. « Il nous faut du temps, décida-t-il. Beaucoup de temps. A tous. »

23

Century City, Californie,
vendredi 7 avril.

A une heure de l'après-midi, ce vendredi-là, cinq jours après leur dîner-pizza, la secrétaire de Raven annonça par l'interphone une communication de Samantha Gault.

— Je prends la ligne, répondit aussitôt la jeune femme. Bonjour, Samantha.

— Bonjour.

Dans ce simple mot, énoncé d'un ton calme, Raven sentit une sorte de flottement.

— Que se passe-t-il ?

— Rien. C'est-à-dire... mes grands-parents sont à Denver et papa a une réunion importante cet après-midi...

Elle s'interrompit et poussa une exclamation étouffée.

— Samantha ?

— C'est trop bête de ma part ! Vous avez sans doute une réunion importante cet après-midi, vous aussi.

— En fait, non, rétorqua Raven sans réfléchir une seconde à son emploi du temps de la journée.

Certes, elle avait des rendez-vous, mais aucun n'était aussi primordial que l'appel de Samantha. Et puis, quand bien même son agenda eût prévu des projets chiffrés en millions de dollars, cela ne comptait pas vraiment par rapport aux activités de Nick : l'entretien d'un jardin, la découverte d'une nouvelle variété de roses ou l'agencement d'une harmonie de couleurs et de fragrances.

— Je suis entièrement disponible. Que puis-je pour toi ?

— Je suis en classe. Pourriez-vous me raccompagner à la maison en voiture ?

— Bien sûr. Dis-moi juste à quelle heure, et où se trouve ton collège.

— C'est Westlake, sur North Faring Avenue.

— Je connais.

Raven savait également que ce collège pour jeunes filles était l'un des meilleurs établissements privés de la région, et l'un des plus coûteux.

— Je suis tout près, ajouta la jeune femme : Si tu veux, j'arrive en moins d'un quart d'heure.

— Pourriez-vous venir tout de suite ?

— Naturellement. Le temps de raccrocher, et je saute dans ma voiture. Es-tu souffrante, Samantha ? Souhaites-tu que je t'emmène chez un médecin ? Je le ferais très volontiers.

— Non, merci. J'ai seulement besoin de rentrer chez moi.

Raven aperçut Samantha au moment où elle s'engageait dans l'allée ombragée entourant les bâtiments du collège de Westlake. La petite fille se tenait sur le perron du bâtiment principal. Elle n'était pas seule. Une femme était postée à son côté, dans une attitude protectrice. Lorsque Raven freina doucement devant elles, elle vit une expression soucieuse sur le visage de l'inconnue. Pour sa part, Samantha semblait pleine d'appréhension.

Il lui parut évident que Samantha n'allait pas simplement monter dans la voiture — la femme ne l'aurait pas permis.

Aussi Raven coupa-t-elle le contact, avant de sortir en

adressant un sourire chaleureux à la petite fille. Tendant la main à l'inconnue, elle se présenta :

— Bonjour, madame. Je suis Raven Winter.

Son interlocutrice expliqua qu'elle était la directrice du collège et précisa les raisons de sa présence :

— Je crains que nous n'ayons un petit problème, Mrs. Winter. Nous étions convenus que, lorsque Samantha appelait à l'extérieur pour que quelqu'un la ramène chez elle, ce devait être une personne figurant sur la liste établie dans son dossier. Notre règlement nous interdit de confier nos élèves à quiconque n'apparaît pas sur leur liste.

Sans aucun doute, songea Raven. C'était là l'une de ces règles de sécurité qu'elle approuvait sans réserve. Westlake accueillait pour une large part des jeunes filles issues de familles richissimes, des enfants toujours à la merci d'un enlèvement avec demande de rançon.

Samantha, quant à elle, était la fille bien-aimée d'un simple jardinier-paysagiste. Néanmoins, sa réussite était telle qu'il pouvait s'offrir le luxe de l'envoyer dans cet établissement. Mais enfin, parmi toutes ses camarades, Samantha semblait l'otage potentiel le moins rentable — et donc le moins menacé.

Que l'administration de Westlake assumât ses responsabilités avec autant de scrupules, sans tenir compte de la fortune des familles de ses élèves, impressionna favorablement la jeune femme.

Toutefois, elle se refusa à répliquer en présence de Samantha que, quelle que fût sa valeur aux yeux de son père, la petite fille ne constituait pas une cible idéale pour des ravisseurs. Elle préféra tenter une autre approche.

— En effet, la situation est un peu exceptionnelle. Malgré tout, je suis sûre que Samantha vous a expliqué que ses grands-parents se trouvaient chez leur fille à Denver. Et puisque, cet après-midi, l'emploi du temps de Nick — de

Mr. Gault — est moins souple que le mien, Samantha m'a téléphoné.

— Malheureusement, Mrs. Winter, je ne saisis pas très bien vos liens avec Samantha.

— Je suis son amie, déclara Raven avec un sourire en direction de l'intéressée.

Les yeux bleus lui répondirent avec une telle expression de gratitude et d'espoir que la jeune femme se sentit encore plus déterminée à sortir au plus vite de cette impasse.

— Je comprends votre souci, madame, enchaîna-t-elle, et la famille de Samantha comme moi-même approuvons en tous points le règlement du collège. Mais son but véritable n'est-il pas d'empêcher des inconnus de se présenter sous une fausse identité? Si je suis venue aujourd'hui, c'est parce que Samantha m'a appelée. Il est donc indéniable qu'elle me connaît bien, et...

— Et j'ai confiance en elle, intervint la petite fille, avant d'implorer sa directrice : Vraiment, il n'y a aucun problème.

— Parfait, répondirent les instances supérieures en s'autorisant enfin un sourire. Je voulais juste m'en assurer. C'est chose faite.

— Je vous remercie, dit Raven pendant que Samantha se dirigeait vers elle, franchissant la muraille invisible qui, un instant plut tôt, semblait encore insurmontable.

La jeune femme entoura sa protégée d'un bras amical. Avant de la conduire à la voiture, elle prit une carte de visite dans son portefeuille afin de la tendre à la directrice :

— J'aimerais que vous l'ajoutiez au dossier de Samantha.

— Quelle histoire! s'écria Raven lorsqu'elles claquèrent les portières de la Jaguar.

Elles attachèrent leur ceinture, mais Raven attendit une minute avant de mettre le contact.

— Vous avez été formidable, Raven! s'exclama Samantha, admirative. Je ne croyais pas qu'elle me laisserait partir avec vous.

— Comme je n'avais pas l'intention de m'en aller sans toi, c'était de toute façon une bataille perdue pour elle.

— Merci.

— Dis-moi... es-tu souffrante?

— Pas exactement, et je ne devrais peut-être pas rentrer à la maison pour ça. Seulement, l'infirmière du collège m'a dit qu'il valait mieux que je rentre pour cette fois — la première fois... Aujourd'hui, j'ai mes règles.

— Ah bon? Eh bien, je suis d'accord avec l'infirmière, mieux vaut que tu passes chez toi le reste de la journée. Les premières règles, c'est une chose tout à fait normale et naturelle, mais c'est aussi très important.

Raven songea à Nick et à sa réaction à cette nouvelle. Ce serait un moment d'émotion et de gravité : l'inéluctable transformation de Samantha de petite fille en jeune femme.

En se rendant à Westlake, elle avait pensé que Nick se montrerait ravi que Samantha lui ait téléphoné, qu'elle lui ait accordé cette preuve de confiance. Mais à présent? Serait-il aussi content? Raven l'espérait. Il lui faudrait comprendre que Samantha ne se rendait sans doute pas compte de ce que cette métamorphose signifiait pour lui... et aussi à quel point c'était une affaire de femmes.

— Tu ne te sens pas un peu inquiète? demanda-t-elle avec une sollicitude toute maternelle.

— Vous l'étiez?

— J'étais terrorisée. Je ne savais pas ce qui m'arrivait.

— Votre mère ne vous avait pas prévenue?

— Non.

Raven s'était interdit de laisser filtrer la moindre trace d'amertume dans sa voix. Elle trouva même le moyen d'excuser Sheila Winter :

— J'étais très jeune la première fois. Elle ne m'avait rien

dit parce qu'elle pensait qu'elle avait largement le temps de m'en parler.

La jeune femme avait beau dissimuler son trouble, les souvenirs lui revinrent avec toute leur violence. Oui, elle avait eu *peur*. Le sang avait coulé abondamment, les crampes avaient été très douloureuses et elle avait cru qu'elle était en train de mourir. Elle avait quitté son école sans en souffler mot à quiconque et s'était précipitée chez elle, affolée, en courant, comme si une mère l'attendait pour la réconforter, lui expliquer, s'occuper d'elle.

Cet après-midi-là, Sheila se trouvait au lit avec son amant du mois, et tous deux s'étaient montrés furieux quand Raven avait fait irruption. Puis sa mère avait ajouté la honte à sa peur en la forçant à avouer — en présence de son amant — ce qui lui arrivait. Ce dernier avait poussé un juron et s'était moqué d'elle, après quoi sa mère, avec un rire éraillé, avait observé :

— Alors, comme ça, tu as hérité de cette calamité. Charmant! Ça prouve à quel point c'est génial d'avoir des enfants.

Pour Raven, la suite s'était révélée dérisoire. Le sang et les douleurs des premières règles disparurent presque entièrement dès la deuxième fois. Elle ne comprit que ses règles étaient atypiques que lorsqu'elle entra au collège et entendit ses camarades se lamenter sur les leurs.

Plus tard, quand elle se rendit à l'hôpital universitaire pour son premier examen gynécologique, comme elle décrivait ses règles qui ne duraient que si peu de temps, l'infirmière lui rétorqua qu'elle avait bien de la chance.

Or elle savait que ce n'était pas de la chance, au contraire. Sous l'effet de la drogue prise par sa mère, sa matrice était déficiente, trop stérile pour fabriquer chaque mois les tissus nécessaires à la formation d'une nouvelle vie. Ses règles insuffisantes et indolores n'en étaient qu'une preuve supplémentaire.

Bien qu'elle ne lût aucune crainte sur le visage de Samantha, elle réitéra sa question :

— Cela ne t'effraie pas?

— Je me sens un peu bizarre, mais pas inquiète. En classe, on nous a parlé des règles, et quelques-unes de mes amies ont déjà les leurs. Et puis Mamy, ma grand-mère, en a discuté avec moi.

— Tu ne saignes pas trop? Tu ne souffres pas?

— Je ne crois pas. Et je n'ai pas de vertiges. Je suis à peu près certaine de ne pas défaillir, conclut-elle avec un sourire malicieux.

— Défaillir? répéta Raven avec un petit rire.

— C'est un mot assez démodé, reconnut Samantha en rougissant légèrement, mais mes amies et moi nous l'aimons beaucoup.

— Moi aussi, répliqua Raven.

Elle se souvint tout à coup de la collégienne de douze ans qu'elle aurait tant voulu être : une petite adolescente qui aurait eu un cercle d'amies où l'on aurait échangé des rires et des secrets, et où un mot archaïque comme « défaillir » eût été employé avec délectation parce qu'il comportait l'indispensable aura de mystère de théâtre et de poésie.

— Je te ramène chez toi. Veux-tu que nous nous arrêtions dans une pharmacie en passant?

— Non, merci. Mamy et moi avons acheté tout ce qu'il fallait il y a quelques mois.

— Bon... Quelle est la route à suivre?

— Vous connaissez le chemin pour l'East Gate de Bel Air?

— Bien sûr.

— C'est là qu'on doit tourner.

— J'ai un aveu à vous faire, annonça tranquillement Samantha juste avant qu'elles ne quittent Sunset Boulevard pour s'engager dans Bel Air. Dimanche soir, quand j'ai raconté que papa voyait d'innombrables femmes, ce n'était pas vrai. Lorsqu'il n'est pas à son travail, il reste toujours à la maison avec nous. Je tenais à vous le dire.

Raven était bien placée pour savoir que Nick ne se trouvait pas chez lui *tous* les soirs. Toutefois, pour l'instant, elle s'autorisa le luxe de croire que les tardives visites de Nick n'étaient réservées qu'à elle.

— Merci, répondit-elle. C'est gentil de me l'avoir dit.

Elles arrivèrent dans Bel Air. Samantha donna quelques indications et Raven se concentra sur sa conduite, empruntant de petites routes qui serpentaient parmi d'imposantes demeures.

Elle s'imagina qu'elle se dirigeait vers un pavillon de jardinier situé sur l'une de ces somptueuses propriétés. Ici, comme à Lake Meadow, les habitations des domestiques s'avéraient souvent plus que suffisantes pour loger une famille composée d'un homme, de ses deux filles et de ses parents.

Néanmoins, quand elle bifurqua enfin dans une allée privée et entreprit de gravir la colline, la jeune femme commença à éprouver de sérieux doutes. La maison se révélait être une superbe villa blanche, entourée d'un jardin paysager qui portait sans conteste la signature de Nick.

En revanche, pas trace de pavillon annexe.

— Ton père doit être là. J'aperçois sa camionnette.

— Non, il n'est pas à la maison, objecta Samantha, surprise. D'habitude, il ne prend pas la camionnette pour aller travailler.

— Qu'est-ce qu'il utilise, alors?

— La Lincoln Continental.

Samantha débrancha avec dextérité le système d'alarme ultraperfectionné en laissant courir ses doigts sur un tableau de chiffres encastré dans un mur de la maison. Puis elle conduisit Raven dans un élégant hall de marbre. Un miroir ancien refléta son image, mais la jeune femme n'y prêta pas attention. Depuis le coup de téléphone de Samantha, elle s'était sentie différente : une femme qui aurait pu être mère. Mais maintenant, à mesure qu'elle pénétrait dans cette demeure et comprenait l'ampleur du mensonge de Nick, elle n'avait pas besoin de consulter son reflet pour se rappeler qui elle était en réalité : une exquise créature de glace, dont on se servait, dont on jouait, avant de la rejeter.

— Voulez-vous rester un moment, Raven ? Nous pourrions prendre des gâteaux et des jus de fruits.

— Très volontiers, rétorqua la jeune femme, toute à ses instincts d'autodestruction.

Oui, elle allait s'attarder un peu ici, jouer la comédie un peu plus longtemps, pour attiser encore les brûlures de sa propre douleur.

— Si tu me montres où est la cuisine, je préparerai les jus de fruits pendant que tu enlèveras ton uniforme.

Tandis que Samantha l'emmenait à la cuisine, elle s'interrogea sur la véritable personnalité de Nicholas Gault. En raison du voyage de ses parents à Denver, ils ne s'étaient pas revus depuis le lundi matin, lorsqu'il avait quitté la maison de Raven à la première heure. Mais ils s'étaient parlé dans l'intervalle, tous les soirs, après le coucher des enfants, et plusieurs fois dans la journée, chaque jour, en de brèves conversations. Il l'appelait sur sa ligne privée.

Raven avait eu l'impression qu'il téléphonait depuis des cabines publiques, entre deux jardins. De toute évidence, elle était loin du compte.

— Quelle était donc cette importante réunion de travail dont tu me parlais ? s'enquit-elle sur le ton le plus anodin tout en entrant dans la cuisine à la suite de son guide.

— Attendez...

Samantha posa son cartable sur une table et prit dans le rabat une feuille de papier :

— Le *Westwood Marquis*.

Avant de monter se changer, elle tendit le papier à la jeune femme :

— C'est son programme pour la journée.

Dactylographiée d'une manière irréprochable, la feuille énumérait les rendez-vous de Nick heure après heure en indiquant les numéros de téléphone correspondants. Sans doute tapé par sa secrétaire, ce document était manifestement destiné à sa fille, au cas où elle aurait eu besoin de le joindre. En haut, un en-tête gravé répondait aux questions de Raven : Nicholas Gault, P.-D.G., Eden Entreprises. L'adresse des bureaux, sur Wilshire Boulevard, figurait en dessous.

En compulsant l'emploi du temps de Nick, Raven comprit que, lorsqu'il l'avait appelée un peu avant dix heures, il était sur le point de commencer sa réunion au *Marquis*. L'objet, semblait-il, était le complexe hôtelier d'Eden Resort que Nicholas Gault envisageait de construire à Maui. La réunion était prévue de dix heures à quatorze heures trente. Ensuite, plus rien, sinon cette mention : « Quinze heures : retour à la maison. » De toute évidence, Nick comptait rentrer chez lui avant ses filles, afin qu'elles ne trouvent pas une maison — une somptueuse villa — vide.

Elle regarda l'horloge au-dessus de la cuisinière : Nick reviendrait dans trois quarts d'heure. Elle-même serait encore là, mais cela n'avait rien à voir avec ses tendances autodestructrices. C'était uniquement par égard pour cette petite fille qui devenait femme aujourd'hui.

Quand il constaterait que son imposture avait été découverte, comment réagirait-il? Ses yeux gris acier allaient-ils étinceler de fureur? Probablement, songea Raven. *Oui.*

Mais pas devant Samantha, pas avant de se retrouver seul avec elle.

« Il verra ma colère, lui aussi, se promit la jeune femme. Ma colère, pas ma souffrance, parce que je ne peux pas, je ne veux pas entendre de paroles moqueuses et méprisantes de sa part : t'aimer, Raven? T'*aimer*? »

Tout en disposant des petits gâteaux dans un plat, après avoir préparé un jus de fruits, elle mesura l'ironie de la situation : elle était en train de faire la cuisine dans une demeure magnifique. Elle connaissait beaucoup de ces luxueuses maisons de Bel Air, mais en tant qu'invitée. Or Nicholas Gault ne l'avait pas conviée à venir. Elle se trouvait ici par erreur... On l'avait prise pour une femme qui pourrait être une mère, et aussi pour une experte en matière de règles. Dans ces deux domaines, elle bluffait. Des années durant, elle avait essayé de concevoir un enfant et elle avait échoué. Par ailleurs, elle ne détenait aucune information intéressante sur les règles, du moins les règles normales, celles qu'avaient toutes les femmes qui n'étaient pas des enfants de la drogue.

Soudain, Raven se sentit effroyablement jeune, atrocement fragile. Elle était revenue à Lake Meadow, elle redevenait l'adolescente qu'on laissait entrer dans la cuisine pour aider aux repas de la famille Wainwright, mais sans l'autoriser à découvrir le reste de la somptueuse demeure.

Jeune et fragile, telle lui apparut Samantha quand elle revint dans la cuisine.

Sans doute, songea Raven, commençait-elle à entrevoir la signification profonde de ce qui venait de se produire. D'une manière irréversible, Samantha avait franchi la frontière qui sépare les femmes des petites filles, et peut-être une partie d'elle-même souhaitait-elle revenir en arrière, rester une enfant, comme avant, pour toujours.

Pour aborder ce sujet, Raven attendit un moment. Sur la suggestion de Samantha, toutes deux emportèrent au-dehors leurs jus de fruits et leurs gâteaux, sur la véranda contiguë au salon. Elles prirent place autour d'une table de fer forgé. La véranda surplombait des parterres de roses et offrait l'un des plus beaux panoramas de la Californie : à leurs pieds s'étendaient la Ville des Anges, Los Angeles, et le Pacifique d'un bleu éblouissant.

— Tu te sens bien, Samantha ?

Celle-ci acquiesça, ce qui ne l'empêcha pas de froncer les sourcils.

— Cela te semble un peu plus impressionnant, à présent ?

— Oui, je pense. C'est plus concret.

— Et plus irrévocable, ajouta Raven avec un sourire. C'est un événement irrévocable, mais toi, tu ne changeras pas vraiment. A l'intérieur, tu resteras la même.

— Êtes-vous la même que lorsque vous aviez mon âge ?

— Oui, à beaucoup d'égards.

Ses paroles avaient pour but de rassurer Samantha, mais ses pensées se chargeaient de sarcasmes : « Tu es *exactement* la même. Apeurée, vulnérable, désespérément en quête d'amour, mais absolument indigne... Tu n'es bonne qu'à satisfaire les besoins des hommes — et encore, pour un temps. Point final. »

De crainte que Samantha ne perçoive sa tristesse, elle concentra son attention sur le tee-shirt de cette dernière, d'un vert vif avec, en lettres d'or, « Santa Barbara Polo Club ».

— Tu fais de l'équitation ?

— Oui. Mais pas du polo, bien sûr. Et vous ?

— Je ne suis jamais montée sur un cheval !

— Alors vous devriez ! Vous adoreriez. Il faut que vous veniez avec nous à Santa Barbara.

Pendant que Samantha, enthousiaste, développait son

idée d'inviter Raven dans leur ranch de Santa Barbara pour le week-end, les doigts de la jeune femme se contractèrent autour de son verre, comme s'ils recherchaient une sensation de froid en espérant qu'elle serait contagieuse, pour mieux glacer ce cœur qui brûlait de douleur.

Quand Nick aperçut la Jaguar de Raven dans son allée, il éprouva une légère surprise teintée d'inquiétude. Ce qui l'emporta, malgré tout, fut le soulagement : un soulagement qui ne serait total que lorsqu'il aurait fini de s'expliquer, quand les yeux de saphir lui répondraient qu'ils comprenaient... et l'aimaient?

Il consulta sa montre. Samantha ne rentrerait que dans une demi-heure au minimum, et Melody avait son cours de danse jusqu'à cinq heures. Cela leur donnait un peu de temps pour parler, pour commencer à parler.

Pendant que Nick contournait la maison, certain que Raven avait découvert la véranda embaumée de roses, son cœur battait la chamade à l'idée de confronter la jeune femme : que les trente minutes à venir soient vite derrière eux, afin qu'ils puissent jouir paisiblement du reste de leur existence...

Un sourire monta à ses lèvres quand il distingua les cheveux de jais brillant sous la lumière du soleil. En même temps, il entrevit une autre chevelure brune. Ce fut Samantha qui l'aperçut la première et bondit de sa chaise pour courir à sa rencontre.

— Papa!

— Sam, dit-il doucement, étonné de sa présence.

Il lui rendit son étreinte, puis s'agenouilla en sorte que ses yeux fussent à la hauteur de ceux de sa fille :

— Que se passe-t-il?

Samantha rougit au lieu de répondre, et, dans cette seconde d'hésitation, le regard de Nick se tourna vers

Raven. Il ne se sentit guère rassuré. Raven semblait accablée.

— J'ai eu mes premières règles aujourd'hui, annonça enfin Samantha. J'ai téléphoné à Raven et elle m'a raccompagnée ici en voiture.

— Ah? fit Nick, soudain empêtré dans ses propres émotions.

Sa petite fille grandissait. Déjà. Tout était allé trop vite, et voilà que maintenant l'avenir lui apparaissait : Samantha devenant une jeune femme, Samantha tombant amoureuse...

Lorsque Raven mesura l'émotion de Nick et le vit qui essayait péniblement de trouver ses mots, elle ressentit un puissant élan d'amour pour lui. De l'amour, au lieu de la haine? Elle ne haïssait pas Nick, pas vraiment, *pas du tout.* Comment l'aurait-elle pu? Elle ne haïssait jamais qu'elle-même. Elle se haïssait d'avoir volé cet après-midi à Nick, de s'être réjouie que Samantha lui ait accordé sa confiance... Sur un ton d'excuse, elle risqua :

— Samantha m'a appelée parce qu'elle a très judicieusement estimé que je n'avais pas grand-chose à faire cet après-midi.

A ces paroles, l'homme qu'elle aimait répliqua par un sourire incertain mais reconnaissant. Elle lut une gratitude inexprimable sur son beau visage. Nick paraissait fier, fier d'*elle*, parce qu'elle avait su gagner la confiance de cette enfant habituellement sur la défensive.

« Il joue la comédie, se rappela la jeune femme. Le grand maître de l'imposture et du faux semblant joue un rôle en ce moment, à cause de Samantha. » Décidant de porter un masque à son tour, Raven ajouta sur le ton de la légèreté :

— Et aussi, je pense, parce que ce sont des affaires de femmes.

Devinant que son père était un peu perdu, que tout cela

était beaucoup plus important à ses yeux qu'elle ne l'aurait imaginé, Samantha entreprit de récapituler les événements :

— Comme son nom ne figurait pas dans mon dossier, Raven a dû convaincre la directrice qu'elle ne venait pas me kidnapper.

— Raven s'est montrée très convaincante, de toute évidence, observa Nick.

— Elle a été épatante !

Le sourire de Nick disait qu'il n'était pas surpris, qu'il savait déjà à quel point Raven était merveilleuse... Au bout d'un moment, d'une voix très douce, il demanda à sa fille :

— Comment te sens-tu, Sam ?

— Je vais *bien*.

Elle se rassurait elle-même en même temps que son père. Oui, tout allait bien à présent, grâce à ce que Raven lui avait dit : en dépit de cet événement capital, intérieurement elle n'avait pas changé.

Ils s'installèrent autour de la table de fer forgé, sur la véranda embaumée, et parlèrent de choses et d'autres — dont aucune n'avait le moindre rapport avec les troubles menstruels.

Un peu plus tard, Samantha s'aperçut que l'heure de la fin des cours avait sonné et se leva pour aller partager avec ses amies ce qu'elle considérait désormais comme une nouvelle plutôt excitante.

— Et ta grand-mère ? questionna Nick.

Une expression très tendre apparut sur le visage de Samantha :

— Je vais l'appeler en premier.

Quand elle regarda Raven, son expression était la même :

— Merci d'être venue me chercher... Je vous remercie pour tout.

— C'était naturel.

Dès que Samantha fut hors de vue, la jeune femme se leva à son tour pour prendre congé.

— Non, Raven, dit Nick. Pas avant d'avoir entendu mes explications.

Elle s'immobilisa, sans toutefois se tourner vers lui.

— Je suis une femme évoluée, Nick. Je n'ai pas besoin d'explications.

— Je crois que si.

S'approchant d'elle, il expliqua :

— Écoute-moi, je t'en prie. Lorsque je t'ai parlé de Deandra, je t'ai laissé entendre que nous étions deux étudiants sans le sou qui envisageaient de faire leur vie ensemble. La vérité, c'est que j'étais déjà très riche à l'époque de notre rencontre. Ma fortune intéressait Deandra, c'était d'ailleurs tout ce qui l'intéressait, et, même si je n'étais ni totalement naïf ni désespérément amoureux, elle s'est bien moquée de moi. Elle a réussi à me persuader qu'elle m'aimait et qu'elle rêvait elle aussi d'avoir des enfants.

Elle a réussi à me persuader. Ces mots s'enfoncèrent comme des poignards dans le cœur de Raven. Quelques instants plus tôt, Nick avait appris combien elle-même avait su se montrer convaincante devant la directrice de Westlake. Elle n'avait pas menti, certes. Pourtant, Raven Winter n'appartenait pas à la famille Gault, contrairement à ce qu'elle avait sous-entendu.

Quant à Nick, il avait pris soin de la maintenir à l'écart de la vérité, par peur qu'elle ne s'empare de tout, y compris du cœur de ses filles, si jamais elle découvrait l'immensité de sa fortune.

En une seconde, la jeune femme comprit. Quand Nick l'avait rencontrée, dans son élégant ensemble de sport, il en avait déduit aussitôt — et à juste titre — que les apparences comptaient beaucoup pour elle. Puis elle lui avait parlé de la petite fille pauvre qu'on avait si souvent humiliée et qui voulait tellement se faire accepter qu'elle s'était rendue à sa réunion d'anciens élèves avec le fol espoir d'impressionner ceux qui l'avaient persécutée.

Nick en avait déduit que, à l'exemple de Deandra, si elle apprenait le montant de sa fortune, elle tenterait tout son possible pour s'immiscer dans sa vie d'une façon permanente.

Du reste, était-ce là une conclusion tellement absurde? Raven Willow Winter n'avait-elle pas consacré à cela l'essentiel de son existence?

Oui, mais ça n'avait jamais été une question d'argent. Depuis le début, ce n'était rien d'autre qu'une question d'amour.

Comment aurait-elle pu reprocher à Nick de ne pas lui avoir fait confiance? Comment le convaincre qu'elle était tout sauf une très belle femme qui vendait son corps au plus offrant? Comment lui avouer que tout ce qu'elle voulait, c'était l'amour, comment lui faire comprendre qu'elle n'avait jamais su la signification de ce mot avant de le rencontrer, comment lui dire qu'elle n'avait jamais cru que son cœur de glace serait capable de s'ouvrir au bonheur?

Impossible d'exprimer cela... Les larmes qui couvaient depuis dimanche soir recommencèrent à jaillir.

— Je dois m'en aller.

Nick la rattrapa avant qu'elle puisse faire un pas et la maintint contre lui, d'une main douce et ferme, pour répondre d'un ton grave :

— Il fallait que je connaisse tes sentiments envers les filles et moi avant de te parler de ma fortune.

— Mes sentiments, tu les connais.

Elle gardait la tête baissée. Avec une infinie tendresse, il lui prit le menton dans ses mains et le leva pour apercevoir ses yeux de saphir.

— Je pensais les connaître, Raven, mais voilà que tu

essaies encore de partir... Ne le fais pas, je t'en supplie. Reste à dîner avec nous ce soir, en l'honneur de Sam.

Lorsqu'il vit l'espoir renaître au milieu des pleurs, Nick déposa une multitude de baisers sur les joues ruisselantes.

— Entendu ? insista-t-il.

La jeune femme acquiesça. Elle n'avait pas le choix. Parce que cette invitation était bien plus que pour un simple dîner.

Pour Raven, au fond de son cœur, c'était comme si Nick l'invitait à entrer dans sa famille.

CINQUIÈME PARTIE

24

Bel Air, Californie,
lundi 8 mai.

— Bonjour, Raven. C'est Sam. Papa souhaite te parler, mais je voudrais d'abord te poser une question. On va à Santa Barbara ce week-end, au ranch, et on se demandait si tu aimerais venir avec nous.

— Nous ? répéta la jeune femme.

— Il y aura mes grands-parents. Melody et moi, on amène chacune une amie. Et puis toi et papa.

— Je serais ravie de venir.

— Génial ! Je t'apprendrai à monter à cheval.

Raven hésita un instant. « Tu vois, Sam, je porte en moi une nouvelle vie, ta sœur ou ton frère, et je dois faire très attention... » Le miracle lui avait été confirmé trois heures plus tôt. A présent, tout s'expliquait : ses soudaines crises de larmes, ses angoisses d'être abandonnée...

Difficile d'imaginer qu'un être aussi minuscule puisse exercer déjà une telle influence sur elle. Raven s'était même demandé si l'enfant n'était pas de Michael : un cadeau d'adieu, conçu deux bons mois avant sa première nuit d'amour avec Nick.

Mais non, avait répondu son obstétricienne. L'événement remontait à six ou sept semaines, pas plus.

— Ce week-end, je me contenterai peut-être de te regarder galoper, Sam...

— Ah? Comme tu voudras. En tout cas, ça te plairait d'essayer, j'en suis sûre... Bien, j'arrête, papa veut que je lui passe l'appareil. On se voit vendredi?

— Vendredi?

Ce fut Nick qui répondit à sa question :

— Nous pensions partir vendredi après-midi vers trois heures, trois heures et demie.

— C'est l'heure qui t'arrange?

Depuis que les parents de Nick étaient rentrés de Denver, Nick et Raven s'étaient vus presque tous les jours pendant des semaines, du moins entre dix heures du soir et les premières lueurs de l'aube. Cette règle avait connu de rares exceptions : deux fois quand Nick était resté auprès de Melody, atteinte d'angine, trois autres lorsqu'il s'était rendu à Dallas, quatre lors d'un voyage de Raven à New York, et enfin quatre autres nuits, dont la dernière, quand la jeune femme, en proie à une fatigue jusque-là inexplicable, s'était écroulée sur son lit dès sept heures du soir.

Les deux filles de Nick ignoraient encore qu'il venait chez elle aussi souvent. Elles savaient seulement que tout le monde se retrouvait au moins deux fois par semaine. Récemment, leurs grands-parents s'étaient joints à leur quatuor.

Melody et Samantha adoraient Raven et se doutaient bien que leur père l'aimait, même s'il ne se permettait pas le moindre geste en leur présence.

— Oui, dit Nick. Ce sera parfait.

— Tes parents sont d'accord? Tu me donneras une chambre pour moi seule?

— Oui aux deux questions! Alors, tu peux te libérer vendredi après-midi? Si ce n'est pas possible, pas de problème. Nous prendrons deux voitures.

— Je serai prête vers trois heures.

— Très bien. Comment s'est déroulée ta journée?

Sa question en sous-entendait une autre : Nick cherchait à deviner s'il pouvait passer dans la soirée, ce qu'elle aurait voulu, ne serait-ce que pour lui annoncer la nouvelle. Cependant, il était trop tôt pour cela. Le médecin l'avait prévenue que les fausses couches étaient fréquentes les trois premiers mois, surtout pour une première grossesse.

Par ailleurs, la jeune femme craignait qu'il le prenne mal. Il pouvait très bien penser qu'elle essayait de le piéger, puisqu'elle savait qu'il ne rejetterait jamais cet enfant.

Raven s'efforça de repousser ses appréhensions en songeant à cette vie toute neuve qui avait eu le courage de s'installer là où aucun autre bébé ne s'était jamais aventuré.

— Ma journée a été merveilleuse, répondit-elle enfin. Elle le serait encore plus si tu venais ce soir.

Durant cinq semaines, chaque fois que Jason regagnait sa suite au *Regent Hotel* de Hong Kong, son œil se tournait d'emblée vers la télécopie branchée sur son bureau.

Quel que fût son degré de fatigue, la simple vue de ces quelques pages remplies d'une écriture reconnaissable entre toutes suffisait à lui rendre toute son énergie. Il les lisait sur-le-champ, puis, suivant le décalage horaire, il répondait par téléphone ou par fax.

C'était une histoire d'amour sur fond de haute technologie. Malgré la distance entre l'Alaska et la mer de Chine, ils pouvaient se joindre en quelques secondes. Le fax avait l'intimité d'une lettre, peut-être même plus, car il ne pouvait être égaré ou lu par un tiers.

Jason et Holly s'écrivaient tous les jours. Leurs lettres s'apparentaient à des journaux de bord, à des comptes rendus détaillés. Jason lui adressait des copies des pages du scénario tournées dans la journée; dans les marges ou sur les feuilles séparées, il lui relatait les réussites et les échecs du tournage, les anecdotes amusantes. Il lui racontait aussi Hong Kong, l'enchantement de ce site exotique où l'Orient rencontre l'Occident.

Comme Holly était déjà à la moitié de son nouveau livre, elle en avait résumé le début pour Jason, lui décrivant les personnages, leurs rêves, leurs craintes. Puis elle lui envoya les chapitres du roman au fur et à mesure qu'elle les écrivait. La jeune femme y ajoutait des annotations sur le processus de l'écriture, et, comme Jason, elle dépeignait le monde autour d'elle, cernant avec la magie de ses mots la beauté de l'univers arctique. A Kodiak, elle trouvait autant de trésors que dans Hong Kong la trépidante. Elle les partageait avec Jason, comme il partageait avec elle ce joyau étincelant de la couronne britannique.

A la fin de la sixième semaine, les prises de vues s'achèveraient. En fin de compte, il avait réussi l'impossible pari.

Il pensait se rendre directement à Kodiak, pour rester du vendredi après-midi jusqu'au dimanche soir. Là, il ferait escale à Los Angeles avant de s'envoler pour Dallas, où se poursuivrait le tournage.

Le mardi à minuit, en regagnant sa suite, Jason se précipita comme d'habitude sur les fax qui l'attendaient. En s'approchant du bureau, il aperçut le signal rouge du répondeur téléphonique. Ce ne pouvait être un message de Holly, car, en dépit de son insistance, elle n'appelait jamais. Sans doute une urgence à propos du film, se dit-il.

Pourtant, le message ne concernait en rien *The Jade Palace*. Il provenait de Beth Robinson, à Los Angeles, demandant qu'il la rappelle dès que possible.

Jason fronça les sourcils. Il ne s'attendait pas à recevoir des nouvelles de Beth. Six heures après qu'il lui avait confié la mission impossible de se renseigner sur des meurtres commis dans l'État de Washington par un psychopathe prénommé Derek, Beth avait été terrassée par une migraine effroyable. Sur le chemin de l'hôpital, son état s'était aggravé jusqu'au délire ; à son arrivée aux urgences, on avait diagnostiqué une grave crise d'hypertension.

La secrétaire de Jason l'avait tenu informé de l'état de Beth : trois semaines dans l'unité de soins intensifs de Cedars-Sinaï, après quoi le bébé était né par césarienne. L'enfant allait bien et la mère se rétablissait petit à petit. Jason lui avait envoyé des fleurs, ainsi qu'un cadeau pour le bébé, tout en estimant qu'elle avait dû oublier les recherches à effectuer... Peu importait, au fond. Ce qu'il voulait savoir, il le demanderait à Holly quand il la reverrait. Ses calculs furent rapides : il était dix-neuf heures, le lundi, à Kodiak, et vingt à Los Angeles.

— Je me porte comme un charme, Jason et j'ai un fils superbe. Il est parfait et il dort si bien que je n'arrête pas de me reposer — beaucoup trop. J'ai besoin de m'activer. J'ai donc appelé le journaliste du *Seattle Times* dont je vous avais parlé. Il se souvenait très bien de cet assassin du nom de Derek et de sa belle-fille, Holly.

— Ah oui ?

— Je pense que c'est l'histoire que vous m'avez racontée, à une importante exception près.

— Laquelle ?

— Le père de Holly, Lawrence Elliott, n'a pas disparu au Vietnam. D'après le témoignage de Derek, tout le monde croyait qu'il avait été tué par l'ennemi, alors qu'en réalité c'est Derek qui a tiré sur lui et l'a laissé pour mort. Il a été capturé par le Vietcong et emprisonné pendant sept ans.

Les paroles de Beth réveillèrent soudain les souvenirs de Jason. Il se remémora l'article de *Time*, et la réaction du futur réalisateur qu'il était, jugeant à l'époque que l'histoire resterait inachevée tant que l'on ne retrouverait pas la jeune fille.

— Le prénom du père était Lawrence, disiez-vous ? Et la mère ? Elle s'appelait également Holly ?

— Non. Voyons voir... Ah, voilà. Elle se nommait Claire.

Lawrence et Claire... *Lawrence-et-Claire*... Lauren Sinclair.

Oui, on avait retrouvé la jeune fille...

L'histoire pouvait se terminer.

Mais uniquement si le dénouement était heureux pour Holly.

— Où se trouve Lawrence Elliott en ce moment?

— Dans un endroit du nom d'Issaquah, une petite localité des environs de Seattle. C'est un vétérinaire très apprécié et respecté. Tout le monde connaît la tragédie qui lui est arrivée, et c'est pourquoi mon journaliste a reconnu cette histoire aussi vite. Lawrence Elliott recherche sa fille depuis son retour du Vietnam. En fait, à la Saint-Valentin, cette année, *20/20* a diffusé un reportage qui lui était consacré.

— J'aimerais beaucoup le voir.

— C'est ce que j'ai pensé. J'ai déjà contacté le service de documentation de la chaîne télé. Ils ont fait des photocopies de toutes leurs coupures de presse, ainsi qu'un double de la cassette vidéo. A l'heure où nous parlons, un énorme paquet s'achemine par avion depuis New York jusqu'à Los Angeles. Votre secrétaire m'a dit que vous passeriez quelques heures à votre bureau, lundi prochain... Si je vous ai laissé un message, c'est parce que je me demandais si vous préfériez que le colis vous attende ici, ou que je vous l'expédie à Hong Kong par un vol du matin sur United Airlines.

— Envoyez-le-moi, s'il vous plaît.

— Entendu.

— Vous a-t-on demandé pourquoi vous cherchiez ces renseignements?

— Non. J'ai raconté ce dont nous étions convenus : un projet de documentaire sur les violences familiales, ce qui a fourni une explication fort plausible. Le journaliste du *Seattle Times* m'a donné les différents numéros de téléphone de Lawrence Elliott, si jamais nous souhaitions l'interviewer directement. Ces coordonnées vous parviendront également avec le paquet, bien sûr, mais si vous les voulez dès maintenant...

— Oui, je vous en prie.

Quand elle eut transmis les divers numéros de Lawrence Elliott, à son cabinet, à son secrétariat et à son domicile, Beth s'enquit d'une voix neutre :

— Holly est vivante, n'est-ce pas, Jason? Vous savez où elle se trouve...

Il n'hésita pas une seconde. Sa confiance en Beth était totale.

— En effet, elle est en vie, et je sais où.

— Et elle ignorerait que son père est vivant? Cela paraît peu probable, Jason, pour ne pas dire impossible. En bavardant aussi bien avec le journaliste du *Seattle Times* qu'avec le documentaliste de la télévision, j'ai eu l'impression que dès le début cette affaire a eu beaucoup de retentissement. Les gens avec qui j'ai discuté aiment beaucoup Lawrence Elliott et comprennent sa souffrance, mais tous, sans exception, estiment que Holly est morte depuis des années, ou bien que, pour une raison ou pour une autre, elle ne tient pas à revoir son père.

— Elle est vivante, répéta Jason.

Il revoyait la maison de Holly, sans journaux, sans télévision, sans radio.

— Je suis certain qu'elle ne sait pas que son père est en vie et qu'il essaie de la retrouver, ajouta-t-il.

— C'est vraiment ahurissant.

— Ce qui est ahurissant, Beth, c'est que vous ayez découvert tout cela...

— Ce n'est pas mon exploit le plus spectaculaire, Jason : un simple et unique coup de fil...

— Beth, répondit-il doucement, je vous suis plus que reconnaissant.

Longtemps après avoir raccroché, Jason n'avait toujours

pas lu les pages écrites par Holly, ni formé son numéro de téléphone sur le cadran, ni appelé Lawrence Elliott à Issaquah.

Perdu dans ses réflexions, Jason Cole songeait que, en tant que réalisateur de films à gros budget, il pouvait s'offrir le luxe de filmer une même scène un nombre de fois incalculable. De prise en prise, il pouvait y apporter toutes les modifications qu'il voulait, jusqu'au résultat escompté.

L'histoire du carnage de la Saint-Valentin, si longtemps incomplète, touchait à sa fin. Toutes les pièces du puzzle s'assemblaient, du moins pour lui. Seulement, la scène capitale du dénouement restait encore à écrire. Pour cette scène-là, il n'aurait droit qu'à une seule prise, sans retouches. Elle se devait d'être parfaite. Il fallait la préparer minutieusement, mais Jason devait aussi être prêt à improviser, si c'était ce que son instinct lui dictait... pour Holly.

25

Pendant des années, exception faite des produits alimentaires, Holly avait effectué tous ses achats par correspondance, depuis l'ordinateur et la télécopie jusqu'au mobilier de sa chambre et aux livres, en passant par la batterie de cuisine et le four à micro-ondes. Ce système s'avérait fort pratique. Les colis les plus encombrants et les plus lourds parvenaient directement à son cottage. La livraison à domicile lui offrait par ailleurs le moyen le plus anonyme de s'acquitter de ses emplettes.

La jeune femme examinait les catalogues à loisir, puis Marilyn Pierce, armée d'une carte de crédit, téléphonait à l'une des standardistes qui lui répondaient d'une voix toujours aimable.

Les catalogues lui fournissaient de quoi s'habiller en toute saison à Kodiak : jeans, sweaters, robes de chambre en flanelle, sous-vêtements isothermes et parkas en microfibres. Ils proposaient aussi des jupes ou des robes, et Holly les étudiait avec soin pour habiller ses héroïnes, attentive au moindre détail, avec cette méticulosité qui la caractérisait lorsqu'elle créait ses mondes imaginaires.

Le lendemain du départ de Jason pour Hong Kong, Holly rouvrit ses catalogues afin d'y chercher cette fois des vêtements pour elle-même. Elle voulait autre chose que des jeans, ainsi qu'une robe qui ne soit pas la robe de mariée de sa mère. Elle les porterait au retour de Jason.

Pas uniquement pour lui, rectifia-t-elle. Pour elle, pour la Holly qui s'éveillait enfin de son long sommeil.

Certaines des héroïnes de Lauren Sinclair pouvaient s'offrir des accessoires Gucci ou des robes signées Chanel, mais la plupart, comme elle-même, préféraient un style plus décontracté, jupes amples et corsages de soie lavée, ou robes aux tons pastel.

Sur les mannequins des catalogues, les vêtements avaient fière allure; tout en passant commande, la jeune femme réalisa qu'elle n'avait pas la moindre idée de ce qu'ils donneraient sur elle...

Cinq jours avant le retour de Jason, elle n'en savait toujours rien, même si plusieurs articles se trouvaient déjà chez elle depuis des semaines. Elle avait ouvert chaque paquet dès son arrivée, s'empressant d'accrocher les vêtements sur des cintres ou de les ranger, bien pliés, dans un placard. Parfois, le contact de la soie la faisait frissonner. Pour *moi*, se rappelait-elle. Pour cette douceur contre ma peau, pour cette sensation inhabituelle : être une femme désirable, féminine...

Holly n'en avait encore essayé aucun. Elle n'avait même pas glissé un pied dans ses chaussures neuves. La peur la hantait toujours.

Elle en connaissait la raison : à l'instant où elle mettrait ses nouveaux vêtements, ses illusions risquaient de voler en éclats. Il lui faudrait se regarder vraiment dans la glace, chose qu'elle n'avait pas faite depuis longtemps, sauf pour s'assurer qu'elle était correctement déguisée quand elle devait affronter le monde extérieur.

Dans sa petite enfance, Holly n'avait accordé aucune attention à sa propre image. Elle n'en avait pas besoin. L'amour qu'elle lisait dans les yeux de ses parents lui suffisait. Elle savait seulement qu'elle était entourée d'affection.

Les cinq premières années de sa vie, sa mère et son père lui avaient servi de miroirs, après quoi son père avait disparu.

Et, depuis cette nuit fatale de la Saint-Valentin, elle ne s'était plus regardée dans un miroir. Jusqu'à Jason.

« Il aime ce qu'il voit. Tu le *sais.* »

« Oui, mais... c'est à moi d'aimer ce que je verrai. Il faut que je me regarde et que je m'apprécie. »

La petite fille qui avait essayé désespérément mais en vain de sauver sa famille redoutait de détester le visage qui allait lui faire face.

Elle demeura longtemps devant la glace sans regarder son visage. D'une manière détachée, la jeune femme considéra avec satisfaction le corsage de soie couleur crème, la jupe mauve, la jupe vert amande, l'ensemble fauve, la robe ivoire aux subtiles fleurs lavande, et puis...

Et puis le moment arriva de se regarder en face. Le visage apparaissait net, dégagé, avec les cheveux rassemblés en une lourde tresse dorée comme toujours quand elle écrivait.

Holly prit une inspiration avant d'oser affronter son propre regard. Une femme adulte l'observait, et non plus une adolescente de treize ans impuissante à sauver les siens.

Dans ce visage-là, elle vit une image qu'il lui faudrait aimer... parce que c'était l'image de ses parents.

La jeune femme ne ressemblait pas à son père ou à sa mère, elle était un mélange des deux. Son regard réunissait l'azur des yeux de Claire et le vert sombre de ceux de Lawrence. De même, le reste de son visage était le reflet vivant de tous les dons qu'elle avait reçus d'eux : la délicatesse et la fermeté, la détermination et la fierté, la générosité et le courage. Elle était leur création, leur enfant, leur bonheur, leur espoir.

Soudain, le reflet s'embua légèrement, jusqu'à adopter

les traits de Claire. « Écoute-moi, ma chérie. Tu peux continuer à vivre. Tu es forte, et ton père et moi t'avons tellement aimée... T'en souviendras-tu, Holly? Promets-tu d'être heureuse ? »

Cette promesse solennelle, Holly l'avait faite à sa mère mourante, et, pendant les dix-sept années qui avaient suivi, elle l'avait respectée de la seule manière possible — en inventant des mondes féeriques où régnaient la joie et l'amour.

Mais voilà qu'elle émergeait enfin du cocon protecteur où elle s'était réfugiée si longtemps pour laisser à son cœur le temps de reprendre force et courage.

« Tu aurais pu ne jamais te réveiller, s'il n'y avait pas eu Jason. »

La jeune femme affronta cette pensée comme elle avait fait face à sa propre image : avec détermination.

C'est vrai, reconnut-elle.

« Et s'il ne t'écrivait pas tous les jours, t'appelant presque aussi souvent, tu retournerais dans ton cocon pour te perdre à jamais dans un univers issu de ton imagination. »

Non, résolut-elle. « L'espoir que j'ai redécouvert grâce à Jason existait bien avant lui, c'étaient mes parents qui me l'avaient donné, avec toute leur tendresse. Quoi qu'il advienne avec Jason, je garderai ce trésor-là, et je le chérirai. »

Lorsqu'elle releva les yeux vers le miroir, elle vit Holly, et non plus Claire. Après une seconde d'hésitation, elle risqua un timide sourire pour souhaiter la bienvenue à celle qu'elle était devenue.

Ce fut alors qu'elle perçut une sorte de poids sur sa nuque, comme si quelque chose la tirait en arrière pour l'empêcher d'avancer dans la vie. Ce poids n'était autre que sa natte de cheveux, dont l'épaisseur lui servait parfois de voile pour se dissimuler.

« Je peux me passer de cela, décréta-t-elle. Je n'ai pas

besoin d'une tresse qui me retienne en arrière ni d'un voile pour me cacher aux yeux du monde. »

S'emparant d'une paire de ciseaux, Holly coupa une longueur d'une bonne cinquantaine de centimètres avec une assurance qui la surprit elle-même.

Alors que les mèches restantes venaient encadrer son visage, la jeune femme comprit que, tout comme le reste, ils lui avaient été offerts par ses parents. Cet or resplendissant, c'était Claire. Mais le halo de boucles, elle l'avait hérité de Lawrence.

Grâce à ses mèches folles, on ne devinait pas trop l'aspect chaotique de sa coupe de cheveux. Néanmoins, Holly décida de se rendre en ville, le lendemain, pour la faire égaliser chez un coiffeur. En outre, elle s'achèterait du vernis à ongles, et peut-être du rouge à lèvres rose pâle. Et aussi du mascara.

Caroline termina le huitième chapitre du roman de Lauren Sinclair, *Gifts of Love*, et referma le livre. Grande était la tentation d'entamer le chapitre neuf, mais Lawrence allait bientôt raccrocher le téléphone, et il l'entraînerait dans la chambre, là où résidait la tentation suprême.

Elle posa le livre sur la table basse et eut un sourire en considérant le salon qui l'entourait. Le soir où Katie avait donné naissance à ses chiots, l'imagination de Caroline s'était enfiévrée. Elle avait vu cette pièce austère devenir accueillante, intime, par la seule magie d'un feu de bois et de leur présence à tous deux, lisant au coin de l'âtre.

Ce qui lui avait alors paru un rêve impossible avait fini par se réaliser, point par point. Comme ce soir, jusqu'à ce que retentisse la sonnerie du téléphone. Dans une semaine, lorsque arriverait Juliette, désormais âgée de huit semaines, la pièce semblerait encore plus chaleureuse, plus vivante.

Un rêve. Ces dernières semaines avaient ressemblé à un

rêve merveilleux. Caroline avait encore du mal à réaliser à quel point leurs deux existences si solitaires s'étaient fondues sans effort en une seule. Ils pouvaient fort bien passer une soirée à lire sans redouter le silence, ou à bavarder jusqu'à l'aube, sans crainte, là non plus.

Lawrence aimait la taquiner sur sa jeunesse — elle n'avait jamais que quarante ans! Plus sérieusement, il lui répétait à quel point elle était belle. La tendresse de ses paroles s'exprimait par des preuves passionnées. Caroline frissonnait de tout son être devant la passion, l'avidité contenue dans les yeux d'un vert sombre.

Son cœur frémissait de bonheur lorsqu'elle le faisait sourire... et même rire. Son propre rire le stupéfiait; quand il entendait ce bruit insolite, ses yeux se remplissaient de gratitude, de désir et d'amour.

Ils vivaient pratiquement ensemble, chez Lawrence, plus par défaut que par décision. Tous les matins, ils faisaient des projets pour la soirée à venir, et ils y demeuraient la nuit, la plupart du temps, en raison du métier de Lawrence et des appels qu'il recevait.

Caroline aurait souhaité passer le reste de sa vie auprès de lui sans lui demander de s'engager pour l'avenir, lui qui restait si étroitement lié à son passé.

Mais depuis peu, malgré ses efforts pour le dissimuler, Lawrence semblait tourmenté, déchiré. Ce conflit intérieur les concernait tous deux, Caroline le savait. Sans doute l'idée que leur amour ne pourrait pas durer... Il l'aimait avec le désespoir d'un homme conscient qu'il lui faudra bientôt faire ses adieux.

« Alors, cesse de fantasmer sur ce qui se passera dans huit jours, lorsque Juliette viendra gambader autour de vous. Tu savais dès le départ que tu allais souffrir, de toute manière. Et on ne peut pas dire que Lawrence ne t'a pas prévenue... »

Caroline s'apprêtait à reprendre sa lecture de *Gifts of Love* quand Lawrence fit son apparition. Il arborait une expression soucieuse sans chercher à s'en cacher.

« Donc, songea Caroline, ce n'est pas à propos de nous. » En toute logique, elle interrogea :

— Un animal blessé?

— Non... Le soir où Katie a eu ses petits, tu as dit que ce n'était pas grave si tu avais manqué les Oscars, puisqu'un homme allait tous les remporter, forcément. Tu as ajouté que, si ce n'était pas le cas, tu préférais ne pas regarder. Cet homme s'appelait Jason Cole, n'est-ce pas?

— Oui. Pourquoi?

— C'est lui qui vient de téléphoner.

— Jason Cole? Pourquoi donc?

— Parce qu'il a envie de réaliser un documentaire sur les enfants disparus. Il pense y inclure une séquence sur Holly. Il viendra me voir ici, ce week-end.

— Ici? Tu veux dire à Seattle?

— Non, ici. A la maison. En ce moment, il est à Hong Kong, mais il compte arriver samedi matin à neuf heures.

Voyant une ombre dans ses yeux verts, Caroline remarqua d'une voix douce :

— Tu as l'air contrarié.

— Cette conversation était tellement difficile... Son appel m'a pris au dépourvu, et puis on n'entendait rien à cause de la transmission par satellite. Je ne sais pas si j'ai réussi à lui faire comprendre ce que sa démarche signifiait pour moi, ni combien je lui suis reconnaissant de m'aider.

— Tu as dû faire passer quelque chose, affirma Caroline. Je serais très étonnée que Jason Cole ait l'habitude d'aller interviewer les gens chez eux, surtout s'il doit venir spécialement de Hong Kong!

— J'ai l'impression qu'il cherche avant tout à savoir si je suis vraiment décidé à retrouver Holly. S'il pense que non, j'imagine qu'il ne parlera pas d'elle dans son reportage.

D'un seul coup, la colère s'empara de Caroline. Comment Jason Cole pouvait-il s'arroger le droit d'imposer un tel surcroît d'émotion à l'homme qu'elle aimait? Et Lawrence, qu'était-il censé faire? *Prouver* qu'il souffrait? S'ouvrir les veines une fois de plus? Dans quel but? Pour convaincre le brillant cinéaste que sa douleur méritait son attention?

— Peut-être...

— Peut-être quoi, Caroline? Peut-être devrais-je lui dire non? Je ne peux pas. Je ne peux laisser passer une chance de la retrouver, si minime soit-elle.

— Je sais.

« Je sais également que, sauf si Jason Cole a un cœur de pierre, il lui suffira de te regarder un quart de seconde pour mesurer à quel point tu aimes ta fille. »

Jason pesta en lui-même contre le silence des espaces infinis. Tout se passait comme si ce coup de théâtre — découvrir que Lawrence Elliott était en vie — avait fait sauter la planète, jusqu'à rendre inintelligibles des conversations téléphoniques à priori limpides, notamment entre Hong Kong et les États-Unis.

Sa communication avec Beth Robinson s'était déroulée comme si tous deux s'étaient trouvés dans la même pièce. Mais, depuis lors, tous les appels de Jason étaient affectés de parasites, d'échos ou de décalage : son coup de fil à sa secrétaire, chez elle à Los Angeles, pour lui demander de lui réserver une chambre dans les environs d'Issaquah; son dialogue avec Lawrence Elliott, pendant lequel, désorienté par la déformation de leurs voix, Jason avait dû sembler beaucoup plus péremptoire qu'il ne le souhaitait; et maintenant, les ennuis recommençaient alors qu'il s'adressait à Holly.

Ils parlaient, ou du moins essayaient, depuis près de vingt minutes. Jason avait déjà confirmé qu'il espérait arriver à

Kodiak le vendredi en fin d'après-midi, comme il le promettait depuis des semaines. Puis il annonça :

— Je dois rencontrer quelqu'un à Seattle, samedi matin.

Seul le silence lui répondit, agrémenté de sifflements et d'échos en cascades.

Où étaient ses paroles ? s'interrogea-t-il. Étaient-elles en train de rebondir de satellite en satellite, comme une boule de flipper frappée de folie ? Ou bien l'allusion à Lawrence Elliott — « quelqu'un à Seattle » — avait-elle fait sauter la Terre, une fois de plus ? Ses mots étaient-ils partis en une longue dérive vers une étoile inconnue ?

Ou encore la jeune femme avait-elle clairement entendu qu'il était question de Seattle ?

— Holly ?

— Oui ?

La syllabe lui était parvenue immédiatement : le message éloquent d'un cœur blessé à mort.

Jason ne connaissait qu'une chose des relations de Holly avec son père : sa phrase laconique « il a été tué au Vietnam ». Lorsqu'elle lui avait raconté la scène du carnage, elle n'avait évoqué que l'horreur de cette tragédie. Jason savait que Holly adorait sa mère ; mais son père ? Et si jamais elle le *haïssait* ? Si elle avait de bonnes raisons pour cela ? Si elle avait d'ores et déjà appris qu'il était sain et sauf, et qu'il habitait Seattle ? Si elle vivait dans la crainte qu'il la retrouve ?

Pour en avoir le cœur net, Jason n'avait besoin que d'une demi-minute : la question et la réponse, sans brouillage, sans décalage.

— Holly, cela vous ennuierait-il d'aller à Seattle ?

— Vous voulez que je vous accompagne ?

Les satellites faisaient enfin leur travail. Ce que Jason perçut dans la voix de Holly ne fut autre que du soulagement. Ce n'était pas l'allusion à Seattle qui avait meurtri la jeune femme : c'était Jason lui-même.

Oh, Holly, vous êtes loin de comprendre mes sentiments pour vous...

— Mais bien sûr.

Sa voix était aussi tendre que s'il venait de lui déclarer son amour.

— Bien. Entendu, Holly.

26

Brentwood, Californie,
jeudi 11 mai.

Le supplice commença dans les premières heures de la soirée, vingt minutes avant le coup de fil de Nick. Raven tenta de dominer sa panique en pensant à la douceur de sa voix et à la minuscule existence qui se développait en elle. « Nous allons passer le week-end avec ta famille, mon petit chéri, lui promit-elle : ta *famille.* »

Quand Nick lui demanda s'il pouvait passer chez elle, la jeune femme prétexta la fatigue. Après quoi, s'efforçant d'adopter un ton enjoué, elle ajouta qu'elle préférait être bien reposée pour se rendre à Santa Barbara.

Son sourire s'évanouit à l'instant où elle lui disait au revoir ; lorsqu'elle raccrocha, elle sentit la première contraction. La douleur la transperçait, comme si les serres acérées d'un oiseau de proie plongeaient dans les profondeurs de son corps pour en arracher la vie.

Vautour ! Charognard ! Oiseau des ténèbres ! Oiseau de mort !

Les vieux démons dansèrent leur ronde folle durant toute la nuit. Les vautours planaient au-dessus d'elle, assoiffés de sang. Raven ne put trouver le sommeil. Elle montait la garde, écartant les prédateurs qui l'attaquaient sans relâche, en de brusques accès de douleur qui lui coupaient le souffle. La jeune femme les combattit de toutes ses forces, et quand enfin ils disparurent, elle reprit espoir...

Pourtant, elle s'en doutait, les serres reviendraient la torturer, plus féroces que jamais, se moquant d'elle et de sa naïveté.

Le vendredi matin, à dix heures, aussitôt après l'examen gynécologique, le docteur Sara Rockwell informa Raven des résultats.

— Le col reste bien fermé, ce qui signifie que pour l'instant la grossesse demeure viable. Les contractions et l'hémorragie peuvent néanmoins constituer les signes avant-coureurs d'un avortement spontané.

— Peuvent ? Mais pas forcément ?

— Non, pas forcément. Je souhaite effectuer un prélèvement de liquide amniotique, pour comparer avec celui de lundi dernier. Si le niveau hormonal est plus élevé qu'il y a cinq jours, c'est que tout se passe normalement.

— Et s'il est plus bas ?

— Alors, il faudra peut-être interrompre la grossesse, selon ce qui va se produire dans les deux jours...

— Quand aurez-vous les résultats de l'analyse ?

— Très vite. Je vous les communiquerai dès cet après-midi.

Sara Rockwell considéra avec sollicitude le visage épuisé de la jeune femme :

— En attendant, vous devriez vous reposer.

— Je vais le faire.

Les mots avaient la solennité d'une promesse. Ils exprimaient tant d'espérance que Sara Rockwell préféra mettre les choses au point :

— Ce repos, c'est à vous qu'il est destiné, Raven, pas au bébé. Aucune donnée scientifique ne nous permet d'affirmer que le repos puisse prévenir les risques de fausse couche. Si jamais cela arrivait, ce serait uniquement lié à la grossesse elle-même, et non à un quelconque surmenage. Comme je vous l'ai expliqué lundi, cela arrive souvent au cours des trois premiers mois chez les primipares.

— Je sais.

« Oui, mais je sais que le bébé n'a rien. J'ai senti sa force, sa volonté de survivre envers et contre tout. C'est moi qui ai un problème, et moi seule... »

— Le taux hormonal n'a pas changé depuis lundi.

Le docteur Rockwell n'avait pas encore parlé de cette éventualité. Aussi Raven s'étonna-t-elle :

— Qu'est-ce que cela signifie?

— Cela veut dire que nous ne savons pas et qu'il faut continuer à surveiller l'évolution des choses. Raven, seul le temps nous le dira. Comment se sont passées ces quatre dernières heures?

Une bataille, répondit la jeune femme en son for intérieur.

Une lutte sans merci entre ce corps qui essayait d'expulser la vie et ce bébé qui résistait vaillamment.

— J'ai eu encore plus de crampes et de saignements.

— Avez-vous eu des pertes plus importantes?

— Non, je ne crois pas.

— Bon. Je suis de garde ce week-end. Vous pourrez me joindre à n'importe quel moment. Si l'hémorragie s'aggrave brusquement ou s'il se produit le moindre symptôme alarmant, je veux que vous m'appeliez sans attendre.

— Très bien. Pensez-vous pratiquer une nouvelle analyse de liquide amniotique?

— Tout à fait. Même si l'hémorragie et les contractions disparaissent entièrement au cours du week-end, j'aimerais vous voir dès lundi matin.

« Nous ne pouvons pas aller à Santa Barbara, dit silencieusement Raven au petit être qu'elle portait. Il ne faut pas que ton père et tes sœurs apprennent ce qui se passe. Mais nous devons aller les voir maintenant, pour leur expliquer que nous sommes trop souffrants pour les accompagner, même si nous en mourons d'envie. »

La jeune femme étouffa un cri, sous la pression des serres qui la torturaient comme pour l'empêcher de se rendre à Bel Air.

« Nous allons voir Nick », assura-t-elle néanmoins.

En fait, cette visite était destinée à Samantha, parce que Raven voulait être sûre que Sam ne la confondrait pas avec sa mère, qui avait l'art de ne pas tenir ses promesses...

Curieusement, le court trajet de Brentwood à Bel Air marqua un répit dans les douleurs de la jeune femme. Mais, lorsque Raven s'engagea dans l'allée bordée de roses qui menait à la demeure de Nick, les contractions recommencèrent de plus belle.

Il lui aurait fallu un moment pour reprendre des forces, s'obliger à respirer normalement, afficher un sourire, mais Nick et Samantha ne lui en laissèrent pas le temps : ils se trouvaient devant la maison, à charger la voiture.

Dès qu'ils aperçurent la jeune femme, ils vinrent à sa rencontre. Raven coupa le contact. Pendant que Nick ouvrait la portière, elle s'efforça d'adopter un air dégagé.

— Salut ! s'écria-t-elle, avant de chanceler sur ses jambes.

— *Raven !*

Nick la prit aussitôt dans ses bras. Elle était livide. La sueur perlait à son front; ses yeux de saphir étaient soulignés de cernes.

— Qu'est-ce que tu as ? s'inquiéta Samantha.

— Une intoxication alimentaire, affirma Raven.

Se dégageant de l'étreinte de Nick, elle recula pour s'appuyer à sa voiture :

— Tout va bien. Je ne vais pas défaillir, dit-elle à Samantha avec un sourire entendu.

— Une intoxication alimentaire ? insista Nick.

— C'est ce qu'affirme le médecin. Le responsable est sans doute un sandwich que j'ai acheté hier soir en rentrant chez moi. Ce n'est ni grave ni contagieux, mais...

Elle observa une pause pour s'adresser à la petite fille si souvent abandonnée par sa mère et continua sur un ton d'excuse :

— Je crains de ne pas être assez en forme pour entreprendre le voyage jusqu'à Santa Barbara.

— Mais tu vas vite guérir ? questionna Samantha.

— Naturellement. Quelques cachets, un peu de repos, et tout redeviendra normal.

Les serres lui coupèrent à nouveau le souffle.

« Menteuse ! Ce n'est pas une intoxication alimentaire, tu es seule coupable, et rien ne sera jamais normal, parce que tu n'es pas normale... »

— Raven ?

— Je me sens bien, Nick. Mon estomac fait des siennes, mais ça passera.

— Et si nous annulions le week-end à Santa Barbara ? proposa soudain Samantha. Nous ferions peut-être mieux de rester ici pour veiller sur toi.

— Sam, tu es trop gentille... Je ne peux pas accepter. Je vais rentrer me coucher et « penser positif ». Tu sais, quand je t'imaginerai en train de galoper sur la plage de Santa Barbara, ce sera la plus positive de toutes mes pensées...

— Raven, murmura Nick, je crois que Samantha a raison. Pourquoi ne...

— Non, Nick, vraiment.

Il fallait que Nick accepte sa décision sans discuter, par

amour pour elle, et par reconnaissance pour son attitude envers sa fille.

— Bon, admit-il. Nous irons à Santa Barbara pendant que tu te soigneras chez toi. Je te raccompagne.

— Non. Je préfère rentrer avec ma propre voiture. Qui sait, si demain matin je me réveille dans une forme éblouissante, je viendrai peut-être à Santa Barbara.

Cette fois, Nick refusa de s'incliner. Ce que proposait Raven était trop risqué.

— Je te reconduis dans ta voiture et mon père nous suivra avec la sienne.

Sans attendre la réponse de Raven, il se tourna vers Samantha :

— Tu veux bien aller prévenir ton grand-père que lui et moi avons une mission capitale à remplir?

— Bien sûr... Raven, j'espère que tu vas vite te rétablir.

Elle s'enfonçait les ongles dans les paumes, comme pour se punir, tandis que les serres lui labouraient le corps.

Nick perçut cette souffrance, comme il comprit ses efforts pour lutter. Mais que pouvait-il faire? Rien, sinon s'assurer que la jeune femme rentrait bien chez elle.

Devinant que le moindre effort lui coûtait, il s'abstint de lui poser des questions, jusqu'à ce qu'ils passent devant le centre commercial de Brentwood.

— Raven, as-tu de quoi boire, chez toi? demanda-t-il enfin. Des jus de fruits? Des potages?

— Oui.

C'était vrai : sa maison regorgeait de victuailles qu'elle se forçait à avaler, à cause du bébé.

— Merci, ajouta-t-elle avec un pauvre sourire.

— Merci à toi, Raven, rectifia-t-il d'une voix douce. C'était très important pour Sam, comme pour moi, que tu prennes la peine de venir...

— Je voulais qu'elle sache que je ne suis pas Deandra...

Pas Deandra? La douleur la cisailla. « Tu veux que Samantha sache que tu es une bonne mère? Encore un mensonge! Ce qui se passe en ce moment même à l'intérieur de toi est la preuve absolue du contraire. »

— Oh, Raven, murmura Nick en la voyant pâlir encore plus, que puis-je faire pour t'aider? Il existe bien un médicament que je pourrais t'acheter...

— Non... merci. Il faut simplement que j'aille m'allonger.

Nick aurait souhaité l'installer dans son lit, la border, poser une bouteille d'eau fraîche sur sa table de chevet, l'embrasser tendrement, rester auprès d'elle jusqu'à ce qu'elle s'endorme... Mais Raven lui interdit de franchir le seuil de sa maison. Quand il déposa un baiser sur sa tempe, la jeune femme ne put réprimer un tremblement. Les larmes montèrent à ses yeux. Avant même qu'il lui demande de l'appeler au ranch dans la soirée, le lendemain, chaque fois qu'elle se réveillerait, elle lui dit au revoir... et s'éclipsa.

Bien qu'il n'y eût pas foule dans le petit aéroport de l'île de Kodiak, Jason mit quelques secondes à reconnaître Holly. Ses yeux avaient été attirés par cette très belle jeune femme vêtue des couleurs de la lune : caramel, topaze et ambre. Ses cheveux d'or brillaient en un halo de boucles, illuminant ses yeux turquoise.

Pendant des semaines, Jason avait imaginé leurs retrouvailles. Il les avait attendues avec une impatience jusqu'alors inconnue de lui, malgré sa vie trépidante. Dans les lettres de Holly comme dans sa voix au téléphone, il avait perçu l'efflorescence du bonheur, de l'espoir, de la joie. Et de l'amour? s'était-il demandé. Les sentiments de la jeune femme étaient-ils à l'unisson des siens? Croyait-elle, elle aussi, à cet enchantement?

— Holly, dit-il d'un ton neutre.

Il ne put la prendre dans ses bras. Les mains de la jeune femme étaient encombrées d'un sac de voyage et d'un fourre-tout. Tout en saisissant ses bagages, Jason scruta son regard et y lut aussi bien le bonheur qu'un soudain embarras...

Sans s'écarter de lui, Holly paraissait mettre un semblant de distance entre eux, comme pour se protéger *de lui*, comme si elle voulait croire au miracle tout en craignant de s'y abandonner tout entière.

Amères étaient les leçons de l'existence pour cette jeune femme, Jason s'en rendait compte : tout ce qu'elle avait aimé lui avait été arraché avec violence... Jason comprenait, mais en même temps il fallait la convaincre que, cette fois, aucun danger ne la menaçait.

— Vous êtes ravissante, Holly. Très belle.

— Plus moderne, en tout cas.

— Très belle, répéta-t-il.

« En meilleure forme, aussi. Mieux nourrie. »

Pendant que l'avion faisait le plein, Jason aurait voulu lui parler. Plus tard, pendant que l'avion se dirigeait vers Seattle, il songea qu'il aurait aimé passer tout le week-end à la combler de sa tendresse, à la convaincre de son amour.

Or Jason ne disposait pas de son week-end. Il n'avait que quelques heures devant lui. Durant ces heures si précieuses, ils avaient à vivre leur enchantement, et non à chercher les mots pour l'exprimer.

D'ailleurs, comment aurait-il pu lui demander de lui faire confiance? Comment lui promettre de ne pas la trahir alors qu'il lui cachait un secret dont dépendait toute son existence?

Il était près de minuit lorsque Jason et Holly montèrent dans leurs chambres du *Salish Lodge*. Situé à proximité des chutes de Snoqualmie, cet élégant hôtel avait acquis une notoriété internationale depuis qu'il avait figuré dans le feuilleton *Twin Peaks*. Avant de souhaiter bonne nuit à Holly, Jason lui dit qu'ils se verraient vers dix heures et demie, le lendemain matin, quand il aurait arrangé son rendez-vous avec l'homme qu'il devait voir.

Celui-ci se trouvait à quelques kilomètres de là. Au moment où Holly et Jason se souhaitaient bonne nuit, il parcourait le pré dans l'obscurité, pour regagner sa maison. Lawrence n'était pas de garde, ce soir, mais un appel affolé l'avait alerté.

Sa correspondante était âgée de onze ans. L'année précédente, il avait sauvé son chien. Cette fois, Becky lui avait téléphoné avant même d'avertir ses parents. Elle s'inquiétait moins de ses propres blessures que de celles de sa jument. Alors que la petite fille montait dans un club des environs, quelque chose avait effrayé Summertime, qui avait fait un écart et s'était accrochée à une clôture de barbelés. Le flanc de la jument avait été tailladé en profondeur.

Lawrence et Caroline s'étaient précipités au club d'équitation, sans trop savoir ce qu'ils allaient trouver. L'animal souffrait, mais le plus important — ses muscles, ses tendons, ses artères, ses os — avait été épargné. Le plus grand risque concernait une éventuelle infection.

Lawrence aurait pu nettoyer les plaies, suturer, administrer les premières injections d'antibiotiques dans l'écurie du club, mais il préféra faire transporter Summertime chez lui afin de mieux la surveiller.

Avant le voyage, Lawrence avait donné un léger sédatif à l'animal terrorisé, puis il avait augmenté la dose au moment de commencer le curetage des plaies. Avec l'aide de Caroline, tout s'était terminé vers dix heures du soir. Becky et sa famille savaient que tout allait bien.

Maintenant, à minuit, Lawrence revenait de sa dernière tournée d'inspection à l'écurie.

Caroline se trouvait à la cuisine. Elle l'attendait, assise à la table, un livre de cuisine ouvert devant elle. Elle avait depuis longtemps mémorisé la recette des muffins aux myrtilles qu'elle comptait préparer le lendemain matin... si elle était encore là.

— Comment se porte Summertime ?

— L'effet des analgésiques a cessé, mais elle a l'air très calme.

— Bien.

Caroline prit une inspiration. Le moment était venu. Elle s'était juré de le faire ce soir... Juré ? Le mot ne convenait pas pour une chose qui lui causait une telle appréhension.

— Et toi, Lawrence ? Comment te sens-tu ?

— Un peu fatigué.

— Et très soucieux.

Il se pencha vers elle, toujours si séduisant, avec ses vêtements de jean... mais distant. Un cow-boy solitaire. Un cow-boy qui, peut-être, avait envie de se retrouver seul.

— Je crois que ce qui te tracasse, poursuivit-elle, ce n'est pas seulement l'entrevue de demain avec Jason Cole. Tu t'inquiétais avant même qu'il t'appelle.

— Je m'inquiétais ?

— Tu m'as paru un peu absent et préoccupé, et j'ai l'impression que cela a un rapport avec nous.

Caroline comprit sur-le-champ qu'elle avait vu juste. Les yeux vert d'eau s'étaient assombris, et elle y reconnut le conflit du désir et du désespoir.

— Je me demandais donc, acheva-t-elle, si tu ne préférerais pas que je m'en aille.

— Oh, Caroline, balbutia-t-il, je suis navré que tu te sois posé des questions.

— Me poser des questions, cela ne me gêne pas. Mais j'aime mieux savoir la vérité.

— La vérité ? répéta-t-il avec une tendresse infinie. J'ai

pensé te demander de partir, Caroline. J'ai pensé te demander de rester.

— Très bien. Je vais rester. Aussi longtemps que tu le voudras.

— En devenant ma femme?

Tu as une femme.

Cette idée jaillit brutalement. Claire était son épouse. Depuis longtemps, Caroline avait brandi cette évidence comme un bouclier, nécessaire mais fragile, contre les risques qu'elle courait en étant amoureuse de Lawrence.

Devinant son embarras, il remarqua :

— Sans doute est-il trop tôt pour te le demander.

— Non. Simplement, j'ai du mal à imaginer que tu veuilles m'épouser...

— Ah oui? Pourtant, j'en meurs d'envie, rétorqua-t-il avec un sourire. J'ai aimé quelqu'un avant toi, Caroline. Je sais ce que c'est. Je n'aurais jamais cru que cela puisse m'arriver encore une fois. Mais...

— Tu es amoureux de moi?

— Oui, très amoureux... Je t'aime, Caroline, et j'ai besoin de ton amour.

La douceur de ces paroles eut raison des dernières ombres.

— Tu as tout mon amour, Lawrence. Je n'ai jamais été amoureuse auparavant, mais je le suis maintenant. J'en ai la certitude... Néanmoins, tu m'as semblé tellement troublé... Est-ce à cause de Holly et de Claire? Tu as l'impression de les trahir?

— De trahir Holly, surtout, répondit-il posément.

— Nous ne renoncerons jamais à la rechercher, Lawrence. Jamais.

— Non, mais...

Caroline comprit soudain la raison du désespoir de Lawrence. C'était un adieu. Non pas à elle, mais à Holly.

Avec une grande délicatesse, elle dit alors les mots que Lawrence ne pouvait dire :

— Tu veux que nous ayons des enfants...

— Si tu le veux, toi aussi.

Caroline regarda l'homme qu'elle aimait. « J'ai besoin de ton amour », lui avait-il avoué, et désormais elle pouvait répondre à ce besoin en prenant la décision à son propre compte, pour qu'il se sente moins coupable.

— Je veux des enfants, Lawrence. J'en ai toujours rêvé. L'ennui, c'est que je n'étais pas sûre de rencontrer leur père. A présent, c'est chose faite...

Elle se dirigea vers lui. Lorsqu'elle se retrouva dans ses bras, elle leva le visage et lui déclara, les yeux dans les yeux :

— Ce n'est pas une trahison, tu sais. C'est plutôt une preuve supplémentaire de l'amour que tu leur portais, à toutes les deux. En souhaitant te remarier et avoir d'autres enfants, tu indiques que cette époque-là, quand tu avais ta famille, a été merveilleuse... tellement merveilleuse que, malgré ton immense douleur, tu as envie de recommencer.

Les yeux sombres s'embuèrent d'émotion et de gratitude, puis s'illuminèrent :

— Comment une femme aussi jeune peut-elle être aussi intelligente ?

— C'est qu'elle t'aime, répondit Caroline. Elle t'aime de tout son cœur.

27

Le téléphone sonna quelques secondes avant le carillon de la porte d'entrée. Le coup de fil venait de la propriétaire d'un chat : intarissable et volubile, elle tenait à confirmer que, conformément aux prédictions de Lawrence, Mittens allait beaucoup mieux.

Ce fut donc Caroline qui ouvrit à Jason Cole. Ayant vu ses films, ainsi que des photos de lui dans *People* ou *Entertainment Tonight*, elle s'attendait à ce qu'il soit plutôt petit, comme beaucoup de stars. En outre, après son appel de Hong Kong, elle avait décidé qu'il était effroyablement prétentieux.

Or Jason Cole était aussi grand que Lawrence, et encore plus beau au naturel qu'en technicolor. Dans son sourire, Caroline ne vit aucune vanité, mais plutôt de l'appréhension.

— Je suis Jason Cole.

— Je sais. Et moi, Caroline Hawthorne. Entrez, je vous prie.

Elle le conduisit au salon. Comme la voix de Lawrence leur parvenait de la cuisine, elle lui expliqua :

— Lawrence n'est pas officiellement de garde, ce week-end, mais il a l'habitude de prendre quand même les appels.

— Cela ne l'ennuie pas ?

— Pas du tout. A ceci près qu'il doit être contrarié de vous faire attendre.

— J'ai tout mon temps.

— Cela ne devrait pas être trop long. Voulez-vous du café ? Des muffins aux myrtilles ?

— Du café, très volontiers. Merci beaucoup.

La cafetière, trois tasses, du sucre, du lait et des muffins se trouvaient déjà sur la table basse entourée de trois chaises. Caroline tendit à Jason une tasse de café sans toutefois lui proposer de s'asseoir. Sans doute voudrait-il faire quelques pas dans la pièce, jeter un coup d'œil aux murs pleins de livres ou s'approcher de la fenêtre pour regarder le pré.

Elle n'aurait pas détesté une visite guidée, commençant par : « Comme vous le voyez, Lawrence est un rat de bibliothèque », pour finir par le nom des fleurs sauvages en train d'éclore sous les fenêtres. Mais, avant qu'elle n'ouvre la bouche, Jason s'était déjà emparé de l'exemplaire de *Gifts of Love* qui traînait sur la table.

— Lawrence lit ce livre ?

— Non, c'est moi.

— Qu'en pensez-vous ?

— C'est son meilleur, jusqu'à présent. Il me reste une trentaine de pages avant la fin et j'espère qu'il se terminera bien. Cela vaudrait mieux, ajouta-t-elle en souriant.

— Vous devez vous être attachée à ses personnages.

— Tout à fait.

— Voulez-vous que je vous dise si le dénouement est heureux ?

— Vous avez lu le livre ?

— Plusieurs fois. Je viens d'acquérir les droits cinématographiques et je suis sur le point de collaborer avec Lauren Sinclair pour le scénario.

— Alors, Lauren Sinclair existe vraiment ?

— Pourquoi n'existerait-elle pas? rétorqua Jason avec un flegme méritoire.

— Comme aucun de ses livres ne comporte de photo d'auteur ni de notice biographique, je pensais que c'était rédigé par une équipe d'écrivains.

— Non. Elle les écrit elle-même.

— A quoi ressemble-t-elle?

— A votre avis...?

Caroline réfléchit à la question, puis répondit d'un ton pensif :

— Je crois qu'elle n'a pas eu une vie facile. Ses histoires sont très romanesques, très idéalistes, mais il y a là-dedans quelque chose de poignant, comme si elle décrivait le monde tel qu'il devrait être, l'amour tel qu'il devrait être, tout en sachant pertinemment que ce n'est pas toujours le cas. Elle a dû souffrir, mais au lieu de devenir amère, elle a choisi l'optimisme.

D'une voix plus légère, elle reprit :

— Allons, dites-moi qu'elle ne met rien d'elle-même dans ses romans, qu'elle se moque éperdument de ses personnages et que c'est juste une remarquable femme d'affaires qui sait faire vibrer la corde sensible chez ses lectrices pour ramasser un maximum de droits d'auteur.

— Non, je ne risque pas de vous répondre cela. Elle est assez proche de ce que vous imaginez.

— Donc, *Gifts of Love* se terminera bien!

— Oui, le film comme le livre, précisa Jason.

Il laissa passer une seconde, puis :

— Avez-vous suggéré à Lawrence de lire ce roman?

La question prit Caroline au dépourvu. Jason Cole connaissait le martyre qu'avait enduré Lawrence au Viet-nam... et voilà qu'il cherchait à savoir si Lawrence avait lu cette histoire située dans le même pays — et qui finissait bien. Pourtant, ce n'était pas la cruauté qui l'animait, plutôt une sorte de sollicitude.

— J'y ai pensé, dit-elle enfin. Je me demandais si cela pourrait l'aider.

Comme Jason allait répondre, Lawrence fit son apparition dans le salon en s'excusant de son retard.

Les trois quarts d'heure qui suivirent achevèrent de déconcerter Caroline. En dehors d'une question vers la fin de l'entretien, Jason n'aborda pas le carnage de la Saint-Valentin ni la captivité de Lawrence au Vietnam, ni même ses années de recherches pour retrouver Holly.

La seule chose qui passionnait le cinéaste, de toute évidence, était une époque révolue depuis vingt-cinq ans : les cinq premières années de la vie de Holly, ces cinq précieuses années pendant lesquelles le père et la fille avaient vécu sous le même toit.

Jusqu'à sa rencontre avec Caroline, jamais Lawrence n'avait évoqué cette période-là devant quiconque, alors que c'étaient ces souvenirs qui l'avaient maintenu en vie. Et, hormis Caroline, nul ne l'avait interrogé sur ce sujet. D'un point de vue médiatique, comparées aux horreurs de la guerre et à la tragédie de sa famille, ces cinq années ne présentaient qu'un intérêt des plus limités. Rien qui fasse sensation.

Lawrence n'essaya pas d'analyser ou de discuter les mobiles de Jason. Au contraire, il éprouvait une certaine reconnaissance : pour une fois, on lui demandait de parler du bonheur.

Quand il devint clair que les questions de Jason n'étaient pas un simple prologue avant d'entrer dans le vif du sujet, Lawrence signala qu'il possédait quelques photos. Caroline retint son souffle, s'attendant à voir Jason décliner l'invitation. Mais le cinéaste bondit sur l'occasion et souhaita voir les clichés que seule la jeune femme connaissait jusqu'à présent.

Son intérêt n'était pas feint, décida-t-elle pendant qu'il feuilletait l'album. En fait, une expression de pure tendresse illuminait son visage tandis qu'il s'attardait sur les portraits de la petite Holly.

Lorsque Jason s'enquit des cinq clichés manquants, Lawrence les lui décrivit : une photo de mariage, la seule qu'on ait prise; puis les jeunes parents avec Holly encore bébé; les mêmes, souriants, quelque temps plus tard; Holly et Claire glaçant le gâteau d'anniversaire de Lawrence; et enfin Lawrence tenant sa fille par la main pendant qu'elle caressait les naseaux d'une jument baie. Lawrence ajouta que, selon lui, Holly avait dû emporter ces photos parce qu'elles étaient l'image même de leur bonheur.

Il existait deux albums : le premier consacré aux Elliott, et l'autre concernant la famille après la disparition de Lawrence au Vietnam. Caroline se figura que Jason s'intéresserait aussi au second album. Lawrence n'avait pas déchiré les portraits de Derek, et elle savait pourquoi : ce geste de colère ne l'aurait en rien aidé à oublier le psychopathe.

Cependant, Jason négligea ce second album. Tout à coup, nota Caroline, il parut pressé de s'en aller. On avait répondu à toutes ses questions — sauf une.

Cette ultime question, Jason la prononça avec précaution :

— Apparemment, des gens ont supposé que Derek pouvait avoir abusé de Holly. D'après le reportage de *20/20* et différents articles, j'ai l'impression que vous n'y croyez pas.

Lawrence attendit un instant, encore sous le charme des photos, pour se concentrer sur ce qui avait pu arriver à sa fille.

— Jadis, Claire a été violée par son beau-père, dit-il enfin. Bien sûr, le schéma se reproduit parfois, mais je suis absolument certain que Claire n'aurait pas permis que notre fille subisse une chose pareille.

Caroline discerna un bref éclair de soulagement dans les

yeux outremer de Jason, puis soudain l'attitude chaleureuse du grand acteur se fit distante et froide.

— Bon, j'ai appris tout ce que je voulais savoir pour l'instant, déclara-t-il. (En se levant, il ajouta :) S'il me vient une nouvelle question, pourrai-je vous joindre ici, au moins dans les heures qui viennent?

— Nous ne bougerons pas de la journée, indiqua Lawrence.

— Parlerez-vous de Holly dans votre documentaire?

La question émanait de Caroline, qui prenait la parole pour la première fois depuis le début de la conversation. Elle posait la seule question essentielle — celle-là même, se dit-elle, que Lawrence n'oserait pas formuler.

— Oui, je crois, répliqua Jason. Je vous appellerai dans une semaine ou deux pour vous donner ma réponse définitive.

« Il ment, songea Caroline en croisant son regard impénétrable. Il ment! Mais pourquoi? »

Après le départ de Jason, Lawrence tendit les bras vers elle. Pendant un long moment, ils se contentèrent de rester blottis l'un contre l'autre. Enfin, il interrogea :

— Qu'en as-tu pensé? Dis-moi la vérité.

— Je l'ai d'abord apprécié... puis détesté.

— Tu crois qu'il ne compte pas mentionner Holly dans son reportage?

— Et toi?

— Non.

Lawrence la dévisagea avec tendresse : de tout son être, elle tremblait à sa place de colère et de déception. Pour la consoler, il murmura :

— Tant pis, Caroline... Nous ne pouvons pas l'obliger à le faire s'il ne le veut pas. Et puis on voit tant d'enfants disparus, tant de parents désespérés...

Cela n'avait aucun sens, s'insurgea Caroline. Si le but de Jason Cole, en rencontrant Lawrence, était de s'assurer qu'il aimait sa fille, il avait de quoi être satisfait. Comment ce célèbre regard d'outremer pouvait-il être aussi aveugle? Et comment un acteur tel que lui, au talent salué par maints Oscars, avait-il pu se montrer incapable de cacher qu'il mentait?

A moins qu'il n'eût pas l'habitude de mentir dans la réalité... Ou bien la sincérité de Lawrence l'avait mis mal à l'aise et il se sentait coupable...

— Je n'y comprends rien, soupira-t-elle.

— Moi non plus. Mais c'est terminé...

Lawrence s'exprimait avec le calme et la résolution d'un homme qui n'aime pas ressasser une situation alors qu'on ne peut rien y changer.

— Il faut que j'aille jeter un coup d'œil sur Summertime, conclut-il.

— Très bien.

Il devait encore surveiller l'état des plaies, changer les pansements et injecter de nouveaux antibiotiques à la jument blessée. Pour cela, il n'avait pas besoin de l'aide de Caroline. Aussi ne proposa-t-elle pas de l'accompagner. Elle préféra demeurer à la maison, au cas où Jason Cole téléphonerait. Une intuition lui soufflait que cette histoire n'était pas vraiment « terminée ».

Il y avait autre chose. Il le fallait. Un chapitre inédit, avec un dénouement différent... plus heureux.

28

— Bonjour, dit Jason à la version adulte de la petite fille dont il venait d'admirer les photos.

Elle avait les cheveux un peu plus longs, ses boucles étaient un peu moins folles, mais l'or était resté le même : le temps n'avait pu le ternir.

Et ses yeux? Si l'innocence d'autrefois avait disparu à jamais, le regard d'aigue-marine brillait d'un éclat nouveau : celui du courage et de la confiance.

Jason avait besoin de lui parler en tête à tête.

— Puis-je entrer? demanda-t-il.

— Bien sûr.

Une fois dans la chambre de Holly, sœur jumelle de la sienne, il comprit qu'elle s'attendait à sa visite : bien que la femme de ménage ne fût pas encore passée, le lit était fait.

Devant la baie surplombant les chutes d'eau, Jason aperçut un guéridon de chêne et deux chaises. De toute évidence, la jeune femme s'y était assise : sur le guéridon, il reconnut le cahier à spirale, grand ouvert, et les stylos de Holly.

— Vous étiez en train d'écrire?

Il savait exactement où elle en était dans l'écriture de son livre. Une vague de tristesse le parcourut quand il songea que le regard lumineux de Holly était sans doute dû aux faits et gestes des personnages, et non à sa visite.

— Non. Je me suis contentée de rester assise, à contempler le ciel, les nuages, la forêt, les cascades...

— Et à rêver?

— Oui.

Leurs regards se croisèrent. Elle ne cilla pas en lui avouant silencieusement : *à rêver de vous.*

Le moment tant attendu était là : celui où elle croyait de toutes ses forces à la magie de leur amour. Instant merveilleux... et fragile. Tel un château de sable, il pouvait disparaître sans laisser de traces d'une seconde à l'autre. Or Jason connaissait les vagues menaçantes, omniprésentes dans le cœur de la jeune femme, capables de surgir à l'improviste, en un raz de marée irrépressible.

Avec effort, il rompit le charme.

— Je voulais vous poser une question, commença-t-il. Il y a une chose qui me tourmente...

— Laquelle?

— Lorsque vous m'avez parlé de cette nuit où votre famille a été assassinée, vous m'avez indiqué que votre père était mort au Vietnam... Mais vous ne m'avez rien dit à son sujet. Vous souvenez-vous de lui?

Au départ, l'idée de Jason était de s'assurer que le père et la fille souhaitaient l'un comme l'autre être enfin réunis.

Sa conversation avec Lawrence ainsi que les clichés l'avaient presque convaincu, et il avait failli ne pas interroger Holly sur ce point.

En guise de réponse, la jeune femme s'écarta de lui. Traversant la chambre, elle se dirigea vers la coiffeuse pour prendre une enveloppe dans son sac à main.

— Hier soir, en vous quittant, je me suis rendu compte que je ne vous les avais pas montrées. Ce sont des photos de ma famille.

— J'aimerais les voir, répondit Jason en la suivant vers le guéridon.

Quand il prit place à côté d'elle, Holly sortit les photos de leur enveloppe. Jason en dénombra sept, les cinq décrites par Lawrence et deux autres, prises après sa disparition au Vietnam : les jumeaux.

— Ce sont les seules que vous ayez?

— Oui. Nous possédions deux albums, j'aurais pu les emporter, mais... je ne l'ai pas fait, j'ignore pourquoi.

« Parce que, songea-t-il, vous sentiez d'une manière ou d'une autre qu'il était en vie. »

Avec une émotion et une tendresse qui faisaient écho à celles de son père, elle commenta les images du bonheur révolu :

— Leur photo de mariage... Il n'en existe qu'une, prise par l'épouse du juge de paix. Ils étaient très jeunes, et très amoureux.

Jason s'efforça de garder le sourire en reconnaissant la robe de mariée : celle-là même que portait Holly à Los Angeles.

« Elle a changé, se dit-il... Maintenant, elle renonce au cocon de son propre passé... »

— Et là, c'était la première fois que je touchais les naseaux d'un cheval. Je n'avais que trois ans et mes parents avaient un peu peur que cette jument n'ait envie de me mordiller les doigts... Mais il n'y avait pas lieu de s'inquiéter. Mon père avait un instinct extraordinaire en ce qui concernait les animaux. Il les traitait avec une grande gentillesse et ils lui accordaient leur confiance.

— Vous l'aimiez beaucoup...

— Oh oui! Avec le temps, j'ai compris à quel point c'était un homme remarquable. Il n'avait que dix-sept ans lors de son mariage, dix-huit à ma naissance. Il avait un grand sens de ses responsabilités envers ma mère et moi. Il a exercé différents métiers, il suivait des cours du soir, il travaillait énormément et pourtant, quand je repense à cette époque, je n'ai pas conscience de son absence à la maison. Je me rappelle seulement sa présence, son affection, sa façon de me protéger et de me faire croire que j'étais tout pour lui.

— Vous l'étiez, assura Jason d'un ton grave.

— En tout cas, répondit Holly avec un sourire tremblant, c'est ce que je ressentais.

— Il faut que je vous dise une chose, Holly. Une chose que vous ignorez.

Elle tressaillit et, tout comme Lawrence, parut tentée de s'attarder un moment dans la lumière de ses souvenirs. Enfin, quand elle l'interrogea du regard, confiante, il poursuivit :

— Lorsque vous m'avez raconté votre histoire, j'ai eu une réminiscence, très vague mais troublante. J'ai donc demandé à quelqu'un de se renseigner à ma place... Votre père n'est pas mort au Vietnam, Holly. Derek a tiré sur lui et l'a laissé pour mort, mais le Vietcong l'a capturé. Il a pu s'évader huit mois après votre disparition.

— Non ! fit-elle dans un murmure.

C'était une dénégation désespérée, le rejet affolé de la vérité, l'atroce vérité : en se retirant du monde, elle avait empêché son père de retrouver sa trace.

— Il a essayé de me retrouver, n'est-ce pas ? Mais c'était impossible...

— Il n'a jamais cessé, Holly. Il n'a jamais renoncé...

Soudain, l'émotion envahit la jeune femme, la submergea, lui coupa le souffle. Son cœur chavirait. Elle aurait pu mourir, noyée dans sa souffrance.

Puis, tout aussi subitement, elle s'accrocha aux dernières paroles de Jason comme à une bouée au milieu de la tempête.

Il n'a jamais cessé, jamais renoncé...

— Il est vivant, chuchota-t-elle. Où est-il, Jason? Le savez-vous?

— Il habite à quelques kilomètres d'ici.

— C'est lui que vous êtes allé voir ce matin?

— Oui.

— Alors il sait, dit-elle à mi-voix... Et il m'attend, ajouta-t-elle en se levant.

— Non, rétorqua Jason en se levant à son tour. Il ignore encore que vous êtes ici, il ignore même que je vous connais.

— Vous ne lui avez rien dit?

— Non. Je voulais d'abord être sûr que vous accepteriez de le revoir.

— Pourquoi aurais-je refusé?

— Peu importe. Ce qui compte, c'est que vous soyez d'accord... Bien, si nous y allions, maintenant?

Pendant le court trajet, Jason lui apprit tout ce qu'il savait de Lawrence. Il évoqua aussi Caroline, le couple uni qu'elle formait avec lui. Tout en répondant aux questions de Holly, il en devinait d'autres, non formulées mais obsédantes.

Pourquoi ne lui avait-il pas avoué la véritable raison de leur voyage à Seattle?

Pourquoi n'avait-il pas annoncé à Lawrence que sa fille se trouvait dans les environs?

Que se serait-il passé si elle n'avait conservé aucun souvenir de son père? Ou si elle s'était surtout rappelé ses longues absences, quand il travaillait si dur pour nourrir sa famille?

Et, par-dessus tout, que serait-il advenu si son affection pour son père avait été un peu moins inconditionnelle?

Pendant qu'elle répondait en silence à ses propres interrogations, Jason la sentait distante, inquiète, préoccupée. Petit à petit, cependant, à mesure qu'ils approchaient d'Issaquah, les pensées de la jeune femme se concentrèrent sur ses retrouvailles avec son père.

Devant la maison de Lawrence, elle se tourna vers Jason :

— Merci... Merci de l'avoir retrouvé.

Caroline avait eu une intuition à propos de Jason, sans trop y croire, toutefois. Aussi, en apercevant sa voiture dans l'allée, ne put-elle réprimer un haut-le-corps. Lorsqu'elle le vit ouvrir la portière à une jeune femme aux boucles d'or, des larmes brûlantes montèrent à ses paupières.

Ouvrant la porte, elle ne sut que balbutier :

— *Holly*...

— Caroline? questionna celle-ci d'une voix mal assurée.

Le bonheur qu'elle lisait dans les yeux de Caroline achevait de la bouleverser.

Celle-ci recouvra l'usage de la parole le temps de débiter tout à trac :

— Oui, je suis bien Caroline, et j'aime infiniment votre père, et j'aurais donné ma vie pour lui, pour qu'il connaisse ce moment...

Ensuite, sans transition, elle conduisit la jeune femme au salon, ouvrit la porte du jardin et désigna le bâtiment au bout du champ :

— Il est là, Holly, dans l'écurie. Si vous alliez le voir?

Vingt-sept ans plus tôt, une écurie semblable à celle-ci avait embaumé le foin fraîchement coupé. Avant même d'apercevoir Summertime, Holly se sentit transportée des années en arrière. C'était la même jument baie.

Ensuite, elle aperçut son père : le même qu'en ces jours lointains, si grand, si fort... et si rassurant avec les animaux.

Tournant le dos à la porte, il notait sur un carnet les progrès de Summertime.

Holly ne se souvenait pas consciemment des paroles qu'elle avait prononcées autrefois mais, en s'approchant de Summertime, elle s'entendit répéter les mêmes mots :

— Elle a des naseaux si doux...

Le dos de Lawrence se raidit. Un fantôme venait de surgir du passé...

Rien d'étonnant si la voix de son enfant disparue résonnait ici, maintenant : de toute la journée, il n'avait cessé de penser à elle, à cette visite à l'écurie, jadis. Holly avait emporté cette photo, mais peu importait : Lawrence n'en avait pas besoin. Ces images-là restaient gravées à jamais dans sa mémoire.

Ce qui le surprit, en revanche, ce fut la voix. On aurait dit que deux tonalités différentes se superposaient en une harmonie parfaite — les intonations cristallines d'une petite fille et les nuances mélodieuses d'une femme pleinement adulte. Une enfant et une femme, le passé et le présent.

Il fit volte-face.

Tandis que les yeux de Lawrence s'emplissaient de bonheur, sa fille formula le dernier mot de la phrase, celui-là même qu'elle avait prononcé ce jour-là, vingt-sept ans plus tôt :

— Papa.

29

Ils traversèrent la prairie de fleurs sauvages pour aller s'asseoir sur l'herbe, près de la rivière. Le soleil caressait l'eau, la parsemant d'étincelles dorées.

Là, sous la douce lumière du printemps, Holly et Lawrence se racontèrent ce qui pouvait être dit, partagé, offert, se cachant l'un à l'autre tous les faits susceptibles de les faire souffrir.

Lawrence lui expliqua qu'il était devenu le vétérinaire qu'il avait toujours rêvé d'être et mentionna la vaillante Juliette. Ensuite, il lui parla de son amour pour Caroline. En revanche, il s'abstint d'évoquer ses années de captivité dans une cage minuscule au milieu de la jungle ; il omit les semaines et les mois interminables à arpenter des villes inconnues à la recherche de sa fille, son cœur qui s'emballait à la simple vue d'une chevelure blonde et se brisait chaque fois, puisque ce n'était pas elle.

De son côté, Holly raconta à son père comment elle était devenue écrivain et vivait dans les paysages magnifiques de l'Alaska, comment elle avait fait partie des volontaires qui s'étaient portés au secours des animaux victimes de la marée noire de l'*Exxon Valdez*. Mais la jeune femme ne dit pas que, durant toutes ces années, elle n'avait réussi à survivre que grâce à un monde imaginaire issu de son cerveau.

Holly ne raconta pas non plus la nuit où Derek avait anéanti tous leurs rêves. Lawrence lui posa pourtant la question, se demandant si elle se sentirait soulagée d'en parler, prêt à affronter, par affection pour sa fille, le récit du meurtre de la femme qu'il aimait.

Néanmoins, Holly avait déjà relaté cette scène d'épouvante, pour Jason, et les spectres étaient exorcisés. Elle n'avait plus besoin de partager cette douleur avec son père — et elle ne le souhaitait pas. Elle prétendit donc que tout s'était passé très vite.

D'ailleurs, était-ce vraiment un mensonge? s'interrogea-t-elle. Si l'horreur de ce carnage lui paraissait sans fin, comme dans un film au ralenti, les choses s'étaient-elles réellement déroulées avec une telle lenteur?

Les heures s'égrenèrent, qui marquaient pour Holly et Lawrence la renaissance de l'espoir, la résurrection de la tendresse. Lorsqu'ils décidèrent enfin qu'il était temps de regagner la maison, ils s'aperçurent que la rivière, à leurs pieds, se parait des ombres chatoyantes d'une fin d'après-midi.

Dès qu'ils s'approchèrent de la maison, Caroline se précipita à leur rencontre. Sous le soleil de l'après-midi, ses cheveux auburn semblaient de cuivre et ses yeux d'émeraude scintillaient d'allégresse.

— J'ai appris que vous alliez vous marier, tous les deux, dit Holly. J'en suis heureuse.

— Merci, répondit Caroline avec un soulagement manifeste. Moi aussi, je suis heureuse, ajouta-t-elle en levant le regard vers l'homme qu'elle aimait.

— Et moi aussi, acheva Lawrence.

Un homme et une femme qui s'aimaient : quand Caroline reprit la parole, elle ne changea pas de sujet.

— Jason est resté jusqu'à ce que nous vous voyions sortir de l'écurie pour vous rendre à la rivière.

Jusqu'à ce qu'il soit sûr que vous étiez heureuse.

— Il a repris l'avion pour Los Angeles, conclut-elle.

— Oh ! fit Holly. Je vois.

— Il m'a donné deux numéros de téléphone à vous transmettre, précisa Caroline en tendant un papier à la jeune femme. Le premier, chez lui ; pour le second, il s'agit de sa ligne privée dans ses bureaux. Il a dit qu'il ne bougerait pas de chez lui pendant le week-end et qu'il serait à son bureau lundi jusqu'à quinze heures, où il s'envolera pour Dallas.

L'espace d'une seconde, une ombre obscurcit les yeux de Holly, identique à celle qu'avait laissée transparaître le regard de Jason au moment de prendre congé. Aussi Caroline enchaîna-t-elle :

— Jason semblait tenir beaucoup à ce que vous l'appeliez, Holly... A l'heure qu'il est, il devrait être arrivé à Los Angeles. Vous trouverez des quantités de téléphones dans la maison.

— Tu peux parler sans être dérangée, insista Lawrence. Caroline et moi allons jeter un coup d'œil sur Summertime, n'est-ce pas ?

— Exactement.

— Merci, répliqua Holly, mais je ne pense pas l'appeler tout de suite.

— Elle ne va jamais lui téléphoner, soupira Caroline quelques heures plus tard.

La nuit avançait. Lawrence et Caroline étaient étendus sur le lit, encore bien éveillés, à s'émerveiller des péripéties de la journée.

Holly, quant à elle, logeait dans la jolie chambre qui l'attendait depuis des années. Elle ne dormait sans doute pas, décida Caroline. Sans doute récapitulait-elle, elle aussi, les événements — en considérant tristement le téléphone que Caroline avait placé d'office sur sa table de chevet. Pour la mettre à l'aise, Caroline avait souligné qu'entre leur chambre et la sienne la distance était telle que personne n'entendrait rien de sa conversation.

— Pourtant, elle a besoin de lui parler, observa Lawrence. Elle est amoureuse de lui.

— Quel père intuitif tu fais! Tu ne les as jamais vus ensemble!

— Non, mais chaque fois que l'on mentionne le nom de Jason — ce qui nous est arrivé un certain nombre de fois — elle change de visage. Elle l'aime, mais il y a des difficultés.

— Oui. Et il l'aime aussi, Lawrence. C'est ce qui m'a sauté aux yeux quand il regardait l'album de photos avec toi, je m'en rends compte maintenant. Et c'était tout aussi évident lorsqu'il est revenu avec elle. Jason aime Holly, mais il est conscient du problème, quel qu'il soit... Il doit avoir peur qu'elle ne l'appelle pas.

— Mais tu ne vas pas laisser faire ça!

— Non, et toi?

— Non. Bien sûr que non.

— A trois heures, annonça Caroline d'un air mystérieux en les rejoignant dans la cuisine.

Il était près de midi. Même si personne n'avait réussi à dormir, tous trois étaient debout depuis des heures. Ils s'étaient régalés avec les muffins aux myrtilles de la veille, puis sur un signe de tête échangé entre Lawrence et Caroline, cette dernière avait disparu en hâte.

Elle était maintenant de retour, avec des mines de conspirateur.

— Caroline et moi avons pris une grave décision, commença Lawrence.

— Vous vous mariez aujourd'hui à trois heures! s'écria Holly, ravie.

— Non, rétorqua son père, c'est une chose encore plus importante, en tout cas plus urgente. Caroline vient de t'acheter un billet pour l'avion de trois heures à destination de Los Angeles.

— Mais je viens tout juste d'arriver ! Je viens de te retrouver !

— Nous nous sommes retrouvés pour toujours, Holly, répondit Lawrence d'une voix chargée d'émotion. Seulement, Jason s'envole demain pour Dallas. Caroline et moi pensons qu'il faut que tu le voies avant son départ. Tu ne crois pas ?

Au bout d'un long moment de réflexion, Holly acquiesça :

— C'est vrai, j'ai besoin de lui parler. Ce serait sans doute mieux de vive voix... et avant qu'il ne soit accaparé par son film.

— Alors, c'est réglé. Nous partirons pour l'aéroport d'ici environ une heure.

Soudain inquiète, Holly objecta :

— J'ignore où il habite.

Lawrence eut un sourire :

— Tu as son numéro de téléphone. Tu pourras le lui demander en l'appelant.

Holly secoua la tête. Si elle voulait entendre des réponses sincères, spontanées, aux questions qu'elle comptait lui poser, son apparition sur le seuil de sa porte devait être une surprise.

Comment faire ? La solution lui apparut comme par magie :

— Raven doit savoir.

— Raven ?

— C'est une avocate d'affaire de Los Angeles. Elle a négocié les plus gros contrats de Jason pour ses films, et c'est elle qui s'occupe du mien pour le scénario de *Gifts of*

Love. Je ne l'ai jamais rencontrée en personne, mais elle est très aimable, très serviable.

La lutte entre l'enfant à naître et le corps martyrisé s'était achevée. La vie avait perdu. Le drame s'était terminé une heure plus tôt, dans un dernier sursaut de douleur, sur une ultime hémorragie. A présent, seul régnait le calme qui succède à la tempête, l'étrange immobilité de la mort.

La jeune femme s'était battue de toutes ses forces, pourtant. Elle avait tout donné pour venir en aide à cet enfant : tout son espoir, tout son amour, toutes ses prières. Sachant que Nick voudrait ce bébé, alors que sa souffrance même lui prouvait qu'elle n'était pas faite pour être mère, elle avait passé les trois dernières nuits à marchander avec elle-même. Si seulement elle pouvait garder l'enfant pendant neuf mois, si elle pouvait être mère, ne fût-ce qu'une fois, elle s'estimerait satisfaite. Elle donnerait le nouveau-né à son père, sans prétendre à rien d'autre.

Raven avait offert tout ce qu'elle avait à offrir, elle avait tout promis. Mais cela n'avait pas suffi.

La sonnerie du téléphone retentit comme un glas.

Sans doute Nick, songea Raven. Il fallait répondre. Si elle s'en abstenait, il rappellerait, et si elle refusait toujours de décrocher l'appareil, il ferait le voyage depuis Santa Barbara...

La veille au soir, elle lui avait téléphoné pour l'assurer d'un ton dégagé qu'elle commençait à se rétablir.

Cependant, le coup de fil ne venait pas de Nick, mais de Holly.

Celle-ci s'excusa de la déranger chez elle un dimanche.

— Aucune importance, répondit Raven avec sincérité.

C'était en effet sans importance. En réalité, c'était plutôt une bonne surprise. Les rares fois où la jeune femme avait eu Holly au téléphone, elle avait senti quelqu'un de chaleureux, de proche — de vrai. Était-ce cela, l'amitié?

— Très bien, alors, reprit Holly. Raven, je me demandais si vous connaissiez l'adresse de Jason...

— Oui, il habite à un ou deux kilomètres d'ici... Mais n'êtes-vous pas avec lui en ce moment? Sa secrétaire m'a appris qu'il serait de retour demain mais qu'en attendant il passait le week-end à Kodiak.

— Je me trouve à Seattle, en fait, et nous y étions jusqu'à hier. C'est une longue histoire, mais... Jason m'a laissé ses coordonnées en me disant de l'appeler, seulement j'aimerais mieux faire un saut chez lui cet après-midi.

« Sans qu'il le sache à l'avance, songea Raven, exactement comme lorsqu'il m'a demandé l'adresse de Holly à Kodiak. »

La voix de Holly brisa le silence :

— Si cela vous ennuie, Raven, je comprendrai très bien.

— Pas du tout, je n'y vois aucune objection. Accordez-moi une seconde, que je mette la main sur mon carnet d'adresses.

En se levant, Raven s'arma de courage pour affronter les vertiges permanents qui l'assaillaient depuis trois jours et trois nuits. Même si la bataille était finie, il lui faudrait du temps pour remplacer le sang qu'elle avait perdu. Or rien de tel ne se produisit, pas le moindre étourdissement, comme s'il n'y avait jamais eu de bébé, jamais eu de lutte.

Elle était guérie.

Guérie? Non. Simplement, elle n'avait plus besoin de beaucoup de sang pour rester en vie. L'espoir était mort.

La jeune femme se maîtrisa, par égard pour l'amour de Jason et de Holly. C'était de l'amour, elle en avait la certitude. Elle l'avait vu dans les yeux de Jason quand il lui avait demandé l'adresse à Kodiak; et elle l'avait entendu dans la voix de Holly chaque fois qu'elles avaient discuté du contrat pour le scénario.

Son porte-documents se trouvait sur un siège au salon, là où elle l'avait jeté à la volée en rentrant jeudi soir. Elle était exténuée, ce jour-là, d'une fatigue bienheureuse, symbole de sa grossesse...

Raven s'interdit de penser. Elle s'empara de son carnet d'adresses et retourna dans sa chambre pour reprendre sa conversation téléphonique.

Une fois le renseignement noté, Holly remarqua :

— Comment vous sentez-vous, Raven? Vous paraissez... triste.

La jeune femme allait protester. Pourtant, elle s'entendit avouer :

— Oui, Holly, je suis triste.

— Vous voulez bien m'en parler? J'arriverai à Los Angeles vers cinq heures et demie. Puis-je passer vous voir avant d'aller chez Jason?

La réponse faillit franchir les lèvres de Raven : « Oui, oh oui! »

Certaines des héroïnes de Holly lui ressemblaient : des femmes brillantes, qui réussissaient et paraissaient pleines d'assurance, mais qui souffraient en réalité de blessures profondes et inguérissables. Pour elles, Holly savait inventer d'heureux dénouements.

Non, rectifia silencieusement Raven. Holly imaginait des héroïnes qui trouvaient elles-mêmes le dénouement, surmontaient les pires obstacles et parvenaient au bonheur.

Raven avait essayé d'en faire autant. Elle avait aimé, de toute son âme. Et elle avait échoué.

Même la magicienne ne pouvait rien pour elle.

Peut-être eût-il été salutaire de lui confier sa peine. Mais pas maintenant, alors que Holly semblait si pressée de voir Jason.

— Merci, Holly, mais c'est encore trop récent pour que

je puisse en parler. Je dors mal depuis plusieurs jours, et c'est surtout de sommeil que j'ai besoin pour le moment.

— En êtes-vous sûre ?

— Oui, tout à fait, répondit Raven en se forçant à sourire. Ne vous inquiétez pas. Mais j'aimerais beaucoup vous rencontrer, à l'occasion.

— Moi aussi. Je ne sais pas encore combien de temps je vais rester à Los Angeles.

— Eh bien, si ce n'est pas possible cette fois, disons la prochaine fois, d'accord ?

— D'accord.

« Elle ignore s'il y aura une prochaine fois, songea Raven en raccrochant. Mais il y en aura une, Holly. Vous et Jason y avez droit, votre vie durant. »

La jeune femme considéra son téléphone en réfléchissant à ses prochains coups de fil : le docteur Rockwell et Nick. Sara Rockwell lui avait demandé d'appeler si elle avait des pertes, ce qui signifierait que la fausse couche avait d'ores et déjà eu lieu, mais sans être forcément terminée pour autant. Par conséquent, un examen s'imposait.

A vrai dire, Raven ne se souciait guère des dangers qu'elle courait. Elle décida de ne pas appeler sa gynécologue, mais de se présenter lundi à son rendez-vous, comme convenu. Elle pensa avec amertume que la menace ne pouvait être mortelle en ce qui la concernait, puisque de toute façon elle n'était pas mère.

Elle avait besoin de parler à Nick, de lui annoncer que son malaise avait pris fin et qu'elle allait essayer de dormir jusqu'au lendemain matin. Ainsi, il ne téléphonerait pas dans la soirée pour prendre de ses nouvelles. Il lui fallait reprendre des forces avant de le revoir.

C'en était fini de sa grossesse, mais Raven en ressentait encore les symptômes : une nervosité à fleur de peau, des crises de larmes incontrôlables. La jeune femme aurait voulu qu'ils durent, qu'ils s'éternisent, comme si son bébé était encore en vie.

« Non, se morigéna-t-elle. *Regarde la vérité en face.* »

Lorsqu'elle téléphona, Nick se promenait à cheval avec ses filles. Ce fut donc la mère de Nick qui lui répondit : la grand-mère de son bébé. Raven lui affirma gaiement qu'elle allait mieux et comptait se reposer. Après quoi, promit-elle, elle rappellerait Nick dans la journée du lendemain.

30

Holly ne put arriver chez Jason sans se faire annoncer. Le célèbre acteur-réalisateur vivait dans le penthouse d'un immeuble sous haute surveillance, dans une résidence ultra-privée. Elle dut donc s'arrêter dans le hall de marbre vert et blanc, où se tenait un portier en uniforme.

Tant mieux, décida-t-elle. Au moins, elle pouvait laisser ses bagages. De plus, le portier lui expliqua qu'il lui appellerait un taxi dès qu'elle redescendrait.

L'homme s'adressa à Jason par l'interphone. Une minute plus tard, Holly empruntait son ascenseur privé pour se rendre au dernier étage.

Quand la grande porte s'ouvrit, Jason était déjà là à l'attendre :

— Holly...

La jeune femme s'efforça d'ignorer la douceur de sa voix :

— Il faut que je vous parle.

— Entrez, je vous en prie.

Il l'emmena au salon, où Holly déclina son offre de s'asseoir sur un confortable divan bien rembourré, préférant l'utiliser comme un bouclier, en se plaçant debout, derrière lui, pour faire face à Jason.

— Je voudrais savoir un certain nombre de choses, Jason...

— Je vous écoute.

Elle prit une inspiration avant de prononcer les mots qu'elle s'était longuement répétés :

— J'aimerais savoir si nous aurions pu passer tout le week-end dans cet hôtel, à quelques kilomètres de chez mon père, sans que vous mentionniez le fait qu'il était en vie.

— Oui, répondit-il. Cela n'était pas impossible.

Cette confirmation tranquille libéra sa colère, une colère dirigée contre Jason, *contre ce qu'il avait failli faire*, et elle lui en voulut, pour son père bien plus que pour elle-même.

Ses retrouvailles avec Lawrence avaient été un don du ciel, un miracle inattendu, puisqu'elle le croyait mort. Mais pour son père, *chaque jour* de ces dix-sept années de séparation avait été un calvaire.

Jason aurait-il pu se montrer aussi cruel? Aurait-il pu laisser Lawrence en proie à une telle souffrance, sa vie durant? *Oui.* Il venait de l'admettre. Désormais elle connaissait la réponse. Désormais, elle pouvait partir.

Pourtant, parce qu'elle était furieuse — parce qu'elle l'aimait? —, elle eut encore envie de savoir :

— Vous auriez fait cela à mon père? Si je vous avais dit que je ne me souvenais pas très bien de lui, ou que parfois il s'énervait un peu contre moi parce que son travail le rendait plus ou moins agressif, aurions-nous consacré le week-end à faire du tourisme à Seattle sans jamais aller le voir?

Jason perçut sa souffrance, sa déception; elle se sentait trahie... Il sut qu'il lui fallait se battre pour sauver son amour, sa vie.

— Si j'avais estimé qu'il vous serait pénible de le revoir, oui, c'est ainsi que les choses se seraient passées.

— Si *vous* l'aviez estimé? Si l'illustre metteur en scène aux sept Oscars avait jugé la scène non conforme à ses directives, il n'y aurait pas eu de scène du tout? C'est cela que vous êtes en train de me dire?

— Oui, Holly, exactement.

— J'ai une dette immense envers vous, Jason. Mais en ce moment, je vous dét...

— Par pitié, laissez-moi m'expliquer, Holly, je voudrais au moins essayer...

La jeune femme hocha la tête sans conviction. Elle se sentait incapable de parler. Sa colère faiblissait devant la tristesse, presque le désespoir, qu'elle entendait dans la voix de Jason.

— Faisons comme si nous étions deux personnages dans l'un de vos romans, commença-t-il. Vous êtes l'héroïne, naturellement, et, si difficile que ce soit, disons que je suis le héros.

— Aucun de mes héros ne ferait *jamais* ce que vous avez fait, ou failli faire! Aucun ne manquerait de cœur à ce point!

— Vous vous trompez, Holly. J'ai lu tous vos livres et je crois que, dans les mêmes circonstances, vos héros auraient agi exactement comme moi, et pour les mêmes raisons.

Les yeux d'aigue-marine flamboyaient encore; mais, une fois qu'elle eut assimilé ses paroles, Jason lut un certain désarroi dans son regard.

— Après tout, votre père aurait très bien pu se révéler un monstre, poursuivit-il. Il aurait pu vous maltraiter dans votre enfance. Je ne voulais pas que vous ayez à souffrir. Je ne prétends pas être un héros de roman, Holly, mais ne pensez-vous pas que l'un de vos personnages aurait pu prendre cette même décision?

Si, elle le pensait, mais uniquement parce que...

— Je vous aime, Holly. C'est pour cela que j'ai agi de cette manière. Parce que je vous aime.

— Jason...

Il contourna le divan, et, lorsqu'il se tint devant elle, elle leva le visage vers lui. Il reconnut ce qu'il avait entraperçu la veille dans sa chambre d'hôtel : elle croyait à la magie de leur amour.

La veille, Jason avait cherché à retenir cet instant, par peur de le voir disparaître sous le poids de l'angoisse. Mais tout avait changé depuis. A présent, s'ouvrait une perspective infinie de moments comme celui-là.

Durant de longues minutes, ils se regardèrent, fascinés, puis le besoin de se toucher l'un l'autre l'emporta.

Avec une grande tendresse, Jason effleura les lèvres de la jeune femme, d'un doigt tremblant, puis de sa bouche sensuelle. Holly ignorait tout du baiser, jusqu'alors, mais elle sut d'instinct accueillir celui de l'homme qu'elle aimait.

Ce ne fut pas un unique baiser, mais des milliers, tous différents, gentils et amicaux au début puis de plus en plus avides, pleins de délicatesse puis s'embrasant jusqu'au vertige.

La tendresse de leurs caresses engendra le désir. Ils voulaient plus, attendaient davantage, espéraient tout.

— Holly, murmura Jason, s'écartant d'elle une fraction de seconde.

Ils s'étendirent sur le divan. Ce qui avait été une barrière entre eux devenait le refuge même de leur amour.

Avec un regard de confiance, elle chuchota :

— Faites-moi l'amour.

— Vous ne préférez pas attendre? questionna-t-il, le souffle court.

— Attendre quoi?

— Notre nuit de noces.

Jusqu'alors, Jason avait cru voir les yeux d'aigue-marine au plus vif de leur éclat. Il s'était trompé. Lorsqu'ils étincelèrent de bonheur, il les découvrit enfin... Holly rayonnait à l'idée de leur mariage, et cela, plus encore que leurs baisers éperdus, mit le comble au désir de Jason. Pendant une minute, il fut incapable de prononcer un mot.

— En réalité, précisa-t-il enfin, ce ne serait pas forcément une *nuit* de noces.

— Ah bon?

— Il y a un certain temps que j'y réfléchis... Si vous êtes d'accord, nous pourrions nous marier en juin, à Barrow. Nous échangerions nos anneaux à l'instant où le soleil de solstice rebondit au-dessus de l'horizon.

— Oh! fit-elle.

Le sourire de la jeune femme était plus éblouissant que jamais. Cependant, elle secoua ses boucles dorées en signe de dénégation.

— Non? Vous ne voulez pas m'épouser? s'affola-t-il soudain.

— Mais si, je le veux!

— Pas à Barrow, alors?

— Si. Seulement, Jason, je n'ai pas envie d'attendre jusque-là. Il n'y a aucune raison. Nous sommes déjà mariés, ne croyez-vous pas? Nos cœurs sont unis...

— Oui, mon amour. Oui.

Leurs cœurs étaient déjà unis, et bientôt leurs corps. Enserrant précieusement le visage de Holly entre ses mains, Jason s'émerveilla de la voir si belle, si heureuse... et, malgré ses baisers enfiévrés, tellement innocente...

La jeune femme crut lire de l'inquiétude dans ses yeux :

— Vous craignez que je me retrouve enceinte?

— Non, répondit-il aussitôt. Au contraire, ce serait magnifique...

— Pourtant, vous semblez soucieux...

— Je ne voudrais pas vous faire mal, avoua-t-il. Pas même une seconde.

Holly l'enveloppa de son regard confiant :

— Notre amour ne saurait me faire mal, Jason, pas même une seconde.

Ensemble, avec une joie indescriptible, Holly et Jason

célébrèrent leur passion dans l'harmonie parfaite de leurs deux corps. C'était cette splendeur que Lauren Sinclair avait évoquée dans ses livres, l'ultime délice qui ne s'épanouit que lorsque le don de soi est total.

Leur amour fut une vénération, un enchantement plein d'allégresse.

Plus tard, pendant que la jeune femme reposait entre les bras de Jason, drapée dans sa tendresse, ses yeux brillaient encore de la surprise qu'elle avait éprouvée.

— Je ne savais pas, murmura-t-elle. J'ai décrit des scènes d'amour dans mes romans, mais...

— Mais si, tu savais, Holly... Tu savais que l'amour prenait tout son sens, toute sa splendeur s'il était sincère et partagé.

— Oui, mais je n'imaginais pas... que ce serait comme cela.

Jason l'embrassa au bord des paupières, avec adoration, puis, tandis que ses doigts jouaient avec les boucles d'or, il avoua :

— Moi non plus, je ne savais pas, Holly. Je ne savais rien de l'amour, avant toi.

Ils auraient pu passer le reste de la soirée dans le royaume de leur amour, seuls au monde. Toute la soirée, toute la nuit, toute leur vie.

Mais un père avait cherché sa fille pendant dix-sept ans, et voilà qu'il l'avait laissée partir au moment même de leurs retrouvailles. Cela, ni Jason ni Holly ne pouvaient l'oublier. Jason se leva pour aller prendre les bagages de la jeune femme dans le hall et effectuer quelques achats pour leur dîner, mais surtout pour lui permettre de rester seule pendant son coup de fil à Issaquah.

Lawrence décrocha dès la première sonnerie. Avant même que Holly lui annonce la nouvelle, il sourit de bonheur en entendant le son de sa voix, si gai, si enthousiaste...

Holly lui parla de leur amour, de leurs projets de mariage, et lui demanda si Caroline et lui viendraient à Barrow pour assister à l'événement.

— Nous serons là, promit Lawrence, et Holly perçut un petit rire dans sa voix quand il ajouta : Je suis sûr que la propriétaire de Katie se fera une joie de nous garder Juliette.

Holly évoqua ensuite leurs autres projets. Pendant que Jason irait tourner son film à Dallas, elle retournerait à Issaquah pour passer un peu de temps auprès de son père, ce qui lui permettrait notamment de seconder Lawrence dans une tâche qui lui tenait à cœur : remercier tous ceux qui l'avaient aidé durant ces longues années de recherche, en le faisant profiter de leur expérience, de leurs compétences, de leurs relations ou simplement de leur gentillesse et de leurs encouragements. A l'instant de lui dire au revoir, Holly lança :

— Je voulais te demander une chose, à propos d'hier matin.

— Oui?

— A ton avis, pourquoi Jason est-il allé te voir en premier? Sur le moment, as-tu pensé que je te l'avais envoyé?

— Très franchement, je ne me suis pas posé la question.

Non, il ne s'était pas interrogé une seconde sur le miracle qui venait de lui rendre sa fille. Néanmoins, la sentant tourmentée, il comprit sur-le-champ :

— Jason n'est pas venu de ta part, c'est cela? Tu n'étais même pas au courant...

— En effet, je n'étais même pas au courant.

La jeune femme tenait à ce que son père le sache : quelles que soient les circonstances, elle aurait souhaité le revoir. Peu lui importait ce qu'il était devenu, peu lui importait si elle risquait d'être déçue.

— Il ne faut pas en vouloir à Jason, ajouta-t-elle pourtant.

— Lui en vouloir? répéta Lawrence. Comment le pourrais-je? Il a fait ce qu'il a fait parce qu'il t'aime. J'aurais pu changer, Holly. Tu aurais pu avoir à souffrir de nos retrouvailles... Et cela, Jason ne le voulait pas.

Il s'interrompit. Les mots qui allaient suivre étaient sincères, mais ce qu'ils impliquaient le bouleversait à l'avance. Enfin, il s'éclaircit la gorge pour reprendre :

— Et je ne l'aurais pas voulu non plus, Holly. Si cela m'avait paru préférable pour toi, je me serais résigné à ne jamais te revoir.

— Raven!

— *Raven?*

Ils venaient de s'aimer et, blottis l'un contre l'autre, s'émerveillaient de voir que leur passion les avait enivrés plus encore que la première fois. Tout à coup, Holly avait prononcé le nom de Raven.

Elle expliqua à son futur époux :

— Nous devons l'inviter à notre mariage.

— Bien sûr, répondit Jason sans l'ombre d'une hésitation. Pourquoi?

— S'il n'y avait pas eu Raven, si elle ne m'avait pas conseillé de venir à Los Angeles pour discuter de *Gifts of Love* avec toi, nous ne nous serions jamais rencontrés. Par ailleurs, je crois qu'elle aimerait voir le soleil d'été danser au-dessus de l'horizon.

— Je le crois aussi.

En son for intérieur, il songea que peu de gens, à Los Angeles, savaient que la splendeur du soleil de solstice était susceptible d'émouvoir la reine de glace... Mais Holly et lui en jugeaient ainsi.

— Je ne me rendais pas compte, enchaîna-t-il, que tu la connaissais aussi bien.

— En fait, je ne la connais pas, mais j'aimerais beaucoup. Lorsque je lui ai téléphoné cet après-midi pour lui demander ton adresse, elle m'a semblé triste.

— Et elle l'a reconnu ?

— Oui, mais elle a dit que c'était trop récent pour qu'elle puisse m'en parler. Demain, peut-être, pendant que tu t'occuperas des derniers détails avant ton départ pour Dallas, je l'appellerai pour l'inviter au mariage, et voir si elle a envie de me rencontrer pour parler...

31

Brentwood, Californie,
lundi 15 mai.

A deux reprises, depuis qu'elle le connaissait, Raven avait eu peur de la fureur de Nick. La première fois, c'était lors de l'accident qui avait marqué leur rencontre. Mais au bout du compte, il n'avait pas réagi avec colère : au contraire, il s'était affolé pour elle.

La deuxième fois, c'était le jour où il l'avait trouvée buvant un jus de fruits avec Sam, sur la véranda embaumée de roses, elle-même tenant ses propres griefs en réserve pour mieux l'affronter... Cependant, la scène s'était conclue par des paroles de tendresse et d'amour.

Raven savait Nicholas Gault capable de violentes colères. Melody avait décrit son exaspération lorsqu'une femme du nom de Jeannette avait cherché à s'immiscer dans leurs existences tout en troublant leurs jeunes esprits par ses propos sexistes. Et Raven avait pu le constater elle-même quand Nick lui avait raconté la trahison de Deandra.

Pourtant, c'était peu de chose en comparaison de ce qui l'attendait lorsqu'elle rentra chez elle, lundi soir. Elle se doutait qu'il serait là, même s'ils ne s'étaient pas directement parlé de la journée. Raven avait été prise par ses rendez-vous, tout comme Nick, et, après plusieurs tentatives infructueuses au téléphone, il avait demandé à la secrétaire de Raven de la prévenir qu'il passerait chez elle après son travail.

Nick n'était pas le seul à avoir vainement essayé de la joindre. Holly, pour sa part, avait fini par laisser un double message : elle invitait Raven à un mariage et lui suggérait de rappeler, si elle en avait le temps, un numéro d'Issaquah.

Raven avait également manqué le docteur Sara Rockwell. La jeune femme avait maintenu son rendez-vous de la matinée, mais l'obstétricienne ne se trouvait pas à son cabinet, ayant été appelée en urgence auprès d'une patiente qui nécessitait une césarienne. En conséquence, on n'avait pu effectuer les examens prévus. L'infirmière du docteur Rockwell avait procédé aux vérifications habituelles, qui n'avaient rien révélé d'anormal. Ensuite, elle avait pratiqué des prélèvements de sang et de liquide amniotique. Après avoir fixé le rendez-vous pour le lendemain matin à onze heures, l'assistante médicale avait inscrit le nom de Raven sur la fiche du mardi, avec la mention : « Examens complémentaires à midi. »

Raven n'avait pas insisté pour avoir Sara Rockwell en ligne. Elle savait à l'avance que la prise de sang ne ferait que confirmer l'interruption de sa grossesse.

De son côté, le médecin n'avait laissé aucun message particulier à la secrétaire de Raven, pour des raisons de confidentialité. Elle avait juste demandé que la jeune femme la rappelle.

« Elle doit avoir téléphoné chez moi », songea Raven en se retrouvant nez à nez avec Nick dans l'entrée de sa maison. Les yeux gris acier étincelaient de fureur. Quand Sara Rockwell avait téléphoné et était tombée sur une voix d'homme lui répondant comme s'il était chez lui, elle avait dû se sentir assez à l'aise pour lui expliquer de quoi il retournait...

« Pourquoi une telle colère ? » s'interrogea Raven. Elle qui se croyait dorénavant au-delà de la souffrance sentit une douleur brûlante, comme si la dureté du regard de Nick venait raviver une blessure encore béante.

« Nick est furieux parce que tu as perdu son bébé, parce que tu t'es montrée d'une négligence impardonnable envers cette vie innocente. Nick t'en veut à mort, Raven, corbeau, oiseau de malheur, exactement comme tu t'en veux à toi-même... »

Et, à vrai dire, Nicholas Gault était vraiment fou de rage. Il apercevait Raven à travers une sorte de brume. Il ne voyait plus qu'une jeune femme ravissante pour qui les apparences comptaient plus que tout au monde, comme le prouvaient sa silhouette irréprochable, mise en valeur par les vêtements haute couture qu'elle affectionnait, et toutes les précautions qu'elle prenait pour conserver une éternelle jeunesse. Nick discernait enfin tout son narcissisme.

Il voyait également une femme qui l'avait trahi, en fin de compte, une séductrice cynique et calculatrice, qui s'était moquée non seulement de lui mais de ses filles, et qui continuerait à se jouer d'eux jusqu'à ce qu'ils lui accordent ce qu'elle désirait... y compris leurs cœurs.

Bref, Nicholas Gault ne voyait plus aujourd'hui que le Requin Blanc.

Aveuglé par sa propre exaspération, il ne sentit pas ce qui venait d'arriver à sa Blanche-Neige. Il n'eut pas conscience que ces yeux de saphir avaient perdu tout leur éclat et qu'elle était devenue blême. Son visage paraissait translucide, ses traits trop accusés, et son charme, fragile, friable, prêt à voler en éclats.

— Je suis entré au moment où tu recevais un message sur ton répondeur, annonça-t-il. Je pense que nous devrions l'écouter ensemble.

Les yeux de Nick flamboyaient, sa rage semblait incandescente, et sa voix était d'autant plus impressionnante :

glaciale, dangereusement imperturbable, effroyablement calme.

— Nick...

Le sang monta au visage de Nick, sa fureur faillit exploser. Cependant, au milieu de cette tempête, il entendit le désespoir dans la voix de Raven... ce qu'il prit pour de la comédie, et qui ne réussit qu'à l'exaspérer davantage.

— J'insiste, Raven.

Le répondeur se trouvait sur une table basse dans le salon. Raven traversa la pièce et appuya sur le bouton, incapable de faire face à Nick pendant l'écoute du message, incapable également de regarder au-dehors le jardin de roses qu'il avait planté pour elle.

— Raven, ici Sara Rockwell. Je suis navrée de vous avoir manquée à mon cabinet, ce matin, et de n'avoir pu vous joindre cet après-midi. Malheureusement, je n'ai pas les résultats des analyses. Le tube à essais s'est cassé en cours de manipulation au labo. Je dois donc vous demander de passer à mon cabinet pour une nouvelle ponction, demain matin à huit heures. Les gens du labo ont promis de faire le maximum pour que nous ayons les résultats dès onze heures, quand vous reviendrez pour le rendez-vous. Je maintiens les examens complémentaires pour midi : aussi, soyez gentille de ne rien manger et de ne rien boire passé minuit ce soir. Encore une fois, excusez-nous pour les analyses d'aujourd'hui. Je sais que c'est difficile pour vous, mais tenez bon. Nous devrions être définitivement fixées demain. N'hésitez pas à m'appeler si vous avez des questions, ou bien si vous avez des hémorragies, de la fièvre, bref l'un des symptômes dont nous avons déjà parlé.

Longtemps après la fin du message, Raven garda les yeux rivés sur le répondeur, immobile. Enfin, elle dit d'une voix sans timbre :

— Je ne voulais pas que tu saches.

— Je n'en suis pas surpris, rétorqua-t-il, cinglant. Si

j'avais appris ce que tu comptais faire à mon bébé — d'ailleurs, est-ce vraiment le mien? —, cela aurait menacé gravement nos relations, n'est-ce pas? Car, évidemment, tu n'as pas oublié ce qu'il est advenu de mon amour pour Deandra le jour où j'ai fait une découverte du même ordre.

Nick avait beau être aveuglé par sa colère, il ne put manquer de voir ce qui se produisit alors. Le corps irréprochable, vêtu à la perfection, commença à s'effondrer, comme si ses paroles haineuses avaient lancé des forces invisibles et maléfiques contre la jeune femme, comme si l'indicible vérité possédait son propre pouvoir de destruction à présent qu'elle éclatait au grand jour.

Que se passait-il? Une partie de son cœur persistait à croire en Raven, et il était torturé par l'envie de se précipiter vers elle, de la prendre dans ses bras, de la consoler, de lui pardonner... de l'aimer.

Raven avait presque perdu la vie en perdant son enfant, et maintenant elle allait enfin mourir; cette révélation la soulagea. Tout ce qui pouvait souffrir en elle allait cesser d'éprouver la moindre douleur. Tout allait s'arrêter. Les mots de Nick lui avaient porté le coup de grâce.

Que pleure le saule pleureur, que meure l'oiseau de mort...

Raven suffoquait, cherchait en vain son souffle.

« Tu vas mourir. Bientôt, tout sera terminé. Tu connaîtras enfin la paix. Jamais plus la souffrance.. »

« Mais, protesta une voix, l'homme que tu aimes continuera à croire que tu voulais tuer son enfant. »

« Et alors? Je l'ai vraiment tué. »

« Pourtant, il faut qu'il sache! Il faut qu'il comprenne que tu ne lui as pas menti, que tu ne l'as pas trahi. Nick doit savoir... »

Avant de mourir, le saule et le corbeau implorèrent une dernière chance : celle d'exprimer leur propre vérité. Ils n'en étaient pas dignes, ils s'en doutaient, mais pourtant ils avaient vraiment essayé d'aimer...

Son corps se redressa un peu sous le poids qui l'accablait. Reprenant sa respiration avec effort, elle se tourna vers Nick pour lui faire face.

Déjà, il accourait vers elle, comme si, malgré tous ses griefs, il ne pouvait supporter de la voir mourir.

— C'était ton enfant, Nick, notre enfant, et je l'ai perdu. J'ai tout fait pour le sauver, tout, mais c'était impossible...

— Raven?

Les brumes de la colère se dissipaient enfin. Nick vit avec une atroce acuité les yeux vides de la jeune femme, aussi désespérés que sa voix.

— J'ai fait une fausse couche ce week-end. Hier. Les contractions et l'hémorragie se sont déclarées jeudi soir. Le but des analyses d'aujourd'hui était de confirmer la mort du bébé, et les examens prévus pour demain doivent...

Elle s'interrompit, à bout de forces. Avec une grande douceur, Nick interrogea :

— A quoi serviront ces examens, Raven?

— A déterminer si je garde des restes de muqueuses, ce qui risquerait d'entraîner une infection ou de nouvelles hémorragies.

Nick remarqua qu'elle avait parlé sur un ton d'excuse. De toute évidence, Raven ne croyait pas une seconde qu'elle méritait autant d'attentions.

— Ma chérie, murmura-t-il.

Il l'enlaça tendrement et la sentit frémir, sentit sa fragilité et son courage. Il perçut aussi une chose qui le terrifia : même si Raven était entre ses bras, telle une île menacée dans l'océan de son amour, elle demeurait séparée de lui, refermée sur elle-même.

— Pourquoi ne m'avoir rien dit? Je serais resté auprès de toi, ce week-end.

— Je ne voulais pas que tu saches.

Elle semblait près de lui mais atrocement lointaine.

— Mais tu allais tout de même me mettre au courant, pour le bébé... notre bébé... non?

— Oui. Je comptais le faire en temps voulu, quand la grossesse aurait été plus avancée. Je savais que tu en serais heureux et que tu accueillerais l'enfant dans ta famille.

— Mais toi, Raven?

Cette question parut la désarçonner, ou peut-être était-ce la tendresse avec laquelle il l'avait posée. Au bout d'un moment, elle répondit :

— Il me semblait essentiel que le bébé soit avec son père, ses sœurs et ses grands-parents.

Un frisson la parcourut. Nick prit conscience de la pâleur de son teint et de l'épuisement qui creusait son visage.

— Nous avons tous deux grand besoin de nous réfugier dans un bon lit bien chaud, observa-t-il.

Elle le considéra avec étonnement.

— Je t'ai apporté quelque chose, expliqua-t-il. J'aimerais que tu le portes dès maintenant...

Malgré la mort de son enfant, malgré toutes les larmes versées la veille, jusqu'à ne plus savoir pleurer, Raven ne pouvait dominer ses émotions. A ses mots, elles affluèrent : le chagrin, le sentiment d'être trahie et, pire que tout, la résignation.

Pour sa part, Nick s'était efforcé de maîtriser ses propres réactions, de cacher sa douleur par égard pour elle. Devant sa méprise, il se crut trahi. Lorsqu'il reprit la parole, sa voix était tranchante comme une lame :

— Oh, Raven... Comment peux-tu t'imaginer que je veux parler d'un quelconque article de lingerie, de je ne sais quels dessous affriolants? Penses-tu vraiment que ce soir, alors que nous — oui, *nous*, Raven — pleurons la perte de notre bébé, je pourrais faire une chose pareille?

— Je... je ne sais pas.

— Eh bien, tu *devrais* savoir!

Oui, elle aurait dû savoir qu'un homme tel que lui éprouvait pour elle des sentiments qui dépassaient de beaucoup la simple attirance sexuelle. Soudain Nick réalisa que ce n'était pas de lui qu'elle doutait, mais d'elle-même. Aussi toute trace de dureté avait-elle disparu de sa voix quand il répéta :

— Tu devrais savoir.

En prononçant ces mots, Nick prit dans la poche de sa veste un petit écrin de velours pourpre.

— J'espère que tu le porteras tout le temps, Raven. Au lit, hors du lit, partout.

Les doigts translucides tremblèrent en ouvrant l'écrin. A l'intérieur, sur un lit de velours, reposait un diamant. Le solitaire scintillait de tous ses feux, enchâssé dans son élégante monture à six griffes de Tiffany.

— Nick...

— Raven, veux-tu m'épouser?

Les yeux de Raven s'emplirent de larmes. Une dernière bataille se livrait en elle, entre ce qu'elle avait cru jusqu'alors et ce qu'elle était en train de découvrir grâce à leur passion.

A l'instant où l'amour semblait sortir victorieux de cette épreuve, triomphant des doutes les plus tenaces, une expression de contrariété assombrit tout à coup le visage de la jeune femme.

— Raven?

— Que vont penser tes filles?

Nick ne put réprimer un sourire :

— Je dois reconnaître que je n'étais pas sûr de savoir m'y prendre. Il m'a semblé que tu devais être la première informée, néanmoins... Même si la bague n'avait pas été prête pour aujourd'hui, je comptais te faire ma demande ce weekend, à Santa Barbara, et, si tu avais dit oui, nous aurions examiné ensemble la meilleure manière d'annoncer la nouvelle aux enfants... Cela, c'était mon grand projet. Seulement, il se trouve qu'elles complotaient de leur côté. Hier soir, quand nous sommes rentrés, elles ont organisé une assemblée générale au cours de laquelle elles ont exigé des éclaircissements sur mes sentiments à ton égard... et sur mes intentions.

Nick marqua une pause, le temps de déposer un baiser sur une larme qui roulait encore sur la joue de la jeune femme.

— J'ai la nette impression, reprit-il, qu'elles étaient très ennuyées que nous ne soyons pas tous ensemble ce week-end. Quand un membre de la famille est malade, les autres doivent se réunir auprès de lui pour l'entourer, le protéger... Mes filles t'aiment, Raven, et moi aussi. Je t'aime.

Elle croyait avoir épuisé tous ses pleurs, mais ils rejaillirent de plus belle, dans un flot d'émotions, et pourtant ils signifiaient aussi l'espoir... l'espoir qu'avait représenté le petit être qui était mort.

Devinant sa tristesse, Nick lui chuchota avec tendresse :

— Je veux pleurer avec toi, Raven... C'était mon enfant, à moi aussi. Je vais rester auprès de toi ce soir, cette nuit, nous parlerons de lui, et nous parlerons de notre avenir, et demain matin je t'accompagnerai chez le docteur. D'accord ?

Tout en acquiesçant, elle faillit répondre : « Merci. » Mais non. Cela, c'était ce qu'aurait dit l'ancienne Raven, celle qui accueillait le moindre élan de sympathie avec une gratitude mêlée d'incrédulité. Aujourd'hui, elle allait prononcer d'autres paroles, des mots venus du fond de son cœur, là où régnait à présent la certitude qu'elle avait quelque chose à donner.

Levant le visage vers l'homme qui lui avait tant offert sans jamais rien exiger en retour, Raven Willow proclama avec une joie sereine :

— Je t'aime, Nick. *Je t'aime.*

32

— Voici Nicholas Gault, dit Raven quand le docteur Rockwell pénétra dans la salle de consultation. Le père du bébé, ajouta-t-elle.

Sara Rockwell salua Nick d'un sourire auquel il répondit avec cordialité.

— Je souhaiterais demeurer auprès de Raven pendant les examens d'aujourd'hui, expliqua-t-il.

Apercevant une légère hésitation sur le visage du médecin, il crut bon de préciser :

— J'ai promis à Raven de lui tenir la main toute la journée. Donc, vous ne pourrez pas vous débarrasser de moi !

— Parfait, répondit gaiement Sara Rockwell. Bon, si nous y allions dès maintenant ?

Nick n'avait jamais assisté à un examen gynécologique. En fait, il n'en devina que peu de chose. Il savait que Raven ne souffrait pas, car la main qu'il serrait dans les siennes ne se crispa à aucun moment.

Le tout ne prit que quelques minutes. Ensuite, Raven s'assit en attendant l'avis de l'obstétricienne.

— Comment vous sentez-vous, Raven ? s'enquit-elle.

— Très bien. J'ai pu dormir un peu cette nuit. Il n'y a pas eu d'hémorragie ni de crampes depuis dimanche.

— Avez-vous toujours les symptômes de la grossesse?

La jeune femme pâlit, mais elle ne put que répondre en toute sincérité :

— Oui. Je suppose que c'est dû aux hormones.

Sara Rockwell esquissa un sourire :

— En effet, Raven. Les analyses de ce matin, pour le liquide amniotique, indiquent nettement un niveau plus élevé que pour les deux prélèvements de la semaine dernière. Autant que je sache, selon les chiffres du labo, comme d'après mon propre examen, vous êtes toujours tout ce qu'il y a de plus enceinte.

— Je suis... Mais...

Elle s'interrompit : elle n'avait aucune raison de protester — encore moins de se dresser contre le triomphe inattendu de l'enfant de l'amour.

— Ce que vous avez pris pour des muqueuses était probablement du sang coagulé. Vous m'avez dit que vos règles étaient peu abondantes d'habitude; aussi n'avez-vous pas l'habitude, sans doute...

— Qu'est-ce que tout cela signifie, docteur?

La question émanait de Nick. Déjà, l'espérance renaissait dans sa voix.

Sara Rockwell répondit à ce vœu :

— Cela signifie que Raven a eu ce qu'on appelle un début d'avortement spontané. Le fait que les hémorragies et les contractions aient entièrement cessé indique que le danger est passé. Durant le premier trimestre, les saignements sont fréquents. Désormais, le pire est écarté et la grossesse a l'air tout à fait normale. Selon toute vraisemblance, elle se déroulera sans problème.

L'obstétricienne regarda les mains de Raven et de Nick, toujours entrelacées, pour conclure d'un ton léger :

— Lorsque Raven se sera rhabillée, rejoignez-moi dans

mon bureau. Nous y mettrons au point le calendrier des rendez-vous.

Sans un mot, Nick prit Raven dans ses bras, la serra contre lui, l'embrassa, l'étreignit, étreignit ce miracle. Il était trop bouleversé pour parler, trop prisonnier de son émotion pour pouvoir l'exprimer.

En fin de compte, ce fut la jeune femme qui s'écarta pour plonger son regard dans les yeux de Nick :

— Le bébé se porte bien, et tout se passera au mieux. Depuis le début, je sens sa force, sa volonté de vivre, son désir de faire la connaissance de son père, de ses sœurs et de ses grands-parents.

— Je me demande si nous ne devrions pas attendre un peu pour annoncer la nouvelle aux enfants.

— D'accord, répondit Raven.

Elle sentait pourtant qu'une telle précaution ne s'imposait plus. L'enfant de l'amour allait s'épanouir, se développer, en parfaite santé.

— Il est vrai, poursuivit-elle, que l'annonce du mariage, plus le fait qu'elles vont avoir une nouvelle mère, cela représente déjà beaucoup pour elles.

— Elles s'y feront tout de suite, et avec bonheur. Mais tu ne seras pas leur seconde mère, Raven. Tu seras la seule mère qu'elles aient jamais eue.

— J'espère que j'en serai capable...

— Tu l'as d'ores et déjà prouvé, ma chérie.

D'un bras, il lui entoura les épaules pour l'attirer contre lui une fois encore. Raven pouvait sentir les battements de son cœur.

— Je t'aime, Raven... Je t'aime, je t'aime...

L'espace d'une seconde, la jeune femme se souvint d'avoir entendu ces mots-là, exactement les mêmes, mais dits sur un autre ton. Ce n'était pas de l'amour mais une forme de mépris, une exclamation railleuse... « *T'aimer,* Raven? T'aimer, *toi*? »

A présent, seul l'amour le plus pur s'exprimait dans ces paroles, et il l'enveloppait de sa chaleur, faisant fondre la banquise à jamais, parant la jeune femme d'une lumineuse tendresse. « T'aimer, Raven. T'aimer, toi. »

Cet ouvrage a été reproduit
par procédé photomécanique
par la SOCIÉTÉ NOUVELLE FIRMIN-DIDOT
Mesnil-sur-l'Estrée
pour le compte de France Loisirs
123, boulevard de Grenelle, Paris
en novembre 1996

Cet ouvrage est imprimé
sur du papier sans bois et sans acide.

Imprimé en France
Dépôt légal : décembre 1996
N° d'édition : 26966 – N° d'impression : 36418